W0023425

LA FERME DU BOUT DU MONDE

Après des études d'anglais à Oxford, Sarah Vaughan s'est consacrée au journalisme. Elle a travaillé pendant onze ans au *Guardian* avant de publier *La Meilleure d'entre nous*, son premier roman. Elle vit près de Cambridge avec son époux et leurs deux enfants.

Paru au Livre de Poche :

LA MEILLEURE D'ENTRE NOUS

SARAH VAUGHAN

La Ferme du bout du monde

TRADUIT DE L'ANGLAIS (GRANDE-BRETAGNE) PAR ALICE DELARBRE

PRÉLUDES

Titre original :

THE FARM AT THE EDGE OF THE WORLD

Préludes est un département de la Librairie Générale Française.

ISBN : 978-2-253-07405-2 – 1re publication LGF

À Bobby, affectueusement.

« Elle s'occuperait des travaux de la ferme, se lèverait de bonne heure… un antidote au chagrin… Elle appartenait au sol, attachée à la terre comme ses ancêtres. »

Daphné du MAURIER,
La Crique du Français[1].

« Sur le chemin long et éprouvant,
Faut-il de l'alouette mépriser le chant ? »

Anne BRONTË, *Poèmes de Currer,*
Ellis et Acton Bell.

1. Traduction française de Léo Lack, Albin Michel, 2015.

Prologue

La ferme tourne le dos à l'océan et aux vents violents qui en montent par bourrasques : une longue bâtisse de granit tapie sur sa falaise. Depuis plus de trois cents ans elle est là, surveillant les champs d'orge et les troupeaux de vaches Ayrshire, qui paissent lentement, déplacent avec langueur leur masse d'un brun-roux tranchant sur le vert luxuriant.

Elle monte la garde, cette ferme, aussi immuable que les rochers, bien plus que les dunes mouvantes, elle regarde la haie débordant sur la route et prenant au piège les rares automobilistes – car peu s'aventurent jusqu'à ce lieu, qui surplombe, de très haut, la mer. Les détails changent avec les saisons – l'aubépine qui fleurit puis se dépouille, le ciel meurtri par la pluie qui s'illumine ensuite, la récolte rassemblée en meules hirsutes qui seront entreposées dans la grange… La vue, elle, reste la même : un ruban de route, s'éloignant de cette portion isolée de la côte, montant vers la tapisserie de champs pour rejoindre le cœur de la Cornouailles et le reste de la Grande-Bretagne. Et, au-delà, toujours, la lande domine la région, tout en tourbe menaçante, ocre et grise.

Au soleil, ce décor paraît idyllique. C'est une ferme qu'un enfant pourrait dessiner : un toit d'ardoises, un porche blanchi à la chaux, des fenêtres disposées avec une rigueur presque mathématique : une de chaque côté de la porte, et une troisième ajoutée au XVIIIe siècle, lors de l'agrandissement de la maison. Les proportions sont bonnes. Une construction sûre d'elle, bâtie pour résister au vent qui incline les arbres à angle droit, qui fouette les carreaux à coups de grosses gerbes de pluie, pour supporter hiver sur hiver. Deux cheminées la coiffent et, d'octobre à mai, l'odeur âcre du feu de bois se mêle aux relents puissants de la cour et aux parfums plus délicats de la côte : la puanteur fruitée du fourrage, l'odeur miellée des ajoncs et celle, salée, de l'eau, herbe humide et bouses de vaches, camomille et vesce pour le bétail.

Les jours de beau temps, les murs de granit de la maison, des granges et des dépendances brillent d'une douce lueur chaleureuse, la pierre scintillante ressort sur le bleu de l'eau. Des marcheurs, à la recherche d'un salon de thé, se délectent du spectacle qu'offre le jardin à l'arrière – les champs de céréales touffues, les vaches au ventre bien rond, les surfeurs chevauchant des moutons dans la baie. Puis ils entendent le chant. Une mélodie sublime, si constante et si irrépressible qu'elle a donné au lieu son surnom. Ce n'est plus Polblazey, mais Skylark Farm, la « ferme de l'alouette ».

Pourtant, dès que les alouettes cessent de chanter et que le ciel vire au gris, le granit se ternit, devient charbon. Le lieu est alors moins accueillant : austère sinon lugubre. Sous cet éclairage, il apparaît que les cadres des fenêtres et de la porte ont besoin d'un coup de peinture, que le jardin – avec son herbe rase et bordée de massifs broussailleux de lavande et d'armeria – n'est pas entretenu. Un pommier sauvage rabougri ploie au-dessus d'un banc pourrissant et un tamaris dépouillé de ses feuilles par un vent malveillant est tourné vers l'intérieur des terres. Skylark, aux mains de la même famille depuis six générations, imprégnée de son histoire et de ses secrets, endosse à nouveau son nom, typiquement cornique. Elle redevient Polblazey.

Ces jours-là, lorsque la terre labourée est parsemée de grosses mottes, que les pavés poissent de fumier, qu'une nuée de corbeaux suit le tracteur, la ferme est plus isolée et impitoyable que jamais. Car au pied de ces falaises et de ce promontoire il n'y a rien que l'Atlantique bleu pétrole… puis l'Amérique, inconnue et invisible. Alors, elle est une ferme du bout du monde. Le genre de lieu où les règles habituelles peuvent être infléchies, rien qu'un peu, et où les secrets demeurent enfouis. Qui pourrait bien les répéter ? Et qui pourrait bien les entendre ?

[illegible] des terres et de la [illegible] d'un
groupe [illegible], que le [illegible] — avec [illegible]
[illegible] de masses brunes [illegible] de [illegible]
[illegible]. Un [illegible]
[illegible] plate au-dessus d'un [illegible]
[illegible] de ses feuilles, [illegible]
[illegible] entre les [illegible]
[illegible] de la même [illegible]
[illegible] d'un [illegible]
[illegible] typiquement [illegible]
[illegible]

[illegible] lorsque la [illegible]
[illegible] que les [illegible]
[illegible] quatre [illegible]
[illegible]
[illegible]
[illegible] de l'Amérique [illegible]
[illegible]
[illegible] de [illegible]
[illegible]
[illegible]
[illegible]

1

30 juin 2014, Londres

Elle ressort le courrier et l'aplanit sur la table de la cuisine. Les nouvelles ne pouvaient pas être bonnes. Elle l'a su dès qu'elle a vu le nom de l'hôpital en haut de l'enveloppe. Le couperet est tombé : la confirmation du rendez-vous de lundi, noir sur blanc, avec l'en-tête de ce bleu cobalt des administrations, évocateur de désinfectant, de nourriture tiède et trop cuite, de jeunes infirmières replètes qui lui donnent du « chère madame » – comme si son âge, et le diagnostic, leur donnaient le droit d'exprimer non seulement de la sympathie mais aussi de l'affection. Elle ne veut ni de l'une ni de l'autre. Rien que de repenser à leurs yeux débordants de compréhension, elle a envie de se mettre en colère.

Et pourtant. Elle s'est autorisée, un petit moment seulement, à espérer. À imaginer un sursis. Une méprise : une autre femme, la pauvre, aurait reçu la nouvelle qu'elle redoutait d'apprendre.

Seulement non, elle est là, la copie de la lettre adressée à son généraliste. « Suite à mon rendez-vous d'hier avec Mme Coates… », ainsi débute le

Dr Freedman, l'oncologue, et l'espace d'un instant l'emploi de la troisième personne la trouble, à croire qu'il parle de quelqu'un d'autre. Puis vient le passage déterminant. « L'échographie du foie a révélé l'apparition de métastases suite à l'ablation de son mélanome malin situé dans le haut du dos. Plusieurs taches sont visibles sur son foie. La chirurgie, à son âge, n'est pas conseillée. »

Elle cligne des yeux. Inopérable. Non qu'elle veuille repasser au bloc. La première opération, sous anesthésie générale, a été plus invasive que prévu, et la cicatrice la gêne encore.

« J'ai discuté de thérapies biologiques avec Mme Coates, qu'elle a refusées après avoir exprimé des inquiétudes au sujet des effets secondaires. Elle est consciente qu'elles prolongeraient son espérance de vie d'une année au mieux. Durant notre entretien, elle a beaucoup insisté pour que je lui donne mon pronostic. Je lui ai répondu qu'en moyenne, sans traitement, les patients dans sa situation avaient moins d'une année devant eux. »

À vrai dire, docteur Freedman, vous m'avez donné l'impression que, selon toute probabilité, je disposais de beaucoup moins.

— Combien de temps me reste-t-il avant de commencer à ressentir les premiers effets ? a-t-elle insisté.

Sa voix, restée si ferme pendant tout le rendez-vous, a accusé un léger tremblement à ce moment-là. Elle ne voulait pas imaginer la douleur, la fatigue extrême, les nausées, toutefois elle préférait savoir à quoi s'en tenir.

— Six mois ? Moins ? a-t-elle ajouté.

— Je peux seulement vous donner une estimation moyenne, a répondu le Dr Freedman.

Puis il a hoché la tête, un geste subtil, presque imperceptible.

— Nul ne peut l'affirmer, mais ce scénario est envisageable.

— Merci, a-t-elle dit.

La mort – dont elle est si consciente depuis que Pam, la plus jeune de la fratrie, s'est éteinte – s'est rapprochée d'un peu plus près. Six mois. Après avoir vécu quatre-vingt-trois ans, cela semble si court… Elle se force à rire en songeant qu'elle a toujours eu tendance à remettre les choses à plus tard, à être de ceux qui ont besoin de dates butoir. Cependant, si elle sait être pince-sans-rire, elle ne pratique pas l'humour noir. Le rire jaune vire à la toux amère.

Le seul point positif dans toute l'histoire – et elle met toute son énergie à en chercher –, c'est qu'elle *sait* au moins. Même si mourir dans son sommeil, à l'instar de Ron son défunt époux, est sans doute la façon idéale de partir, autant se préparer. C'est peut-être ce dont elle a besoin : une incitation à conclure enfin certaines choses. Et il fallait que cette nouvelle tombe aujourd'hui en plus. Le 30 juin. Elle redoutait cet anniversaire. Soixante-dix ans. Soit l'essentiel de sa vie. La coïncidence lui donne des frissons. Comme si un éclat de glace s'était fiché dans son sein et y était resté, sans jamais fondre.

Une perceuse gémit. Les ouvriers travaillent dur à côté. Aménagement des combles et extension dans le jardin pour déplacer la cuisine. Ou comment agrandir, en hauteur et en largeur, une maison mitoyenne typiquement victorienne. Pourtant, ses voisins – un jeune couple qui travaille à la City – n'ont qu'un enfant. Ses parents en ont élevé cinq dans la même surface avant la guerre. Puis ils ont tous été évacués, même Robert, encore bébé. Et la vie a pris un tournant définitif.

Elle soulève la théière en poterie vernissée pour remplir sa tasse, réchauffe ses doigts contre celle-ci. Comment en est-on arrivé là ? Comment se fait-il que ce ne soit que maintenant, avec l'imminence de la mort, qu'elle envisage de rectifier ce qui aurait dû l'être il y a des années déjà ? Tout… Le moindre souvenir, la moindre pensée anodine la ramène à cet été, à cette époque qu'elle s'est tant efforcée d'oublier.

Son regard tombe sur l'ordinateur posé sur la petite console en acajou dans le coin. Qui essaie-t-elle de protéger ? Celui qu'elle a aimé autrefois ou elle-même ? Craindrait-elle encore les accusations, serait-elle aussi lâche qu'à treize ans ? Une boule se forme dans sa gorge et elle déglutit. Pourquoi remettre à plus tard ? Surtout qu'elle n'a que très peu de temps devant elle.

L'ordinateur rechigne à démarrer. Elle agrippe la souris et se concentre, la pointe de sa langue dépasse de ses lèvres comme un chat sur la piste d'une proie. Elle ouvre le dossier où elle a enregistré le lien. Son sourire est teinté d'ironie. Le surnom de la maison est toujours en usage, alors que son nom typique de la Cornouailles, si menaçant, lui semble beaucoup plus en accord avec les cauchemars qui ont commencé à la réveiller la nuit, le cœur battant, la chemise de nuit trempée de sueur. *Skylark Farm*, *Trecothan,*

Cornouailles nord. Dans la famille Petherick depuis six générations. Propose deux gîtes en location et des goûters dans son salon de thé. Un instant, elle est de retour au milieu des dunes et elle écoute le chant des oiseaux – leurs trilles répétés, vifs et joyeux. Tout juste arrivée de Londres, elle a été hypnotisée par ce petit point qui planait, avant de s'inquiéter.

— Cette hirondelle vole trop haut.

Elle avait huit ans alors : des yeux grands ouverts, une innocence intacte. Et quelques années plus tard, elle repartirait transformée. Pourtant, la ferme n'avait pas changé. Elle est là devant elle, la bâtisse du XVIIe. Inébranlable. Elle jette un coup d'œil à la fenêtre de la chambre de Maggie, la fille des propriétaires, avec son papier peint rose et son lit en fer forgé, puis à la sienne, tout au bout de la maison. La plus proche de la mer.

La ferme est principalement occupée par une exploitation laitière aujourd'hui, si elle se fie au site internet. Envolés, les moutons s'égaillant dans l'herbe printanière luxuriante, finies, les nuits de mars frisquettes dédiées à l'agnelage. Un souvenir brusque la ramène dans la bergerie : l'atmosphère saturée par les odeurs de paille écrasée et de mucus, par les puissants effluves métalliques de sang et d'air marin. Elle a une vision subite de tante Evelyn, tout en sévérité et désapprobation, les lèvres pincées, devant le jeune agneau orphelin. Elle chasse cette image, et les autres, celles qui refont surface aux petites heures du matin, quand les cauchemars l'assaillent. Elle n'idéalisera jamais Skylark, ou la famille qui y vivait.

Et néanmoins, en dépit de tout, ce lieu a été un refuge pour une évacuée fuyant les horreurs du Blitz. Très littéralement d'ailleurs, puisque les femmes du Service volontaire avaient dit à sa mère qu'elle y serait « plus en sécurité ». Elle s'était, en tout cas, sentie coupée du reste de la Grande-Bretagne, presque à l'une des extrémités de l'île : les champs qui s'étendaient jusqu'aux limites du pays pour plonger dans une eau cristalline, tempétueuse et imprévisible.

Elle consulte le planning pour connaître les disponibilités des deux gîtes. Elle est surprise que le prix soit aussi raisonnable. Toutes les semaines n'ont pas encore été réservées, ce qui est étrange pour la fin juin. La deuxième moitié du mois d'août est libre. Elle hésite. Doit-elle vraiment sauter ce pas ? Elle souffre d'un cancer en phase terminale, elle a largement de quoi s'occuper. Elle prend un instant pour chasser les larmes qui lui brûlent les yeux et rendent l'écran trouble.

Si elle ne fait rien, elle mourra en sachant qu'elle aurait pu arranger les choses, peut-être exorciser les démons qui la prennent à partie, aussi bien le jour que la nuit désormais. Elle aspire à une fin de vie paisible. Et à la réconciliation. S'il existe une possibilité pour qu'elle y parvienne, eh bien oui, alors, le jeu en vaut la chandelle.

D'un geste vif, elle clique pour confirmer sa réservation et est redirigée vers une autre page. Judith Petherick – la fille de Maggie ? – lui confirmera sa réservation par mail si elle laisse ses coordonnées.

Elle renseigne les différents champs avant que ses nerfs ne la lâchent.

Voilà. C'est fait. Deux larmes lui échappent, qu'elle essuie d'un geste vif. Elle a du mal à y croire.

Soixante-dix ans plus tard, elle s'apprête à revoir Skylark.

2

Quand Lucy y repense plus tard – en essayant de faire preuve de rationalité –, elle se dit que c'est terrifiant à quel point la vie peut basculer en un instant : comme une pièce qui tournerait sur sa tranche dans un infini mouvement joyeux et qui, d'un coup, tomberait sur une face.

En tant qu'infirmière, elle est bien placée pour le savoir. Elle a mesuré les conséquences d'une microseconde d'inattention : un conducteur mutilé et paralysé pour en avoir percuté un autre sur l'autoroute, la dispute alcoolisée qui démarre par un geste brusque et débouche sur des blessures à l'arme blanche, le défi idiot – courir sur le faîte d'un toit, plonger dans un lac peu profond – qui semble une bonne idée... puis plus du tout après coup.

Elle est aussi bien placée pour le savoir personnellement, en tant que fille. Un accident, tragique et imbécile, lui a volé son père. Fred Petherick a glissé alors qu'il courait sur des falaises du nord de la Cornouailles.

Et pourtant, elle ne l'a jamais ressentie avec autant de force qu'aujourd'hui, cette nature capricieuse de la vie. Une simple erreur, un « presque accident » dit-on dans le jargon, a réussi à faire voler en éclats son univers et dévoiler à tous sa fragilité. Elle a tellement sangloté sur le carrelage de sa salle de bains qu'elle reconnaît à peine la femme dans le miroir, les yeux rouges et le visage bouffi.

Une garde, c'était faisable, se dit-elle en ramenant ses genoux contre sa poitrine et en les serrant de toutes ses forces. Mais une de plus, et une erreur est venue s'ajouter à la découverte qui a bouleversé sa vie. Deux, c'est donc trop, visiblement. Et son univers a volé en éclats. Sa vie en apparence heureuse, ici à Londres, a perdu toute réalité. Elle est devenue aussi inconsistante que des aigrettes emportées par le vent.

Elle agrippe ses genoux tandis qu'une nouvelle salve de sanglots secoue son corps. Il faut qu'elle se ressaisisse. L'esprit qui tourne en rond, le cœur qui tressaille, bondit, palpite. Un stimulant : caféine, sucre ou malheur – ou, pourquoi pas, un cocktail des trois. Elle n'a pas dormi depuis quarante-huit heures. Et au cours de ces deux jours, son existence a été exposée, comme le contenu indécent d'une valise – retourné, méprisé, abandonné.

Tout a commencé hier matin, lundi. Elle rentrait d'une garde de nuit, dans le service de néonatalogie de l'hôpital qui l'emploie, usée jusqu'à la moelle, les yeux douloureux, et elle est montée prendre une douche à l'étage. L'étui de lentilles de contact sur le rebord du lavabo l'a troublée : il ne lui appartenait pas. Et Matt n'en porte pas. Un froid s'est immiscé en elle, s'est frayé un chemin jusqu'à son âme.

Peut-être que l'un de leurs amis était passé et l'avait oublié ? Elle a essayé d'imaginer qui cela pouvait être en se séchant et se rhabillant, mais aucun nom n'est venu. Autant dormir quelques heures au lieu de se faire des idées. Elle s'est étirée, s'est efforcée de se détendre. Imagine que tu es à la ferme, s'est-elle dit. À Skylark. Imagine le promontoire : tu te tiens là-bas, à la lisière du monde, tout au bord de la falaise. Repais-toi du spectacle : Land's End à ta gauche, le Devon sur ta droite et l'Atlantique qui s'étend devant toi, turquoise, puis bleu canard et enfin bleu foncé à l'endroit où il rencontre l'horizon. Sens la brise puissante qui tempère la chaleur du soleil et te repousse en arrière. Admire les mouettes qui planent au-dessus de ta tête. Sans oublier la paire de phoques, d'un noir luisant, qui se prélassent sur les rochers en contrebas.

Ça ne servait à rien. Si son corps était épuisé, son cerveau tournait à plein régime, enfiévré, il analysait le moindre détail. Même l'état du lit la tracassait : il fallait changer les draps, il y avait des traces de sueur sur l'oreiller de Matt. Et si elle s'en occupait tout de suite ? Elle a rejeté la couette et aperçu, à ce moment-là, un long cheveu bouclé au milieu du matelas. Un seul cheveu inoffensif, qui aurait facilement pu passer inaperçu si elle n'avait pas été blonde. Et si lui n'avait pas été brun. Un cheveu épais, qui rappelle ceux de la collègue espagnole de Matt, Suzi. À cet instant, elle les a aussitôt revus au cocktail de Noël de l'agence de pub. Elle, rejetant la tête en arrière pour rire à une blague. Effleurant l'avant-bras de Matt pour s'assurer de son attention. Toute son attitude exsudait l'assurance sexuelle. « Elle ne fait qu'une bouchée des hommes, s'est amusé Matt, plus tard, quand Lucy a mis le sujet sur le tapis. C'est terrifiant. » Sauf qu'il n'était plus si terrifié, maintenant.

Elle est sortie du lit d'un bond. C'était si cliché, si prévisible. La désinvolture de la situation si cruelle qu'on aurait presque dit que Matt avait voulu qu'elle l'apprenne. Elle a pensé à son mari, pour qui la passion s'était éteinte, bien sûr, mais n'est-ce pas ce qui arrive toujours au bout de sept ans de relation, lorsque les deux membres du couple ont des métiers aussi prenants ? Elle s'est demandé si elle le connaissait réellement. Qui est-il, ce créatif ? Cet homme soi-disant sensible, lecteur du *Guardian* et des romans de Hilary Mantel, qui aime la nourriture vietnamienne mais pas thaïlandaise, saupoudre son cappuccino de cannelle et pas de cacao, qui remonte ses lunettes épaisses sur son nez quand il est nerveux, qui s'est énervé le jour où elle a vanté la délicatesse de ses traits. « Tu veux dire… que je manque de virilité ? — Pas du tout… tu as une beauté subtile. » Du coup, il a drapé son orgueil blessé dans son gilet bien ajusté.

Ce n'est pas un mâle alpha agressif, c'est un ami, celui qui l'a prise dans ses bras quand elle a perdu son père et l'a demandée en mariage six mois plus tard, celui qui l'a aidée à remonter la pente.

Ce cheveu – le fait que Matt ne se soit même pas donné la peine de vérifier qu'il avait bien effacé toutes les traces, le fait qu'il ait sauté sa maîtresse ici, dans son lit, se moquant apparemment de savoir si Lucy remarquerait quelque chose – est un pied de nez à leur couple.

Il n'a même pas pris la peine de nier. Lorsqu'il est rentré, le lundi midi – elle avait téléphoné pour le convoquer –, elle était en train, pour une raison qui lui échappe encore, de trancher des poivrons. Ses pensées se bousculaient dans son esprit à chaque coup de couteau. Sa main tremblait, au-dessus des éventails rouges et orange, et elle a posé le couteau. Nie, s'il te plaît, l'a-t-elle imploré en silence quand il a vu qu'elle avait les yeux embués de larmes. Dis-moi que je me trompe, que je me fais des idées. Qu'il y a une explication.

« J'ai besoin de temps pour réfléchir », a-t-il lâché à la place avec un calme exaspérant. Et elle, plantée là, agitée de sanglots convulsifs, a attendu qu'il arrange la situation, n'importe comment. Tu ne pourrais pas me serrer dans tes bras ? Elle a eu envie de hurler, même si elle savait qu'elle l'aurait repoussé s'il s'était approché. Pendant un instant, elle a rêvé de se blottir contre son père, cet homme à la stature de fermier, grand et le torse large. Avec lui, elle avait le sentiment qu'aucun mal ne pouvait lui arriver, qu'elle était armée contre le monde. Matt ne lui a jamais procuré cette sensation, leurs corps étant mal assortis, elle trop molle, lui trop mince et trop frêle. Inconsistant.

Avant de sortir, il a ajouté : « Je te donnerai des nouvelles. »

Elle s'est rendue directement à l'hôpital pour prendre sa nouvelle garde. Il n'y avait personne pour la remplacer et c'était la troisième nuit d'affilée. La dernière de cinq longues gardes. Elle était épuisée et distraite. Ils ont failli perdre une patiente. Et mis au monde un bébé d'une fragilité extrême, né à vingt-cinq semaines et qui aurait dû s'accrocher trois de plus. Elle a regardé cet enfant que les médecins réanimaient et qui ressemblait davantage à un poussin desquamé qu'à un petit garçon, que sa couche et son bonnet rendaient encore plus minuscule, alors que ses veines diffusaient un liquide doré sous sa peau translucide, sans un seul gramme de gras ou de muscle. Et, tout en sachant que se laisser atteindre était un manque de professionnalisme, elle a eu du mal à retenir ses larmes.

Pas eu le temps de s'appesantir sur ses émotions, néanmoins. Elle était trop occupée à veiller sur deux autres nouveau-nés. Ils réclamaient des soins : administration de médicaments, changement de poches, relevé des données du respirateur artificiel. Le petit Jacob Wright avait besoin d'une dose supplémentaire de morphine – il aurait déjà dû la recevoir. Et c'est à ce moment-là qu'elle a commis son erreur.

— Euh… Lucy ?

Emma Parker, la plus inexpérimentée de ses collègues, a rougi en vérifiant le dosage de la perfusion préparée par Lucy.

— Je crois que tu viens d'ajouter 1 ml de morphine à la solution saline au lieu de 0,1 ml. C'est dix fois plus que ce qui a été prescrit, non ?

Le monde s'est mis à tourner : accablée par l'atmosphère étouffante du service de néonatalogie, elle a vu des étoiles danser devant ses yeux.

— Je… je n'ai pas fait ça, si ?

Puis elle a vérifié l'étiquette de la fiole vide et un froid terrible s'est diffusé dans le bas de son ventre. Son univers s'effondrait si totalement qu'elle ignorait comment elle pourrait un jour le reconstruire.

Emma avait raison, bien sûr qu'elle avait raison. Ayant perdu l'habitude de préparer des perfusions, Lucy avait rempli une seringue de 1 ml de produit, au lieu de prélever seulement le 0,1 ml nécessaire et d'y ajouter 0,9 ml de chlorure de sodium. Une différence infime et pourtant fatale. Une erreur facile. Terrible.

— J'ai bien fait de vérifier, a dit Emma avec un rire gêné, embêtée pour sa supérieure. Il n'y a pas eu de mal, a-t-elle ajouté en se mordillant la lèvre.

Oh, mais il aurait pu y en avoir ! Et tellement… Si elle avait donné cette perfusion à Jacob, il en serait mort. Sans le moindre doute. La poitrine de Lucy se serre quand elle imagine le bébé en plein arrêt cardiaque. Elle se voit annoncer la nouvelle à ses parents, son père qui répète avec insistance que son fils est un « battant », sa mère si belle et frêle. Comment auraient-ils réagi s'ils avaient appris qu'à cause d'une erreur humaine – son erreur – leur minuscule bébé était mort ?

— Je vais remplir un rapport d'incident, prévenir la chef de service.

Elle s'est raclé la gorge, a tenté de respirer profondément, d'y voir plus clair. Elle avait les paumes moites et ses aisselles la démangeaient.

— Pas la peine, je ne dirai rien, je te promets.

Emma a insisté, et Lucy a bien compris que c'était pour cacher son choc – elle était peut-être même en train de s'interroger sur les éventuelles conséquences pour elle de l'erreur de sa supérieure, si elle n'avait rien remarqué. La mort d'un nouveau-né aurait entraîné une suspension, et sans doute des mesures disciplinaires, pour elles deux.

— Non.

Elle a été ferme sur ce point. Elle était responsable du service pour la nuit, elle doit montrer l'exemple, en dépit de l'humiliation.

— C'est grave, ça entre dans la catégorie des « presque accidents ».

— Si tu es sûre…

Elle a lu le soulagement sur le visage de la jeune femme. Lucy, rouge de honte, s'est détournée.

Ce n'était pas sa première erreur, et Ruth Rodgers, la chef de service, s'est fait un malin plaisir de le lui rappeler avant de lui suggérer de prendre un congé maladie. Elle avait en effet, il y a peu, confié à une infirmière débutante un bébé dans un état critique et qui avait dû être réanimé par la suite. Sans parler des erreurs sur le tableau de service. Rien d'aussi grave que cette fois, mais n'empêche : Lucy n'avait-elle pas l'impression de ne pas être tout à fait au mieux de sa forme, ces derniers temps ?

— Ça ne te ressemble pas, a poursuivi Ruth. Tu es si concentrée habituellement, et c'est ce que l'on est en droit d'attendre d'une infirmière avec ton expérience.

S'interrompant, elle a incliné la tête sur le côté comme si la suite était plus délicate.

— Je peux te poser une question ? Tout va bien à la maison ?

C'est à ce moment-là que Lucy l'a compris : elle avait perdu leur confiance, ils ne voyaient plus en elle l'employée consciencieuse et minutieuse, aux gestes sûrs. Sa vision s'est voilée alors que les larmes lui montaient aux yeux.

— On va t'organiser un rendez-vous avec ton généraliste et avec la médecine du travail, t'obtenir un congé maladie. (Ruth était brusque dans son pragmatisme). Tu as peut-être seulement besoin de quelques semaines loin d'ici. Deux mois. Je parle d'un congé maladie, pas d'une suspension. Le temps que tu te ressaisisses.

Deux heures plus tard, Lucy troquait la sécurité de l'hôpital où elle travaillait depuis cinq ans contre l'anonymat d'une rue fréquentée de Londres : plus de badge ni de blouse, ses compétences d'infirmière remises en cause, suspendues au verdict d'un médecin du travail. La chaleur de la fin juin, redoublée par les gaz d'échappement, l'étouffait et elle s'est sentie débordée. Elle n'avait plus de métier. Plus de mari. Qui était-elle… et que faisait-elle ici ?

Elle partait à la dérive, très loin vers la mer.

Plus tard, protégée par l'intimité de sa maison, elle a essayé de vomir mais n'a réussi qu'à déclencher des spasmes. La violence des événements la lamine comme une vague scélérate déferlant sur une plage. Elle agrippe l'émail froid, essaie de se calmer, attend que la nausée reflue. Son corps frissonne. Un nouveau spasme.

C'est le début d'après-midi. Le soleil dans la rue entre par la fenêtre et forme une flaque de lumière sur la moquette. Elle se réfugie sur le canapé affaissé. Elle se recroqueville en position fœtale, retient son chagrin bien à l'intérieur d'elle pour qu'il ne se déverse pas dans le salon ensoleillé de sa petite maison, ce havre de paix où elle se sent protégée du tohu-bohu londonien. Ce foyer qu'elle partageait avec Matt jusqu'à hier. Hier seulement ? Cette journée lui semble déjà remonter si loin. Elle essuie les larmes et la morve qui ne cessent de couler sur son visage.

Quand la lumière change, elle arpente la pièce, le ventre noué à la pensée de tout ce qu'elle a perdu : son mariage, sa réputation et peut-être – car elle ne voit pas comment elle pourrait redevenir infirmière un jour – sa carrière.

Arrivée devant le manteau de la cheminée, elle cache les portraits souriants de Matt et elle, avant de prendre une photo de son père qui prend fièrement la pose devant la ferme familiale. Mon cher papa… La dernière fois que j'ai eu autant de chagrin, c'était pour toi. Il y a quatre ans et certains jours j'ai l'impression que c'était hier. Elle suit le contour d'un visage qui s'est arrêté de vieillir à cinquante ans, plonge ses yeux dans les siens, brun foncé. Ils semblent se plisser. « Ça, c'est chic ! » l'entend-elle rugir.

Derrière lui, la mer scintille, contrastant avec l'or de l'orge, le vert des haies, le gris clair de la ferme. L'accès de nostalgie la prend par surprise. Elle, si impatiente de quitter l'exploitation l'été de ses dix-huit ans. Un trou perdu, pensait-elle alors. Et aujourd'hui, il lui manque tant que ça fait mal. Elle n'aspire à être qu'à un seul endroit : au sommet du promontoire, les bras grands ouverts, fouettée par un vent puissant qui chassera toute sa peur et toute sa tristesse.

Peut-elle rentrer chez elle ventre à terre ? Donner un coup de main pendant les mois d'été bien actifs et en profiter pour panser ses blessures ?

L'idée fait son chemin. Sa mère l'accueillerait à bras ouverts. Elle voit déjà Judith s'élancer sur les dalles d'ardoise du chemin et venir à sa rencontre, une expression interrogative au visage tandis qu'elle la serre contre elle. Lui prodigue son soutien et son amour inconditionnels… Mais ne serait-ce pas une forme de régression ? À trente-deux ans il est temps d'aspirer à autre chose. Pour autant, son existence n'est plus ce qu'elle était encore deux jours plus tôt, les anciennes règles et attentes ne tiennent plus. Skylark, la maison de son enfance, est le seul endroit où elle ait envie d'être.

D'une main tremblante, elle décroche le téléphone.

— Allô ?

La voix à l'autre bout du fil est douce, avec un accent régional.

— Maman ? demande Lucy alors que le soulagement l'envahit.

— Ma chérie ? Tout va bien ?

Et les larmes coulent à présent, brûlantes. Il lui faut quelques instants pour réussir à articuler une phrase.

— Lucy ? insiste sa mère dont l'inquiétude croît.

— Maman, s'il te plaît… Je peux rentrer à la maison ?

3

30 juin 1944, Cornouailles

La mer était bleu marine quand Maggie descendit le sentier escarpé pour se baigner dans la crique déserte, en toute fin de journée. Les autres la croyaient dans sa chambre, occupée à réviser ses examens pour son certificat la semaine suivante.

Elle regarda bien où elle posait les pieds, empruntant son trajet préféré, qui lui évitait les sauts les plus périlleux et où il n'y avait que quelques moules et bernacles pour lui écorcher les pieds. Pas d'algues gélatineuses. Elle escaladait ces rochers depuis qu'elle était petite mais redoutait toujours la glissade sur ces filaments verts, humides et traîtres.

La marée, haute, recouvrait les rochers, qui tombaient à pic dans l'eau. Elle y pénétra progressivement, la brûlure glaciale se répandit de son aine à son nombril, puis à sa poitrine. Elle plongea ses épaules, ne supportant plus la sensation de froid, impatiente de la dompter. Si seulement elle pouvait être avalée par l'océan, disparaître dans ses profondeurs, là où personne ne la verrait hormis un crabe égaré et les bancs scintillants de poissons.

Sa nage était puissante : une brasse vive, les yeux grands ouverts sous l'eau, malgré le sel qui les piquait. Elle avait besoin de s'immerger entièrement. L'océan lui jouait sa mélodie argentine et elle soufflait de grosses bulles qui emplissaient sa tête d'un gargouillis – il aurait été comique si le chagrin ne lui avait pas noué le ventre. Elle se redressa avant de replonger, consciente d'avoir quitté la crique maintenant et de nager vers le large, vers la grotte où ils s'étaient réfugiés. Puis vers l'endroit où ils avaient échangé leur premier baiser.

Une vague la souleva. La mer s'agitait : le ciel, d'un bleu zébré de nuages de traîne quelques heures plus tôt, virait au gris acier. L'air était frais et elle fit quelques pas dans l'eau en agitant les jambes. Mieux valait nager encore un peu sous l'eau, retourner là où elle était entièrement cachée et où elle pouvait pleurer tranquillement, ses larmes se mêlant au sel de l'océan.

Car on ne parlait pas de son chagrin à la maison. Son père aurait pu lui adresser un regard compatissant, mais il ne savait pas comment aborder le sujet. Quant à sa mère, elle refusait d'admettre la réalité ou de témoigner à sa fille ne serait-ce qu'un soupçon de commisération. C'est du moins l'impression que Maggie avait. Joanna était partie travailler ailleurs – « elle en sait trop », avait décrété sa mère –, et Alice avait été relogée dans une famille de St Agnes. La semaine suivante, deux nouveaux évacués – des frères de sept et huit ans – étaient attendus.

Il n'était rien arrivé, c'est en tout cas ce que sa mère voulait que tout le monde pense, et pourtant l'existence de Maggie était sens dessus dessous. Elle poussa un hurlement d'incrédulité. Un cri pitoyable, un bêlement d'agneau quand il aurait fallu un rugissement de lion pour exprimer sa rage, si immense que parfois elle avait du mal à la contenir. Sans oublier le désarroi, le sentiment qui avait dominé les autres ces dix dernières semaines, et une terrible torpeur. La culpabilité, vive et implacable, et le désespoir. Enfin la panique face à son impuissance.

Par moments, ces émotions la submergeaient. À l'heure du déjeuner, elle se terrait parfois dans la minuscule salle de musique du lycée, secouée par des spasmes de détresse. *Pitié, Seigneur,* implorait-elle un Dieu dont elle doutait de plus en plus de l'existence. *Veillez sur lui, veillez sur lui.* Comme s'il traversait, à cet instant-là, une terrible épreuve.

Elle roula sur le dos et s'autorisa à flotter quelques minutes, observant les nuages en pleine éclosion. Ses boucles se déployaient en un halo autour de sa tête, son corps formait une croix alors qu'elle dérivait vers le large.

Je pourrais laisser le courant m'emporter, songea-t-elle, avec détachement. Alors le nuage au-dessus d'elle éclata et la surface de l'eau fut éclaboussée, les gouttes rebondissant tout autour d'elle et sur son visage.

La pluie n'avait pas encore atteint la ferme, perchée sur une éminence. Maggie vit que celle-ci était, par un étrange phénomène de la nature, baignée d'un rayon de soleil.

Elle se remit à nager en direction du rivage.

4

3 juillet 2014, Cornouailles

Maggie, depuis le banc sous le pommier sauvage, surveille le sentier ; elle guette sa petite-fille. Le chemin est désert, l'air immobile. Seul le chant d'une alouette et le pas lourd de sa fille troublent le calme de cette matinée estivale. Le portail grince et Judith remonte les dalles d'ardoise usées.

— Combien de fois faudra-t-il que je te le répète ? Elle a envoyé un message à Exeter. Elle ne sera pas là avant une heure au moins.

Judith sourit à sa mère, ses traits expriment un mélange d'agacement et d'inquiétude. Une jolie femme, même si elle a coupé ses cheveux pour des raisons pratiques. Une fermière ne les porte pas longs. Elle n'a pourtant pas renoncé à tout effort : elle a mis des boucles d'oreilles en forme de nœuds celtes et une touche de mascara. Quand elle renoncera à cette coquetterie-là, ce sera signe que ça va très mal.

— Tu veux une tasse de thé ? Je vais mettre de l'eau à bouillir.

Maggie secoue la tête. Judith Petherick, sur le pied de guerre depuis cinq heures quarante-cinq, lui répond d'un petit sourire crispé et pousse un soupir sonore.

— Très bien. Bon, j'ai encore deux fournées de scones et un cake à préparer avant son arrivée, alors je ferais mieux d'y retourner.

— Je vais descendre t'aider.

— Non, non, reste ici. Ça va.

— Assieds-toi donc avec moi une minute.

Maggie se laisse aller contre le dossier. Les feuilles et les minuscules billes vertes du pommier mouchettent sa jupe. Judith hésite puis s'assied.

— Alors, elle avait l'air bouleversée ?

Judith hoche la tête, la mine sombre.

— Je ne l'ai jamais entendue comme ça… enfin, depuis la mort de Fred. Inconsolable. Elle est obsédée par ce qui aurait pu se produire. Elle a l'air convaincue qu'elle n'est plus à la hauteur, terrifiée à l'idée que le jour où elle reprendra son poste d'infirmière, si ce jour arrive, un bébé mourra.

— Tu l'as trouvée aussi ébranlée par l'infidélité de son mari ?

Maggie n'avait jamais eu bonne opinion de Matt. Trop londonien, trop critique vis-à-vis de la Cornouailles et de la ferme, où il mettait rarement les pieds. L'odeur désagréable de l'ensilage et l'absence de réseau téléphonique le dérangeaient vraiment.

— Difficile à dire… Au moins, elle peut toujours passer à autre chose. Ce qui sera beaucoup plus compliqué si quelque chose arrive à un bébé… Tu imagines sa culpabilité ? Et l'humiliation si elle doit renoncer à sa carrière…

— Elle pourrait revenir s'installer ici.

Maggie est sûre que sa fille partage ce souhait.

— Oh, maman… Il n'y a pas grand-chose pour elle ici, je crois…

— Tu ne penses pas ce que tu dis, Judith.

— Je ne parle pas pour nous, évidemment. Mais Lucy est rarement venue en courant avant aujourd'hui.

— Tu as peut-être raison, et pourtant… Cette maison est comme un aimant, elle ramène à elle ceux qui s'éloignent trop. C'est ce qui m'est arrivé.

— Je ne suis pas convaincue que Skylark aura le même effet sur Lucy.

— Ah bon ?

Après un silence, Maggie répète :

— Tu as peut-être raison.

Elle se délecte de la vue, qui n'a pas changé depuis l'époque de sa naissance, exception faite des éoliennes à l'horizon. C'est beau, oui, mais la vie y est rude. Se lever à six heures pour la traite, sept jours sur sept, ce n'est pas pour tout le monde – et qui voudrait du fardeau financier d'une ferme sur le déclin ? Elle pense au dernier découvert – Judith a tenté de cacher le relevé dans la pile de papiers sur la commode. Maggie a été soufflée par la somme. Elle joue avec son alliance, un peu grande maintenant, et se demande quand remettre le sujet sur le tapis. Car cette discussion impliquera de considérer la proposition de Richard, une nouvelle fois.

— Peut-être voudra-t-elle rester cette fois, s'entête-t-elle. Elle a besoin de nous, et nous avons aussi besoin d'elle. Tom doit se réjouir d'avoir de l'aide, non ?

— Oui, bien sûr, répond Judith en songeant à son fils, qui a renoncé à son métier de cuisinier quand il est devenu évident que la ferme était condamnée sans l'aide de l'un des deux enfants.

— Elle en profitera peut-être pour se rattraper d'avoir été absente il y a quatre ans, ajoute Maggie, au souvenir de la période qui a suivi le décès de Fred, du chagrin qui a dévoré sa fille. Alors que tu avais vraiment besoin d'elle.

Oh, mais qu'est-elle en train de faire ? La peur que ce retour dans la maison familiale soit une mauvaise idée – une réaction régressive, infantile et pitoyable – s'intensifie lorsque Lucy quitte l'autoroute à Exeter et s'engage sur une voie nettement moins rapide. Impossible de se persuader qu'elle est dans la campagne autour de Londres, dans un endroit lié à son existence actuelle. De kilomètre en kilomètre, le paysage devient plus verdoyant, plus agricole et plus désolé. Un nuage qui glisse au-dessus de la lande donne à la tourbe une teinte menaçante, d'un violet foncé, transforme les verts lumineux en gris ternes.

À un kilomètre et demi de la ferme, elle se gare. L'angoisse la submerge, lui lacère le ventre au point de la rendre malade. Respire lentement, se dit-elle. Ça ne sert à rien. La panique l'assaille toujours à cet endroit, quand elle aperçoit la portion de la côte où son père est mort.

Elle tente de se concentrer sur l'orge qui ondule dans la brise, les alouettes qui tournoient dans le ciel et la mer d'huile en toile de fond. Un tracteur vert trace son sillon au pas. Un instant, elle voit son père aux commandes, le visage rougi par la récolte du maïs. Puis elle se rappelle la fraîcheur de la petite église locale. Le bois pâle du cercueil.

Elle cligne des paupières pour repousser les larmes brûlantes. Pas maintenant, Lucy. Pas à quelques minutes de la maison. Maman n'aimera pas te voir avec des yeux irrités, savoir que tu as pleuré. Elle se concentre sur le pare-brise tacheté de poussière. Le tracteur roule en sens inverse, à la même allure d'escargot, comme un jouet qu'un enfant pousserait dans un décor de ferme. Focalise-toi sur ça. Respire lentement et profondément. Et pour l'amour de Dieu, ressaisis-toi.

Un éclair rouge apparaît au détour d'un virage. Cette vision l'incite à sécher ses larmes, à contenir celles qui menacent encore de déborder. Elle connaît cet homme. Sam, le facteur qui apportait le courrier pendant toute son enfance, et le faisait bien avant déjà. Dévalant la côte sur sa bicyclette, pour ensuite la remonter, presque quotidiennement.

Il ne peut pas encore travailler, si ? Il doit approcher de la retraite… Elle le regarde pédaler : sacoches pleines à craquer, mollets bronzés et gonflés qui s'échappent de son bermuda gris foncé si démodé.

Faites qu'il ne me repère pas, implore-t-elle. En arrivant à sa hauteur, pourtant, il jette un coup d'œil à l'intérieur de la voiture et un sourire se peint sur ses lèvres : il l'a reconnue. Elle lui en retourne un crispé. Un vrai sourire londonien.

Il arrête son vélo et revient sur ses pas.

— Lucy ? Lucy Petherick ?

— Bonjour, Sam.

— Ta mère m'a dit que tu rentrais pour l'été.

— Eh oui. Pourquoi rester à Londres quand il fait aussi beau ici ?

— C'est bien que tu sois là pour l'invasion des touristes.

— Ils arrivent en masse, alors ?

— Pas vraiment… Toujours les effets de cette maudite récession.

— Ah, dommage…

Leur échange anodin l'apaise, bizarrement.

— Le tourisme reste quand même la meilleure des cultures ?

— Croisons les doigts ! L'an dernier, ça a été la catastrophe… Mais la météo est plus optimiste cette année. Je parie d'ailleurs qu'on va avoir une canicule.

Il essuie un filet de sueur sur son front, puis passe sa main sur sa jambe.

— Contente d'avoir quitté Londres, j'imagine ?

Elle avait oublié qu'il était intarissable.

— C'est un autre monde ici, hein ?

— Le bout du monde, dit-elle.

Il la considère d'un air interrogateur.

— Il me suffira toujours à moi ! Regarde un peu !

Il désigne la vue d'un geste du bras : la mer étale et étincelante. La côte, version idyllique.

— Bon, je ferais mieux de te laisser repartir. Ta grand-mère ne me pardonnerait jamais de t'avoir retenue !

— Tu as raison, approuve-t-elle avec un sourire.

Il enfourche son vélo. Elle finit par redémarrer et s'engage sur la route étroite. L'air sent le sel et le frais. Au bout de la route, elle rejoint une piste pleine d'ornières – c'est bien pire que lors de sa dernière visite en novembre. La Renault cahote d'un nid-de-poule à l'autre, puis elle fait un bond, peine à atteindre le sommet de la côte en troisième.

Soudain, la ferme apparaît. Skylark. Elle tourne le dos à l'océan pour se protéger des éléments, ses yeux – car c'est ce que sont les fenêtres pour Lucy – regardent vers l'intérieur des terres, vers la lande. Au fond, les champs sont envahis par le maïs estival, au premier plan par le bétail : un patchwork de roux, d'or et de vert.

Elle remarque certaines différences. Les vaches jersiaises ont disparu depuis longtemps, comme les six cochons transformés en saucisses. Et pourtant, l'un dans l'autre, peu de choses ont changé. La traite a toujours lieu deux fois par jour, l'orge est récoltée chaque été, on procède à l'ensilage, on cultive des choux-fleurs. Les taureaux restent avec le reste du bétail à longueur d'année, et les taurillons sont envoyés ailleurs pour être engraissés puis abattus. Le rythme de l'année agricole est immuable.

Lucy se croyait immunisée contre ce monde, elle croyait que Matt et son travail à l'hôpital constituaient sa vie à présent, que son héritage familial – auquel elle fait à peine allusion, dont elle semble s'être débarrassée, presque, en même temps que son accent – appartenait à une époque révolue, celle de l'enfance.

Elle se trompait. Et tout en se délectant du spectacle, elle constate que le regret lui serre la poitrine, mais qu'elle ressent aussi un bonheur fragile, oui. Et ses yeux s'embuent de larmes.

5

— Lucy !

Le visage écarlate, Judith dévale les dalles d'ardoise du jardin. Elle essuie ses mains rouges sur son tablier et étreint sa fille avec bonheur.

— Regarde-toi ! Tu es tellement maigre !

Elle s'écarte, les yeux plissés par l'inquiétude tandis qu'elle saisit les poignets trop fragiles, qu'elle scrute la taille fine et les joues creusées.

— Oh, ma chérie ! C'est le stress ?

— On peut dire ça…

Lucy essaie de rire devant la réaction si prévisible de sa mère, puis retourne dans ses bras, incapable d'ajouter quoi que ce soit. Pendant quelques secondes elles restent ainsi. Personne n'a touché Lucy depuis le dimanche soir : une accolade de Matt, par sens du devoir conjugal, avant qu'elle ne parte au travail et qu'il ne rejoigne Suzi pour un verre.

Un instant, elle aperçoit le visage de son mari : son égoïsme franc quand il a décrété avoir besoin de « temps », les excuses insuffisantes et insignifiantes. « Écoute, Lucy, je suis désolé que tu sois tombée dessus, avait-il dit sur la défensive et droit dans ses bottes, comme si le cheveu de sa maîtresse n'avait aucun rapport avec lui. Mais c'est peut-être pour le mieux. »

Un sanglot monte à la façon d'une bulle en elle.

— Là, là, l'apaise Judith, sur le ton qu'elle emploierait avec un enfant.

— Je suis désolée, maman.

Ses larmes mouillent le tee-shirt de sa mère, forment une tache qui se déploie sur l'épaule anguleuse.

— Là, là… Tu es à la maison maintenant.

Sa mère, qu'elle dépasse d'une demi-tête, la serre plus fort.

— On va t'engraisser un peu. Tom a mis au point de nouvelles glaces en ton honneur : lavande-miel et orange-cardamome.

— Oh ! Il est là ?

Elle rit sans conviction, ressentant un pincement d'appréhension. Elle a une dette envers son frère, le bon fils, revenu travailler à la ferme trois mois après la mort de leur père.

— Il s'occupe du foin, mais il passera te voir avant la traite de l'après-midi.

Sa mère sourit et Lucy perçoit la légère crispation autour de sa bouche, signe d'extrême fatigue.

— Il est si content que tu sois là. Nous le sommes tous.

Judith pousse la lourde porte en chêne. Elles traversent l'entrée dallée pour rejoindre le cœur de la ferme. Tout est en bien plus mauvais état que dans le souvenir de Lucy : le papier peint dans le couloir qui se décolle par lambeaux, les toiles d'araignée au plafond, les taches de moisissure dans les angles.

Dans la cuisine encombrée et désordonnée, les scones, en train de cuire pour les touristes, emplissent l'atmosphère d'une odeur agréable, à laquelle s'en ajoute une autre, de terre et de bête, qui excède l'habituel arôme discret du bétail et du fumier. Lucy jette un coup d'œil au panier crasseux, à côté de la cuisinière. Il accueille désormais Champ, un chien de berger de trois ans. Pendant plus de dix ans, Floss, le chien de son adolescence, l'a occupé.

— Je ne m'habitue pas à son absence, dit-elle.

Judith entreprend de placer sur un plateau la tasse que Lucy a utilisée toute son enfance, avec un bonhomme de neige, et l'assiette assortie. Elle choisit un énorme scone, puis ajoute des pots de confiture et de crème, avant d'hésiter.

— Ça te va, un thé classique ? Je crois qu'on est un peu justes pour les parfums plus sophistiqués.

— Classique, c'est parfait. Tiens, je vais t'aider.

Lucy ouvre un placard pour sortir la boîte à thé et en profite pour cacher son visage. Elle est émue par les efforts de sa mère pour que sa fille se sente chez elle, mais embarrassée par la distance entre elles : comment peut-elle la penser trop raffinée pour boire le thé de son enfance, celui qu'elle a toujours partagé avec eux ?

— Maman… je suis désolée d'avoir donné si peu de nouvelles.

L'excuse lui a échappé sans prévenir.

— J'étais trop absorbée par mon travail, et Matt, poursuit-elle d'une voix tremblante. Et tu sais que la Cornouailles, ce n'est pas son truc. J'aurais dû venir à

Pâques, sans lui, seulement il avait tellement envie de partir, de prendre l'air.

Lucy se rend compte qu'elle s'enlise dans des justifications.

— Peut-être que je sentais, au fond de moi, qu'il fallait que j'évite de le laisser seul trop longtemps… J'aurais quand même dû passer à Noël, après ma garde.

Elle se risque à regarder dans la direction de sa mère et découvre que le voile de douleur et d'inquiétude dans ses yeux a disparu.

— Oh, Lucy ! s'exclame-t-elle en se rapprochant de sa fille. Tu m'as manqué, bien sûr que tu m'as manqué, mais c'est bien la dernière chose dont tu dois te soucier dans l'immédiat !

Lucy cligne des paupières pour chasser les larmes. Elle n'attendait pas un accueil aussi généreux après ses réticences à venir depuis la mort de son père. Sa mère l'enlace à nouveau.

— La seule chose qui compte, c'est que tu sois là, aujourd'hui. Que tu n'aies pas hésité à venir ici quand tu en as ressenti le besoin.

Ava Petherick, jambes assurées et joues duveteuses, glousse en pourchassant des colverts sur la pelouse.

— Canards, canards, canards ! chantonne-t-elle.

Elle les montre du doigt avant de se retourner vers son père pour obtenir confirmation.

— Canards, Ava. Canards.

— Canards, canards, canards, répète-t-elle.

Elle s'élance dans la direction opposée à présent, ayant repéré une oie qui a trouvé un coin paisible où picorer, au pied d'une haie.

— Pas canard, oie, rectifie Tom en se tournant vers sa sœur.

— O ? essaie Ava. Oa, o ?

Elle court jusqu'à sa tante et l'observe avec curiosité.

— Oa ?

— Lucy, lui explique son père.

— Oa, répète-t-elle avec aplomb. Oa.

Elle réclame les bras de son père, sûre d'elle. Sûre d'être aimée.

— Elle est vraiment magnifique, Tom, lui dit Lucy alors que sa nièce enfouit son visage dans le cou de son père, souriant de ce sourire du tout-petit habitué à être vénéré. Encore plus jolie que quand elle était bébé. Elle a tellement changé, c'est incroyable !

Elle admire les volutes d'un blond miel et les immenses yeux interrogateurs.

— Ça me paraît fou que mon petit frère soit devenu un parent responsable !

Elle sourit à cet homme au large torse qui semble avoir terriblement vieilli en un an. Il se frotte le visage, mal à l'aise.

— Ouais… Ça lui arrive de se transformer en petite terreur, tu sais.

Ils sont assis devant une table de pique-nique bancale, réservée aux clients l'après-midi. Derrière Tom, une volée de mouettes descend l'estuaire et des canots dessinent des lignes d'écume dans la baie. Lucy frotte le lichen sur la table, et les traces de mousse verte sur le banc. Tom et elle construisaient des cabanes ici, autrefois, avec des tapis, avant d'être attirés par les buissons de genêts noircis. À l'adolescence, juchés sur cette même table, ils planifiaient leur soirée du samedi, avec des copains et une bouteille de cidre.

Chaque élément ici déborde de souvenirs : les haies à l'ombre desquelles ils s'allongeaient pendant que leurs parents moissonnaient les champs, la cabane que leur père avait construite un automne tranquille, les granges où ils donnaient le biberon aux agneaux et regardaient éclore des poussins.

Il y a aussi les endroits qui ont servi de décor à des événements marquants : la pente où elle s'est cassé le bras, le tamaris sous lequel elle a ouvert sa lettre d'acceptation à l'université, la grange dans laquelle elle aurait perdu sa virginité si Tom et son meilleur ami, Ben, n'avaient pas débarqué. À ce souvenir, elle grimace et dirige son regard plus loin, vers le cap : le lieu où son imagination la transporte toujours. La nature y est sauvage, rien ne pousse à l'exception de l'herbe que broutent les moutons d'un voisin, ainsi qu'une masse de végétation robuste : graminées, camomilles, arméries maritimes, astragales.

— Désolé pour ton boulot… et ce salaud, lâche Tom, s'introduisant dans les pensées de Lucy.

— Je préfère qu'on n'en parle pas.

Son ventre se serre. Un instant, elle a réussi à éloigner la réalité. Matt et son désinvolte « c'est peut-être pour le mieux » lui sont insupportables. Quant à Jacob, elle est dans l'incapacité de se représenter ce minuscule corps relié à d'innombrables fils, luttant pour la vie.

— Parle-moi de toi, Tom.

Les accents enjoués de sa voix sont forcés. Elle ajoute :

— Je parie que tu n'as pas beaucoup de temps pour la planche à voile.

— Pas beaucoup, non, dit-il en inclinant la tête vers les vaches dans le champ. Trop occupé ici.

Elle avale une cuillerée de glace.

— Et ça, en plus… c'est délicieux.

Le visage de Tom s'illumine.

— Ça te plaît ?

— Oui, le goût est si délicat. Tu devrais la commercialiser.

— Pas l'argent pour… ni le temps.

Un silence s'étire. Sa ressemblance avec Fred est si frappante, à cet instant, que c'en est troublant. La même taille et la même carrure, la même façon de froncer le nez. Leur père en blond. Lucy cligne des yeux et voit surgir Fred, un immense sourire aux lèvres. « C't'un boulot prenant », lui dit-il avec un accent paysan caricatural dont il était, en réalité, dépourvu. « Compris, ma mignonne ? » ajoute-t-il avec un clin d'œil. Puis il se lève, hisse une Lucy encore fillette sur son épaule et s'élance dans le champ avec elle, suivi par un tout jeune Tom.

— Comment va maman ? demande-t-elle brusquement, pour chasser les souvenirs. Elle m'a semblé un peu abattue. Qu'est-ce qui ne va pas ? Je veux dire… en plus du souci qu'elle se fait pour moi, et de papa qui lui manque.

Tom rougit.

— Quoi ?

Elle est accablée par la sensation qu'il se passe quelque chose de grave et qu'elle a été d'une naïveté lamentable.

— Tu n'es vraiment pas au courant ? Elle ne t'a encore rien dit ?

— Dit quoi ? Elle n'a pas un cancer, si ?

Un goût métallique lui envahit la bouche.

— Non, non… rien à voir.

Il marque un temps et Lucy a, plus que jamais, l'impression d'avoir été négligente : le monde ne s'est pas arrêté de tourner pendant qu'elle se laissait happer par ses problèmes. Tom redresse la tête et constate qu'elle est au bord des larmes.

— On a des problèmes d'argent. De gros problèmes, explique-t-il en fixant ses doigts calleux. On a un découvert de cent cinquante mille livres et on a beaucoup de mal à le rembourser.

Il faut une seconde pour que Lucy prenne la mesure de la somme. Elle est soufflée.

— Cent cinquante mille ? Mais comment ça a pu atteindre ce montant ?

— Une mauvaise récolte l'an dernier, seize mille livres pour remplacer la tuyauterie de la salle de traite. Et puis cet hiver six trayeuses nous ont lâchés et il a fallu débourser dix-huit mille livres de plus pour en racheter… Tu es au courant pour la mesure de confinement ?

Elle hoche la tête : une vache est atteinte de tuberculose bovine et les taurillons qui auraient dû quitter la ferme à deux semaines sont restés deux mois de plus, le temps d'attendre le résultat de leurs tests.

— On n'a pu les mettre en vente qu'en avril, et il a fallu les nourrir deux mois supplémentaires, ça coûte de l'argent. Bref… tout s'est additionné. Maman avait une autorisation de découvert de cent mille livres : une somme tampon pour passer l'hiver, et la banque était ravie de nous la prêter tant qu'on restait dans les clous chaque année. On a eu une période de déveine. Et pour ne rien arranger, en mars, la laiterie a baissé ses prix pour pouvoir concurrencer les supermarchés.

— Pourquoi tu ne m'as rien dit ?

— Tu ne pouvais pas nous aider de Londres… et tu avais tes propres problèmes.

— Pas à l'époque ! Je me serais débrouillée pour vous aider dans la mesure de mes moyens, si j'avais su.

Il lui adresse un petit sourire triste.

— Tu n'aurais pas pu grand-chose, Lucy… On a besoin de bras, pour accomplir des travaux physiques. Et même ça, ça ne suffira pas à rembourser nos dettes.

Après un silence, il ajoute :

— Par-dessus le marché, on a un dernier problème. L'offre d'oncle Richard.

— Quelle offre ?

Elle pense au frère cadet de sa mère, un comptable installé à Guildford. Un banlieusard charmant et matérialiste. Il a quitté la Cornouailles à dix-huit ans et n'a jamais exprimé le moindre désir d'y retourner.

— Il veut vendre la ferme pour la transformer en résidence de vacances de luxe, avec piscine et espace de jeux intérieur pour les enfants. On mettrait mamie dans un établissement spécialisé à Wadebridge. Maman garderait un des deux gîtes, et lui l'autre.

— Et toi ?

— Je pourrais reprendre la cuisine. Je gagnerais plus facilement ma vie… je n'aurais plus Flo sur le dos.

— Ce n'est pas vraiment ce que tu veux, si ?

— Non… Je n'ai peut-être pas choisi cette vie, mais maintenant que je suis ici je ne veux pas être celui qui aura échoué.

— Même si Flo est malheureuse ?

Lucy pense à la copine de son frère, qui fait souvent la tête.

— Elle finira par s'habituer.

On dirait qu'il essaie de se convaincre lui-même…

— Bon, et maman ? Elle n'est pas tentée par l'offre ?

Lucy a l'impression qu'un poids lui comprime la poitrine.

— Ça lui briserait le cœur, mais elle voit aussi les avantages. Elle est fatiguée. Oncle Richard pense pouvoir en obtenir plus de deux millions. Plus si on vend toutes les terres, et encore plus s'il peut superviser les travaux. Plus besoin de se lever à l'aube pour la traite, ou de s'inquiéter pour le découvert, les impôts locaux… Elle pourrait avoir une vie plus paisible si elle arrivait à ne pas se reprocher d'être celle qui aurait baissé les bras à la cinquième génération. Celle qui aurait perdu Skylark… Là où ça coince sérieusement, c'est du côté de mamie. Elle refuse de partir et tant qu'elle sera vivante je ne vois pas comment il pourra la mettre dehors. C'est peut-être un salaud sans cœur qui n'a jamais proposé un coup de main… mais je ne le crois pas capable d'être aussi minable.

Lucy songe à sa grand-mère si déterminée, si attachée à la ferme.

— Il ne devrait pas vendre tant que mamie est en vie… ou lucide, reprend Tom. Et je ne crois pas qu'il cherchera à lui soutirer une procuration… Mais au moment de l'héritage ? Il forcera la main à maman si la ferme ne rapporte pas d'argent. Enfin, il n'aura peut-être même pas besoin de la convaincre…

Il pince les lèvres. Il a mis au point cette expression faussement désinvolte petit garçon, lorsqu'il cherchait à retenir ses larmes.

— Papa triste ? demande Ava, avant de jeter ses bras autour du cou de Tom.

— Oui, c'est triste, Ava. Papa a grandi ici, avec tante Lucy. J'aimerais que tu passes ton enfance ici, toi aussi.

— Eh bien… il nous reste à faire en sorte d'inverser la tendance.

Lucy se sent soudain galvanisée, c'en est ridicule.

— On va prouver à oncle Richard que cette ferme mérite qu'on s'accroche, qu'elle mérite qu'il investisse.

— J'essaie !

La frustration de Tom déborde tout à coup.

— J'ai planté cinq hectares de roseaux pour le chaume cette année. Si la météo se maintient, ça pourrait nous rapporter quinze mille livres.

— Et sinon ?

— On sera encore plus dans la merde.

— Je ne sais pas quoi dire…

Elle est consciente que son optimisme est présomptueux. En même temps, elle ne parvient pas à imaginer que ce monde puisse disparaître. À ses yeux, la ferme a toujours été le lieu d'un possible retour : aussi immuable et fiable que sa mère. Ou peut-être même davantage, car la mort de Fred lui a appris qu'aucun parent n'est immortel. Leur famille vit entre ces murs depuis plus de cent ans, et le fait que son arrière-arrière-grand-père ait travaillé dans ces champs l'émeut et la rassure à la fois. Cet endroit est un élément constitutif de son identité.

— Oa ?

Ava tend ses petites mains potelées vers Lucy.

— Je peux ? demande-t-elle à son frère.

— Évidemment.

La petite va se blottir contre sa tante : elle gigote autant qu'un chiot – un chiot qui sentirait bon.

— On va essayer de trouver le moyen de rester ici, Ava, murmure-t-elle dans ses cheveux au parfum de shampooing pour bébé et, plus légèrement, de sueur. On restera ici.

Elle n'a pourtant pas la moindre idée de la façon dont ils s'y prendront pour réussir.

6

20 juillet 1940, Cornouailles

Il avait surgi d'un ciel bleu limpide. Will vit le Heinkel remonter le long de l'estuaire, vrombir au-dessus du petit port de pêche de Padstow et, un instant plus tard, foncer droit sur lui. Lui, un garçon de quatorze ans qui rentrait à la ferme sur sa bicyclette, sans rien demander à personne.

Il s'arrêta pour l'observer, pas par peur, car c'était excitant, non, un véritable bombardier allemand ? Tout à coup, il s'accroupit, le cœur au bord des lèvres tandis que l'appareil virait au-dessus des maisons en direction du manoir de Prideaux Place et de son bois. Le vacarme du moteur déchiquetait l'air. Il put apercevoir la croix gammée sur la queue de l'appareil et le pilote, à travers le cockpit ouvert. Il me regarde dans les yeux, pensa-t-il. Et son premier réflexe – après s'être plaqué contre un mur, car il n'était pas assez courageux pour rester planté là, en dépit de ce qu'il prétendrait sans doute par la suite – fut de penser à ce qu'il raconterait à Maggie. Puis vinrent les bombes qui tuèrent une biche et creusèrent un cratère dans l'herbe, envoyant un bout de pelouse dans la mer et modifiant un paysage resté intact pendant des siècles. Le Heinkel s'éloigna le long de la côte dans un vrombissement qui s'assourdit peu à peu. Le manoir élisabéthain était intact, sinon ses fenêtres, qui avaient explosé dans un tintement de verre.

Will demeura accroupi, le cœur tambourinant, le sang lui affluant à la tête, avant de se relever, étourdi. Une volute de fumée noire montait des cratères et barbouillait le ciel. Enfin un peu d'action ! La bataille d'Angleterre venait de débuter : des Spitfire décollaient de St Eval, au bord de l'océan, et les pilotes allemands avaient attaqué la base aérienne la semaine précédente – ils avaient lâché trois bombes et l'avaient mitraillée. Will n'avait jamais été aussi près d'un avion ennemi. Nez à nez. Un affrontement d'homme à homme. Voilà ce qu'il raconterait à Maggie. La guerre, cette réalité qu'on l'avait forcé à fuir, dont la Cornouailles était censée le protéger... la guerre donc était parvenue jusqu'à lui avec toute la morgue et le mépris d'un pilote de la Luftwaffe.

Il redressa sa bicyclette et reprit son chemin. Un peu plus de deux kilomètres jusqu'à la maison : il y serait en un rien de temps, propulsé par la nouvelle qu'il avait à annoncer. Nez à nez. Un affrontement d'homme à homme. Il avait perçu le mal sur les traits du fritz, sa détermination à le tuer. « Alors pourquoi ne l'a-t-il pas fait ? » lui répliqua une Maggie imaginaire, les lèvres étirées par un sourire, ni dédaigneux ni cruel, simplement taquin, comme si souvent. Eh bien, je lui ai fait peur, répondrait-il. Même en s'entraînant à prononcer les mots, il sut que cette réponse ne réussirait pas à la convaincre. Maggie n'était pas une imbécile. Elle avait six mois de plus que lui et allait à l'école du comté – il fallait être intelligent pour y entrer, contrairement à celle que Will s'apprêtait à quitter pour travailler à la ferme tout l'été. Tante Evelyn voulait que Maggie devienne institutrice. Quand il y avait un débat, c'était en général la jeune fille qui l'emportait.

Ses jambes turbinaient. Elles dépassaient, puissantes et bronzées, de son bermuda en flanelle grise. Ça changeait des cannes blanches et efflanquées qu'il avait, onze mois plus tôt, à son arrivée ici avec ses trois sœurs – les jumelles étaient logées à Wadebridge, Alice et lui à la ferme.

En onze mois il avait eu le temps d'acquérir la certitude qu'il ne voudrait jamais repartir. La brume londonienne, la maison exiguë où il devait partager une chambre avec son petit frère Robert, leurs sœurs une autre, tandis que leurs parents dormaient au rez-de-chaussée. Ce monde était loin de la mer, de la campagne et des animaux, de la liberté qu'il connaissait ici.

Il dévala la colline, les jambes bien droites, debout sur ses pédales, fonçant vers la ferme. Il crut que ses poumons allaient éclater, malgré son excellente forme physique – les jours d'école, il faisait le trajet, aller et retour, en bicyclette. Il savait nager aussi, il s'entraînait depuis mai pour que Maggie ne se moque plus de lui, même si l'eau glacée continuait à lui couper le souffle.

Les champs d'orge s'ouvrirent pour révéler la ferme et il sourit, comme toujours, chaque fois qu'il posait les yeux dessus. Il avait du mal à y croire : sa vie était ici aujourd'hui. Padstow, Trecothan, Skylark. Sa mère, restée à Londres avec Robert, lui manquait, son père aussi bien sûr, mais il avait une de ses sœurs avec lui et surtout il avait Maggie : sa meilleure amie, même s'il refusait de l'admettre. Comment dire aux autres gars que la compagnie d'une fille, maligne de surcroît, était agréable. Et pourtant, sans elle, aurait-il appris à nager, à ramasser des moules ou à trouver les cachettes les plus secrètes à flanc de falaise ? Les saillies sur lesquelles on se hissait, après s'être assuré qu'elles résisteraient au poids. Les cavités que l'on atteignait et d'où l'on pouvait observer tranquillement le vol des oiseaux marins, s'émerveiller des vagues qui venaient s'échouer ?

Il pila dans un crissement de freins. Moins de six minutes séparaient le manoir de la ferme. Pas mal. Bientôt il rejoindrait les filles et leur raconterait son exploit. Elles avaient dû voir tomber les bombes, peut-être même étaient-elles inquiètes ? Il se mit à courir : ça ne lui avait pas traversé l'esprit jusqu'à maintenant. À quatorze ans, il se croyait invincible. Et chanceux avec ça. Il n'avait pas été renvoyé chez lui pour Noël, même si la guerre mettait du temps à débuter, car sa mère n'en avait pas exprimé le désir. Et il était trop jeune pour aller se battre – s'il continuait à travailler à la ferme, il n'aurait jamais à le faire, apparemment.

— Devinez un peu ?

L'écho de sa voix le précéda alors qu'il traversait la cour pavée pour rejoindre le jardin, sur le côté de la maison, derrière les dépendances. Maggie et Alice étaient assises autour de la table en fer forgé.

Elles écossaient des fèves en riant. Derrière elles, adossé au tamaris qui marquait la fin du jardin et le début des champs, se trouvait Edward, un cousin issu de germain de Maggie. Seize ans, mince, des reflets roux. Will lui accorda à peine un coup d'œil.

— Quoi ? répondit Maggie en fronçant le nez.

— J'ai vu le bombardier ! J'étais juste là. Il a plongé et a failli m'avoir. Il m'a regardé droit dans les yeux, et tout.

— À Padstow ? Oh, Will !

Du haut de ses neuf ans, Alice exprimait une émotion gratifiante.

— Il aurait pu te toucher, Will ! Tu aurais pu recevoir une bombe… ou une balle !

— Mais non, répondit-il à sa petite sœur.

Il était embarrassé à présent, il ne voulait pas qu'elle ait peur.

— Il volait à quelle altitude ? s'enquit Maggie.

— Assez bas pour que j'aperçoive le swastika… et son visage !

— Impossible, lâcha Edward en venant vers lui. Les bombardiers ne peuvent pas descendre aussi bas… sauf quand ils s'écrasent. On l'a vu s'éloigner après.

Will sentit son excitation retomber.

— Je l'ai vu, c'est vrai. Je vous jure. C'était un Heinkel, avec le cockpit ouvert. Je l'ai vu très nettement. Le pilote avait des yeux d'un bleu vif qui m'ont transpercé. On aurait dit qu'il jubilait. Il savait forcément que j'étais là.

— Alors pourquoi il ne t'a pas bombardé ou mitraillé ?

— Sais pas.

Will avait l'impression de subir un interrogatoire. Edward voulait devenir avocat, même si son père était un fermier comme oncle Joe. Il aimait la poésie, les débats et avoir raison. Toutes choses indiquant qu'il comptait aller à l'université. Maggie l'admirait. Will le trouvait un peu pédant.

— Peut-être qu'il t'a semblé plus près qu'il ne l'était, Will, suggéra Maggie avec un sourire, pour tenter d'apaiser les tensions.

Ses yeux noisette se plissèrent et elle replaça ses épaisses boucles derrière ses oreilles, signe chez elle de gêne ou d'impatience.

— Pourquoi vous ne me croyez pas ?

Il était déconcerté.

— Il était là, insista-t-il en écartant ses mains d'un mètre, ce qui était probablement une exagération. D'accord, à trois ou quatre mètres de moi, au moins.

Il indiqua le tamaris et ajouta :

— À la même distance que l'arbre !

— Ça m'étonne que tu aies pu voir ses yeux s'il était aussi loin, observa Edward.

Son sourire condescendant avait l'air de dire : « Désolé, mon vieux, tu t'es planté sur ce coup. »

— Tu me traites de menteur ?

Will en avait assez. Il avait été témoin de l'événement le plus excitant de son existence et ce moment était gâché par un fainéant snob qui lisait de la poésie.

— Répète un peu voir ! s'emporta-t-il.

Derrière lui, les filles étaient abasourdies. Alice se mit à gémir. Will ne comprenait pas d'où lui venaient ces mots : ce n'était pas dans ses habitudes de dire ce genre de chose. Il n'avait jamais provoqué personne au combat, mais la rage coulait dans ses veines et il ne supportait pas qu'on mette sa parole en doute. Au-dessus de leurs têtes, une alouette pépia : un appel joyeux qui montait dans le ciel et se répétait, lui disant de ne pas être idiot, d'oublier l'incident.

— Je n'ai aucune envie de me battre, Will, répondit Edward en le considérant d'un air légèrement amusé. Si tu dis qu'il t'a regardé dans les yeux, je te crois. Je me demande juste pourquoi il ne t'a pas tiré dessus, dans ce cas.

— Peut-être qu'il avait une conscience.

— Oui, c'est une possibilité.

Edward retourna au tamaris.

— Peut-être que le fritz ne tue pas quand il est face à un ennemi sans défense ? suggéra-t-il après un temps de réflexion.

Il adressa à Will un sourire faussement contrit. À cet instant, Will le haït de tout son être.

— Tu ne me crois toujours pas !

Sa voix monta dans les aigus – une voix d'enfant – et il sentit, plus que jamais, l'écart entre ses quatorze ans et les seize d'Edward.

— Je pense juste que tu as un peu exagéré, dit celui-ci dans un haussement d'épaules avant de lever les mains.

Un geste simple signifiant qu'il était désolé, mais que l'histoire de Will ne tenait pas debout.

— Très bien, tu l'auras voulu.

Il se dirigea vers son aîné, qui le dépassait d'une tête. Edward haussa un sourcil. Will aurait encore été prêt à renoncer si le cousin de Maggie avait proposé de faire la paix. Et pourtant, celui-ci continuait de lui sourire. Will attaqua, visant son ventre, et ils basculèrent tous deux sur le flanc.

— Calme-toi, souffla Edward d'une voix étranglée en se relevant.

Will était déchaîné, son poing droit rencontra le bras gauche de son adversaire, le gauche son ventre. Edward jeta un regard désespéré à Maggie, puis recula, les mains en l'air. Elle se précipita vers eux.

— Will ! s'écria-t-elle en essayant de le retenir.

— Lâche-moi !

Il ne la repoussa pas trop brutalement, il ne voulait surtout pas la blesser. Il ne voulait blesser personne au fond. Il lui jeta un coup d'œil par-dessus son épaule, pour tenter de lui faire comprendre qu'il n'était pas en colère contre *elle*. Il lut la déception dans ses yeux écarquillés. Alice s'était enfuie, en larmes.

Paf ! Edward avait donc décidé de se défendre. La poussée, en plein torse, prit Will par surprise. Son aîné lui agrippa les bras. Il cherchait davantage à l'immobiliser qu'à le frapper : il voulait éviter de lui faire mal. Ce n'était pas un match de cricket. Et Edward tenait à jouer selon les règles.

Il était plus fort qu'il n'y paraissait. Surpris, Will fut propulsé en arrière, puis s'étala par terre, le nez dans de la camomille écrasée et des crottes de lapin. Edward se jeta sur lui. Will se démena comme un diable, réussissant à décocher un coup de pied dans le mollet de son assaillant.

— Aïe !

La douleur d'Edward explosa dans un souffle.

— Tu m'as fait mal ! ajouta-t-il.

— C'était mon intention.

Will tâcha de se libérer. Après une minute de lutte, il réussit à prendre le dessus. Edward se débattait, agitant les bras, les jambes et les poings en tous sens.

Will avait mal à l'épaule et aux mollets. Il éprouva soudain une lassitude immense, car cette dispute n'avait rien à voir avec une quelconque volonté de défendre son honneur. Elle tenait au fait qu'il était le nouveau. Celui qu'on accueillait à la ferme mais qui n'avait aucun droit d'être là.

— Dégage ! cracha Edward, qui avait le nez en sang à présent. Pour l'amour de Dieu, arrête !

Will s'écarta, hypnotisé par le sang qui coulait sur le pull en coton blanc du cousin de Maggie, ébranlé par sa propre puissance.

— Je suis désolé, je ne voulais pas…

— Tu es un vrai sauvage !

Les yeux bleu clair d'Edward s'étaient réduits à deux fentes. Le cerveau de Will était en ébullition, il fut tenté de se jeter à nouveau sur lui, cependant une voix tranchante, scandalisée et de plus en plus sonore, le stoppa net.

— Non mais qu'est-ce qui vous prend ?

Tante Evelyn, la mère de Maggie, arrivait en courant, suivie de la bonne, Joanna. Elle vrilla ses deux yeux sur Will : deux scarabées noirs. La bouche déformée par une grimace cruelle, elle lança :

— Alors ?

Ils restèrent silencieux.

— Je suis dé… désolé, finit par bredouiller Will.

Son bégaiement ponctuel, qui avait disparu ces six derniers mois, revenait.

— Une petite bagarre de rien du tout, tante Evelyn, intervint Edward. On s'est laissé déborder par nos émotions. Will s'est excusé.

— C'est très charitable de ta part, mais tu saignes, insista-t-elle alors que son regard se faisait plus dur. William, je ne tolérerai pas ce genre d'attitude. Tu es un hôte dans cette maison et je n'hésiterai pas à contacter l'administration pour te faire reloger ailleurs si cela se reproduit.

— Par... pardon.

— Ton oncle réglera la situation. En attendant, je crois qu'on a besoin de ton aide pour la traite, non ?

— Oui.

— Alors file.

— Mer... merci.

Les lèvres d'Evelyn, pincées, n'esquissaient pas le moindre sourire. Un pli profond lui barrait le front. Elle hocha la tête, sèchement, préoccupée par les taches de sang sur les vêtements d'Edward. Will détala avant qu'elle ne change d'avis.

Plus tard, bien plus tard, il s'échappa de la ferme et courut jusqu'au sentier côtier. Il longea la casemate en béton, remonta vers le cap, vers l'océan. Il dépassa la crique, où l'eau était calme, profonde, d'un bleu pétrole, ainsi que la vieille cabane de pêcheur. La soirée commençait tout juste, pourtant il ne croisa personne. L'heure parfaite pour disparaître.

Les touffes de gaillets se densifiaient et les ronciers l'égratignèrent quand il se fraya un chemin à travers eux. Ses jambes étaient recouvertes de salive animale, de piqûres d'orties rouges et irritées. Il avait besoin d'être seul, de ruminer les paroles d'oncle Joe : le fermier s'était avoué « déçu », et cette déception était pire que la raclée redoutée. Will devait surmonter sa honte, trouver le moyen de regarder à nouveau tout le monde dans les yeux.

Maggie lui avait montré cette cachette, sur une corniche, en septembre, peu après leur arrivée, à Alice et à lui. Ils cueillaient les dernières mûres, celles dont personne n'avait voulu, les enfournaient, léchaient le jus sucré et enivrant sur leurs doigts. Ça avait été une journée douce. Will avait été époustouflé par la vue et par l'océan qui se fondait dans le ciel, à l'horizon.

— Regarde !

Elle l'avait agrippé par le bras pour le forcer à se retourner. Un couple de phoques prenait un bain de soleil sur des rochers qui surplombaient les vagues.

— Je vais te montrer un endroit encore mieux, avait-elle poursuivi avant de le conduire à cette corniche, à mi-hauteur à flanc de falaise.

On accédait à cette petite grotte en prenant appui contre la paroi et en se baissant, en priant pour que le vent ne se lève pas. Ils s'étaient allongés à plat ventre afin d'épier le monde sous un dais de graminées et d'armérie maritime.

— Personne ne connaît cet endroit, lui avait-elle dit.

— Si, moi, avait-il rétorqué avec un sourire.

— Oui, maintenant. Ça pourrait être notre cachette secrète. À tous les deux.

Il n'y était pas retourné depuis début juin, pourtant ça restait l'endroit où il venait se réfugier quand il avait besoin de réfléchir. S'il ne s'attendait pas que Maggie le suive, il ne fut guère surpris de la voir surgir une heure plus tard. Elle se faufila à côté de lui, repliant ses jambes bronzées, évoquant presque plus un garçon qu'une fille – elle n'avait toujours pas de poitrine.

— Tu ne peux pas frapper les gens, tu sais.

— Je sais.

— Ça m'a déplu… et c'était injuste pour Edward.

— Je me suis senti bête à cause de lui.

— Ce n'était pas son intention. Il essayait juste de comprendre, il est comme ça.

Will garda le silence. Au-dessus de leurs têtes, le ciel changeait : du mauve se diffusait dans le bleu avec une pointe de cuivre. La marée recouvrait le sable à présent, se rapprochant centimètre par centimètre de la falaise. Il cueillit une herbe, forma un bracelet avec en la nouant. Il aurait fait n'importe quoi pour lui dissimuler qu'il était au bord des larmes. Après l'avoir scruté avec insistance, elle finit par lui effleurer la main.

— On devrait rentrer, maman va s'inquiéter.

— Je ne peux pas.

— Oh, ne sois pas ridicule !

Elle eut, un instant, les mêmes intonations que tante Evelyn. Puis elle sourit et une fossette se planta dans sa joue. Comment lui expliquer qu'il était terrifié à l'idée d'être renvoyé de la ferme ? Que même s'il savait qu'oncle Joe l'appréciait, il sentait qu'Evelyn avait l'ascendant dans leur couple, que c'était elle qui parviendrait à ses fins si elle le décidait. Il devait se méfier d'elle, se racheter auprès d'elle. Il devait lui faire bonne impression.

— Et si elle me hait ?

— Elle ne te hait pas. Elle ne veut pas que tu te battes, c'est différent. Il te suffit de lui présenter tes excuses, de lui dire que tu es sincèrement désolé. Et de ne plus jamais recommencer.

Il la dévisagea, il voulait tellement la croire. Elle avait rougi et elle dessinait dans la poussière avec ses doigts. Il se rendit soudain compte qu'elle avait tracé ses initiales, W. C., avec leur double sens ridicule.

— Je n'ai pas envie que tu partes, ajouta-t-elle. Je me sentais seule avant votre arrivée, à Alice et à toi. Tu n'as pas envie de partir, si ?

Elle posa ses yeux sur lui tout à coup.

— Non, dit-il d'une voix rauque, tant il ne pouvait imaginer pire cauchemar. Bien sûr que je veux rester.

— Alors viens. Il est temps de rentrer.

Elle sortit de l'étroite cavité et lui tendit la main. Elle avait des doigts minces et chauds, son contact – fugace, car il la lâcha dès qu'il fut debout – était réconfortant. Alice se blottissait parfois dans les bras de Will, mais il ne recevait que peu de marques d'affection.

— On fait la course ? dit-elle en lui jetant un regard par-dessus son épaule avec un sourire qui semblait dire que tout irait bien.

Elle prit aussitôt son élan, ses boucles brunes bondissant dans son dos, ses épaules étroites se fondant dans le paysage or et vert.

Il attendit qu'elle ait disparu dans la crique avant de se lancer à ses trousses, en direction de la ferme perchée sur une butte, sur la falaise d'en face.

7

4 juillet 2014, Cornouailles

C'est le petit matin. Pendant que Tom s'occupe de la traite, Lucy s'échappe de la ferme. La culpabilité de le laisser trimer seul s'ajoute au chagrin, à la colère, à la peur et à la honte. Sa foulée est énergique, déterminée, elle remonte le chemin côtier à travers la végétation en légère décomposition, vers les falaises.

La marée est haute : une masse d'un bleu profond va et vient sans moutonner, car la brise qui se lèvera dans la matinée est encore légère, lui donnant à peine la chair de poule. Elle poursuit, ses poumons peinent alors qu'elle gravit la colline. Elle fournit trop d'efforts pour fondre en larmes, mais son visage est crispé. Elle se concentre pour repousser ses limites et chasser les images de Matt et Suzi – plus séduisante à chacune de ses apparitions mentales. La végétation la fouette, une ortie la pique, elle recrache une mouche qui s'est introduite dans sa bouche ouverte, et malgré tout cela elle ne s'arrête pas, car à la première halte elle s'effondrera et son amour-propre, devenu si fragile, éclatera en mille morceaux.

Et soudain elle atteint le sommet de la côte. Le chemin mène ensuite en pente douce au cap. Elle ralentit. Les muscles de ses jambes la brûlent, sa respiration est saccadée et elle se plie en deux, les mains sur les genoux. La vue est spectaculaire, le Devon d'un côté, la pointe de l'Angleterre de l'autre – la brume matinale s'est dissipée et le ciel bleu pâle se précise de minute en minute. Son père a dû emprunter la même route, le tout dernier jour de sa vie. Sauf que c'était en avril, que la terre des sentiers, loin d'être sèche et compacte, était mouillée et glissante. Un sanglot se coince dans sa gorge, et elle cède enfin aux larmes.

Dévastée à présent, elle rejoint en titubant l'endroit qu'elle voit toujours lors de ses insomnies : le cap, battu par des rafales de vent hormis les rares jours de calme. Un filet de sueur lui dégouline dans le dos, elle tire sur son tee-shirt, mais sa transpiration devient glaciale et bientôt elle frissonne. Elle se frotte les bras, sentant ses côtes se soulever à chaque sanglot.

Maintenant qu'elle est arrivée là, elle s'aperçoit qu'elle n'a aucune envie de se tenir, les bras grands ouverts, face au vent, de jouer les invincibles. Car il pourrait retomber et alors elle risquerait de basculer en arrière, ou bien il pourrait changer de direction et tenter de la pousser dans le vide. Elle observe les vagues qui tourbillonnent autour des rochers, l'écume qui jaillit et asperge les mouettes, le granit accidenté qui déchiquetterait le nageur imprudent ou entraîné par le courant.

Et si elle tombait ? L'espace d'un instant, très bref, elle imagine cette mort. Serait-elle rapide – elle se fracasserait le crâne ? Ou, au contraire, lente – elle se viderait de son sang jusqu'à ce que la mer prenne pitié d'elle et l'entraîne dans ses profondeurs noires ?

Elle recule. Les larmes ont cessé. Elle vient de se faire peur. Très peur. Elle n'a jamais envisagé sérieusement cette issue. Lui revient alors la déception de sa supérieure (« ça ne te ressemble pas… tu es si concentrée habituellement… »), et l'expression de Matt qui s'apitoyait sur lui-même (« j'ai besoin de temps pour réfléchir… »).

Lucy comprend qu'elle veut vivre. Qu'en dépit de la honte que lui inspirent l'infidélité de son mari et sa faute professionnelle, elle ne mérite pas de tomber dans l'oubli. Le chagrin et le dégoût de soi finiront par s'alléger.

Elle s'essuie les yeux et rebrousse chemin. Le soleil tape à présent. À l'approche de la ferme, elle voit les vaches laitières sortir en flânant de la salle de traite. Tom referme la porte derrière lui puis se dirige vers la maison. Le petit déjeuner. Lucy ferait mieux de se presser.

Elle se met à courir et, dès qu'elle atteint la crique, force l'allure. Et elle se rend compte, en foulant le sentier côtier, qu'elle sourit presque.

Ce qui s'est produit sur le cap, se dit-elle en y repensant plus tard, était le déclic qui lui manquait pour passer à l'action. Au lieu de ruminer ses problèmes, elle va noyer sa culpabilité et son chagrin dans des travaux physiques.

Elle commence par la cuisine : elle récure le carrelage edwardien, usé depuis plus d'un siècle et où s'est incrusté un film de crasse – il y a des années que personne ne s'y est attaqué. Ainsi agenouillée, elle se fait une idée plus précise de l'état de saleté de la cuisine : les murs blanchis à la chaux qui poissent à la jointure avec le sol, la cuisinière luisante de gras, les fils de l'étendoir jaunis par la préparation des repas des cent dernières années.

Elle s'attaque aux particules logées entre les carreaux – ils forment une mosaïque noire et ocre foncé –, s'efforce de ne pas penser à son histoire avec Matt : sept années balayées en un claquement de doigts. Les vapeurs de désinfectant lui piquent les yeux et elle tente de se concentrer sur cette sensation douloureuse. « C'est peut-être pour le mieux », a-t-il dit en partant. Pour aller où ? Chez Suzi ? Elle l'imagine chez une autre femme, dans son lit. Un petit bout de femme avec de longs cheveux épais et un nom de starlette. Une femme qui pourrait faire passer Matt en premier – car il a reproché à Lucy de ne penser qu'à son travail. « Évidemment que j'y pense… quand un bébé meurt. » Elle frotte avec une vigueur redoublée. Ses grands principes féministes – « je le suis plus que la plupart de tes amies » – n'ont pas tenu la longueur.

Elle s'assied sur les talons et regarde le carrelage. C'est en train de virer à l'obsession, elle doit se concentrer. Ces carreaux ont-ils toujours été aussi sales ? Dans un recoin lointain de sa mémoire, elle revoit une photo de son arrière-grand-mère, près de la table en pin et elle sait – grâce aux récits de Maggie sur cette mère impitoyable – qu'ils ne devaient pas l'être à cette époque.

Où sont ces photos à présent ? Il y en avait toute une série, prises pendant l'âge d'or de la ferme – avant, pendant et après la guerre. Les vaches que l'on trayait à la main ; son arrière-grand-père qui passait la charrue ; le garçon de ferme qui, avec une fourche, remplissait une charrette d'une pyramide de paille ; et Maggie, alors jeune femme, éblouie par le soleil. Des clichés d'une époque pas si lointaine où la ferme pouvait employer trois hommes et une bonne, où son arrière-grand-père pouvait se vanter de posséder non seulement un bel attelage de chevaux de trait mais aussi un tracteur Fordson.

Ils sont loin, ces jours de relative aisance. Cent cinquante mille livres de découvert. La somme résonne dans sa tête alors qu'elle remplit des seaux d'eau et poursuit son travail. Elle se redresse soudain, le regard à hauteur de la table en pin brut avec sa nappe cirée. Son ventre se serre. Non… quand même pas ? Et si, bien sûr.

Les papiers se sont toujours entassés au bout de la table de la cuisine : catalogues de semences et de graines, modes d'emploi, courriers du fournisseur de fourrage, correspondance administrative. Des piles instables, hautes de presque soixante centimètres. Lucy a conclu que Tom les avait explorées lorsqu'il a fait le point sur leurs dettes. Mais qui dit que Judith n'y a pas glissé des lettres, sans les ouvrir – à moins qu'elle n'ait préféré les ranger dans les tiroirs de la commode ? Qui dit que d'autres dettes ne couvent pas, tapies dans les ombres, des intérêts qui s'accumuleraient pendant qu'ils vaquent, tous, à leurs activités quotidiennes ?

Elle en a terminé avec le sol et s'approche des piles pour les trier. Au milieu de tous les prospectus, elle déniche des enveloppes en papier kraft ou blanc, encore scellées, provenant de fournisseurs, de la banque et de sociétés diverses. Après examen, elle établit que la ferme doit quatorze mille sept cent cinquante-huit livres de plus.

Il y a des paiements aussi. Des chèques vieux de trois à quatre ans : celui de la laiterie daté du mois suivant la mort de son père, un second pour une cargaison de choux-fleurs et un troisième pour l'ensilage. Ces chèques, s'ils étaient encaissés, rapporteraient plus de onze mille livres. Peut-on réellement réclamer ces sommes après si longtemps ? Lucy s'effondre sur la banquette. Elle est loin d'être une experte financière… Comment va-t-elle tirer sa famille de ce bourbier ?

Sur pilote automatique, elle sort le sac-poubelle et dépose catalogues et brochures dans le salon pour les classer plus tard. Puis elle place les factures à régler et les chèques à encaisser sur la table, bien en vue. Enfin, elle s'attaque à la toute dernière pile. Heureusement, aucune mauvaise surprise ne l'attend, au contraire même : elle retrouve, à la toute fin, l'album de photos auquel elle pensait, la preuve que la ferme a été, un jour, prospère.

Elle tourne une page cartonnée. Sa grand-mère adolescente joue dans la cour devant les dépendances, avec une fillette beaucoup plus jeune et visiblement enthousiaste. Le cliché suivant montre des vaches dans la salle de traite, son arrière-grand-père, Joe, avec un large sourire, et un jeune garçon sur un tabouret, au sourire plus hésitant.

Il y a d'autres photos : un cheval de trait devant une rangée de blettes, le même cheval près d'une charrette qui déborde de maïs et des vaches laitières. Sa grand-mère qui prend la pose en barattant le beurre, et la fillette qui prélève des louches de lait en tirant la langue de concentration, comme un chat devant un bol de crème.

Une photo en particulier attire son regard. Un repas, peut-être pour fêter les moissons. La table croule sous la nourriture : tourtes au porc, friands, un poulet rôti, d'énormes plats remplis de pommes de terre, de carottes et de haricots. La famille et les ouvriers agricoles sont réunis, tous les visages se tournent vers l'appareil, leurs sourires trahissent un mélange d'épuisement et de soulagement. Au premier plan, Evelyn, les traits détendus pour une fois, apaisée par la certitude d'avoir préparé un repas copieux. Face à elle, Joe préside la table et sourit avec fierté : c'est sa ferme, c'est grâce à ses efforts et à sa bonne gestion qu'une telle abondance est possible.

Mais c'est la grand-mère de Lucy, Maggie, qui retient vraiment son attention. Assise à côté de son père, elle rayonne. Ses yeux sombres pétillent, sa bouche étonnamment voluptueuse lui remonte jusqu'aux oreilles. Elle doit avoir dix-sept ou dix-huit ans : une jeune femme qui déborde de joie, et plus que ça, de malice. On dirait qu'elle manigance un mauvais coup, qu'elle brûle d'impatience d'entamer sa vie adulte.

L'impression générale qui se dégage de la photo est le bonheur – de la satisfaction d'Evelyn à l'euphorie de Maggie. C'est une ferme rentable, qui tourne à plein régime. Et tandis que les souvenirs d'un passé couronné de succès remontent à la surface, la vague esquisse d'une idée germe dans l'esprit de Lucy.

8

Lucy sort la photo du dîner de fête et la pose devant les membres de sa famille, sur la table de la cuisine.

Sa grand-mère l'observe avant de la prendre pour l'approcher de ses yeux.

— Tu te souviens, mamie ?

Après avoir survolé le cliché, sa grand-mère hoche la tête.

— Tu as l'air si heureuse !

— Je l'étais.

Sa voix est un peu sèche. Elle repose la photo avec un haussement d'épaules mais garde le regard fixé sur la jeune femme qu'elle était, immortalisée en tons sépia.

— Elle a été prise à l'une des époques les plus joyeuses de mon existence.

— On dirait que vous fêtiez quelque chose, souligne Tom. Elle est vraiment belle, cette photo, et elle prouve que la ferme était rentable.

— C'était le cas, autrefois.

— Il y a longtemps ?

— En 1943. Un tout autre temps. On valorisait l'agriculture alors, elle était capitale pour nourrir la nation en guerre. Le moindre centimètre carré de ce domaine était retourné et on plantait des pommes de terre partout. Même la pelouse a fini sacrifiée pour des choux-fleurs. C'était un autre monde.

— Tu as raison, approuve Tom, l'agriculture n'est plus reconnue de la même façon aujourd'hui… Et on ne dégage pas le moindre profit. On aimerait tellement essayer de renouer avec le succès de ces années-là… On sait qu'oncle Richard a une idée pour nous tirer de cette situation, il a déjà entrepris des promoteurs immobiliers, je crois, pour parler chiffres…

Judith émet un petit claquement de langue indigné.

— Mais je crois qu'on est tous d'accord, reprend-il, pour dire qu'on n'est pas prêts à baisser les bras, non ?

— On a quelques idées, Tom et moi, ajoute Lucy d'une voix peu assurée.

Ils ont organisé cette réunion, avec son frère, pour discuter d'une éventuelle modernisation, même si elle n'est pas convaincue que les autres femmes de la famille soient prêtes pour le changement. Maggie est sur la défensive et Flo, la compagne de Tom, ne cache pas son ennui. Tête baissée, elle scrute ses ongles cassés et sa jambe gauche, croisée sur la droite, se balance sans arrêt. On dirait l'adolescente d'il y a huit ans. La moindre fibre de son corps semble clamer qu'elle préférerait être au restaurant de poissons où elle travaille comme serveuse quatre jours par semaine, ou avec sa fille Ava. Bref, n'importe où plutôt qu'ici, à discuter de l'avenir d'une ferme dans laquelle elle ne vit que parce qu'elle partage la vie d'un de ses exploitants – et pour laquelle elle n'a pas le moindre attachement.

Seule Judith manifeste un léger enthousiasme : assise au bord de son siège, elle prend des notes, façon de se racheter pour les factures qu'elle n'a pas ouvertes – elle a honte. Lucy se concentre sur elle. C'est pour elle qu'ils doivent ressusciter la ferme, car sans elle Judith perdrait ses moyens de subsistance mais aussi son identité.

Elle expose l'importance d'améliorer le site internet de la ferme et de rafraîchir les deux gîtes – elle propose d'investir ses économies dans l'achat de nouveaux fours, de linge de maison et de vaisselle bleue typique de la région.

— Ça nous permettra d'augmenter les prix, conclut-elle.

— Qu'est-ce qu'ils ont, les prix ?

Judith a l'air consternée.

— Maman, tu ne les as pas augmentés depuis dix ans. Tu demandes la même chose en août et en mai, alors que tu pourrais en tirer le double, voire le triple en haute saison.

— Je ne sais pas… Ça fait un peu âpre au gain, non ?

— C'est si peu cher que les gens doivent se demander où est le loup !

Après cette démonstration imparable, il ne faut pas beaucoup d'efforts pour convaincre Judith de la nécessité d'augmenter les tarifs du salon de thé et de fournir davantage de tables en extérieur aux clients.

— On a été obligés de refuser deux groupes hier, intervient Flo, montrant soudain de l'intérêt. Ils étaient franchement énervés de ne pas avoir leur tasse de thé.

— On devrait aussi exploiter notre héritage, poursuit Lucy. Ça nous permettrait, à plus long terme, de transformer une partie de la salle de traite. On la décorerait avec des photos de l'arrière-grand-père Joe en train de traire, peut-être des vieilles barattes et d'anciens bidons à lait. Comme ça, on pourrait servir les gens même quand il pleut, et pendant les vacances de Pâques ou de la Toussaint. Le salon de thé resterait ouvert l'essentiel de l'année.

Elle montre la photo du festin avant d'ajouter :

— On pourrait tirer un grand parti de clichés de ce genre. Les gens sont fascinés par l'histoire, ça nous donnerait une identité propre. Notre crédibilité en serait renforcée : les clients auraient l'impression qu'on sait ce qu'on fait, qu'on a eu du succès… On ne devrait pas se priver d'un tel atout.

— On envisageait aussi de vendre des glaces, ajoute Tom. On sait que les consommateurs aiment connaître la provenance des aliments, qu'ils sont prêts à payer plus cher cette garantie. On pourrait leur proposer un produit dont les ingrédients de base, le lait, la crème, les fraises même, se trouvent à quelques mètres de l'endroit où ils sont assis… Je suis sûr que c'est un vrai filon. On n'aurait besoin que de trois à quatre parfums pour débuter, et s'ils marchent on pourrait même essayer de les vendre un peu plus loin, à la boutique de produits fermiers de Tredinnick et dans d'autres épiceries fines.

— Ça représente beaucoup de changements, dit Lucy à sa mère.

Pas la peine de prendre des pincettes pourtant.

— Je vois bien que c'est nécessaire, lui répond-elle avec un sourire qui ravive l'ancienne Judith, celle d'avant la mort de Fred. Vos idées sont merveilleuses, conclut-elle tandis que son sourire s'élargit. On peut y arriver. Absolument.

La mer est aussi luisante que du satin et la plage presque déserte, lorsque Lucy réussit à quitter la ferme. L'air est plus frais maintenant : d'ici à une heure et demie le soleil se sera couché et le ciel aura viré à l'indigo délavé. Il cédera ensuite le pas, imperceptiblement, au bleu foncé.

Elle fait une halte au pied de l'échalier au bout du champ et passe les mains sur le montant en granit où sont gravées les initiales d'anciennes générations d'amants. Elle suit du doigt le JP et le FP de ses parents, s'attarde sur un petit cœur presque caché. Les initiales de Tom et de Flo forment un entrelacs plein de fioritures. Et personne n'a jamais inscrit son nom à elle, Lucy.

Elle traverse les herbes épaisses qui précèdent les dunes, puis atteint la plage et emplit ses poumons d'air marin. Une vague de soulagement la submerge, accompagnée d'un autre sentiment plus profond : une discrète promesse de bonheur. Il lui faut un peu de temps pour s'y habituer. Quand a-t-elle éprouvé de la joie pour la dernière fois ? Il y a très, très longtemps…

La journée a été active, et chargée en émotions. L'ampleur de la tâche qu'ils veulent entreprendre, Tom et elle, l'écrase. Et pourtant, dans cette crique, devant ces champs, elle ressent, au moins brièvement, sinon du bonheur, de la satisfaction. Les inquiétudes de sa vie londonienne s'estompent comme des traces sur la plage effacées par la marée. Elles restent réelles, certes, mais, rien que pour un instant, Lucy peut les mettre à distance.

Elle quitte ses Birkenstock et laisse le sable argenté se faufiler entre ses orteils, va se poster à la lisière d'une flaque d'eau. Ses pieds s'enfoncent jusqu'aux chevilles, elle ressent une pression forte, humide et froide. Elle avance, regarde fuir les crevettes, surprises par les ongles peints en rouge vif. *Splash ! splash ! splash !* Le bruit rythmé de ses pieds dans l'eau attire un sourire sur ses lèvres, le même que celui qui lui venait quand elle courait après son père sur la plage. Elle se souvient soudain des empreintes pointure 46 de Fred, si larges et longues comparées à ses petits pieds, qu'elle posait à l'intérieur. « Des pieds comme des pâtés », disait-il. Elle n'arrivait pas à se figurer qu'on puisse être aussi grand.

Elle relève la tête. La lumière est belle, idéale pour prendre des photos ou, avec un peu de chance, admirer un coucher de soleil. Son appareil photo numérique pèse lourd autour de son cou et elle règle le zoom. *Clic, clic, clic.* Elle fait des gros plans de matière : coquilles de coques échouées contre les stries du sable, algues se déployant dans une petite cuvette d'eau au creux d'un rocher. Le quotidien immortalisé en noir et blanc.

L'océan, vide à l'exception d'un nageur qui file vers l'horizon, constitue l'élément le plus époustouflant de ce paysage et pourtant, étrangement, il paraît beaucoup moins impressionnant à travers l'objectif de son appareil. Peut-être exige-t-il des conditions plus théâtrales. Elle a toujours préféré la mer pendant la tempête : moutons blancs sous un ciel charbonneux, vagues qui vous soulèvent et vous emportent, aussi grisantes que terrifiantes – et qui menacent toujours de s'écraser sur votre tête.

Un instant, elle se retrouve sur un bodyboard avec son père : elle revit la peur d'être renversée par une vague et traînée sur le sable, puis l'immense soulagement qui l'envahit lorsque les larges bras la soulèvent très haut au-dessus de la suivante pour qu'elle puisse la prendre. La bouche pleine de sel, elle retrouve la poussée d'adrénaline d'avoir huit, neuf, dix ans.

Une image soudaine de Matt et Suzi s'insinue dans son esprit : une étreinte fantasmée dans son lit… Elle se frotte le front et alors le minuscule Jacob surgit. Elle se sent aussi déboussolée que si elle avait de l'eau de mer dans les oreilles et qu'elle perdait l'équilibre. Elle n'échappera à de telles pensées qu'en s'immergeant dans une activité éreintante qui ne lui laissera aucune énergie pour réfléchir. Il y a une forme d'égoïsme dans les propositions qu'elle a faites à sa mère : pour elle, autant que pour toute autre raison, elle a besoin de redynamiser la ferme.

Elle retourne vers le rivage. Le temps de prendre des photos, le nageur est revenu, il sort d'ailleurs de l'eau. Qui est-ce ? Un habitant du coin, robuste, qui nage tous les jours, sans exception ? Sur un coup de tête, elle zoome avec son appareil. Il est jeune, et il a l'air sportif. Pas un de ces touristes au torse déformé qui frissonne dans un bermuda de bain, non, une silhouette svelte qui émerge de l'océan.

Elle fait mine de prendre quelques clichés dans une autre direction, puis pivote à nouveau vers lui, bien consciente de se conduire en voyeuse. Des cheveux épais qui dégoulinent d'eau salée, des pommettes bien dessinées – un visage puissant, d'une beauté qui n'a rien de classique. Elle a l'impression de le connaître. Comme si elle avait déjà vu ses traits auparavant, peut-être combinés différemment, ou moins précis et parsemés de boutons sur un visage plus jeune, en cours de formation.

Maintenant, elle doit quitter la plage avant qu'il ne l'aperçoive, avec son appareil. Dans sa précipitation, elle manque de trébucher dans le sable. Bien sûr, elle n'a pas pris de photos. Mais les filets d'eau sur le torse du nageur, la courbe de ses fesses au moment où il marchait dans l'eau, la ligne de démarcation de son bronzage : tout est gravé dans la mémoire de Lucy.

9

Maggie ajuste son plus beau cardigan et s'installe sur un fauteuil de jardin. Le soleil de l'après-midi caresse ses rides. Un instant, elle imagine que la chaleur pénètre jusqu'aux os. Elle ferme les yeux. Elle qui redoute de devenir aveugle, elle constate que, les paupières ainsi closes, ses autres sens s'aiguisent : les cris retentissants des mouettes, le parfum particulièrement puissant du thym.

Une voix discordante – encore un touriste, qu'elle identifie à son accent des Midlands… Maggie cligne des paupières, perturbée par la conversation du couple qui traverse la pelouse. Elle jette un coup d'œil à l'homme, un cinquantenaire, qui glisse ses larges cuisses sous la table de pique-nique et pousse un soupir de soulagement au moment où son arrière-train s'écrase avec un bruit sourd sur les lames du banc. Et si c'était lui ? Elle se pose la question chaque fois qu'un homme foule leur chemin, visite la ferme, s'arrête pour goûter ou livrer du fourrage. L'homme qu'elle guette aurait soixante-dix ans. Ce touriste-là est beaucoup trop jeune. Trop gras, trop rougeaud et… disons-le, trop vulgaire. Elle ignore à quoi il ressemble, mais elle est prête à parier que ce ne sera pas quelqu'un de Wolverhampton avec un polo trempé de sueur tendu sur une bedaine.

Sa femme est aux petits soins avec lui. Un bout de femme qui évoque un oiseau et pépie sans arrêt, lui demandant s'il veut du thé, du café ou un verre d'eau. En général, les clients se détendent une fois attablés, soulagés de pouvoir s'asseoir après l'ascension de la falaise.

« Ça, c'est une vie, disent-ils en échangeant un sourire avant de se livrer, devant la mer d'huile, à leur rêve éveillé annuel. On pourrait faire la même chose, non ? Tout plaquer pour la Cornouailles, monter une chambre d'hôtes dans une petite maison ou ouvrir une boutique de souvenirs ? Ce serait si merveilleux de vivre ici ! »

Ils n'ont pas la moindre idée de la réalité des choses... Certains réussissent s'ils ont assez d'économies. S'ils acceptent l'interminable saison morte, et s'ils acceptent que leur projet ne soit pas rentable, ils arrivent même à garder le moral. Mais d'autres revendent dans les deux ans. Incapables de supporter la pluie et l'isolement, sidérés par la quantité écrasante de travail réclamée par la terre ou les animaux. Pour ceux qui n'ont pas grandi dans un tel environnement, le choc peut être rude.

Maggie doute que ce couple soit tenté par un tel projet. La femme continue à s'agiter en tous sens sans quitter son mari du regard. S'il y a une chose que Maggie n'a jamais faite, c'est bien de dorloter son mari de la sorte. L'espace d'une seconde elle se rappelle quelqu'un d'autre : un éclat de rire, un bras qui lui enlace la taille. Un souvenir enfoui depuis longtemps remonte des profondeurs de son passé et lui apparaît avec une telle clarté qu'elle a l'impression qu'il est devant elle. Une paire d'yeux souriants plongés dans les siens, au creux des dunes, tandis qu'il l'attirait contre lui pour l'embrasser avec une telle passion qu'elle voulait, aujourd'hui encore, y voir une preuve d'amour. Ce garçon, ce jeune homme plutôt, qui ne fêterait pas son dix-neuvième anniversaire, qui resterait éternellement beau et heureux. Emporté à la fleur de l'âge. Soixante-dix ans plus tôt.

— Nous aimerions commander.

La voix de la femme, aussi autoritaire qu'inquiète, la tire de sa rêverie et la ramène au présent, ses souvenirs se dispersant comme des ondes à la surface d'une flaque d'eau. Il faut qu'elle se lève et fissa. Elle fait basculer son poids sur ses genoux, ainsi que son médecin le lui a recommandé, et agrippe les accoudoirs en plastique du fauteuil.

— Qu'est-ce que je vous sers ? leur demande-t-elle.

— Deux thés avec des gâteaux. Si ça ne vous dérange pas, ajoute la cliente, visiblement troublée d'avoir forcé une femme âgée à se lever. Et un verre d'eau ? Mais je devrais peut-être m'adresser à quelqu'un d'autre ?

Maggie secoue la tête.

— Je transmets à ma petite-fille.

La tête haute, elle se dirige vers la cuisine, se soutenant à un poteau, puis au chambranle de la porte.

— Lu… Lucy ?

Sa voix tremble maintenant, dans ce sanctuaire.

— Mamie ? Qu'est-ce que tu fais là ?

— Il y a des clients, ma chérie. Ils veulent deux thés et un verre d'eau. Je m'occupe des scones.

Elle remplit une corbeille avec des scones et un petit bol de confiture, brillante de sucre. Lucy emporte le plateau, sur lequel elle a aussi placé une théière fumante. Elle n'a pas besoin d'aide et l'a gentiment fait comprendre à sa grand-mère : elle est si efficace – il suffit de voir la vitesse à laquelle elle a préparé le thé. C'est idiot vraiment : Maggie pourrait s'en charger les yeux fermés. Elle s'est occupée de ses premiers goûters avant la guerre, lorsque sa mère louait des chambres aux randonneurs et aux membres de l'Union cycliste. Depuis ses huit ans, elle confectionne des scones et remplit des pots de confiture. Evelyn admirait son doigté – c'est l'un des rares compliments qu'elle lui ait jamais adressé, d'ailleurs. Maggie a toujours participé à la vie de la ferme, même petite.

Elle retourne dans le jardin. Il est arrivé quelque chose. L'homme, le client rougeaud au double menton, est penché en avant. Sa respiration est lourde, il agrippe son bras. Une crise cardiaque, comme Edward. Elle retourne dans la cuisine plus vite qu'elle ne l'aurait cru possible et décroche le téléphone. Ses doigts enfoncent les touches. 999.

Le temps qu'elle ressorte, l'homme est allongé dans l'herbe. Il a basculé et est visiblement inconscient. Penchée au-dessus de lui, Lucy entrelace les doigts de ses mains, puis applique ses paumes au centre de son torse.

Maggie regarde sa petite-fille, si fluette, exécuter les gestes de réanimation : les bras raides, elle pompe en rythme.

— Un et deux et trois et quatre et cinq et six et sept et huit, compte-t-elle tout haut, alors que la pauvre cliente gémit à côté de son mari.

Il y a une intensité dans les gestes de Lucy, qui masse et souffle dans la bouche de la victime, avant de reprendre les compressions thoraciques. Car il s'agit pour elle de prouver ses compétences d'infirmière. De savoir si elle peut arranger les choses ou plutôt accomplir des miracles. Maggie se demande pourquoi elle a la tête qui tourne, puis se rend compte qu'elle retient son souffle.

L'espoir ambiant vire progressivement à la terreur.

— Un et deux et trois et quatre…

Lucy compte jusqu'à trente, réalise deux insufflations, reprend le massage.

— Où est l'ambulance ? Où est l'ambulance ? se lamente la femme, le visage livide de perplexité.

— Elle arrive, tente de la rassurer Maggie. On est un peu loin de la route…

— Un et deux et trois et quatre…

Lucy continue son mantra, sans fléchir, même si sa voix tremble légèrement.

— Continue, ils sont presque là, l'encourage Maggie alors que la femme poursuit ses jérémiades.

— Et sept et huit et neuf et dix, psalmodie Lucy. Et onze et douze et treize et quatorze.

Juste au moment où Maggie s'apprête à renoncer, l'homme tousse et revient à la vie.

Plus tard, après que l'ambulance eut quitté la cour en trombe, emportant le couple de touristes à l'hôpital, après que les ambulanciers eurent chanté les louanges de Lucy, Maggie leur prépare une tasse de thé sucré. Sa petite-fille a l'air secouée.

— Au moins, je n'ai commis aucune erreur avec lui.

Elle déplie ses membres, s'étire enfin.

— Pendant un instant, poursuit-elle, j'ai cru qu'on avait un mort sur les bras. Je me suis même demandé si je ne portais pas la poisse. Comme si j'avais oublié tout ce que j'ai appris pour devenir infirmière. Je ne sais pas comment j'aurais encaissé le coup s'il n'avait pas survécu.

Maggie essaie de se représenter le niveau d'angoisse de sa petite-fille.

— Ça ne sert à rien de penser à ce qui aurait pu arriver. Tu lui as sauvé la vie, ma chérie, c'est tout ce qui compte. Il serait mort, sans toi.

— Peut-être bien… Tu as été parfaite, d'ailleurs.

— Allons ! proteste Maggie en gonflant les joues. Ce n'était rien, juste un coup de fil.

— Mais tu as réagi si vite !

— Eh bien…

Elle marque un silence.

— Je n'aime pas avoir de morts chez moi.

— Mamie ! s'exclame Lucy, choquée.

— Toi oui ? rétorque-t-elle en haussant un sourcil et en rougissant légèrement face à la réponse, évidente. C'est bien ce que je pensais.

Elles demeurent assises sans dire un mot pendant une minute, observant la marée basse qui lape le sable. Un guillemot tournoie dans le ciel. Une liste de victimes – les dommages collatéraux d'une ferme – défile dans l'esprit de Maggie. Il y a eu son grand-oncle

Frank, projeté sur le faîte de la grange par une batteuse qui avait accroché l'arrière de son manteau et l'avait envoyé valdinguer comme une poupée de chiffon ; puis son oncle Ned, qui s'est tiré dans la main en enjambant une clôture pendant qu'il chassait des lapins et qui a succombé à une septicémie.

Et enfin Fred Petherick : son gendre, le père de Lucy.

10

20 mars 1943, Cornouailles

Will plaça un chaudron d'eau au-dessus du feu dans le coin de la cour, avant d'aider Arthur à monter la table sur les tréteaux – quatre planches épaisses, lourdes et blanchies par un nettoyage approfondi.

Doris, la truie, qui les observait depuis sa porcherie, se laissa pourtant volontiers attirer à l'autre extrémité, sous une poutre. Trottinant derrière tante Evelyn avec son seau de bouillie chaude, elle dévorait comme si elle était affamée. Le ventre de Will se serra. D'une minute à l'autre, cette douce satisfaction se muerait en rage terrifiée.

Oncle Joe avança, gratta la bête derrière les oreilles, lui caressa le dos, puis lui passa un nœud coulant autour du groin pour l'empêcher de l'ouvrir.

Doris poussa un cri. Pas son habituel grognement mais un glapissement suraigu et frénétique. Elle tirait sur la corde et essayait de courir en rond, le museau écumant. Will se précipita. En immobilisant la truie, il sentit la panique dans les veines de la bête qui se débattait. Le fermier fit alors passer l'autre extrémité de la corde par-dessus la poutre et tira si fort que la truie se retrouva sur la pointe des pieds, ses sabots touchant à peine terre.

Elle se déchaîna pour de bon alors, déféquant et urinant tandis que le sol se dérobait sous elle. Arthur et Will tinrent bon, le visage pressé contre son flanc rugueux et poilu, respirant à plein nez la puanteur du fumier et de la peur. Oncle Joe sortit un couteau pointu et l'appliqua sur la jugulaire : il fit une petite entaille, puis plongea la lame affûtée jusqu'à la garde. Après quatre abattages, Will restait toujours aussi surpris par la quantité de sang. Le liquide rouge vif jaillit et se déversa dans le seau. Tante Evelyn le remplaça par un second lorsqu'il fut rempli d'une masse noire veloutée.

Une fois la truie morte, ils la hissèrent sur les planches pour ébouillanter la carcasse et gratter les soies. Bientôt, la peau de la pauvre Doris fut parfaitement lisse et propre. Arthur et Will la suspendirent par les pattes arrière, bien écartées. Oncle Joe s'arma à nouveau de son couteau et lui ouvrit le ventre pour retirer les tripes. Tante Evelyn, qui faisait une grimace acide – on voyait bien qu'elle n'avait pas grandi dans cet environnement –, racla le gras qu'elle ferait fondre pour obtenir du saindoux et entreprit de nettoyer les intestins, qui serviraient plus tard à préparer des saucisses.

Les autres hommes se retirèrent, car c'était une tâche féminine, mais Will lui prêta main-forte, manipulant les intestins glissants pour les vider – l'odeur était si pestilentielle qu'elle vous soulevait le cœur. Il les empilait pour qu'ils soient nettoyés et rincés. L'air mordait ; cependant tante Evelyn tenait à rester dans la cour. Pas la peine de salir la cuisine, et tant qu'ils s'activeraient ils ne ressentiraient pas le froid. Il la vit pincer la bouche pendant qu'elle manipulait les entrailles de la truie, les mains tachées de sang et de la bouillie kaki que Doris était en train de digérer.

Du revers de la main, elle écarta une mèche de son front, les joues roses, les lèvres étirées par la concentration. Il songea qu'elle avait dû être belle autrefois, avec ses pommettes bien dessinées et ses grands yeux en amande, ceux de Maggie. Elle paraissait trop fine pour être la femme d'un fermier : si mince que Will avait redouté qu'elle ne se brise en deux lorsqu'elle avait aidé son mari à hisser Doris – et c'était la même chose lorsqu'elle transportait un seau plein après la traite. Sa détermination la rendait forte.

Elle lui souriait à présent, et ses louanges étaient d'autant plus précieuses qu'elles étaient rares.

— Tu t'en sors bien.

Il rougit. Il y avait près de trois ans qu'il travaillait comme apprenti à la ferme. Il s'était apaisé après son altercation avec Edward, il avait travaillé dur, retenant tout ce qu'il y avait à savoir sur un métier auquel rien ne le destinait et qu'il adorait.

Autour de lui, le monde changeait. La guerre semblait en meilleure voie depuis la chute de Stalingrad, même si chaque mois apportait la nouvelle de voisins disparus que l'on supposait prisonniers ou morts. Ici, il était protégé : il s'occupait de la terre, des récoltes, des vaches. Il se demandait s'il s'engagerait en dépit de l'exemption qu'oncle Joe pourrait sans doute obtenir auprès des autorités pour un garçon de ferme. Une part de lui était intriguée. Les Alliés se trouvaient en Afrique du Nord à présent, traversaient la Libye et la Tunisie, repoussant les fritz... Et un voyage serait si excitant, non ? Sentir un soleil puissant sur son dos, découvrir ces paysages ?

Pourtant, il avait encore plus envie de demeurer ici, dans cette campagne qui n'avait été touchée que par de rares bombes ces deux dernières années – hormis le terrain d'aviation de St Eval, d'où décollaient quotidiennement des Spitfire aux moteurs rugissants, et Davidstow, le long de la côte, où les B24 des services de protection des côtes de la Royal Air Force s'envolaient en ronronnant vers le large. Will était chez lui : il vivait aux côtés de sa petite sœur et de ses amis. Arthur, son aîné d'un an, aussi laid qu'un cochon mais doté d'un sens de l'humour inégalable ; James, qui s'occupait des bêtes, expérimenté et bienveillant ; et même Joanna, qui lui servait la plus grosse part de tarte – « je suis sûre que tu grandis encore » –, avant de lui donner des ordres, comme s'il était l'un de ses nombreux frères.

Et puis il y avait Maggie. Plus distante, maintenant qu'elle était pensionnaire à Bodmin, et néanmoins chaleureuse : sa présence suffisait à rappeler à Will combien ils avaient de souvenirs en commun. Il pouvait se la représenter à cet instant : ses yeux brillants le jour où elle lui avait appris les gestes de la traite – saisir le pis avec un pouce et deux doigts, le caresser alors que Will était tenté de tirer dessus –, et son ravissement quand il avait réussi. « Exactement », lui avait-elle murmuré, accroupie le long du flanc de la bête. Et Will qui n'avait jamais osé avouer devant James qu'il n'y arrivait pas... Les giclées irrégulières de lait s'étaient transformées en un jet continu, et elle avait souri. « On va finir par faire de toi un vrai fermier. »

Elle serait de retour pour les vacances de Pâques d'ici à deux jours : Doris avait été tuée en prévision des festivités. L'estomac de Will gargouillait d'excitation, mais aussi d'appréhension, car Maggie devenait une jeune femme. Son corps de garçon manqué avait pris des formes : des hanches, de la taille, de la poitrine. Il sentit l'émotion monter à cette pensée et se plia en deux au-dessus du seau, pressant plus fort les intestins de la truie, rougissant à l'idée qu'Evelyn puisse remarquer quoi que ce fût. Il lui faudrait espérer qu'elle continuerait à s'intéresser à lui, qu'elle voudrait toujours être son amie. Et si ce n'était pas le cas ? Si, en grandissant, elle s'était éloignée de lui ? Les relents nauséabonds des boyaux l'assaillirent et il eut soudain la nausée.

Dès son arrivée à la ferme, Maggie fut crottée de la tête aux pieds. De ce point de vue, elle restait fidèle à elle-même, n'hésitant jamais à se salir.

Ils n'en avaient pas terminé avec le cochon. Découper le lard et le saler avant d'envelopper la carcasse et de la suspendre aux poutres. Joanna manipulait les morceaux avec vivacité : elle frictionnait la viande des flancs avec du sel, le faisait pénétrer jusqu'à l'os pour qu'aucune mouche ne puisse pondre d'œufs. Maggie l'imitait : ses doigts fins s'enfonçaient dans les cavités, malaxaient la chair. Elle se mordillait la lèvre d'un air concentré, exécutant pourtant ces gestes d'un air absent. Comme si elle pensait à autre chose.

— Tu la caresses avec beaucoup de douceur, observa Joanna, tout en robustesse et esprit pratique. Tu n'es pas aussi affectueuse, d'habitude.

— C'est mieux ?

— Un peu. La viande a davantage besoin de tapes que de chatouilles.

Joanna, qui n'avait que quatre années de plus que Maggie, éclata de rire.

— Imagine un jeune homme qui a besoin d'une remise en forme vigoureuse.

Maggie la considéra avec surprise, les yeux écarquillés.

— Je ne crois pas en connaître, dit-elle avant de se replonger dans ses pensées.

Will se demanda si elle passait en revue ses camarades de classe. Joanna lui adressa un clin d'œil. Avec quatre frères cadets, elle était habituée à lire dans la gent masculine comme à livre ouvert. Il lui décocha un regard : N'ajoute rien, la pria-t-il en silence. Rien du tout. Non qu'il y eût quoi que ce fût à ajouter.

— Imagine que c'est Will.

Joanna l'observa avec malice, elle était lancée.

— Pourquoi est-ce que je voudrais frapper Will ?

— Tu as raison. Mieux vaut le chatouiller. Et je vais d'ailleurs peut-être le faire…

Joanna brandit ses paumes rougies et luisantes. Elle contourna la table plus rapidement qu'il ne l'aurait cru possible et il se réfugia, tout aussi vite, de l'autre côté.

— Je ne m'y risquerais pas si j'étais toi, la mit-il en garde. Je m'y connais en chatouilles. Demande à Alice.

— Voilà une invitation ou je ne m'y connais pas ! s'exclama Joanna, les yeux brillants d'espièglerie. On le prend au mot, Maggie ?

— Non, merci.

Maggie, la lycéenne raisonnable, reprit son activité de salaison.

— Ne m'en veux pas, Will, lui dit-elle en lui décochant un bref sourire amical.

— Au contraire, répondit-il en soufflant de soulagement.

— C'est une belle occasion qu'on laisse passer ! s'écria Joanna avec des grognements de rire, son petit visage rouge absolument radieux à présent. Il aurait bien besoin de chatouilles à défaut de claques ! Je reste à ta disposition, Will…

Mais qu'est-ce qui lui prenait ? Elle ne s'était jamais montrée entreprenante avec lui avant. Il conserva un ton badin même si l'humiliation le minait.

— C'est bien noté.

Ils poursuivirent leur tâche dans un silence presque total, que seuls troublaient les gloussements ponctuels de Joanna. Elle semblait vouloir provoquer, ou attiser, quelque chose. Pour une fois, Will fut heureux de voir tante Evelyn se joindre à eux. Elle faisait pénétrer le sel dans la chair rose avec un air particulièrement sévère.

Elle sourit, cependant, lorsqu'une grande silhouette gracieuse frappa au chambranle de la porte du fond ouverte.

— Puis-je entrer ?

Patrick Trescothick, le vétérinaire du coin, pénétra dans la cuisine en baissant la tête.

Will observa Maggie à la dérobée : elle n'avait pas cessé son travail. Joanna s'était interrompue, elle, et minaudait en rougissant.

Il n'aimait pas M. Trescothick. La dernière fois qu'il l'avait vu, lors d'une vente de bétail la semaine précédente, il lui était apparu sous son véritable jour : courtois avec les fermiers et un brin arrogant avec ceux qu'il n'avait nul besoin d'impressionner. Comme Will. « On apprécie toujours la vie campagnarde ? » lui avait-il demandé. Will avait ressenti un soupçon d'irritation. À moins qu'il n'eût été susceptible ce jour-là : il venait d'apprendre que sa mère avait quitté Fulham pour rendre visite à Robert, âgé de cinq ans à présent et logé dans une famille du Hampshire, et il avait été surpris d'éprouver une pointe de jalousie. Elle ne lui avait rendu visite qu'une seule fois en Cornouailles.

— Joe est là ? demanda le vétérinaire.

— Dans l'écurie, répondit Evelyn, gênée (en tant que fille de pasteur méthodiste, elle aurait préféré ne pas être surprise en train de triturer de la viande).

Will était toujours étonné d'entendre le vétérinaire, qui n'avait pas la trentaine, appeler le fermier par son prénom et le tutoyer. En même temps, tout en lui suggérait l'aplomb : de sa façon de se tenir à la coupe de sa veste en tweed, en passant par son accent – on aurait cru un Londonien des quartiers chics alors qu'il avait grandi en Cornouailles.

Il était bel homme, Will devait l'admettre, avec d'épais cheveux bruns qui tombaient à la perfection, et un visage qui aurait pu être qualifié d'enfantin. Joanna l'adorait, et même Alice, du haut de ses douze ans à présent, posait sur lui un regard admiratif. Il attirait encore plus d'attention depuis que deux de ses trois frères avaient été tués. Deux pilotes de la Royal Air Force. « Une tragédie, avait soufflé tante Evelyn à oncle Joe. Ses pauvres parents… Dieu merci, ils ont un fils qui peut rester ici. »

Will savait que le vétérinaire aurait dû lui inspirer une immense compassion, et pourtant il continuait à se méfier de lui. Sa présence le rendait nerveux, ça tenait à la façon dont il considérait Maggie, dont ses lèvres s'incurvaient quand il riait à une remarque qui ne frappait pourtant pas Will par sa drôlerie.

À cet instant précis, ses yeux voletaient sur Maggie pendant qu'il expliquait la raison de sa présence : oncle Joe ne l'appelait qu'en dernier recours. Noble, le plus jeune des Shire, souffrait de tremblements et avait du mal à soulever ses jambes arrière. C'était l'animal le plus coûteux de toute la ferme, il fallait l'examiner.

— Je suis ravi de t'avoir vue, Maggie, lui lança-t-il en se dirigeant vers l'écurie.

Elle sourit et lui adressa un signe de tête poli. Une immense vague de gratitude balaya Will lorsqu'il se rendit compte qu'elle ne semblait pas le moins du monde émue par sa présence – contrairement à Joanna.

— Où est ta sœur, Will ? Elle adore les chevaux. Elle aimerait peut-être assister à la consultation ?

— À l'école, répondit-il, alors qu'il sentait, sans raison, son instinct protecteur de grand frère se réveiller.

— Quel dommage ! dit le vétérinaire, avançant sa lèvre inférieure en une moue exagérée qui embellissait sa bouche. On dirait bien que je suis tout seul alors.

Il salua Evelyn et Joanna en exécutant une révérence outrée, qui provoqua les gloussements de cette dernière. Ses cils, qu'elle battait avec outrance, étaient courtauds comparés à ceux de Patrick. Sans se départir de son sourire horripilant, il s'éloigna.

11

Maggie Retallick sourit à la jeune femme qui la regardait dans le miroir.

La créature lui rendit son sourire.

Alors c'est bien moi… La surprise lui fit l'effet d'un choc. Elle sourit derechef, moins timidement cette fois, et tendit la main vers les boucles de son nouveau carré. J'ai l'air si différente, songea-t-elle en admirant la courbe de sa nuque, la finesse de son profil. Ses cheveux et le rouge à lèvres – dont sa mère ignorait l'existence – la vieillissaient de plusieurs années.

Elle pivota sur le côté pour admirer sa silhouette, sa taille étroite et sa poitrine, eh bien, généreuse. La métamorphose était à peine croyable. La soie verte de la robe de sa mère plissait sur ses seins et glissait sur ses hanches. Elle n'était plus la lycéenne de dix-sept ans qui rougissait quand des GI américains la sifflaient à Bodmin, ou la fille d'Evelyn Retallick, destinée à décrocher son certificat et devenir enseignante, mais Maggie, une femme élégante, sophistiquée, sur le point de se rendre à un bal de la Royal Air Force avec Edward Pascoe, son ami d'enfance et cousin issu de germain.

Elle tira un peu sur la robe et sourit à nouveau, même si son expression était plus ambiguë cette fois, un léger malaise remplaçant l'excitation. « Un gars stable et fiable », avait décrété son père, lorsqu'elle avait annoncé qu'Edward l'emmenait au bal. « Un bon parti », avait ajouté sa mère, sur le même ton que si elle avait parlé d'une tête de bétail. Evelyn avait bonne opinion d'Edward non seulement parce qu'il venait de son côté de la famille mais aussi parce que, après la guerre, il comptait étudier le droit à l'université, et rompre ainsi avec son milieu. Même s'il finissait par revenir ici, il ne gâcherait jamais ses talents dans une petite ville du nord de la Cornouailles.

En dépit – ou peut-être à cause – de l'approbation de sa mère, Maggie continuait à trouver Edward un tantinet trop sérieux : ses sentiments pour le garçon étaient ceux d'une sœur pour un grand frère un peu trop studieux, qu'elle encourageait à nager plus loin ou à grimper plus haut. Néanmoins, il était indubitablement devenu plus fascinant depuis qu'il s'était engagé et avait passé huit mois dans un camp d'entraînement en Écosse. Et les hommes en uniforme étaient censés être plus séduisants, non ? C'est en tout cas ce que Mlle Jelbert, son professeur de français et la femme la plus raffinée que Maggie connût, disait toujours. Et nombre de ses camarades de lycée le pensaient aussi.

La dernière fois que la jeune fille avait vu Edward, il partait pour Glasgow – où il devait prendre un bateau pour un lieu tenu secret. Cette sortie ne signifie pas nécessairement quelque chose, se rassura Maggie en remontant à nouveau la robe. Elle se demanda si son rouge à lèvres était trop voyant… C'était une occasion de le renvoyer à l'armée avec un sourire. Et pour elle le moyen d'échapper à l'ennui d'une longue soirée à la ferme avec sa mère, de plus en plus irascible, Alice qui devenait irritante et Will… Eh bien, Will qui la mettait parfaitement mal à l'aise.

Et puis il y aurait de la musique et on danserait peut-être le jitterbug. Elle s'était entraînée dans la grange, l'après-midi, avec Alice, fredonnant « Tuxedo Junction » et « Chattanooga Choo Choo », même si elle avait fait l'homme et n'avait donc pas vraiment révisé les pas qu'elle pourrait être amenée à exécuter.

Alice avait poussé des cris de joie en tournoyant et Maggie s'était jointe à elle. Leurs hurlements avaient surpris les poules perchées sur les balles de foin et les colombes sur les poutres, qui s'étaient arrêtées de picorer pour les observer.

— Plus vite ! Plus vite ! avait piaillé Alice alors que Maggie la faisait passer d'un côté à l'autre, comptant le rythme dans sa tête tout en fredonnant.

Soudain, dans un soupir de plaisir, Alice avait lancé :

— Wiiiiiiill !

Maggie s'était aussitôt figée, mortifiée à l'idée d'avoir été vue. Un sourire nonchalant avait étiré les lèvres du garçon, adossé au foin.

— Tu es là depuis longtemps ?

— Assez pour savoir que ça ne se danse pas comme ça, mais comme ça.

Il s'était alors trémoussé, étonnamment agile malgré sa salopette et ses godillots.

— Oui, bon, on est en train d'apprendre, avait-elle rétorqué, sur la défensive. C'est très difficile.

Après un silence, elle avait ajouté :

— Viens me montrer alors, si tu penses que tu es meilleur.

— J'en sais rien en fait, avait-il avoué. J'ai juste vu Joanna danser à Padstow.

Il s'était avancé et l'avait, après une petite hésitation, prise par la taille. Puis il lui avait attrapé la main. La sienne était un peu calleuse.

Il la dépassait d'une tête à présent, ce qui continuait à la surprendre. Il semblait avoir poussé d'un coup ces derniers mois – sans parler de ses épaules qui s'étaient étoffées. Elle avait aussi noté l'apparition d'un vague duvet sur son menton et ses joues, ainsi qu'une odeur plus masculine, prononcée sans être déplaisante.

Elle avait senti son souffle sur ses cheveux puis son front : brise légère qui l'effleurait, en cadence avec sa propre respiration. Pendant un long moment, elle avait oublié Alice et les bruissements de la grange, consciente seulement de la chaleur de sa main sur sa taille, de ses longs doigts à quelques centimètres de sa poitrine, du fait qu'il touchait ses formes.

Elle s'était dégagée.

— Oui, bon. Je ne suis pas certaine que ça me sera très utile. Viens, Alice, avait-elle ajouté en se tournant vers la sœur de Will. Essayons encore : et un et deux et trois et quatre.

Elle rougit à nouveau à ce souvenir. La nouvelle distance entre eux ne tenait pas uniquement à ce qu'elle ne savait plus quoi lui dire : il lui paraissait si différent… Différent des garçons de sa classe, aux corps pâles enfermés dans des blazers, et différent de l'enfant qui avait débarqué trois ans et demi plus tôt – timide, dégingandé, prêt à rougir à la moindre taquinerie. Le temps, et les activités de la ferme, avaient fait de lui un homme, ce qui déconcertait Maggie. Comment réagir face à ce nouveau Will quand elle regrettait l'ancien, si familier ?

La porte s'entrebâilla et elle s'essuya les lèvres pour le cas où il s'agirait de sa mère. Le rouge faisait de sa bouche une entaille sur son visage.

— Maggie…

— Oh, c'est toi !

Elle ouvrit la porte à Alice, qui hésitait sur le seuil de son *boudoir*, ainsi qu'elles appelaient la chambre de Maggie pour plaisanter.

— Tu es très belle, souffla celle-ci, qui ne cherchait pas à cacher son admiration. On dirait une… nymphe de la mer, ou quelque chose comme ça.

— Vraiment ?

Maggie ne savait jamais très bien comment prendre les comparaisons imagées d'Alice.

— Ce n'était pas tout à fait ce que j'avais en tête, lâcha-t-elle.

— C'était un compliment ! Tu es si… chic.

Alice effleura le tissu du bout des doigts avant que Maggie, imaginant la réaction de sa mère si ceux-ci étaient poisseux, s'écarte vivement.

— Et mes lèvres ? Elles ne sont pas trop rouges ?

— Estompe encore un peu… Là, c'est mieux. Personne ne pourra t'accuser de vouloir te « faire remarquer » !

Alice avait reproduit les intonations d'Evelyn à la perfection. Maggie l'observa à la dérobée, pendant qu'elle se perchait sur le lit. Elle caressa l'édredon, promena son regard sur la chambre avec son papier peint décoré de boutons de rose et ses épais rideaux de velours. Alice était déconcertante. Elle qui était encore une enfant formulait parfois une remarque si pertinente et avisée qu'on se demandait si on avait bien entendu.

— Edward est arrivé. Il t'attend dans le salon, annonça Alice avec une certaine solennité.

Puis, avec un soupçon d'audace, elle ajouta :

— Il te plaît ?

— Comment ça ?

— Est-ce que c'est ton… *galant* ?

Elle rit presque en prononçant ce mot.

— Mon *galant* ? On se croirait à l'ère victorienne ! Edward est mon cousin, Alice, et un ami.

Maggie descendait l'escalier derrière celle-ci, quand elle lança :

— Tant mieux.

— C'est-à-dire ? répliqua Maggie de ce nouveau ton malicieux qu'elle cherchait à perfectionner, irritée par la sagacité désarmante d'Alice.

La fillette conserva le silence.

— Alice ?

La sœur de Will, soudain réticente, dévala les marches sans prévenir.

La soirée était une grande réussite. Maggie réfléchissait à la façon de le dire à Edward lorsqu'il l'entraîna sur la piste pour un fox-trot endiablé qui faillit lui couper le souffle. La salle, dans le camp de la Royal Air Force à Davidstow, était bondée de jeunes couples : parmi les filles venues en bus d'aussi loin que Launceston ou Camelford, les hommes – des pilotes américains, anglais et même polonais – faisaient leur marché. Edward et deux autres membres du régiment d'infanterie légère du duc de Cornouailles sortaient du lot, autant par leur manque d'expérience – ils n'avaient pas encore été au combat, contrairement aux Américains qui fumaient des Player Lights – que par leurs uniformes kaki. Peut-être qu'ils n'avaient rien à faire là, mais qui pourrait bien en vouloir à trois gars du coin, de vrais bleus nerveux, à la veille de leur première mission ?

Maggie ne savait pas très bien ce qu'Edward attendait d'elle. Elle soupçonnait le jeune homme d'espérer qu'elle ne se contenterait pas de se montrer amicale. Pourquoi, dans ce cas, l'idée d'un baiser la laissait-elle de marbre ou – pire – lui donnait-elle envie de rire ?

Elle l'observa : il se concentrait pour la guider, trouver une place parmi les autres couples dans le hangar à avions surpeuplé. C'était un bon danseur – sa mère avait insisté pour lui donner des cours de danse de salon dans son enfance. Sa main effleurait la taille de Maggie, son pied était léger. Elle ne pouvait pourtant s'empêcher de penser qu'il abordait la danse comme un casse-tête légal : un problème que l'on résolvait en y mettant beaucoup d'application.

— Tout va bien ? lui demanda-t-il en lui jetant un bref regard, une lueur d'inquiétude dans ses yeux bleus.

La pointe de sa langue apparaissait entre ses dents – tic qui trahissait une grande concentration.

— À merveille, répondit-elle. J'aimerais juste arriver à aller plus vite.

À dire vrai, son cœur battait la chamade, même si elle ne savait s'il fallait l'attribuer à l'effort physique ou à la nervosité.

La chanson se termina et « Chattanooga Choo Choo » démarra. Maggie, qui fredonnait déjà tout bas, aurait volontiers continué, mais Edward semblait vouloir faire une pause.

— Je peux aller te chercher quelque chose à boire ? Une citronnade… ou un punch ?

Elle ne parvenait pas à s'habituer à la façon dont il la regardait. S'il ne s'était pas agi d'Edward – une présence constante durant son enfance, avant son départ en pension –, elle l'aurait qualifiée d'implorante. Non, ce n'était pas le bon terme. Un soldat avec la peau gercée par le vent d'Écosse et de nouveaux muscles, dus à son entraînement, n'avait besoin d'implorer personne. En tout état de cause, il n'avait plus le regard d'autrefois.

— Oh, un punch me ravirait !

Elle imaginait que c'était le genre de chose que Mlle Jelbert pourrait dire. Elle se sentait un peu téméraire. Consciente de tenir une occasion, loin de la ferme et de l'attention infaillible d'Evelyn, de transgresser l'interdit.

— Pas un mot à ta mère…

— Evelyn Retallick n'approuverait pas… Tu te souviens quand elle nous a surpris dans le ruisseau ?

Evelyn les avait découverts, alors qu'ils étaient âgés de six et huit ans, dans le bosquet près de la plage, en culotte.

Edward rougit à ce souvenir. Oh, allez, fut-elle tentée de le taquiner. On était des enfants. Maggie avait eu droit à une petite correction à l'époque… Evelyn ne pouvait plus vraiment réagir ainsi aujourd'hui.

La jeune fille voulut rassurer Edward.

— Que dirais-tu d'un petit punch… et d'une citronnade plus tard, pour le camoufler ?

— J'ai l'air si sage que ça ?

— Tu connais ma mère, tout simplement.

— J'ai beaucoup d'estime pour tante Evelyn, et je ne tiens pas à l'offenser.

— Impossible ! Tu ne peux plus commettre aucun faux pas depuis que tu as postulé à Oxford…

— Tu as l'air un peu… contrariée, observa-t-il avant de se racler la gorge.

— Bien sûr que non.

Elle lui toucha le bras pour le rassurer, puis laissa aussitôt retomber sa main.

— C'est juste que… tu connais ma mère. Tu as mis la barre très haut. Heureusement, elle ne veut pas que j'attende en me languissant, même si c'était mon souhait.

— Absolument.

— À l'entendre ces temps-ci, elle ne sera satisfaite que si je deviens directrice d'école.

— Reconnais que c'est un métier admirable.

— Je sais… je ne suis pas certaine, malgré tout, que ce soit mon rêve.

Elle resta silencieuse un moment, hésitant à avouer qu'elle désirait simplement rester à la ferme, ou au moins dans le secteur agricole. En cela elle était bien la fille de son père : elle aimait l'excitation des moissons, la routine immuable de la traite, le sifflement du lait chaud dans un seau, le réconfort que l'on éprouvait en abandonnant sa tête contre le flanc d'une vache.

Le plus étrange, c'est qu'Evelyn refusait que la ferme revienne à quelqu'un d'autre : le frère cadet de Joe ou ses fils. Skylark – ou Polblazey pour respecter le vœu de sa mère d'utiliser son « véritable nom » – serait repris par Maggie à la retraite de son père. En même temps, Evelyn ne voulait pas que cette ferme représente une contrainte pour sa fille. Celle-ci devait connaître un autre monde – le monde dont Evelyn avait été privée par la Première Guerre mondiale et un mariage précoce –, avant de rentrer chez elle faire son devoir.

— Tu sais, s'empressa-t-elle d'ajouter d'un trait, je ne suis pas sûre que devenir fermière, ou épouser un fermier, serait si grave. Enfin, je comprends l'intérêt de partir, mais je n'arrive pas à imaginer ma vie loin de la ferme.

Elle fronça le nez, gênée par sa confession. L'air d'espièglerie détachée qu'elle avait affecté toute la soirée glissa alors à ses pieds telle la chrysalide dont se déferait un papillon. Elle regretta soudain de ne pas être assise dans les dunes, de ne pas sentir la caresse soyeuse du sable sur ses cuisses, le vent sur ses joues, ou de ne pas être dans la salle de traite. Le hangar, avec sa foule de jeunes hommes et de jeunes femmes en effervescence, la rendait tout à coup claustrophobe.

— C'est ce que tu penses aujourd'hui… Quand tu seras à l'école de formation des enseignants, tu te rendras compte qu'il existe un autre monde qu'ici, lui dit Edward, du ton de celui qui avait fait l'expérience de ces choses-là. Bon, je vais nous chercher à boire ?

— Oui, avec plaisir, répondit-elle, se ressaisissant aussitôt. Un punch, s'il te plaît. Il y a tellement de monde… J'espère que tu réussiras à te frayer un chemin.

— J'en fais mon affaire.

Il se pencha vers elle et, tout en piquant un fard, lui effleura la joue du bout des lèvres.

Deux heures plus tard, le punch se révélait un délice. La brûlure initiale avait vite disparu. Grâce à ses bras et jambes détendus, Maggie exécutait des pas de danse plus rapides. C'était en fait la conséquence du deuxième verre, qui avait tout rendu plus fluide. Le troisième lui fit un peu tourner la tête. Le sol s'inclina brusquement, vacillant sous ses pieds – elle ne se rappelait pas avoir trébuché, pourtant. Les trompettes se mirent alors à hurler, elle ne put plus supporter ni leur fracas ni la foule.

— Tout va bien, tout va bien…

La voix lui parvint à travers le brouhaha.

— On va sortir une minute.

Quelqu'un, Edward, la conduisait vers la sortie, dans la nuit fraîche de la fin mars. Le déluge de notes qui s'échappaient du gramophone – des accords complexes de cordes – s'adoucit peu à peu. Elle se surprit à se concentrer pour ne pas s'effondrer sur la piste qui tanguait. Au-dessus de sa tête, un ciel de velours pesa sur elle de tout son poids avant de se soulever dans un tourbillon.

— Là. Mets ça, il fait froid.

Edward posa sur ses épaules le plus beau manteau en laine d'Evelyn et le maintint en place fermement, autant pour l'empêcher de tomber que pour lui tenir chaud.

— Respire calmement. Ça va aller… Tiens.

Il l'éloignait du hangar, dont sortait un autre couple de jeunes gens – blottis l'un contre l'autre pour affronter le noir, l'air complice.

— Tu vas être bien, ici.

Après avoir jeté un coup d'œil aux amants, qui échangeaient un baiser passionné, il reporta son attention sur Maggie. En dépit de son état, elle remarqua qu'il avait les yeux voilés par l'inquiétude.

Le sol parut se stabiliser sous ses pieds et elle tenta de se concentrer sur les étoiles, qui brillaient dans le ciel dégagé, et la pleine lune – une aubaine pour tout avion allemand qui passerait par là. Son souffle formait de petits jets de vapeur au contact de l'air avant de se dissiper comme la brume. Elle fut soudain submergée par l'immense voûte étoilée, la lande déserte et son impuissance. Elle voulut exprimer ce qu'elle ressentait et ne parvint qu'à émettre un sanglot.

— Maggie…

L'appréhension occupait toute la place sur le visage d'Edward à présent.

— Tu te fais du souci à cause de tante Evelyn ? Ou parce que je m'en vais ?

Elle le considéra, sans comprendre ce qu'il disait, mais elle n'avait pas la force de s'expliquer. Comment lui dire qu'être une jeune femme dans un pays en guerre depuis trois ans et demi – une guerre dont tout le monde affirmait qu'elle avait atteint un point décisif, avec la chute de Stalingrad, et qui pourtant se prolongeait – était usant ? Qu'elle était lasse de l'angoisse lancinante, de l'incertitude, de l'impression que l'issue était imprévisible… Même si les Alliés allaient gagner, non ? Surtout maintenant qu'ils avaient commencé à bombarder des usines… Lasse de cette vie en temps de guerre.

Elle savait bien qu'en comparaison de ceux qui avaient connu le Blitz – à Plymouth par exemple, dont les flammes avaient éclairé le ciel jusqu'en Cornouailles – ils étaient préservés. Ce qui ne l'empêchait pas d'éprouver une nervosité tenace, impossible à avouer à quelqu'un qui serait bientôt aux premières loges du conflit.

Il lui agrippa les épaules avec plus de fermeté encore. Son visage – il était à peine plus grand qu'elle – si proche du sien qu'elle pouvait voir le clair de lune se refléter dans ses pupilles.

— Je dirai à ta mère que tout est ma faute, déclara-t-il avec gravité. Et je ferai tout pour rentrer.

Pour la toute première fois, elle fut frappée par le fait qu'il ne pouvait pas lui promettre une chose pareille. Il était possible qu'il ne revienne pas. Tout le monde connaissait quelqu'un qui avait perdu un être cher. Moins d'un mois s'écoulait avant que la mort ne frappe à nouveau dans son entourage. Brenda

Edvyean, dans la classe d'au-dessus, avait perdu deux frères, comme Patrick Trescothick, le vétérinaire.

Edward avait toujours fait partie de l'univers de Maggie : sa présence était aussi prévisible que l'agnelage en février et mars, la pluie en mars et avril. Ses visites rythmaient l'année agricole, au même titre que les moissons, les labours, le binage et le retour des semailles. Et s'il ne revenait jamais ? Si son nom s'ajoutait à la liste de morts, lue par le pasteur dans un silence à peine troublé par quelques larmes étouffées ? Si elle le voyait pour la dernière fois ?

Les contours du monde lui paraissaient moins troubles maintenant : le ciel avait cessé d'osciller, l'herbe ne se dérobait plus sous ses semelles. Il se pencha vers elle et elle songea, alors que le rhum continuait à se déverser dans ses veines comme un flot d'or liquide, qu'au fond il ne manquait pas de charme. Il serait presque séduisant si elle arrivait à oublier qu'il n'était pas grand et qu'elle le connaissait depuis toujours.

Elle ferma les yeux, tenta d'imaginer qu'elle était Merle Oberon et lui Laurence Olivier, au moment où il pressa sa bouche contre la sienne. Ses lèvres étaient chaudes et humides, la sensation pas déplaisante. Il tenta alors de glisser sa langue entre ses dents… Elle s'écarta.

— Désolé, ma chérie, murmura-t-il avant de l'attirer tendrement contre lui.

C'était donc cela, un baiser ? Cela s'améliorait peut-être avec de l'entraînement ? Elle fit une nouvelle tentative hésitante. Le second fut plus réussi :

moins frénétique, plus doux, et il parut y puiser de l'assurance.

— Je ne devrais rien précipiter, dit-il, le regard brillant, mais si tu pouvais m'attendre, jusqu'à la fin de la guerre. Je ne parle pas de fiançailles, si ce n'est pas ce que tu souhaites, je pense à un accord…

— Un accord ?

— Tu accepterais de patienter jusqu'à mon retour ? Ça signifierait tant pour moi…

Il avait cet air gêné et terrifié du petit garçon surpris en sous-vêtements par Evelyn.

— Je crois que j'ai peur, Maggie, confessa-t-il.

Elle ne savait pas bien quoi répondre. Comment lui dire que tout irait bien, alors qu'elle n'avait aucune certitude sinon que leur petite bulle de Cornouailles leur offrait une sécurité relative ? Elle prononça donc les mots qu'il voulait entendre.

— Bien sûr que je serai là. Où voudrais-tu que j'aille ?

Elle sentait bien qu'elle prenait un peu à la légère sa proposition, car il lui demandait une forme d'engagement qu'elle ne pouvait pas lui offrir. Peut-être devait-elle lui mettre les points sur les i ? Au moment où elle ouvrait la bouche, cependant, il secoua la tête et ses yeux s'embuèrent de larmes.

— Edward… lança-t-elle, désireuse de lever le moindre malentendu.

Il parlait déjà :

— Tu m'as rendu plus heureux que je n'aurais pu l'espérer… Tu le sais, n'est-ce pas ?

— Mais, je…

— Tu es merveilleuse, Maggie.

Il la serra de toutes ses forces contre lui et elle sentit son cœur battre à travers la serge épaisse de son uniforme. Derrière elle, la lande attendait, silencieuse, et les étoiles clignotaient.

Elle ne fut capable que d'une chose : hocher la tête.

12

Ce fut Joanna qui apprit la grande nouvelle à Will.

— Qu'est-ce que tu penses de Maggie et d'Edward ?

Il s'apprêtait à aller effectuer la traite de l'après-midi. Il n'avait fait un détour par la cuisine que pour récupérer un thermos de thé, car il faisait froid dans la salle de traite en dépit de la chaleur dégagée par les vaches.

Joanna lui adressa un clin d'œil, jubilant de partager des cancans.

— Elle aurait pu nous en toucher un mot, quand même !

— Nous toucher un mot de quoi ?

Le ruban de thé noir et épais se rompit et Will posa le récipient à côté du pot à lait. Il avait la gorge sèche, la langue pâteuse.

— Il s'agit pas de vraies fiançailles, alors je suppose que c'est pas officiel, poursuivit-elle en étirant le suspense, jouissant de son pouvoir le plus longtemps possible. Mais bon, Mme Retallick semble penser que ça revient au même.

Elle s'interrompit, le détailla de la tête aux pieds.

Il soutint son regard sans ciller, refusant de lui faire ce plaisir, de demander de quoi elle parlait. Il était incapable d'articuler le moindre mot, de formuler ce qui représentait, il le comprenait à l'instant, sa plus grande peur. Non sans effort, il finit de remplir le thermos. Vissa le bouchon bien serré.

— Tu veux pas savoir ?

Son visage, aussi rouge et rond qu'une pomme, était tout rabougri par la déception.

— Maggie et Edward, ajouta-t-elle. Ils ont un *accord*.

Elle étira les syllabes du mot. Si elle ajouta quelque chose ensuite, il ne l'entendit pas. Il avait déjà quitté la cuisine.

— Will ! Et ton thé ?

Il la trouva penchée au-dessus de la clôture du champ d'en haut ; elle observait les jeunes agneaux qui gambadaient dans l'herbe.

— Will !

Elle lui adressa un immense sourire sans retenue.

— Ils ne sont pas magnifiques ? Regarde le tout petit, là, avec la tête noire !

L'agneau en question courait vers sa mère, ses jambes d'un noir de suie manquaient d'assurance. Will n'avait aucune envie de parler de ça.

— C'est vrai ?

Il se dressait devant elle, immobile.

— Qu'est-ce qui est vrai ?

— Qu'il y a quelque chose entre Edward et toi ? Que vous avez conclu une sorte d'accord ?

Il scruta ses traits, cherchant à découvrir si Joanna avait exagéré.

— Tu ne vas pas… tu ne vas pas l'attendre, si ?

Elle s'écarta de la clôture, son adorable visage blême et fermé.

— Qu'est-ce que Joanna a été raconter ?

— C'est vrai ? insista-t-il d'une voix qui, à sa propre honte, tremblait.

Il sentit le sang lui monter au visage.

— Et si c'était le cas ?

Elle rejeta la tête en arrière dans un geste de défi. L'espace d'une seconde, Will aperçut Evelyn, il l'entendit dans ce ton hautain capable de basculer dans le mépris.

— Je n'ai pas dit que je l'épouserais… simplement que je… tu sais, le fréquenterais, pourrait-on dire, à son retour.

Il émit un grognement désapprobateur.

— Il part à la guerre, le pauvre, qu'est-ce que j'étais censée lui répondre ?

Will restait silencieux. Comment expliquer à Maggie ce qu'il peinait à admettre lui-même, comment arranger la situation ? Il repensa à leur danse dans la grange, la veille, lorsqu'ils s'étaient brièvement tenus par la main. À la chaleur de sa hanche sous ses doigts, à la finesse de sa taille. Ça avait été si fugace : la distance sage entre leurs bustes, même s'il avait été plus que jamais conscient du mouvement de la poitrine de Maggie à quelques centimètres de la sienne, de l'odeur de ses cheveux récemment lavés, du sommet de son crâne, assez proche pour qu'il puisse y déposer un baiser. Leur danse n'avait pas dû se prolonger plus de deux minutes, mais celles-ci étaient les plus grisantes des seize années de son existence.

— Je pensais juste que tu aurais pu m'en parler, réussit-il enfin à bafouiller.

— Oh, Will !

Un petit rire attendri échappa à Maggie.

— Ce n'est que ça ? C'est arrivé hier soir, et c'est une bêtise. Rien d'officiel. Rien de protocolaire. Je ne suis pas fiancée, Dieu merci !

Son ton était mielleux.

— Je ne comprends même pas pourquoi j'ai besoin de me justifier devant toi !

Elle tendit la main pour lui toucher le bras – un geste rassurant destiné à un chien ou à un enfant. Il recula brusquement avant qu'elle ne l'atteigne. Il ne supportait pas qu'elle le traite de la sorte. Qu'elle fasse comme si de rien n'était, comme si la vie était joyeuse et qu'il n'avait pas le cœur brisé.

— Ça ne changera rien, tu sais. Je continuerai à préparer mon diplôme l'an prochain, puis j'apprendrai le métier d'enseignante et je prendrai un poste. Je continuerai à venir à Skylark ! Mince alors ! ajouta-t-elle d'une voix encore plus enjouée. La guerre pourrait durer des siècles encore… Dieu sait quand Edward reviendra.

Il ne reviendra peut-être jamais, songea Will, assailli par une culpabilité immédiate face à l'espoir subit qui l'avait envahi.

— C'est bon, grommela-t-il en grattant du lichen sur un poteau et en regrettant de ne pouvoir se débarrasser d'Edward une bonne fois pour toutes.

Il avait fallu qu'elle le choisisse, lui, entre tous.

— J'ai juste été un peu surpris. Je ne m'y attendais pas, c'est tout.

— Ça ne changera rien, Will, insista-t-elle de cette voix trop joviale qu'elle paraissait lui réserver désormais. Rien n'arrivera avant des siècles et je suis sûre qu'on restera simplement de bons amis.

Elle le considéra avec un large sourire éclatant, même si ses yeux, troublés, semblaient réclamer du réconfort. Il lui répondit d'un petit sourire poli et se demanda comment une fille aussi intelligente pouvait être aussi stupide.

13

Ils nourrissaient les veaux de deux semaines quand l'incident se produisit. Il fallait être deux pour cette tâche : Will immobilisait une bête entre ses cuisses pendant qu'Alice lui donnait du lait et l'aidait à boire.

James nettoyait le fumier au jet d'eau dans la salle de traite, et oncle Joe conduisait les vaches au pâturage du haut. L'herbe n'était jamais aussi luxuriante qu'à cette période de l'année, arrosée par les pluies d'avril, elle poussait vite et dru. Les vaches, qui avaient passé l'hiver enfermées, à se nourrir d'ensilage de maïs, étaient impatientes de sortir.

Will ne vit pas l'accident, il ne remarqua pas que Clover glissait sur une bouse fraîche, juste avant d'atteindre les pavés de la cour, et faisait le grand écart.

Il l'entendit cependant. Un meuglement effrayé, qui plongea dans les graves, puis se mua en cri de surprise aigu, alors qu'elle s'affalait, le fémur brisé.

James, qui veillait sur le bétail depuis trente ans, fut le premier à se précipiter vers elle.

— Doucement, ma belle, doucement… On va avoir besoin d'une poulie, dit-il en examinant la vache, qui le regardait en silence, confiante.

Seul le grincement de ses dents trahissait sa souffrance.

Will glissa sa main sous son ventre et sentit que des frissons parcouraient sa peau rugueuse. Ses flancs s'agitèrent : elle devait vêler huit semaines plus tard, et son veau ne semblait pas avoir souffert du choc. S'ils réussissaient à la redresser, peut-être que tout irait bien. Toutefois, redresser une vache pleine qui pesait près de six cents kilos ne serait pas une mince affaire.

Meuh !!! Elle se remit à protester lorsqu'ils approchèrent la poulie et placèrent le harnais sous ses pattes avant. Ils tentèrent de la redresser.

Meuh ! Mmmmmeuhhhh !

Ses pattes avant dérapèrent, puis la corde céda sous son poids.

— Je n'y arrive pas, haleta Will alors que Clover s'affalait sur le sol.

James s'essuya le visage avec la main.

— Va voir ce qu'en dit Retallick, mais je pense qu'elle est cassée.

— Sa patte ?

— Au niveau de la hanche.

— Je n'aurais pas pu la retenir…

Will entendait à quel point sa voix était pitoyable.

— Pas ta faute, mon gars. Elle a fait le grand écart, non ? Ça arrive…

Ils observèrent tous deux la vache, dont une hanche saillait plus que l'autre, formant un angle anormal et inquiétant. Will s'accroupit pour la réconforter, puis détourna la tête pour que James ne voie pas qu'il était au bord des larmes.

— Qu'est-ce qui se passe ?

La voix de Maggie résonna dans la cour. Elle venait de sortir de la cuisine et courait presque. Le cœur de Will se serra : elle était la dernière personne qu'il voulait voir.

— Où est mon père ? Pourquoi vous ne la relevez pas ?

— On a essayé, la poulie s'est cassée. À deux, on n'y arrive pas.

Elle le regarda et sourit, comme si la solution tombait sous le sens.

— On va s'y mettre tous ensemble.

Elle s'empara de la corde cassée, s'accroupit pour la passer sous les pattes de Clover.

— Tout va bien, ma chérie.

Elle lui tapota les flancs et lui caressa la tête avec douceur.

— Maggie…

Will s'agenouilla face à elle et retint ses mains.

— On pense qu'elle a la patte cassée.

— Mais… c'est impossible.

— On pense que si, insista-t-il avec calme.

Elle baissa les yeux vers ses mains, que Will lâcha aussitôt.

— Pardon.

Ils s'étaient à peine parlé depuis qu'il lui avait demandé des explications au sujet d'Edward. Ça remontait déjà à deux semaines. D'ici à trois jours, elle retournerait à Bodmin. Il était impatient, pour tout dire. Il ne savait pas comment se comporter avec cette nouvelle Maggie. Son histoire avec Edward l'avait rendue inatteignable. Et puis cette façon qu'elle avait de s'adresser à lui, de ce ton de grande sœur enjouée. La fille qui se blottissait à côté de lui sur leur corniche, qui lui apprenait à nager, avait disparu à tout jamais et il n'aimait pas la jeune femme qui l'avait remplacée.

La vache meugla à nouveau et essaya, dans un ultime effort, de se relever.

— James ? s'écria oncle Joe, qui accourait à son tour dans la cour.

Il s'accroupit à côté de la bête, tâta sa hanche.

— On allait la tarir, non ?

— C'était son dernier jour de traite, lui confirma le trayeur.

— Sacredieu ! pesta-t-il en se mordillant la lèvre avant d'observer à nouveau les hanches de la vache. On appelle le vétérinaire ? Histoire de voir si on peut sauver le veau ?

— Ça risque d'être trop tôt…

— Soixante jours… oui, c'est trop tôt.

— Et puis, ajouta James avant de se racler la gorge et de jeter un coup d'œil en direction de Maggie et d'Alice, je ne suis pas sûr de lui faire confiance… Ils étaient pas vraiment contents de lui, la semaine dernière, à Tredinnick.

— Ah… Il faut dire qu'il a eu beaucoup de soucis ces temps-ci.

Un silence accueillit la protestation d'oncle Joe. Le vétérinaire avait tué un cheval, dans une ferme voisine, la semaine précédente : sa maladresse avait été telle qu'il s'y était repris à trois fois pour l'abattre. « C'tait pas beau à voir », voilà ce que James avait dit à Will. « Et y s'est conduit comme un minable », avait-il ajouté.

— Je vais le prévenir quand même, au cas où on pourrait sauver le veau… Je vais le prévenir tout de suite, répéta le fermier, comme pour les convaincre, tous.

Patrick Trescothick avait un regard inquiétant. Il s'extirpa de sa Talbot 16 et rejoignit à grandes enjambées la cour de la ferme. Will ressentit son habituelle irritation et un autre sentiment plus troublant : un frisson de malaise.

Le vétérinaire venait de perdre son troisième frère au combat, et c'était peut-être à cause du chagrin que sa forfanterie avait viré à quelque chose de plus perturbant. Ses épais cheveux bruns étaient gras et ternes, son visage si gris qu'on aurait dit qu'il ne l'avait pas lavé récemment. Il semblait soudain beaucoup plus vieux que ses vingt-huit ans. Sa beauté était aussi ternie qu'une pièce de monnaie rouillée.

Il avait l'air dangereux, aussi. Oui, c'était le bon terme. Du fusil de chasse qu'il sortit de sa voiture sans vérifier que la sécurité était bien enclenchée à sa démarche vacillante sur les pavés en passant par sa façon de détailler Maggie et Alice de la tête aux pieds, puis de hocher la tête d'un air appréciateur, tout en lui paraissait menaçant.

Peut-être avait-il bu ? James l'observait en plissant les yeux, et Will se demanda s'il partageait son jugement. Au moment où Patrick passait près de lui, il perçut un effluve de whisky, qui lui rappela Noël à Londres. Il n'était même pas encore neuf heures du matin.

— Tu avais besoin de moi, Joe ?

Trescothick posa le fusil sur le sol et prit appui dessus comme s'il s'agissait d'une canne. Il se pencha vers la vache.

— Ah oui, je comprends pourquoi… La pauvre vieille ! Bon, il n'y a plus rien à faire pour elle, si ?

Oncle Joe hocha la tête, affichant cette expression qu'il partageait avec Maggie – la mâchoire inférieure avancée, signe qu'ils cherchaient à ne pas se laisser atteindre par l'émotion.

— Tu ne peux rien pour le veau ? On en est à soixante jours.

— Il ne survivra pas à ce stade. Ça ferait que te rajouter une facture pour rien.

Le fermier s'éclaircit la voix. Il détestait perdre une bête.

— J'ai déjà de quoi faire dans ce domaine… Quel gâchis ! Je perds une bonne vache, et toi, ton temps.

— Tu veux que je m'en charge ?

Will découvrit une expression de défi dans les yeux du vétérinaire.

— Ça ne me dérange pas, poursuivit-il. J'ai bien l'impression que la mort est le dernier truc à la mode ces temps-ci.

Il s'approcha de Will et désigna la pauvre bête d'un geste théâtral.

— Elle ne s'interdit rien, la Faucheuse, hein ? Les vaches, les chiens… Les hommes, même.

Le jeune homme baissa la tête. Alors voilà ce que le chagrin vous faisait. Il vous autorisait à dire des choses que l'on garde habituellement pour soi. Il déglutit, implorant en silence le vétérinaire de se taire, de redevenir le type sans-gêne qu'il était autrefois.

— Tu n'es pas d'accord, Will ?

Ce dernier pouvait sentir l'haleine alcoolisée de Patrick Trescothick. Celui-ci pointa le doigt vers le torse de Will. Il le laissa suspendu là, sans le toucher. Will observa le fusil : la crosse dans la main gauche du vétérinaire, son index qui caressait la détente, avec légèreté. Une peur intense le transperça.

Oncle Joe avança vers eux et fit retomber la tension.

— Le garçon a de la peine pour toi, Patrick. Nous sommes tous désolés. C'est terrible ce que tu traverses.

Il s'interrompit, son expression était impénétrable.

— Je vais me charger de Clover, ça sera mieux, conclut-il.

— Non, j'insiste, protesta le vétérinaire avec un sourire et un regard d'acier. J'ai fait le déplacement de toute façon, je ne te prendrai pas plus cher. Et je suis un bon tireur, quoi qu'ils en disent à Tredinnick.

— Je n'ai pas le moindre doute.

— Dans ce cas, c'est entendu.

Will observa Joe, qui tentait d'identifier le moindre de deux maux : blesser un homme endeuillé en remettant en cause ses aptitudes ou prendre le risque d'une vraie boucherie. À sa surprise, le fermier hocha la tête.

— C'est entendu.

— Très bien.

Patrick, si arrogant un instant plus tôt, parut soudain envahi par le doute. Il se frotta l'œil droit avec l'index, se passa la main dans les cheveux.

Will observa les filles à la dérobée : Alice était livide, Maggie recroquevillée – son corps s'était replié sur lui-même, elle ne respirait plus son assurance habituelle.

— Inutile d'attendre plus longtemps, dit le fermier. Maggie, Alice, rentrez.

— Mais je veux rester avec Clover !

— Je vous ai dit de rentrer.

Joe Retallick, homme d'un naturel mesuré, perdait son calme.

— Va aider ta mère, Maggie. Tu n'as pas besoin d'assister à ça.

Elle tourna les talons et se dirigea vers la ferme d'un pas furieux. Alice courait derrière elle.

— On est prêt ?

Patrick Trescothick fit passer le fusil de sa main gauche à sa main droite, l'air de s'ennuyer. La vache fit un ultime effort pour se relever.

Oncle Joe lui tapota le flanc. Will s'accroupit sur ses talons et caressa la bête sur la tempe, à l'endroit où sa peau était veloutée. Elle fit rouler ses yeux dans leurs orbites, ils devinrent blancs.

— Allez, allez ! s'impatienta Patrick.

Will s'attendait qu'il touche la bête, lui aussi, et lui glisse quelques mots rassurants, pour l'apaiser dans ses ultimes instants. Il n'en avait visiblement aucune intention.

— Écarte-toi, mon garçon, dit-il en armant son fusil.

Will se redressa d'un bond.

— Restons calmes... souffla oncle Joe.

La vache ouvrait grands ses naseaux. Le cœur de Will battait la chamade.

— Nooooon !

Maggie s'élança vers eux au moment où le vétérinaire visait la pauvre bête. Les détonations résonnèrent dans la cour. Deux balles dans la tête. Un jet de sang, de morceaux de cartilage et de lambeaux de chair.

Oncle Joe s'était décomposé, ses joues avaient perdu toute couleur et Will devina le vieillard qu'il deviendrait sans doute. Maggie laissa échapper un gémissement, un son désolant qu'elle avait tenté de retenir en vain. Ses épaules frémissaient. Will eut envie de la prendre dans ses bras.

Le vétérinaire demeurait impassible, une volute de fumée s'échappait du canon de son arme.

— Pas mal, conclut-il en considérant les dégâts.

Oncle Joe se racla la gorge, ne sachant visiblement pas quoi dire.

La vache, rendue muette par la surprise, se vidait de son sang. Mais son petit, bien au chaud dans son ventre, s'agitait comme une marionnette voulant se libérer – il sentait que la source où il puisait sa vie se tarissait. Une secousse, puis deux, trois... Il devait donner des coups pour essayer de sortir et remplir ses poumons d'oxygène. Les mouvements, frénétiques d'abord, s'affaiblirent. Enfin, plus rien.

— Je ferais mieux de me remettre en route ! s'exclama Patrick Trescothick avec une jovialité feinte.

Personne ne le retint. L'atmosphère était aussi plombée que la masse de nuages gris qui cachaient le soleil et apporteraient bientôt de la pluie.

— Je ne vais pas vous embêter avec une facture pour ça, ajouta-t-il, percevant peut-être la désapprobation générale.

Après avoir rangé son fusil dans le coffre, il s'installa nonchalamment au volant et démarra en faisant rugir le moteur.

14

20 juillet 2014, Cornouailles

— Je ne te vois pas, on ne passe jamais aucun moment ensemble, tu es toujours fourré avec tes maudites vaches, ou alors c'est moi qui suis avec Ava, ou au restaurant. Je ne peux même pas me réveiller à côté de toi parce que tu te lèves toujours à l'aube pour cette foutue traite !

La voix de Flo monte si haut dans les aigus que Lucy ne peut pas échapper à la dernière dispute entre son frère et sa copine – elle lui est tombée dessus dans la cour, juste devant la cuisine.

Lucy change de pièce. Elle connaît les griefs de Flo : elle voit à peine son compagnon – puisqu'elle travaille le soir comme serveuse et qu'il est debout de bonne heure –, et il a renoncé à un poste mieux payé de surcroît. Elle ne comprend pas l'attraction qu'exerce cet endroit – cette incapacité familiale à abandonner Skylark, par peur de trahir les générations passées. Lucy n'a jamais été témoin d'une telle colère. La douleur, la blessure vive que Flo exprime ne lui ont pas échappé : Flo se sent négligée…

Elle pourrait leur faciliter la vie, proposer de se charger de la traite un matin sur deux, de garder Ava pour qu'ils puissent profiter d'une journée entière à deux. Ces levers matinaux, ajoutés à sa participation aux moissons le moment venu, sans oublier la gestion des touristes, lui imposeraient un rythme infernal... mais n'est-ce pas ce à quoi elle aspire ? L'épuisement physique l'empêche de s'auto-analyser, l'âpreté des tâches lui permet de prouver qu'elle fait de son mieux pour contribuer au sauvetage de la ferme... Et puis elle ne veut pas que Tom connaisse, à son tour, l'érosion graduelle qui finit par condamner un couple. Pas si on peut y remédier, pas si elle a les moyens d'intervenir dès maintenant.

Elle pense à Matt et se met à ruminer une idée qui la chiffonne : la peur d'avoir peut-être laissé leur couple partir à la dérive, de ne pas avoir accordé assez d'attention à son mari. Elle a été si absorbée par son travail à la maternité, elle est sortie si épuisée de ses tours de garde de douze heures que, oui, elle s'est peut-être bien montrée un peu distraite quand il lui parlait de ses journées. Son métier – concepteur-rédacteur dans une agence publicitaire –, si séduisant à une époque, lui est apparu de plus en plus superficiel, comparé à la lutte quotidienne que menaient les bébés prématurés sur lesquels elle veillait. Le gouffre entre eux s'est définitivement creusé, six mois plus tôt, lorsque son service a perdu un bébé : le même jour, il a remporté un contrat lucratif pour promouvoir une marque d'eau minérale.

— C'est un compte énorme ! s'est-il esclaffé en faisant sauter le bouchon d'une bouteille de Prosecco.

Il l'a abreuvée de slogans pour vendre un produit que l'on pouvait obtenir gratuitement en ouvrant un robinet et qui, une fois mis en bouteille et passé entre les mains de publicitaires, serait vendu à un prix scandaleux. Elle l'a observé, songeant à la petite Eloïse qui avait succombé à une infection intestinale, à ses parents, éperdus de douleur et incrédules – alors même que les probabilités n'avaient jamais été en faveur de leur fille.

— Je n'ai pas envie de boire, lui a-t-elle dit, le ventre aussi noué qu'une corde emmêlée.

— Oh, allez !

Il n'a pas caché son agacement et, comme toujours, elle a cédé. Elle a accepté un verre avec un sourire contrit, trinqué à la créativité de son mari, à son succès inévitable. Pourtant, le vin lui a paru sucré et acide, et elle s'est reproché d'avoir enfoui ce qu'elle ressentait. De la bile lui est même remontée dans la gorge et elle a dû quitter la pièce.

Elle s'est éloignée de lui après cette soirée : elle a senti qu'elle portait sur lui un regard plus critique, raillant en silence ses slogans pour vendre de l'eau : *N'est-ce pas notre rêve à tous ? La transparence !* Elle s'est montrée plus distante, toujours affectueuse mais moins réactive quand il essayait d'initier un rapport intime. À dire vrai, elle ne ressentait aucun désir sexuel. Trop consciente de la fragilité du corps humain, de son incapacité à contrer les infections, à fonctionner sans machine, antibiotiques ou chirurgie, elle a éprouvé une forme de culpabilité à la perspective de prendre du plaisir – tout en se réjouissant sincèrement d'être en bonne santé, en pleine forme, lorsque tant de corps se révélaient défaillants. Elle a cru que ce n'était qu'une phase, un passage à vide. Il comprendrait, car c'était un homme doux, sans appétit charnel excessif. Sa naïveté lui faisait tellement honte avec le recul, elle n'avait pas envisagé un seul instant qu'il avait simplement suivi le mouvement qu'elle avait initié, ou qu'il s'était senti rejeté. Que son attitude si ouvertement compréhensive n'était qu'une façade, qu'il trouvait satisfaction ailleurs.

Suzi – avec cette sensualité naturelle que Lucy attribuait souvent aux Méditerranéennes – avait dû être une source de joie après des mois de frigidité. À la soirée de Noël, elle attirait tous les regards masculins, cette femme moulée dans une combi-pantalon sobre quand les autres semblaient mal à l'aise avec leurs tenues pailletées et leurs talons trop hauts. Lucy les imagine au lit : leurs ébats musqués dans des draps moites, leurs membres entremêlés tandis que Suzi hurle son plaisir sans se retenir. Rien à voir avec les gémissements discrets de Lucy… Elle rougit à cette pensée, sursaute et constate qu'elle s'est planté une fourchette dans la partie charnue de la paume. Quatre traces de dents bien rouges.

Pourtant, ça n'a pas toujours été comme ça. Au début de leur histoire, ils ont connu des moments de frénésie sexuelle : un week-end voluptueux à Paris, où ils se sont excités mutuellement dans le jardin du Luxembourg, à tel point qu'elle a bien failli s'embraser rien qu'en sentant son souffle dans son cou.

Un autre à Brighton, pendant lequel ils ont passé une journée entière au lit avant de se lever, affamés, pour dévorer un fish and chips. De longues balades dans Soho au petit matin, au cours desquelles ils se réfugiaient sous des porches d'immeubles pour un baiser passionné, pressés l'un contre l'autre.

Elle regrette ce temps, constate-t-elle avec surprise, et la tendresse disparue depuis longtemps. L'époque où il était prêt à la prendre dans ses bras pendant des heures, lorsqu'elle se réveillait en pleine nuit après la mort de son père, ou à rester allongé à côté d'elle dans le noir, en silence, sauf si elle exprimait le désir de parler. Ce sont les petits gestes attentionnés qu'elle regrette le plus : les tasses de thé qu'il lui apportait au lit les matins où elle ne travaillait pas, les repas qu'il lui préparait quand elle rentrait éreintée, les petits mots d'amour qu'il lui laissait quand elle enchaînait les gardes de nuit. Cette gentillesse quotidienne s'est envolée il y a longtemps. Ce qui ne l'empêche pas d'avoir existé à une époque.

Comment peut-on renoncer à autant, bazarder une longue histoire commune de tendresse ? La troquer contre une affaire de fesses, contre une femme qui doit lui donner l'impression d'être un dieu… Ça, Lucy le comprend. Pourtant, ça ne devrait pas arriver. Oh, non, vraiment pas ! Son ventre se serre sous l'habituel effet conjugué de honte et de tristesse. Ne te remets pas à pleurer, par pitié ne recommence pas. Il n'en vaut pas la peine, ce salaud. Mais elle a beau s'efforcer d'alimenter sa colère, elle ne peut contenir le soupçon qui monte en elle, celui de l'avoir aidé, malgré elle, à devenir ce salaud.

Elle retourne dans la cuisine. La conversation de Flo et Tom a pris un tour plus cordial : celle-ci considère le frère de Lucy avec un sourire légèrement taquin. Ils traversent la cour ensemble. Elle le prend par la taille et plonge la main dans la poche arrière de son jean. Tom, qui la tient par les épaules, l'attire vers lui pour l'embrasser. Il a l'air exténué, cependant Lucy aperçoit l'étincelle de la passion dans ses yeux juste avant leur baiser langoureux. Il donne une tape sur les fesses de Flo. Elle s'éloigne en sautillant, feignant d'être offensée, puis revient vers lui.

Lucy se remet à cuisiner, regrettant d'avoir assisté à ce moment d'intimité. Une plaque de cuisson lui échappe et tombe avec un fracas rageur. Elle frappe la table avec un rouleau à pâtisserie, y laisse une nouvelle entaille.

Elle est gênée, oui, mais aussi mélancolique et jalouse.

Il y a bien longtemps que Matt ne l'a pas regardée ainsi.

La voiture, un break Audi bleu marine qui doit à peine avoir six mois, bloque l'accès à la grange. Lucy vient juste de négocier un nouveau planning pour la traite matinale. Un instant, elle est déconcertée par la présence de la voiture. Elle n'a aucune réservation pour aujourd'hui et un client qui serait à la recherche d'une chambre au dernier moment aurait bien plus de chances d'arriver à pied. La route qui mène à la ferme est une impasse, et on ne brave pas sans une bonne raison ses ornières et ses nombreux angles morts – à cause des broussailles mal taillées. On ne débarque pas ici par hasard.

La voiture a dû être lavée récemment, même si de la boue mêlée de paille est maintenant accrochée au pneu arrière gauche. Elle se penche pour voir à l'intérieur et le capot lui renvoie un reflet trouble de son visage. Le genre de véhicule que son propriétaire bichonne : il fait la fierté de celui qui a du temps à perdre, et un complexe d'infériorité trop important, pour laisser son éclat se ternir. Un gilet en cachemire camel a été soigneusement posé sur la plage arrière et un atlas routier est rangé dans la porte du passager. Hormis ces deux éléments, l'intérieur, en cuir crème, est aussi immaculé que l'extérieur. Lucy est prête à parier que son propriétaire dégaine l'aspirateur à main après chacun de ses voyages.

Elle se dirige vers l'arrière de la voiture, aussi irritée qu'intriguée désormais. Le touriste devra la déplacer avant le début de la traite de l'après-midi. Soudain, elle remarque l'autocollant, dans un coin de la lunette arrière, si droit que les queues des lettres sont bien parallèles. Club de golf de Guildford. Mais évidemment : oncle Richard et tante Carrie. Que font-ils ici ?

Elle quitte la touffeur de la cour pour la fraîcheur de la cuisine. La voix de son oncle, qui s'est débarrassé de tout accent cornique, envahit la pièce que sa grand-mère s'entête à appeler le « petit salon ». Un ruban sonore grave et ponctué d'éclats de rire.

Richard Pascoe est assis dans le vieux fauteuil de Fred, près de la fenêtre, jambes écartées, mains bien à plat sur les accoudoirs.

— Lucy !

Il se lève dès qu'il l'aperçoit pour la prendre dans ses bras. Elle reste agacée qu'il se soit approprié le fauteuil de son père.

— Bonjour, oncle Rich.

Elle lui tend sa joue, puis se prête au même rituel avec sa tante.

— Bonjour, Carrie.

Son ton, quand elle s'adresse à la femme mince qui a le malheur d'avoir épousé son oncle, est beaucoup plus chaleureux.

Tous s'installent. Maggie est assise sur un siège à dossier droit – puisque son fils a choisi le plus confortable – et elle l'observe en plissant les yeux, éblouie par un rayon de soleil.

— Tu es bien comme ça, mamie ?

— Tout à fait, ma chérie… commence-t-elle à rassurer Lucy avant d'être interrompue par son fils.

— Tu aurais dû dire quelque chose, maman ! s'exclame Richard, tout en bonhomie tonitruante.

Il se lève pour entraîner sa mère par le bras.

— Prends le fauteuil, j'insiste.

— Inutile d'en faire toute une histoire…

— Mais si ! C'est mieux ? Plus douillet ?

Sa voix est trop forte de deux décibels.

— Je vais très bien, je te remercie, et je n'ai aucun problème d'audition.

Lucy se détourne en retenant un sourire.

— Alors… qu'est-ce qui vous amène ? Non que je ne sois pas ravie de vous voir, précise-t-elle, décidée à se montrer amicale.

— On passait dans le coin, répond-il avec un clin d'œil pour souligner le caractère absurde d'une telle explication.

Personne ne passe dans le coin de Trecothan. Personne ne passe en Cornouailles.

— On est descendus pour le week-end à St Mawes. Une vieille amie de Carrie se remariait. Ils font du bateau là-bas. Un hôtel magnifique. À Tressiney… tu connais ?

Lucy secoue la tête. Elle ne s'est jamais aventurée dans le sud de la Cornouailles avec ses hôtels de charme et ses yachts, même si elle est à moins de cinquante kilomètres de là.

— Ils ont fait des travaux de rénovation impressionnants, très haut de gamme, tout en conservant des détails d'époque.

Il s'interrompt.

— Ça nous a donné des idées sur ce qu'on pourrait faire ici.

La pièce devient soudain irrespirable, et Lucy a une conscience accrue de son caractère miteux : le mobilier usé jusqu'à la corde, les murs brunis par la fumée que la cheminée recrache depuis des années. Elle sait que cette ferme est le rêve de tout promoteur immobilier : les multiples granges, l'ancienne laiterie, les gîtes… Et elle éprouve le besoin farouche de la protéger. Elle tend la main derrière elle pour caresser le mur incliné.

— Vraiment ? réussit-elle à articuler enfin, d'une voix plus aiguë que de coutume. On devrait attendre maman et Tom pour discuter de ce genre de choses, non ? Après tout, c'est eux qui font tourner la ferme.

— Oh, on en discutera évidemment avec eux plus tard.

Il agite la main dans les airs.

— Je suppose que vous pouvez nous accueillir pour la nuit ?

— Bien sûr.

Elle s'efforce de paraître généreuse. Le lit de la chambre d'amis n'a pas été refait depuis le départ des clients, la veille, et les draps sont encore étendus sur la corde… Ils se contenteront de taies d'oreiller froissées.

— Et j'aimerais passer en revue les comptes avec vous trois, ce soir.

On dirait qu'il préside un conseil d'administration.

— Maman, ajoute-t-il, on te libère.

— Mais mamie devrait participer, non ?

— Maman, tu n'as pas envie de t'embêter avec ce genre de choses, si ?

— Eh bien, si tu penses qu'il y a des sujets d'inquiétude, je préfère être là, oui.

Maggie rive sur lui un regard d'acier.

— Toute la question est là, non ?

Sous le ton fanfaron perce la menace ; il conclut leur échange par un sourire neutre et réservé.

— Oh là là là…

Richard, ses larges épaules voûtées au-dessus du portable de Lucy, secoue la tête tout en parcourant le tableur rudimentaire qu'elle a établi. Maggie, qui observe la scène, se demande quelles erreurs elle a commises pour que son fils devienne cet homme.

C'était un bébé difficile, un petit remuant puis un garçon qui repoussait toujours les limites. Et enfin un adolescent irritable qui s'ennuyait. Pourtant, si elle a toujours su qu'il quitterait la ferme, elle n'a jamais imaginé qu'il chercherait à la démembrer.

— Qu'y a-t-il, Richard ?

Elle ne se laissera pas manipuler par son ton mélodramatique, elle restera calme, pragmatique.

— Ce qu'il y a ? rétorque-t-il avant de feindre une quinte de toux. Tu as vu ces chiffres ? Ils indiquent que votre découvert sera considérablement réduit d'ici à la fin de l'été, mais ils ne prennent pas en compte les dépenses hivernales : le fourrage, l'entretien, l'achat de nouvelles semences. Tom, ça représente quelle somme ?

— Euh…

Tom se frotte les mains d'un air penaud.

— Quarante mille ? lui demande son oncle.

— Dans ces eaux-là.

Richard retient son souffle et Maggie se rend compte qu'à cet instant précis il lui inspire une aversion profonde. Elle est choquée de pouvoir penser cela de son enfant. Où est passé son attachement à ce lieu et, surtout, sa bonté ? Elle le revoit soudain à un très jeune âge, provoquant le taureau : il cherche à atteindre ses testicules avec un balai à travers la barrière et provoque la plus violente des réactions. « Qu'est-ce qui t'a pris ? s'est-elle emportée après que le taureau l'avait chargé et avait dû être piqué. — Rien ne m'en empêchait », a-t-il rétorqué, refusant de se laisser décontenancer. Il a haussé les épaules, elle s'en souvient. Déjà nonchalant à huit ans. Délibérément détaché.

C'est peut-être sa faute, car elle a toujours été dure avec lui, elle le sait. C'était inévitable avec une fille comme Judith, si douce, loyale et attentionnée. Elle n'a pas pu s'empêcher de les comparer, aussi, et il l'a senti. « Alors dis-moi ce que tu veux que je devienne », lui a-t-il lancé juste avant de partir à l'université, et de quitter la ferme à tout jamais. Et que répondre ?

Elle doit se concentrer sur ce qu'il dit maintenant, car si elle le peut, même après sa mort, elle ne permettra pas la vente de la ferme. Bien qu'incapable de leur expliquer en quoi c'est impératif, sa famille doit rester ici. Six générations se sont succédé à Skylark, depuis son arrière-grand-père à la fin du XIXe siècle qui a donné son surnom à Polblazey. Pourtant, du point de vue de Richard, ce lien – une même terre cultivée par la même famille sur plus de cent cinquante ans – n'a aucune valeur. Une boule de rage se forme dans la poitrine de Maggie.

Lucy vole au secours de Tom, bénie soit-elle, arguant que ses projets pour les gîtes vont contribuer à la réduction du découvert. Ceux-ci pourraient rapporter vingt-sept mille livres, avance-t-elle. Richard démolit aussitôt ses prévisions.

— Et si nous avons une fin d'été maussade, ou un hiver glacial ? Et si nous ne louons pas les gîtes avant l'année prochaine ? Tu comptes en plus installer de nouvelles salles de bains qui vont nous coûter six à sept mille livres ?

— On a pensé à améliorer les installations de la laiterie pour produire de la crème toute l'année.

— Qui va venir randonner ici en novembre ou en janvier ? Ou même en mars ? Il faut une bonne raison pour se traîner dans ce coin, et la crème n'est pas un appât suffisant hors saison.

Ses objections affluent, cinglantes et précises ; son ton est véhément. Maggie serre les poings sur sa jupe, si furieuse qu'elle n'ose pas prendre la parole.

Tom s'éclaircit la voix.

— Et notre idée de développer une gamme de glaces ?

Il manque d'assurance, peu habitué à se mettre en avant.

— C'est ce que j'aimerais faire, ajoute-t-il. On pourrait utiliser notre lait, proposer des parfums originaux comme autant de saveurs de la Cornouailles. La marge serait bonne, d'après nos estimations.

— Ça peut marcher.

Richard a l'air sceptique mais, pour la première fois, son dédain a disparu.

— Et si ça se révèle rentable, je pourrai investir. Toutefois il nous faut un chiffrage réaliste des installations nécessaires et une projection de votre chiffre d'affaires pour la première année. C'est bien joli d'avoir envie de fabriquer des glaces, mais pour que je sois prêt à mettre de l'argent, ou à soutenir toute demande à la banque, il faut que ce soit plus que viable, il faut que ce projet soit susceptible de rapporter de l'argent sur le moyen ou le long terme.

Il les dévisage tous avec sévérité.

— Je vais être franc, poursuit-il.

Le moment est venu, Maggie le sent : il va révéler la véritable raison de sa présence.

— Je continue à penser que la meilleure solution serait d'envisager de vendre la ferme. Je sais que tu n'as pas envie de partir, maman…

Il lève la main comme s'il voulait stopper la circulation au milieu d'une route, et Maggie comprend que sa colère est visible.

— Mais je suis d'avis de consulter des architectes pour voir des propositions. Attends, maman, s'il te plaît, laisse-moi finir avant de protester. Je m'occuperai de tout et j'avancerai tous les frais, on pourra régulariser la situation dans un second temps, si on décide de donner suite. C'est une région très convoitée, je suggère simplement qu'on considère toutes les options. Qu'on estime la valeur de tous nos biens. Ça se chiffrerait en millions, surtout si on se chargeait des travaux de transformation nous-mêmes. Vous imaginez un peu ce que ça signifierait pour vous ? La fin de tous les ennuis, de tout ce stress.

— Je. Ne. Partirai. Pas. D'ici.

Maggie détache bien chaque mot, emploie ce ton sec que sa mère attendait toujours d'elle. Elle pense à l'inflexibilité d'acier d'Evelyn, elle cherche à s'en inspirer. Comment expliquer la véritable raison de son refus de partir ? Elle observe à la dérobée ses enfants et est, une nouvelle fois, frappée par l'impossibilité de révéler son secret le plus profond. Peut-être vaut-il mieux leur dire qu'elle ne fait qu'un avec Skylark ? Qu'à quatre-vingt-huit ans elle compte sur ces bêtes, ces champs, ces paysages qui constituent son ancrage, qui l'attachent à ce lieu. Car elle n'est rien sans les souvenirs que cet endroit ravive, bons ou mauvais, et elle sait que, loin de lui, elle cessera tout simplement d'exister.

— Bon, jetons-y juste un coup d'œil.

Le ton de Richard se veut conciliant, toutefois sa mère le sent à cran, comme souvent quand il s'adresse à elle. Pourquoi, bon Dieu, a-t-elle accepté ce prêt de cinquante mille livres à la mort de Fred ? Car Richard y puise une certaine assurance aujourd'hui, elle le voit bien : il a le sentiment d'avoir un moyen de pression.

Elle tient bon.

— Je n'ai aucune intention de voir des plans.

— Peut-être que Judith et Tom, si ? insiste-t-il en les enveloppant d'un sourire. Autrement, maman, j'ai bien peur que nous nous retrouvions tous ici l'an prochain, pour avoir la même conversation. Et nos dettes se seront aggravées.

15

Lucy vibre de rage. Elle s'affaire, seule, dans la cuisine, prépare des scones et des gâteaux pour le goûter. Carrie et Richard sont partis de bonne heure, laissant derrière eux une ambiance si tendue qu'on dirait qu'elle a tourné, comme du lait. Flo et Tom se sont disputés et elle est sûre d'avoir entendu sa mère sangloter, quand elle est passée devant sa chambre la nuit dernière, tard.

Dès qu'elle a mis une nouvelle fournée de scones à cuire, elle reporte son attention sur son carnet pour étudier les chiffres. Les dépenses ne semblent jamais devoir s'arrêter : semences, tourteaux pour le bétail, entretien de la moissonneuse… La banque montre des signes de nervosité, et oncle Richard n'est pas un imbécile. Il sait très bien qu'une nouvelle menace de tuberculose, un hiver rigoureux provoquant la mort d'une flopée de vaches pourrait voir ce découvert raisonnable – quoique toujours inquiétant – croître pendant les mois hivernaux. Sa mère continue à lui tenir tête, mais… et s'il réussissait à avoir les autres à l'usure ?

Ils doivent trouver le moyen de l'éblouir, avec une innovation qui lui prouvera qu'ils ne cherchent pas simplement à ralentir le déclin de la ferme, qu'ils ont l'intention d'inverser la tendance. Quid de l'idée de Tom de fabriquer des glaces ? C'est la seule suggestion que Richard n'a pas automatiquement rejetée. À la réflexion, Lucy se demande pourquoi elle n'a pas pensé à aller présenter les glaces de Tom dans les épiceries fines de la région et autres coopératives alimentaires. Il y a plus de deux semaines qu'elle est arrivée maintenant et elle aurait pu faire beaucoup plus déjà. Son généraliste l'a arrêtée pour six semaines, ce qui signifie qu'elle rentrera à Londres mi-août. Sa gorge se serre. Moins d'un mois… Elle a si peu de temps !

Elle gratte une piqûre de taon, rouge et enflée, contrariée à l'idée de retrouver l'hôpital et sa vie londonienne. Le souvenir de son erreur lui revient en force : la panique qui l'a alors envahie, l'expression choquée et peinée d'Emma. Et si elle avait administré la mauvaise dose au bébé ?

Elle agrippe le rebord de la table. Elle ne doit pas ruminer surtout, elle doit s'activer avant de se laisser aussi envahir par son autre pensée obsessionnelle, Matt. Car si elle redoute tant son retour à Londres, c'est en grande partie à cause de leur couple. Ils n'ont pas échangé un mot depuis qu'il est parti, si l'on excepte le texto qu'elle lui a envoyé, l'informant de son départ en Cornouailles. *J'espère que tu en profiteras bien. On se parle à ton retour.* À croire qu'elle partait en vacances… Elle avait tapé une réponse – un message froid, ironique et bourré d'insultes, le genre dont elle savait, au moment de l'écrire, qu'elle ne l'enverrait jamais.

Elle se met à trembler en pensant à lui, en imaginant ce qu'il pourrait être en train de faire. Il a peut-être emménagé chez Suzi ? Elle ouvre la porte du four, hors d'elle à l'idée d'une autre femme dans ses bras ou, pire, dans leur lit. Même si elle a sans doute sa part de responsabilité dans cette histoire… Ils ont été amis pendant deux ans avant de sortir ensemble : elle l'amusait avec le récit de ses rendez-vous désastreux, elle s'est tournée vers lui lorsqu'un de ses copains s'est révélé gay et lorsqu'elle a découvert les infidélités en série d'un autre, c'est à lui qu'elle a confié sa lassitude d'enchaîner des relations, tous les six mois. Peut-être auraient-ils dû rester amis, au fond…

Elle doit passer à autre chose. Une vague brûlante l'assaille de plein fouet quand elle se baisse vers le four. Elle se redresse, étourdie. Sa paupière gauche se met alors à palpiter. Elle est donc fatiguée, en plus d'être stressée. Elle pose la plaque de cuisson sur la table et entreprend de transvaser les scones, se brûle les doigts. La chaleur qu'ils dégagent accentue l'humidité sur ses joues, sa mauvaise humeur virant à un sentiment plus proche de la panique ou de la peur. Une fois de plus, elle a l'impression de tituber sur le cap, sans savoir si le vent la soutiendra ou, au contraire, la précipitera dans le vide. Elle doit faire en sorte que plus rien ne tourne mal dans sa vie. Elle a besoin de cette ferme comme d'une ancre, tant son bien-être est fragile, incertain. Un nouveau drame et elle perdra l'équilibre, elle se retrouvera tout au bord de la falaise.

Elle entend du bruit dans la cour, celui d'une Land Rover traînant un lourd van. Le véhicule s'arrête avec fracas. Il est suivi du son plus doux, plus grave, de sabots foulant une rampe métallique.

La nouvelle génisse Ayrshire. Tom et Judith font des ballots de foin dans le champ tout en haut, elle va devoir s'occuper de l'installer. Elle frotte ses joues rougies et ses yeux qui picotent, consciente que son désarroi doit se lire sur son visage. Elle n'a aucune envie de voir quelqu'un, ni dans l'immédiat ni jamais. Si seulement elle pouvait rester dans cette cuisine utérine, à l'abri des regards bien intentionnés des voisins – qui aimeraient tout de même savoir pour quelle raison elle a quitté Londres –, protégée des dures réalités de l'existence.

Dehors, sous un soleil de plomb, le propriétaire s'occupe de sa vache. Un grand homme bien bâti à ce que Lucy en voit. Des cheveux châtain foncé, des bras puissants et une voix posée avec une pointe d'accent de la région.

— Tout doux, ma fille, tout doux. Viens… Doucement, maintenant…

La bête a une magnifique robe d'un brun ambré, avec un losange blanc sur le museau, deux jambes blanches et un ventre plus pâle. Âgée de deux ans, elle est plus mince que la plupart des vaches de leur troupeau. Elle n'a pas encore vêlé mais est prête à s'accoupler avec le taureau et le fera dans les mois qui viennent. D'ici à Noël, son ventre devrait s'arrondir et d'ici à l'été prochain elle devrait donner du lait. Son petit n'aura que deux jours pour téter avant qu'elle ne rejoigne les autres dans la salle de traite.

C'est vraiment une belle bête : elle suit tranquillement son propriétaire, agitant de temps en temps la tête pour signifier qu'elle n'accorde pas facilement sa confiance. Un chat file devant elle, évite ses sabots.

— Tout doux, tout doux…

L'homme est à la fois gentil et autoritaire, il la conduit vers le pré, une main posée sur son flanc. Lucy se précipite. Malgré elle, sa curiosité est piquée.

— Un coup de main ?

— Oui… avec plaisir. Si vous pouvez ouvrir, je la retiens.

Il lui jette alors un coup d'œil et lui adresse un bref sourire. La poitrine de Lucy se serre. C'est lui. L'homme de la plage. Et elle en est sûre : elle le connaît.

— Bonjour, Lucy.

Il lui sourit, l'air d'attendre que ça fasse tilt.

— Ben ? Ben Jose ?

Son sourire s'élargit encore. Elle se recompose une expression pour tenter de cacher sa surprise extrême.

— Laisse-moi l'installer.

Il conduit la génisse dans le champ, puis la détache. Elle se met à brouter l'herbe sucrée et soyeuse, remue la mâchoire en rythme et agite les pattes. À l'autre bout du pré, un membre du troupeau lève la tête et l'observe.

Lucy coule un regard discret à Ben. Un vieux copain de lycée de Tom, qu'elle n'a pas vu depuis qu'il avait, quoi ? Seize ans et elle dix-huit ? Toujours fourré avec son frère, il l'agaçait, cherchait à s'incruster à toutes ses fêtes et lui avait piqué une bouteille de cidre quand il avait quinze ans. Fred avait choisi d'en rire : eh bien, les garçons sont comme ça, avait-il dit – son deux poids deux mesures si exaspérant qui permettait à son fils de s'en tirer à bien meilleur compte que sa fille. Judith était contrariée : que penserait la mère de Ben lorsqu'elle verrait son fils rentrer dans cet état, ivre au point d'en être malade ? Lucy était folle de rage – surtout que sa mère lui avait reproché à elle de conserver de l'alcool, comme si elle était responsable de la cuite des garçons. Il avait gardé ses distances avec la ferme à la suite de cet incident. Puis, quelques mois plus tard, en septembre 2001, elle était montée à Londres… elle s'était échappée.

Pour avoir changé… il a changé. Ses yeux bleu foncé restent les mêmes. Mais son visage juvénile a disparu, remplacé par des pommettes affûtées et une mâchoire bien dessinée, qui devait se cacher sous ses rondeurs. Bien sûr, il a beaucoup grandi et s'est élargi : il ne reste pas grand-chose du petit gars maigrichon dont Lucy a gardé le souvenir, même s'il avait poussé d'un coup l'été de son départ. Elle a l'impression que le ciel lui est tombé sur la tête. Si Ben Jose a pu se métamorphoser à ce point, alors elle est restée loin de la ferme beaucoup trop longtemps.

— Désolé pour le cidre, lâche-t-il.

Un rire contenu fait frémir le coin de sa bouche.

— Oh, ça… Je suis étonnée que tu t'en souviennes.

— J'étais raide dingue de toi. Je crois que j'ai piqué cette bouteille pour que tu me remarques. Et puis pour me bourrer la gueule, bien sûr.

Cet aveu la déconcerte. Elle ne s'intéressait pas plus à lui qu'au facteur.

— Je suis désolée, je ne m'en doutais pas du tout.

— T'inquiète ! J'étais un petit crétin insupportable. Je suis sûr que je méritais de me faire engueuler.

Son éclat de rire trahit de l'assurance au bon sens du terme.

Il traverse le champ en sens inverse pour retourner vers le van, laissant la génisse brouter. Leur conversation est donc terminée ? Lucy, déçue, se précipite pour l'aider à ouvrir la barrière.

— Alors… qu'est-ce que tu deviens ?

— Je bosse à Tredinnick, dans la ferme de mon oncle. J'ai suivi un cursus en agronomie à la fac. J'ai travaillé un temps dans une ferme du Warwickshire et je suis rentré à la maison.

Il tend le menton vers l'océan, bleu pétrole aujourd'hui et légèrement agité.

— Je ne voyais pas trop de raisons de me priver de ça.

Après avoir souri, il poursuit :

— Je m'occupe principalement du bétail : vaches, porcs, moutons… et je tiens le magasin un jour par semaine.

Il grimace.

— Pas ton point fort ?

Elle l'imagine mal derrière un comptoir. Sa place semble plutôt être en plein air, une main posée sur une vache ou dans un champ fraîchement labouré.

— Je préfère m'occuper de la terre ou des bêtes. Cela étant, je vois bien que la diversification est la solution. En matière de nourriture surtout : on abat nos bœufs et nos agneaux, on prépare nos saucisses.

Il a l'air songeur.

— C'est ce qu'on fait dans une ferme moderne, non ?

— Eh bien, puisque tu en parles…

Elle s'en veut d'aborder le sujet de cette façon, mais c'est peut-être justement ce qu'elle doit apprendre à faire.

— On cherche à se diversifier, nous aussi. Je me demandais si vous seriez intéressés par les glaces de Tom dans votre boutique. Cardamome et orange ? Ou crème et cassis ? Et pourquoi pas mes gâteaux à la carotte ?

— Tom fabrique des glaces maintenant ?

Ben ne dissimule pas sa surprise.

— Il est resté très discret.

— Elles sont délicieuses, tu vas voir !

Au moins, elle laisse parler son cœur à présent, elle n'a pas l'impression de tenir un discours de vendeuse. Elle se précipite dans la cuisine et sort trois bacs du congélateur. Elle ajoute ensuite, sur une assiette en carton, une tranche de gâteau à la carotte du jour, avec un glaçage à la crème au beurre et zestes d'orange.

— Tu veux que j'emporte ça ?

Il n'en revient pas.

— Si ça ne te dérange pas ?

Oh, allez, prends, pense-t-elle en plaçant la boîte dans ses mains puissantes et bronzées. Pourvu qu'il les aime et qu'il passe une commande pour la boutique de Tredinnick… Pourvu que ce soit une opportunité commerciale.

— Eh bien, super. Merci. On va les goûter et on vous donnera notre réponse… disons la semaine prochaine ?

Elle se surprend à attendre un encouragement de sa part, une parole plus positive à laquelle se raccrocher. Pourtant, c'est sur cette promesse fragile qu'il la quitte.

16

20 juillet 1943, Cornouailles

Ce fut le bruit qui la tira de ses pensées.

Le grondement d'un bombardier anglais, ou de plusieurs, tant le vacarme était grand : un bourdonnement guttural qui s'amplifiait avec régularité, au point qu'elle ne put plus y tenir et rouvrit les paupières.

Assise contre le tamaris noueux au fond du jardin, elle profitait de la chaleur de la mi-juillet, et il lui fallut un peu de temps pour se réhabituer à l'éclat du soleil. Lorsque les points noirs cessèrent de danser devant ses yeux, elle les vit : une file de B17, qui volaient nez contre queue, en formation parfaite. Un ruban de chaleur, de puissance et de métal, se déployant dans le ciel.

Le soleil se réfléchissait sur leurs ailes, alors qu'ils filaient le long de la côte en direction d'un aérodrome plus au nord : Davidstow, Cleave ou peut-être même Chivenor dans le Devon. La Royal Air Force ne bombardait pas seulement les sous-marins allemands dans les profondeurs de la Manche, elle détruisait aussi des ports français pour empêcher les troupes allemandes de s'y regrouper, lui avait expliqué son père. Il y avait un caractère si insouciant dans leur retour, comme si les pilotes et leur équipage jubilaient en fendant le ciel. Avec ses terres et ses eaux, la Cornouailles était un havre qu'ils survolaient – bandes dorées de sable et falaises accidentées, petits champs verts et hameaux de granit gris, accueillant les plus belles églises du pays. C'était le pays qu'ils défendaient.

Elle se redressa et agita la main, un peu hésitante au début, puis plus enthousiaste, dans l'espoir que l'un des hommes l'apercevrait, ce minuscule point à leur droite, près d'un champ de maïs et comprendrait qu'elle leur témoignait sa gratitude. Son cœur se gonfla de soulagement à la pensée de ceux qui étaient rentrés, s'interdisant de songer aux autres, qui pouvaient s'estimer chanceux s'ils avaient réussi à sauter avant le plongeon de leurs appareils au fond des eaux troubles de la mer. Elle ne s'attardait pas non plus sur les dégâts qu'ils avaient pu causer dans la Manche, ou dans les ports français où vivaient des gens ordinaires. Des pêcheurs qui déchargeaient leur prise du jour, à l'image de ceux sur le quai de Padstow. Peut-être même des enfants et des jeunes filles, pas différentes d'Alice ou d'elle.

Le bourdonnement s'éloignait à présent. Les avions disparurent à l'horizon, au-dessus de la terre, laissant une traînée de gaz d'échappement qui décolorait le bleu, réveillant une impression familière d'insignifiance, et de malaise.

Maggie retourna au tamaris en traînant les pieds et leva les yeux vers les feuilles plumeuses qui lui mouchetaient le visage d'ombre. Ses chevilles, en plein soleil, bronzeraient si elle s'attardait trop longtemps, la peau prendrait la teinte noisette intense de son père. Ce qui ferait horreur à sa mère. Elle écarta ses jambes du tronc, pour que ses mollets aussi soient au soleil, et remonta sa jupe au-dessus de ses genoux.

Continue à te perdre dans ce genre de considérations, ineptes et frivoles, s'encouragea-t-elle. Et pourtant, ses pensées la ramenèrent, comme toujours lorsqu'elle voyait un avion, à Edward : posté en Afrique du Nord, il nettoyait un port détruit et se baignait dans la Méditerranée – c'est en tout cas ce que suggéraient ses lettres enjouées et copieusement censurées.

Cher Edward... Les garçons de son régiment d'infanterie étaient allés grossir les rangs de l'armée française en Afrique du Nord : ils repoussaient vers l'est les Allemands venus d'Alger, affrontant la chaleur et la poussière pour prendre Tunis, précipiter la capitulation de l'ennemi dans cette partie du globe. Un tournant dans la campagne alliée, à croire son père, ce qui faisait d'Edward un héros. Cette idée était ridicule, même si elle gardait ce jugement pour elle, essayant de concilier l'image de son cousin en train de lire *Le Meilleur des mondes* dans son pull blanc avec celle du soldat assailli par une tempête de sable, couvert de sueur et de boue dans son treillis militaire.

Elle s'efforçait tant de compatir aux épreuves qu'il traversait : pas seulement la peur – car comment aurait-elle pu ne serait-ce que commencer à l'imaginer –, mais l'inconfort extrême : les grains de sable dans ses cils blonds, les brûlures sur sa peau pâle, la chaleur étouffante et abrutissante. Ça lui donnait envie de le choyer, de le soulager de son lourd sac à dos, de porter son casque en acier et son fusil, qui devaient représenter un véritable handicap dans le désert. Pour autant ça ne faisait pas qu'elle l'aimait, pas d'amour. Elle n'arrivait toujours pas à l'envisager ainsi.

Elle essayait. Oh ça, pour essayer ! Elle fixait son portrait en tenue militaire, repensait à ses baisers à Davidstow, qui, s'ils n'avaient pas été déplaisants, n'avaient pas provoqué la réaction qu'elle espérait, elle s'échinait à convoquer les sentiments qu'elle aurait dû, selon elle, ressentir. Peut-être n'avait-elle pas les pieds sur terre, car elle attendait d'un baiser qu'il la consume, tant son désir était fort d'être submergée par quelque chose qui la dépasserait. Elle lisait beaucoup Thomas Hardy, et elle rêvait de ce sentiment débordant qui liait Tess à Angel Clare, ou Gabriel Oak à Bathsheba, ou Bathsheba au sergent Troy.

Elle sourit. Edward, bien sûr, se montrerait un tantinet condescendant si elle se référait devant lui à de tels amants, car il n'avait aucune considération pour cet auteur. « Fadaises sentimentales, dirait-il. Mièvre et complaisant. Regarde où sa toquade a conduit Tess… »

Ce qui n'empêchait pas Maggie de se raccrocher à ses convictions intimes : elle aspirait à cela, une grande passion. Peut-être que la guerre changerait Edward, peut-être qu'à son retour elle pourrait le voir comme son héros.

Elle soupira. Elle devait retourner à la ferme. Sa mère faisait ses valises pour partir à Falmouth, où sa sœur, qui venait de mettre au monde son quatrième enfant et était épuisée, attendait son aide. Ça tombait au pire moment – à l'approche de la moisson du maïs. Pour toutes les fermes pratiquant l'agriculture mixte, la mi-juillet était l'une des périodes de l'année les plus actives. Et pourtant, nécessité fait loi, avait décrété sa mère, au moment d'annoncer son absence pour trois semaines. Gwynnie – qui n'avait jamais été une femme très pragmatique – avait besoin d'elle. Et Maggie était plus que capable d'assumer sa part de travail, maintenant qu'elle était rentrée pour l'été. Evelyn avait révélé un autre aspect de sa personnalité en prenant cette décision : elle ne consacrerait pas son été à se fatiguer sous un soleil de plomb, elle s'occuperait de son nouveau neveu et de ses jeunes frères et sœurs. Maggie entrevoyait une femme qui aurait pu être une mère aimante sans les exigences perpétuelles de la ferme.

La jeune fille abrita ses jambes du soleil et envisagea de rentrer. La pensée de sa mère en pleine effervescence la retint. Maggie ne passerait pas son été dans un tourbillon d'énergie colérique, accomplissant chaque corvée d'une façon qui suggérait qu'elle aurait dû, qu'elle aurait *mérité* d'être ailleurs.

Si le beau temps se maintenait, une quinzaine de jours pourraient s'écouler avant la récolte. Maggie en profiterait pour s'acquitter de ses tâches avec efficacité : la traite, le repas de midi, celui du soir. Puis elle s'échapperait pendant une heure tous les après-midi : elle descendrait sur la plage lire au milieu des dunes, ou irait se promener sur les falaises avec Alice. À moins, s'il lui restait assez d'énergie après la vaisselle du dîner, quand plus personne n'aurait besoin d'elle, qu'elle descendît prendre un bain tardif. La plage serait vide et elle pourrait se baigner sans crainte d'être vue dans son maillot de bain tricoté. S'il n'y avait vraiment personne, elle pourrait même courir dans l'eau en sous-vêtements et les retirer une fois immergée, pour nager en toute liberté, sans entrave, comme en apesanteur.

Bien sûr, dès que les moissons débuteraient, elle n'aurait pas une minute, et ça ne la dérangeait pas. C'était un moment de fête, surtout lorsque la récolte d'orge et d'avoine s'annonçait aussi prometteuse que cette année.

C'était un travail éreintant : gerber les céréales, les entasser, progresser en un ovale de plus en plus resserré jusqu'à ce que toute l'orge soit en ballots, et les lapins contraints de détaler. Elle supporterait sans mal de s'échiner sous un soleil brûlant, de repousser ses limites jusqu'à en avoir les bras et les jambes si endoloris qu'elle dormirait d'un sommeil profond la nuit, le corps si épuisé que son esprit cesserait de tourner en rond. Elle rêvait de ce doux oubli. Tout pour ne plus s'inquiéter de l'avenir : pas celui de la guerre, non, mais le sien, la décision qu'elle prendrait au sujet d'Edward. Elle jeta un coup d'œil en direction de la ferme, en quête d'une distraction pour chasser ces pensées troublantes.

Une silhouette avançait dans sa direction d'une démarche qui manquait un peu d'assurance.

— Tu as vu les bombardiers ?

Le visage de Will avait une expression très théâtrale.

— Ta mère te cherche, ajouta-t-il.

Elle grogna et le sourire de Will s'élargit.

— Elle a dit pourquoi ?

Il haussa les épaules.

— Comme d'habitude.

Elle lui rendit son sourire, surprise de l'entendre critiquer Evelyn, tant Will évitait de faire des vagues.

— Tu t'assieds avec moi une minute ?

— Ta mère ne risque pas de se mettre en colère ?

— Sans doute, mais pas plus qu'elle ne l'est déjà.

Elle éprouvait le besoin de parler soudain. Il y avait longtemps qu'ils n'avaient pas eu une vraie discussion, tous les deux. Elle l'évitait depuis Pâques, depuis sa réaction idiote au sujet d'Edward, cependant il semblait avoir mûri, ou tourné la page. De toute façon, elle n'arrivait plus à maintenir cette attitude désinvolte avec lui.

— Pousse-toi un peu, alors.

Il s'accroupit à côté d'elle et cala son dos contre le tronc de sorte que leurs épaules, et leurs jambes, se retrouvèrent collées. Elle sentit la chaleur qui se dégageait de lui, apprécia la fermeté de sa cuisse contre la sienne.

Elle s'écarta légèrement.

— Alors on se cache tous les deux maintenant ?

Il avait presque chuchoté.

— C'est aussi évident ?

— Un peu.

Elle lui décocha un sourire complice.

— Je n'avais simplement pas envie de retrouver toute cette agitation… Elle est si tendue dans ces moments-là qu'il vaut mieux garder ses distances.

Elle soupira.

— Je vais y retourner dans un moment, je promets.

Ils tournèrent leurs regards vers la mer, si calme sans les avions qu'on ne soupçonnait pas que la guerre continuait. Ça n'avait pas toujours été le cas. Il n'y avait pas que les bombardiers dans le ciel, l'eau virait au vert lorsqu'un pilote abandonnait son appareil, et l'explosion de mines dans l'Atlantique résonnait jusque dans l'estuaire. Aujourd'hui, ils admiraient une étendue de bleu huileux.

— J'ai été distraite par les B17, se justifia-t-elle. Et puis j'ai pensé à Edward. Mais avant ça, je me disais que, quand maman serait partie, je pourrais me baigner aussi souvent que je le voudrais.

— Tu te rappelles que tu m'as appris à nager ?

Sa question la prit au dépourvu.

— Tu étais très mauvais.

— Personne ne nage à Londres…

— Tu as fait beaucoup de progrès depuis.

— Et ce n'est pas grâce à toi ! C'est vrai que je me débrouille, oui.

Elle l'observa à la dérobée, se rappelant ses mouvements pataucs et désordonnés lors de son premier été à la ferme, et sa crainte du ridicule.

« C'est facile pour toi ! » lui avait-il crié du haut de ses quatorze ans en recrachant de l'eau salée. Il avait embrassé d'un geste du bras la baie turquoise, le sable doré, autant de preuves des avantages dont jouissait Maggie. « Tu as toujours eu tout ça en bas de chez toi. Pas étonnant que tu réussisses tout mieux que moi. »

Furieux, il avait tenté de sortir de l'eau mais avait été fauché par une vague et avait bu la tasse. Quand il avait refait surface, son visage était déformé par la rage, et Maggie n'avait su s'il essuyait de l'eau ou des larmes. Il avait remonté la plage à grands pas, de ses jambes pâles et maigrichonnes qui n'avaient jamais connu un été entier en Cornouailles. Le lendemain, elle l'avait surpris pendant qu'il essayait d'apprendre tout seul. S'accrochant à une vieille planche en bois, il s'entraînait à exécuter les mouvements des jambes.

Ses bras, posés nonchalamment sur ses genoux, s'étaient allongés et musclés, ses épaules étaient larges et fermes. Maggie l'imagina en train de nager un crawl puissant, ses bras fendant l'eau à toute allure.

Elle releva les yeux vers son visage : ses taches de rousseur disparaissaient presque sous son bronzage de garçon de ferme, ses joues s'étaient creusées, il ne restait plus rien des rondeurs enfantines de l'été précédent. Pendant l'hiver, il s'était confectionné un cocon, dont il était sorti plus homme qu'enfant.

— Allez, viens, ta mère va être folle de rage.

Il se releva d'un bond et lui tendit la main. Un instant, elle resta plantée là, sentant une onde de chaleur passer entre eux deux, s'attardant sur la forme des doigts de Will, longs et parcourus de petites callosités qui s'imprimaient dans sa peau.

Il lui lâcha la main et voulut se diriger vers la ferme. Evelyn, à un bout du jardin, fouillait les champs du regard. Sa posture – une main sur le front pour protéger ses yeux du soleil, alors que l'autre jouait avec le nœud de son tablier – en disait assez sur sa crispation.

— Tu crois qu'elle nous a vus ? demanda Maggie en retournant vers l'ombre de l'arbre.

— Non, on est bien cachés ici.

L'espace d'une seconde, Maggie fut suffoquée par l'électricité dans l'air. La brise était retombée et elle avait du mal à respirer.

Puis Will tourna les talons et s'engagea sur le chemin : sa démarche, assurée et régulière, suggérait qu'il avait du pain sur la planche.

Maggie s'attarda une minute avant de lui emboîter le pas, tête baissée, comme pour feindre de ne pas avoir le moindre lien avec lui.

17

La chaleur, qui s'accentuait régulièrement depuis dix heures, avait atteint son apogée : à une heure de l'après-midi, la boule de feu du soleil crépitait dans le ciel.

Un filet de sueur dégoulina entre les omoplates de Will et colla sa chemise à sa peau. Il s'essuya le front du dos de la main et sentit que ses cheveux étaient mouillés par la transpiration. La faim lui tiraillait le ventre, ses bras et le bas de son dos étaient endoloris par le dur labeur de la matinée, mais ce qui lui manquait le plus cruellement, c'était de boire.

Les filles, retournées à la ferme, auraient déjà dû être de retour, chargées de gros friands et de pichets de thé tiède. Le maïs miroitait comme un mirage. Il avait la gorge irritée et il s'imagina avalant de grandes gorgées, si vite que le liquide lui en coulait sur son menton.

Puis il se sentit coupable. Edward avait dû connaître une chaleur bien plus extrême à Tunis, sans parler de l'épuisement et de la peur, alors que Will, lui, était bien en sécurité dans un champ de maïs de Cornouailles. En sécurité et aux côtés de la fille qui peuplait les rêves d'Edward.

Il donna un coup de pied dans le chaume, se reprochant sa jalousie, et l'élan de satisfaction consécutif à l'idée que c'était lui qui était avec Maggie. Tout ça lui donnait le sentiment d'être un peu minable, et couard en prime. La question de savoir s'il s'engagerait ou non l'an prochain le rongeait, tandis qu'il arpentait les champs, ramassant les gerbes pour les empiler. Ce travail faisait partie de l'effort de guerre, aussi… mais était-ce suffisant ? En même temps, il ne parvenait pas à imaginer que la prochaine moisson aurait lieu sans lui.

Le mirage se dissipa, sans qu'apparaissent ni Maggie ni thé. Il se remit à la tâche. Ils avaient dégagé une bonne moitié du champ déjà : oncle Joe, qui s'occupait du cheval de trait et de la lieuse, James, Arthur, trois hommes du village et lui-même.

Oncle Joe allait être aux anges. Il y avait une exploitation laitière parfaitement autonome à Lanlivet. Ils avaient fait pousser du foin, du trèfle, des haricots, des petits pois, des ers et de l'avoine pour l'ensilage, puis du blé de printemps, du chou fourrager et, pour les meilleures laitières, des graines de lin. Cette exploitation avait été louée dans le *West Briton* car elle se passait de moyens de transport et donc de convois militaires. Oncle Joe rêvait d'un même succès économique et patriotique. L'ennui étant que la moindre parcelle d'herbe libre avait déjà été réquisitionnée pour des plantations : les bas-côtés au pied des haies, la vallée qui dévalait dans la mer, les parterres où les fleurs avaient été remplacées par les pommes de terre, les haricots verts et d'Espagne, les choux frisés et de la rhubarbe. Ils n'allaient pas tarder à retourner la pelouse devant la ferme.

— C'est l'heure de manger !

Une voix aiguë et joyeuse le tira de ses ruminations. Alice courait à travers les épis de maïs avec un petit panier. Maggie, chargée d'un second plus grand, contenant un pichet et des tasses en émail, la suivait.

Les plantations semblaient s'écarter sur son passage. Ses boucles brunes s'échappaient du ruban dans sa nuque, son visage s'empourprait. Les tiges qui se pressaient autour d'elle soulignaient sa poitrine et ses longues jambes musclées. Il rougit à cette pensée. Savait-elle pourquoi Arthur et lui avaient un sourire jusqu'aux oreilles chaque fois qu'elle venait dans leur direction, mais jamais si son père était susceptible de les surprendre ? Peut-être… Dans ce cas, elle n'en tirait aucune conséquence. Et, plus important, lui non plus.

Il était juste de dire que Maggie le tourmentait encore plus qu'à Pâques : cette jeune fille qui avait été, autrefois, un vrai garçon manqué, impatient de lui montrer la vie à la ferme et d'être son amie. Il repensa à leur première véritable journée ensemble, quand elle leur avait montré par inadvertance, à Alice et lui, un porcelet écrasé. « Où est le dernier, James ? Il y en avait douze », avait-elle dit avant de pousser un petit « oh ! » étouffé lorsque Alice avait montré du doigt la boule rose et immobile dans la paille. Pour se remonter le moral, ils avaient fait la course jusqu'à la plage.

Il n'aurait jamais rien pu imaginer de plus beau que cette étendue presque blanche qui scintillait à l'horizon. Le sable était doux, juste à la lisière des hautes herbes, plus fin que du sucre quand il s'était baissé pour y plonger les doigts.

Il avait déployé tellement d'efforts pour conserver un air blasé. Mais lorsque le vent avait formé des vagues, lorsque la mer s'était mise à briller comme si elle était remplie de diamants, la lassitude des trente-six dernières heures l'avait abandonné et il était redevenu un petit garçon.

— Le premier à l'eau ! s'était-il écrié avant de s'élancer sur la plage en riant aux éclats.

— Attends-moi ! lui avait hurlé Maggie.

Il s'était retourné pour lui lancer un sourire pardessus son épaule sans s'arrêter.

— Rattrape-moi !

Il se souvenait parfaitement de son euphorie d'alors. Les mouettes – de grands oiseaux prétentieux – s'étaient envolées, surprises que ce garçon les chargeât, puis étaient restées suspendues, portées par le vent.

Comme des alouettes se tournant autour, ils avaient voleté de-ci, de-là en poussant des cris de joie. Ils s'étaient ensuite effondrés après avoir couru sur le sable et dans les eaux peu profondes. Ses poumons cognaient contre sa cage thoracique et son cœur menaçait d'exploser – non seulement à cause de l'effort, mais aussi du frisson d'excitation d'avoir déjà trouvé une nouvelle amie avec qui faire la course dans un lieu aussi enchanteur.

Maggie avait partagé son exaltation à l'époque. Il l'avait lu dans ses joues rouges et dans ses yeux rieurs qui le mettaient au défi de courir plus vite, de la battre – ce qu'il n'avait aucun mal à faire du haut de ses treize ans, même si elle était meilleure à l'escalade et à la nage. Enfin, elle savait nager, elle.

Elle l'avait aussi partagée cette fameuse nuit, un mois environ après leur arrivée, quand il avait vécu son premier orage. Allongé dans son lit, il avait écouté la tempête s'abattre sur la ferme. La pluie s'infiltrait par les fenêtres, imbibant les serpillières et rendant les rebords luisants de pluie. La maison entière grinçait, les poutres et les planches du parquet gémissaient comme un navire ballotté en haute mer. Mais c'était le vent qui était le plus exaltant : un gémissement asthmatique qui se faufilait à l'intérieur en sifflant, aussi aigu et insistant qu'une vieille bique réclamant qu'on lui ouvrît la porte.

Il pleuvait à Londres, bien sûr. Will avait vu la Tamise enfler, devenir grise. Le vent ne semblait pas souffler aussi fort, toutefois. Il s'était dit, cette nuit-là, qu'il lui suffirait d'ouvrir la fenêtre pour éprouver sa force, pour voir s'il était capable de lui résister. Évidemment, il serait mouillé. Bah, de toute façon il était toujours mouillé, crotté et plein de sable. Et il avait une serviette pour se sécher. Mieux valait retirer le haut de son pyjama, cependant. Pas la peine de provoquer la rage de tante Evelyn, qui avait piqué une colère en découvrant les traces boueuses dans la cuisine et l'accroc à sa culotte courte – il se l'était fait sur les rochers en voulant descendre à la plage.

Maintenant, s'il réussissait simplement à soulever le loquet, qui lui résistait…

— Qu'est-ce que tu fabriques ?

Il avait sursauté. Maggie se dressait sur le seuil de sa chambre. Il avait été surpris et le fait qu'elle restât là, sans bouger, le terrifia davantage.

— Ça ne s'ouvre pas comme ça.

Elle s'était acharnée sur le loquet jusqu'à ce qu'il cède. Gardant une main dessus, elle s'était retournée vers lui.

— Tu es sûr de vouloir faire ça ?

Il avait hoché la tête avant de demander :

— Le vent est fort ?

— Moi, je le supporte.

L'honneur des évacués reposait donc sur lui.

— Prêt alors : un, deux, trois…

Elle avait forcé le frêle battant. Le vent était encore plus violent qu'il ne l'avait imaginé, la pluie encore plus drue. Elle lui avait fouetté le visage, démontrant son pouvoir cinglant et humide.

— Génial, non ? lui avait lancé Maggie, un sourire jusqu'aux oreilles, penchée dehors presque jusqu'à la taille, les yeux brillants au clair de lune, les joues luisantes de pluie.

Il avait répondu d'un signe de tête, incapable de parler avec la force de l'orage, alors qu'il passait les bras et le torse à l'extérieur, absorbé par l'intensité de ce moment électrisant. Rien dans son existence ne l'avait préparé à cela : l'euphorie de flirter avec le danger, de provoquer les éléments. L'impression délicieuse d'être vivant.

Plus tard, après avoir prêté son haut de pyjama sec à Maggie, Will s'était emmitouflé avec elle dans une couverture rêche, puis ils s'étaient blottis l'un contre l'autre pour tenir sur la banquette devant la fenêtre. Les jambes de Maggie, qu'elle avait ramenées sous la couverture, étaient chaudes contre les siennes.

— J'adore ça, lui avait-elle avoué alors qu'une bourrasque de pluie avait frappé la vitre. Quand le danger est proche, mais qu'il ne peut pas vraiment nous atteindre.

— Comme la guerre ? lui avait-il demandé en songeant que la Cornouailles avait encore été préservée.

Il avait alors pensé à ses parents et à Robert, à Londres, qui attendaient que la guerre commence pour de bon.

— Non, lui avait-elle dit en se mordillant la lèvre. Peut-être un danger un peu moins effrayant que celui-là… Tu sais, lorsque tu sens qu'il est là, que tu le vois, que tu l'entends, mais que tu as le dessus malgré tout. Par exemple, quand tu nages dans une mer démontée.

— Je n'ai jamais fait ça.

Cette perspective l'avait empli de terreur.

— Ah bon ? s'était-elle étonnée. Eh bien, tu devrais essayer un jour. Je t'apprendrai. C'est un danger délicieux, tu verras.

Un danger délicieux. Voilà ce qu'il éprouvait à cet instant. Un sentiment qui le rendait à la fois vulnérable, parce qu'il l'exposait, et l'enhardissait. Un sentiment pas assez terrifiant pour qu'il ne puisse y faire face, et pourtant suffisamment pour qu'il lui donne l'impression d'être intensément vivant. Éprouvait-elle ne serait-ce qu'un tout petit peu la même chose ? Lorsqu'ils s'étaient assis ensemble sous le tamaris, par exemple ? Bien sûr que non : elle avait Edward. Will, lui, n'avait aucun doute sur ce qu'il ressentait…

Maggie remplit les tasses émaillées et lui tendit la sienne. Allait-elle enfin le regarder ? S'il te plaît… Elle versa le thé sans lui jeter un coup d'œil et s'occupa ensuite des autres, concentrée pour ne perdre aucune goutte du précieux liquide.

— Merci, c'est pile ce qu'il nous fallait ! s'écria Arthur, au cou de taureau.

Elle lui rendit son sourire et Will sentit la morsure de la jalousie de ne pas avoir provoqué la même réaction. Il baissa la tête et but le thé tiède d'une seule gorgée, tant il avait soif.

— Tu en veux encore, Will ?

Le pichet était vide, mais elle lui tendait sa tasse et le regardait droit dans les yeux maintenant.

— Et toi ?

— Je pourrai boire à la cuisine. Vas-y, tu as l'air d'en avoir plus besoin que moi.

Elle lui donna sa tasse et il fut, malgré lui, hypnotisé par une goutte de thé qui perlait sur la lèvre de Maggie. Il dut se retenir de la lécher. Elle la fit disparaître d'un coup de langue aussi vif que celui d'un chat.

Il posa sa bouche au même endroit que celle de Maggie et imagina sentir sa saveur. Il n'osa pas la regarder. Le temps qu'il termine, elle s'était déjà mise à ranger.

— Je dois aller refaire le plein. Je serai de retour dans cinq minutes.

Elle se leva, sans lui accorder d'attention à nouveau. Ses joues étaient d'un rose vif et un léger film de sueur faisait briller son front. Il en éprouva aussitôt un accès de culpabilité : il avait bu son thé alors qu'elle devait, elle aussi, souffrir de la chaleur.

Elle traversa le maïs en sens inverse, le pichet vide ballant dans sa main, le dos bien raide, comme si elle se sentait observée. Il se tourna vers Arthur, qui lui adressa un clin d'œil bien lubrique.

Ce ne fut que plus tard, dans son lit, la nuit, alors que son corps endolori par une journée de quatorze heures s'enfonçait dans le matelas, le cou brûlant à cause d'un coup de soleil, que Will eut une révélation : peut-être n'était-ce pas seulement la chaleur qui faisait rougir Maggie. Peut-être partageait-elle ses sentiments.

Cette pensée l'enivra.

18

Il était endormi, bras et jambes en croix, dans les dunes, lorsqu'elles tombèrent sur lui. Les champs étaient remplis de gerbes de paille, entassées en meules, qui seraient brunies par le soleil et séchées par le vent.

La traite de l'après-midi n'aurait pas lieu avant deux heures, et il en avait profité pour se réfugier ici, expliqua-t-il, quand Alice lui sauta dessus pour le réveiller. Maggie, quant à elle, s'étonnait qu'il ait pu s'assoupir aussi facilement. Il devait être exténué. Il se frotta les yeux et redevint, l'espace d'un instant, le garçon de presque quatre ans plus tôt, mal à l'aise et incapable de parler ce premier matin où ils avaient été présentés, au petit déjeuner. Puis il se releva, étirant ses longs membres et la dominant de toute sa hauteur. Le petit garçon s'envola.

— Alors, dit-il à sa sœur, qu'est-ce qu'on va faire maintenant que vous m'avez surpris en pleine sieste ? Une balade ?

— On pourrait aller pêcher dans les flaques d'eau des rochers, répliqua-t-elle en lui montrant son filet et son seau. C'est ce qu'on comptait faire avec Maggie.

— Entendu !

Un sourire radieux aux lèvres, Alice sauta sur la plage et ouvrit la marche.

Malgré le manque d'enthousiasme initial de Maggie, ils se prirent vite au jeu. Will cassa une moule pour en faire un appât. Il la fixa à un hameçon. Ils attrapèrent une anguille de roche avec leur filet, et deux crevettes.

La ligne de fond fut placée sur le sable d'une flaque peu profonde et une araignée de mer se précipita vers l'appât. Alice se tenait prête avec le filet et se chargea de la capture. Elle transféra son trophée dans un seau rempli d'eau et d'algues évoquant de la laitue savonneuse. De nombreuses autres prises suivirent, jusqu'à ce qu'ils se retrouvent avec une masse grouillante de crabes, de crevettes et de poissons, qui nageaient ou grimpaient les uns sur les autres – les plus gros dévorant les plus petits, dans une illustration parfaite de la loi du plus fort.

— Pourquoi ils font ça ?

Alice était troublée. Pourtant, elle ne sortit pas le crabe agressif, ainsi que Maggie le lui avait suggéré.

— C'est ma meilleure prise, argua-t-elle, je ne peux pas le relâcher.

— Même s'il mange les petits ?

Alice haussa les épaules. Après avoir assisté, depuis des années, à la vente de ses agneaux et poussins préférés, après avoir compris que les lapereaux finiraient abattus – et les chatons surnuméraires noyés –, elle était, semblait-il, devenue moins sentimentale.

— Je vais aller faire un tour, je crois, annonça Maggie après qu'ils eurent exploré les flaques pendant une bonne vingtaine de minutes.

La chaleur lui léchait la nuque et l'air était si immobile qu'elle était en sueur. Elle avait envie d'aller jusqu'à la mer pour se tremper les pieds, ou davantage.

— Je t'accompagne, dit Will en lui souriant. Tu viens, Alice ?

Le cœur serré, elle leur adressa à peine un regard.

— Allez-y, je voudrais attraper ce coquin de crabe qui se cache depuis tout à l'heure.

Elle remua les tentacules bordeaux d'une anémone de mer. Le crabe détala et s'enfouit dans le sable. Elle avait l'air si absorbée qu'ils l'abandonnèrent à sa tâche.

La précédente marée avait laissé sur le sable des rides qui massaient la plante des pieds de Maggie. À l'approche de l'eau, une légère brise lui caressa le visage. Elle ferma les yeux, se délectant de cette sensation. Les gouttes de transpiration dans le haut de son dos – tant la chaleur sur les rochers, où se réfléchissait le soleil, était forte – avaient séché et disparu aussi vite qu'elles étaient apparues. Elle se sentait, comme toujours, apaisée par la proximité de la mer.

— J'y vais si tu y vas !

Will lui souriait avec une grande malice. Le genre de sourire qui rappelait à Maggie le petit garçon qu'il avait été.

— Si je vais où ?

— Dans l'eau.

Ça avait l'air si évident dans sa bouche.

— Mais je ne peux pas !

— Tu es en short.

Et c'était le cas, pour la première fois depuis qu'elle était une jeune femme – Evelyn aurait d'ailleurs désapprouvé.

— Tu peux très bien te baigner avec, ou…

Il s'empourpra tellement que ses taches de rousseur disparurent entièrement.

— … ou je promets de ne pas regarder si tu veux le retirer avant d'aller dans l'eau.

Indécise, elle jeta un coup d'œil vers la plage, en direction d'Alice, puis se dévissa le cou pour s'assurer qu'il n'y avait personne sur les sentiers ou dans les champs – Arthur, James, son père. À l'exception d'Alice, toujours penchée sur son filet, le paysage était désert.

L'eau lui lapait les chevilles.

— Tu promets de ne pas regarder ?

— Bien sûr.

Elle tergiversait.

— Tu n'as pas la trouille, quand même ?

C'était ce dont elle avait besoin, un défi. Elle continuait à vouloir être rassurée, néanmoins.

— Tu promets vraiment de ne pas regarder et de ne le dire à personne ?

— Je le dirais à qui ? Ton père ? Tante Evelyn ?

Elle rougit. Et voilà, elle était là, la preuve qu'ils n'étaient plus des enfants. Que sa mère aurait été consternée par son attitude. Il haussa les épaules et lui présenta son dos.

— Préviens-moi quand je pourrai te rejoindre.

C'était si tentant… Des éclats dorés faisaient scintiller les vagues, qui se déclinaient du bleu-vert au turquoise profond. Ces jours où la mer ressemblait à un bain frais étaient rares. Enfin décidée, elle retira son short et le déposa avec ses chaussures sur un rocher, puis courut vers l'eau. Les vagues l'éclaboussèrent, trempant son corsage, pulvérisant des gouttelettes salées dans ses cheveux. Elle se jeta à l'eau, d'un geste qui manquait d'élégance.

— Elle est merveilleuse ! Viens !

Elle roula sur le dos et, tout en battant des jambes, jeta un coup d'œil à la plage, avant d'exécuter quelques mouvements de brasse puissants et rapides, en direction du large. Une vague la souleva et l'emporta, elle plongea la tête sous l'eau. Elle avait les yeux qui brûlaient et les oreilles qui bourdonnaient.

Soudain, il fut là, nageant vers elle.

— Alors, tu as fini par te décider.

Il sourit, plongea à son tour et son corps musclé fila vers elle. Quand il refit surface, il secoua la tête pour écarter les cheveux qui l'empêchaient de voir, projetant des gouttelettes tout autour de lui, comme un chiot enthousiaste ou un phoque.

— On fait la course ?

C'était elle qui le mettait au défi maintenant. Elle se détourna et s'immergea tout entière, le cœur tambourinant alors qu'elle luttait contre un faible courant. Elle battait des pieds farouchement, l'ancien esprit de compétition enfantin se réveillait en elle. Will se rapprochait, elle pouvait l'entendre. Le point d'honneur qu'elle mettait à le battre à ce petit jeu était grotesque : comme pour prouver que, même s'il était devenu un autre, physiquement, elle restait une meilleure nageuse.

C'était vain. Il l'avait rattrapée et surgit juste devant elle, le visage illuminé par un éclat de rire.

— Embrasse-moi.

Maggie se demanda si elle avait rêvé.

— Tu n'es pas capable de le faire, ajouta-t-il.

Ils n'avaient plus pied maintenant, ayant nagé bien plus loin qu'ils ne le pensaient. Will était si proche que Maggie apercevait des traces de sel entre ses taches de rousseur. Elle laissa son corps dériver vers le sien. Leurs bustes se touchaient presque à présent, leurs bras et leurs jambes se cognaient, phosphorescents dans l'eau, déformés par les profondeurs.

Elle se rendit compte que ce serait un baiser maladroit, à cet endroit où ils ne touchaient pas terre.

— Non, lui dit-elle. Attrape-moi d'abord.

Elle plongea sous une vague qui enflait et fut poussée vers la plage, aidée par un vent de terre et la marée montante. Son corsage était plaqué sur ses seins, mais sans son short elle nageait en toute liberté. Elle descendit encore plus profond et, en trois mouvements de brasse, fut loin de lui.

Un déluge de bulles la précéda à la surface. Elle vit qu'il la suivait, l'air triomphant, puis hésitant.

— Tu ne m'as pas encore attrapée ! lui lança-t-elle.

Elle continua à nager, convoquant toute la puissance de ses jambes pour l'attirer vers le rivage. Et alors il la rejoignit, referma un bras sur sa taille. Maggie se laissa aller contre lui.

— Tu as gagné ! s'écria-t-elle en riant avant de se retourner, désarmée par la rafale de frissons qui parcoururent ses cuisses lorsqu'elle se retrouva nez à nez avec lui.

D'un geste agile, il la souleva, l'emprisonnant. Il atteignait le sable, ici, et elle enroula ses jambes autour des siennes. Will la soutenait d'une main sous les fesses. De l'autre, il écarta une mèche de son front.

— Voilà, je te vois mieux, dit-il, affectant soudain un air sérieux.

Ce n'était plus le gamin qu'elle connaissait depuis qu'il avait treize ans, c'était un homme. Elle sentait son torse pressé contre ses seins, son pouce qui lui caressait le bas du dos puis descendait. Elle sentait aussi quelque chose de dur contre elle. Elle plaça ses bras autour du cou de Will et se tortilla pour se dégager. Il la souleva par les hanches et, portée par l'eau, elle noua ses jambes autour de sa taille. Ils n'auraient pas pu être plus près l'un de l'autre. Aussi indissociables qu'une anémone de mer et le rocher auquel elle est rivée, songea-t-elle.

— Tu es belle, lui dit-il, le regard troublé à présent, une expression résolue au visage.

Elle se demanda s'il avait déjà embrassé quiconque auparavant et se dit que, peut-être, elle devait prendre l'initiative.

Leurs bouches se livrèrent l'une à l'autre avec douceur. C'était tendre et délicieux. Elle sentit le goût du sel sur les lèvres de Will, la chaleur de sa langue. Elle le taquina, picorant sa bouche ouverte, jusqu'à ce qu'il s'écarte pour couvrir son cou, ses oreilles et ses paupières de baisers légers, comme pour la provoquer à son tour.

— Embrasse-moi vraiment, s'entendit-elle réclamer.

Il lui donna alors un baiser si passionné, énergique et brûlant, que Maggie se demanda s'il était en colère. Ses frissons s'intensifièrent lorsqu'elle se pencha pour goûter le sel sur sa peau.

— Tu es un danger, murmura-t-il sur le ton de la confidence.

— Un danger ?

— Comme une mer démontée dans laquelle tu peux malgré tout nager… Tu te souviens ?

Elle secoua la tête.

— Aucune importance, dit-il en lui donnant un baiser chaste.

— Embrasse-moi encore pour de vrai, s'agaça-t-elle, frustrée de ce bécotage tendre.

— Comme ça ?

Ils échangèrent un baiser si passionné qu'elle eut envie de se dissoudre en lui.

— Oui… et encore et encore !

Il lui effleura le sein gauche.

— Pardon.

— Non… tu peux.

Elle garda les yeux fermés, de peur qu'il ne la juge trop exubérante. Il lui caressa le bout du sein d'une main hésitante d'abord, puis avec plus d'assurance quand elle laissa échapper un soupir de surprise.

— Embrasse-moi, chuchota-t-elle en cherchant ses lèvres des siennes.

Elle se raccrochait à lui, à ses épaules, ballottée par le va-et-vient de l'eau et sa puissance. C'est dangereux, pensa-t-elle. Mais personne ne peut nous voir. On est cachés. Et ça restera notre secret, on n'en parlera jamais.

Sous le soleil couchant, elle oublia Alice qui pêchait dans les rochers, elle oublia sa mère et Edward. Seul l'instant présent comptait. L'eau glacée. La saveur si douce des lèvres de Will.

Bientôt le froid devint insoutenable et ils durent se séparer. Maggie quitta la plage pour aller chercher Alice, tandis que Will retournait nager dans les vagues. Au moment où il lui donnait un ultime baiser interminable au goût d'émoi et d'espoir, elle comprit qu'une nouvelle ère avait commencé et que plus rien ne serait jamais pareil.

Tout en haut sur la falaise, Alice vit Maggie ramasser son short et ses sandales. Elle la vit se voûter pour empêcher son corsage mouillé de se plaquer à sa silhouette, essaya d'imaginer, à sa démarche précipitée, l'expression de son visage.

Il lui avait fallu un long moment pour remarquer que Will et elle nageaient ensemble… et encore plus pour comprendre ce qu'ils faisaient ensuite. Elle était loin, bien trop loin pour voir leurs traits et, au début, elle avait voulu se persuader qu'ils ne faisaient que parler.

Elle s'essuya le nez du revers de la main, chassa une mèche de cheveux de ses yeux. Qu'ils écument la plage à sa recherche, jusqu'à une heure avancée, jusqu'à ce que la panique les envahît. Plus ils s'attarderaient dehors, moins ils risquaient de se rendre compte qu'elle avait pleuré. De comprendre qu'elle avait été témoin de toute la scène. Elle se détourna, aussi furieuse contre elle-même que contre eux, même si elle ne s'expliquait pas le maelström de sentiments qui l'animait : rancœur, embarras profond d'avoir été aussi naïve et surtout impression d'être tenue à l'écart.

Les herbes lui fouettaient les mollets tandis qu'elle remontait le sentier, des orties lui piquaient les chevilles, l'écume blanche des cercopes lui mouillait les jambes. Elle essuya ces grosses traînées de « bave » poisseuse avec une feuille d'oseille. Des plaques rouges d'urticaire fleurissaient déjà sur ses mollets. Tête baissée, elle reprit l'ascension du chemin pierreux vers la ferme.

19

28 juillet 2014, Cornouailles

Lucy observe avec appréhension le vilain nuage de pluie. Le gris acier prend une teinte plus sombre, charbonneuse, faisant une tache dans le ciel qui s'obscurcit.

Le pire est sur le point d'advenir : une bourrasque de pluie ou, plus dramatique, une averse. Car Tom vient tout juste de finir de couper ses précieux roseaux pour les toits de chaume, et les champs sont parsemés de meules qui doivent sécher. Elles devront rester là deux à trois semaines, le temps que le vent les traverse en sifflant, et que le soleil décolore leur doré pâle tirant sur le vert – le grain souple, la paille pas encore à maturité – afin qu'elles deviennent presque blanches.

Elle les voit si bien, à cet instant, les gerbes, regroupées par huit : une culture qui était déjà celle de son arrière-grand-père, Joe, et de son père. Avant la guerre, les champs étincelaient de ces récoltes précieuses, qui réclament beaucoup de travail et se sont toujours montrées risquées. Au contact de l'eau, les grains contenus dans les épis germeront et les gerbes se retrouveront liées par le sommet, interdisant tout battage ou égrenage. Les céréales, pourrissantes et décolorées, ne seront plus bonnes qu'à servir de fumier.

Une goutte de pluie s'écrase sur le plat de sa main et devient aussi grosse qu'un crapaud. Lucy lâche un juron. La météo ne l'avait pas annoncé. Elle lève les yeux vers le nuage de pluie et l'implore de changer de direction, d'aller vers la mer. Va-t'en d'ici, par pitié. Le nuage refuse de bouger et s'assombrit encore, comme pour lui rappeler que rien n'est jamais acquis. N'oublie pas : le ciel peut vaincre le meilleur des fermiers, lui dit-il.

Une seconde goutte, puis une autre. Son cœur se serre lorsque la pluie se met à tomber pour de bon, martelant le toit en tôle ondulée, sur un rythme de percussions énergique. L'argent se déverse du ciel à la terre, le mercure rebondit dans la cour, les ruisselets forment des flaques qui enflent, menaçantes, du même brun que le whisky. Le déluge est violent, infatigable, phénomène d'une nature cruelle qui, en quelques instants, transforme un ciel couvert en une masse de gris aqueux.

Coincée dans la grange, Lucy est impuissante. Les gerbes mouillées ne peuvent être ni déplacées ni recouvertes – car les dégâts seraient alors irréparables… Elle peut seulement attendre. Après une telle saucée, on peut toujours les mettre à sécher, à l'envers, s'il y a du vent et du soleil – malheureusement l'humidité restera emprisonnée au cœur des gerbes si serrées, tel un secret purulent et dangereux.

La pluie tombe toujours, drue et rapide. Les rigoles courent sur les pavés, mouillent les petites plaques de fumier séché, transforment la terre en boue cuivrée. Dans les champs, les pauvres vaches ont dû chercher à se mettre à l'abri sous les haies, recroquevillées, guettant l'accalmie. Dans la ferme, Flo et Judith sont sans doute à la fenêtre. Lucy imagine parfaitement le visage de sa mère, réplique parfaite du sien, ou peut-être même plus sombre, tandis qu'elle réfléchit aux conséquences de la perte de cette récolte.

Elle passe la tête à l'extérieur de la grange et un torrent s'abat sur elle, trempant le dos de son tee-shirt. Où est Tom, qui a investi tant d'énergie dans cette récolte… et tant d'espoir ? À travers les rideaux de pluie, elle distingue une grande silhouette dans le champ le plus proche, poings serrés. Le corps tendu par l'exaspération, et plus encore par la rage, il peste contre le ciel. Il ne peut rien faire pour empêcher ce qui arrive, il doit se sentir si désarmé… Et pourtant, confronté à la perte de quinze mille livres sur lesquelles il comptait, que peut-il faire d'autre ?

Lucy s'élance sous l'averse, la pluie lui frappe les épaules et trempe ses vêtements en quelques secondes. Le chaume lui gratte les chevilles, ses cheveux se plaquent sur son visage.

— Viens, on rentre ! crie-t-elle à travers les trombes d'eau.

Il se tourne vers elle, la bouche tordue, incapable d'articuler le moindre son. Dans les yeux de son frère, elle lit un mélange de désespoir infini et d'incrédulité, même s'ils savaient tous deux qu'une telle chose pouvait arriver. Que cette récolte était un pari, pour cette raison précise qu'elle doit sécher en extérieur pendant deux à trois semaines. L'imprévisibilité du temps en Cornouailles, la fragilité des roseaux, si sensibles aux éléments, la nécessité de procéder avec une grande précision pour rendre ceux-ci aussi robustes que possible sont autant de raisons qui leur auraient permis d'en tirer un si bon prix… si seulement ils avaient réussi à surmonter tous ces obstacles.

— Viens, Tom ! insiste-t-elle en lui tendant la main.

— Je ne peux pas.

Un instant, il est un petit garçon qui refuse de se réfugier dans les bras de sa grande sœur.

— Allez, dit-elle en cherchant à l'enlacer. Tu es trempé. Tu ne peux rien faire, ici.

Il la repousse.

— Comment ça a pu arriver ? s'écrie-t-il alors que la fureur déforme ses traits. Putain, pourquoi ça nous arrive à nous ? En plus de tout le reste ?

Elle secoue la tête, car aucune parole ne pourra arranger la situation.

— Je ne sais pas, parvient-elle seulement à dire.

La pluie qui lui entre dans la bouche rend ses mots difficiles à comprendre et misérables.

— Mais tu n'y peux rien, ajoute-t-elle. S'il te plaît, rentre avec moi.

Il secoue la tête et s'éloigne, le visage rouge et difforme, la tête baissée contre la pluie railleuse. Au milieu du champ, il s'arrête brusquement et hurle au ciel : des insultes lancées dans le gris impavide, qui le noie sous un grondement de tonnerre. La pluie continue, impitoyable : elle pénètre le jean de Lucy qui se colle à sa peau et la glace jusqu'aux os.

Ce champ a toujours été associé à des souvenirs joyeux. Ils y faisaient leurs cabanes enfants. Un champ qui tourne le dos à l'endroit où Fred a trouvé la mort. À compter d'aujourd'hui, pourtant, il contiendra l'image de son frère se déchaînant contre le ciel, poings serrés, épaules levées, sans plus aucun sang-froid. Il a perdu autre chose aussi : sa confiance en soi.

Un autre coup de tonnerre. L'orage se rapproche. Un éclair diffus illumine Tom, qui ressemble tant à leur père, à cet instant, qu'elle en a des frissons. Elle ne l'abandonnera pas, songe-t-elle en courant vers lui pour l'implorer de rentrer s'abriter à la ferme. Il capitule, n'ayant plus la force de se battre – à moins que son instinct de survie l'emporte – et, les épaules voûtées, il finit par la suivre.

Beaucoup plus tard, pendant qu'elle se sèche dans la cuisine, elle réalise qu'elle n'a pas vu Tom aussi ébranlé depuis l'enterrement de leur père. Il laisse Flo le serrer dans ses bras.

— C'est la merde, non ? dit-elle en lui tendant une serviette et une tasse de thé.

Il hoche lentement la tête, puis se détourne d'elles toutes, comme s'il n'était pas capable de parler.

— On essaiera d'asperger le haut des gerbes avec du Roundup, pour éviter la germination des épis, finit-il par lâcher au bout d'un moment.

Lucy comprend bien à son ton qu'il ne croit pas à ce remède.

— Ça m'apprendra à ne pas m'en tenir à ce que je sais faire. À avoir voulu jouer… ajoute-t-il, amer.

— Personne ne peut rien contre la météo, observe Judith. Elle ne se prévoit qu'après coup.

C'était l'un des dictons de Fred. Quinze mille livres se sont évaporées en moins d'une heure, et avec elles leur maigre chance de convaincre le directeur de l'agence bancaire – ou oncle Richard – qu'ils ont les moyens d'éponger leurs dettes. Tout ce travail… songe Lucy. Toutes ces heures consacrées à cultiver ces céréales, les lier en gerbes et former les meules. Les trois cents livres investies dans les semences, mais surtout les efforts de Tom : l'investissement physique et émotionnel, l'espoir que ce serait le moyen de conduire la ferme au succès.

Elle s'adosse à la cuisinière, sent sa chaleur se diffuser le long de ses jambes et comprend, avec bien plus de lucidité que dans son enfance, qu'ici on est toujours à la merci des éléments. À Londres, dans l'hôpital toujours chaud, dans sa maison qui possède le chauffage central, elle l'avait oublié : la nature changeante de cette vie. Elle rêvait de ces bourrasques subites qui font moutonner l'océan dans la baie, des chafales violentes qui manquent de vous faire chavirer, des rayons brûlants dans un ciel d'azur tandis que les tracteurs arpentent les champs dorés pour moissonner les céréales. La réalité est tout autre : une averse inattendue, un phénomène météorologique a ruiné des mois de travail en quelques minutes et laissé un homme adulte dévasté.

Lucy regarde par la fenêtre. L'horizon s'éclaircit. Un arc-en-ciel se déverse dans le ciel mouillé. On dirait une blague cruelle, la moquerie d'une force qui les vaincra toujours, qui menacera toujours de les ruiner, à moins qu'ils ne trouvent le moyen de lui damer le pion. Sous ses yeux, leur monceau de dettes croît encore, elle imagine une colline qui s'élève avant de s'effondrer en un éboulis de roche.

— On doit convaincre oncle Richard pour les glaces, dit-elle lentement. On doit le convaincre d'investir dans le matériel nécessaire… À moins que la banque accepte de nous prêter cet argent ?

— Jamais de la vie. J'ai eu mon conseiller pas plus tard que ce matin…

Sa mère a parlé dans un souffle précipité.

— Dans ce cas, insiste Lucy, c'est sur ton frère qu'on doit concentrer nos efforts. Lui prouver qu'il y a une demande suffisante dans les magasins et les restaurants du coin. Faire appel à sa générosité.

— Pas sûr qu'il en ait beaucoup, dit Tom.

Les plans arrivent au courrier le lendemain matin, avec un sens de l'à-propos singulièrement douloureux. Lucy revient de la traite lorsqu'elle croise le facteur.

— J'ai quelque chose qui m'a l'air important, lui dit-il en lui tendant une enveloppe A3 avec autant de déférence que si c'était un plateau chargé de coupes de champagne.

Au premier coup d'œil, elle repère le logo d'un cabinet d'architectes et son cœur se serre.

— Merci, Sam, mais je ne crois pas que ça nous intéresse.

Il incline la tête sur le côté.

— Tu veux dire que tu refuses la lettre ? Elle est adressée à ta grand-mère…

Elle regarde à nouveau l'enveloppe. Au moins, son oncle considère toujours Maggie comme la propriétaire de la ferme – ses tentatives pour obtenir une procuration ou une donation ont échoué jusqu'à présent.

— Je ne crois pas qu'elle en voudra, elle non plus.

Les yeux perçants de Sam se rivent sur elle et ses pattes-d'oie se creusent. Elle a l'impression qu'il retient un bon mot.

— Ta grand-mère m'a tout l'air d'être assez grande pour prendre ce genre de décision, je me dois de lui présenter l'enveloppe en personne, si ça ne te dérange pas.

— Non, ne t'embête pas. Bien sûr que je vais prendre cette lettre. Merci, Sam. Même si, à mon avis, elle va atterrir directement à la poubelle.

— Dommage qu'il n'y ait pas de feu dans la cheminée, c'est le meilleur moyen de s'en débarrasser.

— Je pourrais toujours en allumer un…

Malgré elle, elle sourit.

Maggie ayant refusé de toucher au courrier, c'est Judith qui l'ouvre le soir venu, après s'être assurée que sa mère ne risque pas de surgir.

J'ai pensé que vous seriez curieux de jeter un œil à ces plans, indique le mot de Richard. *Ce ne sont que des esquisses préliminaires. Elles sont très succinctes mais donnent une bonne idée de l'étendue du domaine et du nombre de constructions possible. Inutile de revenir vers moi immédiatement. Prenez le temps d'y réfléchir. Je descendrai dans une quinzaine de jours pour en discuter de vive voix et voir si on peut trouver un arrangement.*

— Oh, qu'il est malin ! Très, très malin…

Judith pousse un soupir tout en souriant, comme si le toupet de son frère lui inspirait de l'admiration.

— Il nous l'envoie simplement pour qu'on « prenne le temps d'y réfléchir ». Il espère nous avoir à l'usure, oui.

Elle secoue la tête et pose les plans sur la table. Elle les étale devant ses enfants. À son corps défendant, Lucy est attirée par eux, intriguée par les images propres, générées par ordinateur, fascinée par le nombre de maisonnettes que l'architecte a pu créer à partir de la laiterie, des gîtes, des granges et des vieilles écuries. Six, sept, huit constructions.

C'est un monde presque aseptisé qui se déroule sous ses yeux : la plupart des habitations comportent deux à trois chambres. Des jardins individuels, bien tondus, avec dans chacun un barbecue et une table de pique-nique. Le tamaris a disparu, tout comme la rangée de prunelliers – en somme, on a effacé tout ce qui trahit la présence d'un vent violent. Elle voit d'ici les enfants courir sur les pavés d'origine, les couples d'amoureux admirant la baie tout en entrechoquant leurs verres de vin blanc glacé.

— Il n'a pas touché à la maison, souligne Tom.

Le corps de ferme sera conservé et réservé à la famille, est-il précisé.

— Le petit salopard ! s'exclame Judith. À moins qu'il ne se soucie du bonheur de maman, au moins un peu…

— Alors, si la ferme existe encore, on pourrait rester ? demande Tom en se renfrognant.

— Sans doute, mais pour quoi faire ? lui répond sa mère. Tous les autres bâtiments seraient transformés, il n'y aurait plus de salle de traite. Regarde, elle serait remplacée par… qu'est-ce que c'est ? Un espace de jeux pour les enfants ?

— Donc on aurait un corps de ferme… et plus de ferme.

— Pensez à ce que ça rapporterait quand même…

Flo les considère d'un air intrigué.

— Huit maisons avec une vue pareille. Chacune devrait valoir, quoi ? Plus de deux millions ? Et on pourrait louer des champs, ou même travailler pour une autre exploitation. Vous n'auriez plus de problèmes d'argent. Finis les réveils matinaux, le stress… Tu pourrais retourner en cuisine, si tu voulais.

Elle lève les yeux vers Tom, les traits illuminés par son enthousiasme et la perspective d'une vie plus facile.

Tom se frotte le visage, dissimulant les émotions qui se livrent bataille : irritation, épuisement et peut-être un peu de tentation. Judith étudie de près les dessins, rouge de concentration. Toutes les générations présentes et à venir d'agriculteurs Petherick seront rayées de la carte, s'ils acceptent ces plans. Et Lucy sent la moutarde lui monter au nez pour sa mère.

— La question n'est pas là.

Elle s'adresse à Flo, pourtant tout le monde est concerné.

— On cultive cette terre, poursuit-elle. Si Tom, maman, et bien sûr mamie, veulent rester ici, pas seulement comme propriétaires mais comme fermiers, on doit essayer de continuer… jusqu'à ce que la banque s'y oppose. Vous n'êtes pas d'accord ?

— Si, tout à fait, approuve Judith, même si sa voix se brise et que les plans attirent son regard tel un aimant.

Tom, abattu par les événements des dernières vingt-quatre heures, murmure son assentiment.

C'est loin d'être le oui franc et massif que Lucy a besoin d'entendre.

20

18 août 1943, Cornouailles

Evelyn Retallick s'affairait dans la cuisine, dos à sa fille. Quelque chose la tracassait, Maggie en était certaine. Les mouvements de sa mère étaient rapides, sa posture raide, ses manières désinvoltes. Peut-être savait-elle. Oui, ça pouvait être ça. Elle était rentrée de chez Gwynnie depuis trois jours et elle paraissait plus vigilante et soupçonneuse qu'avant, songea Maggie tout en l'observant. Il lui avait été impossible de retrouver Will : quant à savoir s'il fallait l'imputer aux moissons qui continuaient à accaparer les hommes, ou à Evelyn, qui faisait tout pour éviter de les laisser en tête à tête…

Elle avait un besoin impérieux de le voir. Elle voulait être seule avec lui, se blottir dans ses bras, sentir son corps musclé contre le sien. Il prendrait ses seins dans ses mains, comme pour les soupeser, il y enfouirait sa tête et les embrasserait, sa bouche brûlante sur sa peau. Elle repensa à la dernière fois qu'ils s'étaient rejoints dans la grange. Les lèvres de Will avaient glissé du cou de Maggie à son épaule, puis, alors qu'elle retenait son souffle, il avait embrassé l'extrémité de son sein avant de le mordiller. Elle n'avait jamais été aussi émoustillée, n'avait jamais eu l'impression d'être aussi rebelle : elle vacillait sur le seuil de l'âge adulte, semblait sur le point d'y être précipitée.

Un simple baiser sur la bouche lui suffirait, malgré tout, songea-t-elle en réunissant les tasses émaillées et en remplissant un pichet de thé. Un baiser volé au moment où elle irait enfermer les poules pour la nuit, toujours sur leurs gardes pour le cas où Alice viendrait les débusquer derrière les ballots de foin. Ces baisers-là étaient frénétiques, leurs corps pressés l'un contre l'autre comme pour tirer le maximum de sensations en un minimum de temps. Quand il l'embrassait, elle sentait la paille lui gratter le crâne, entendait les poules picorer, les souris grignoter et elle percevait, à la tension du corps de Will plaqué contre le sien, combien elle l'excitait.

Ils ne s'étaient pas embrassés depuis le retour d'Evelyn. Trois jours entiers au cours desquels il lui avait à peine accordé un regard. Il s'inquiétait déjà qu'Arthur ait deviné quelque chose. Le garçon de ferme, plus âgé, la déshabillait de ses yeux bleu pâle et lubriques, la lèvre retroussée sur ses dents du haut. D'un autre côté, il avait toujours agi de la sorte. « Il suffit qu'on soit prudents, avait-elle dit à Will. Maintenant tranquillise-toi et embrasse-moi. Personne n'a besoin de savoir. »

À présent, cependant, elle en venait à se demander si, peut-être, il ne voulait plus d'elle. Quand ils se donnaient des baisers, elle sentait son désir, mais celui-ci avait-il pu se tarir, par manque de soins ?

Comment se faisait-il qu'elle se tourmentait avec le souvenir des caresses de Will, de sa langue et de ses lèvres, alors qu'il refusait, lui, de croiser son regard lorsqu'elle lui tendait les pommes de terre ou lui servait des poireaux ?

Elle ne voyait qu'un seul moyen pour passer un vrai moment avec lui, maintenant que sa mère était rentrée : organiser une balade après le dîner, sur la plage à marée basse ou, encore mieux, le long des falaises. L'orge était toujours haute dans les champs plus à l'ouest, les gerbes absorbant le moindre rayon de soleil, et le fermier voisin ne s'offusquerait pas d'un peu de chaume piétiné. À moins qu'ils ne cherchent plutôt, Will et elle, un endroit à flanc de falaise, où seules les mouettes pourraient les voir. Ou même dans la grotte au-delà de la crique, qui n'était accessible qu'à marée basse.

Elle jeta un coup d'œil à sa mère qui sortait des tourtes du four. La dernière étape de la moisson touchait à sa fin : l'orge dans le dernier champ serait coupée et engerbée aujourd'hui ainsi que demain. Puis les meules sécheraient pendant les dix prochains jours. Ils travailleraient d'arrache-pied ce soir, mais demain ? Demain, elle aurait peut-être une chance de voir Will.

— Je me charge de les apporter si tu veux, proposa-t-elle à sa mère en montrant les tourtes.

Evelyn se redressa et posa la plaque brûlante.

— N'oublie pas les tasses. Et ne reste pas dehors avec cette chaleur. Il y a beaucoup de travail ici.

Elle prit brièvement appui contre la table de la cuisine, le visage assombri par une vague d'épuisement.

Sous le soleil chauffé à blanc, les hommes travaillaient vite, ramassant les gerbes dans le sillage de la lieuse. Les chevaux ne bronchaient pas. Tête baissée, ils arpentaient le champ, chassant les mouches en agitant la queue.

— Voici à manger… et à boire ! lança-t-elle, vacillant légèrement sous le poids de son chargement.

Son père leva la main pour indiquer aux autres qu'ils faisaient une pause. James vint à la rencontre de Maggie, mais Will fut plus rapide, foulant le chaume avec ses godillots et soulevant de la poussière.

— Tout va bien ? lui chuchota-t-il.

— J'ai besoin de te voir, dit-elle, les yeux rivés sur James, à une dizaine de mètres d'eux. Une balade sur les falaises demain, si vous avez terminé. À huit heures, après le dîner ? On se retrouve sur le chemin ?

Elle avait préparé ce matin ce qu'elle lui dirait, sachant très bien que sa proposition pouvait passer pour osée.

— Attention, souffla-t-elle en lui tendant un friand. Tiens, James ! ajouta-t-elle d'une voix enjouée, alors qu'il les rejoignait. Une grosse tourte et une tasse de thé.

— Un grand merci, lui dit-il en prenant les victuailles dans ses mains tannées.

— Je laisse le reste là, pour Arthur et mon père.

— Tu t'en vas déjà ?

— Oui, il y a… trop à faire à la ferme, bafouilla-t-elle.

Consciente de rougir, elle tourna les talons précipitamment.

— Je ne suis pas sûre de comprendre pourquoi tu tiens à sortir maintenant…

Evelyn la dévisagea par-dessus la monture des lunettes qu'elle portait désormais pour lire.

— La soirée est belle… et j'ai envie de me dégourdir les jambes.

Dehors, la chaleur de la journée avait été remplacée par une température plus agréable, et le ciel était d'un bleu assourdi : des nuages de traîne avaient formé des traces blanches discrètes. Il ferait très beau demain et, d'ici à deux heures, le ciel serait tout en ors et roses vifs, au moment où la boule brûlante du soleil plongerait dans l'eau.

Sa mère avala une gorgée de thé et considéra *La Crique du Français*, sur ses genoux. Elle en avait lu la moitié. C'était la première fois qu'elle s'asseyait depuis des jours.

— Eh bien, emmène Alice avec toi, d'accord ?

Evelyn désigna la fillette, recroquevillée sur un fauteuil et plongée dans son propre roman.

— Vous m'avez parlé ?

Alice redressa la tête, arrachant son regard bleu à la page qu'elle lisait.

— Je disais que tu serais contente de sortir faire une petite balade sur la plage avec Maggie, je me trompe ?

Evelyn décocha un sourire sévère aux deux filles. Rien ne servait de protester, Maggie le savait pertinemment : ça ne ferait que renforcer les soupçons de sa mère. Elle s'entendit donc dire à Alice :

— Tu es la bienvenue, évidemment.

Elles tombèrent sur lui au pied du chemin qui conduisait des champs aux dunes. Il était beau. Le visage plein d'espoir, jusqu'à ce qu'il découvrît qu'elles étaient deux.

— Wiiiiill !

Alice se jeta dans ses bras, excessive dans sa manifestation de joie.

— Salut, petite sœur !

Par-dessus la tête d'Alice, il considéra Maggie, un sourcil haussé, comme pour lui demander à quel jeu elle jouait.

— Ma mère a suggéré que j'emmène ta sœur quand j'ai annoncé que j'avais besoin de me dégourdir les jambes, expliqua-t-elle d'une voix enjouée mais nerveuse. Quelle surprise de te croiser !

Elle l'avait pris au dépourvu.

— Peut-être qu'on pourrait se balader tous les trois, suggéra-t-elle. Vers les rochers par là-bas.

Elle montrait la crique.

— Ou sur les falaises ? ajouta-t-elle.

— On pourrait aller voir les grottes.

Will, qui avait enfin compris les intentions de Maggie, indiqua l'endroit auquel elle avait songé.

— Je ne pensais pas qu'on pouvait y aller ! s'étonna Alice.

— Seulement à marée basse. Et il y en a une très difficile à atteindre.

— Ça ne me dérange pas.

— Allons-y alors, dit-il en ouvrant la marche.

Ils s'engagèrent tous trois sur le sable. Maggie avançait d'un pas vif, impatiente de se débarrasser d'Alice. Ses yeux fouillaient le paysage, elle se demandait si un gros rocher pourrait leur offrir suffisamment d'intimité. Mais comment voler une poignée de minutes pour rester seuls ? Will était à la traîne maintenant, et Maggie ressentit une pointe de jalousie irrationnelle à l'idée que sa sœur monopolisait son attention. Elle leur jeta un coup d'œil par-dessus son épaule et tout sentiment de rivalité disparut lorsqu'elle aperçut le sourire d'Alice, que son grand frère tenait par les épaules. Maggie se montrait peu affectueuse avec la fillette ces derniers temps, comment aurait-elle pu lui envier la tendresse que Will lui témoignait ?

— Les voilà !

Elle avait atteint la première grotte, plus petite et plus profonde que dans son souvenir : elle tenait davantage de la fissure. Des ruisselets de condensation dévalaient le long des parois abruptes et formaient de petites flaques sur le sable mouillé, à ses pieds. Il y faisait frais, presque froid, tant les rayons de soleil qui y pénétraient étaient rares. Le froid s'intensifiait à mesure qu'elle s'y enfonçait. Un rayon de soleil transperçait le plafond de la grotte et en éclairait le fond, tapissé d'éclats de coquilles de moules et de morceaux d'ardoise, ainsi que d'une flaque d'eau stagnante. Elle entendit le goutte-à-goutte insistant de l'humidité, reconnut l'odeur âcre d'algues et de poisson en décomposition.

Elle eut le réflexe de crier : « Il y a quelqu'un ? » Les sons ricochèrent sur les parois, se réverbérèrent autour d'elle. « Un… un… un ? » lui répondit l'écho.

Elle sentit un frisson – qui devait être dû au froid, bien sûr – remonter le long de sa colonne vertébrale.

Il y avait des endroits beaucoup plus adaptés à un rendez-vous romantique, mais au moins ce serait intime. Une grotte visitée par une jeune fille téméraire à marée basse, et par les mouettes et les poissons à marée haute. Au-dessus d'elle, des randonneurs marchaient peut-être, des alouettes tournoyaient dans le ciel, des insectes grouillaient dans les herbes... Aucun d'entre eux ne saurait jamais que des amants se cachaient en dessous.

— Pouah ! C'est quoi, cette odeur ?

La voix d'Alice lui parvint avant qu'elle ne l'aperçoive. La fillette, qui se détachait en ombre chinoise sur la plage, avançait dans sa direction.

Maggie lui montra un gros cabillaud échoué. Une mouche bourdonnait autour de ses branchies éclatées, du sable s'était accumulé autour de ses yeux vitreux. Alice, qui ne s'émouvait pourtant plus à présent de la mort des bêtes de la ferme, faisait des manières à cause d'un poisson mort.

— C'est horrible, et c'est dégoûtant...

Elle promena un regard réservé et craintif sur la grotte.

— Moi, je trouve ça apaisant, dit Maggie.

— Ressortons profiter encore de la lumière ! J'ai envie d'aller voir les flaques dans les rochers !

Alice courut vers la sortie et se cogna dans son frère.

— N'entre pas, Will, c'est affreux là-dedans.

— Je veux juste jeter un coup d'œil aux stalactites.

Maggie s'émerveilla de la facilité avec laquelle il mentait, lui aussi. La pointe de culpabilité suscitée par leur ruse fut rapidement submergée par le désir de le toucher, dès qu'il la frôla. Même si elle avait le pressentiment subit qu'ils ne devaient pas laisser Alice s'éloigner toute seule.

— Tu ne vas pas dans l'autre grotte sans nous, d'accord ? lui cria-t-elle en passant la tête dehors. Il faut escalader un peu la falaise pour y accéder, on te montrera comment faire.

Alice riva ses grands yeux myosotis sur elle, déconcertée.

— Je voulais juste aller voir les flaques dans les rochers.

— Ne t'éloigne pas trop.

Se tournant vers l'océan, elle ajouta :

— La marée monte, l'eau ne tardera pas à arriver dans la crique… et elle atteint les grottes encore plus vite.

— Mais vous n'en avez pas pour longtemps, si ?

Alice parut soudain plus jeune que son âge.

— Non, non, deux minutes.

Maggie rougit à la pensée que ses intentions étaient transparentes.

— Après, on partira explorer le reste ensemble, promis.

Il l'attendait dans les profondeurs glacées de la grotte.

— Tu m'as tellement manqué !

Les mots se bousculèrent sur la langue de Maggie, et il la fit taire d'un baiser.

— Viens ici.

Il l'attira contre lui, froissa sa jupe en plaçant une main sous ses fesses. Il lui passa l'autre dans les cheveux. Il suivit ensuite le contour de sa joue, puis son doigt s'attarda sur ses lèvres, jusqu'à ce que, n'y tenant plus, elle l'embrasse. Elle lut un aveu de désir si intense dans les yeux de Will qu'elle détourna les siens.

Il se mit à l'embrasser dans le cou, son nez et ses lèvres lui effleuraient la nuque, le lobe de l'oreille, l'épaule… Elle ressentit les premiers frissons enivrants. Une main se hasarda sur sa poitrine et elle se pressa contre lui, comme pour absorber son excitation brûlante. Elle se mit à haleter alors qu'il lui donnait des baisers de plus en plus pressants.

— On ne doit pas rester trop longtemps, Will…

Elle sentait bien que le temps pouvait se suspendre ici, dans cette fissure secrète de la falaise, où tout était caché.

— On a tout notre temps.

Il posa un regard interrogateur sur elle, puis, sans la quitter des yeux, entreprit d'ouvrir les boutons de sa robe.

— Là…

Elle guida sa main à l'intérieur de son soutien-gorge, le fixant intensément même si elle se sentait rougir. Il parut à peine le remarquer dans la pénombre, à moins qu'il ne soit moins embarrassé qu'elle.

Il lui caressa le sein avant d'y presser ses lèvres. Elle se plaqua contre lui, alors qu'une vague de frissons lui parcourait la poitrine. Le souffle de Will était précipité à présent, ses baisers plus passionnés. Elle avait chaud – au point que c'en était insupportable – et, à sa honte, elle était mouillée entre les jambes. Will, qui lui caressait l'intérieur de la cuisse, y enfonça la main. Elle retint un petit cri et l'embrassa sauvagement dans le cou, mortifiée à la pensée de l'image qu'elle devait lui renvoyer. Il la toucha à nouveau et elle repoussa sa main.

— Désolé…

Il ne cacha pas sa déception.

— Non… c'est juste que…

Comment lui expliquer qu'elle avait peur de l'intensité de ce qu'elle éprouvait ? Qu'elle avait l'impression de perdre pied : derrière elle se trouvait la sécurité d'un champ de maïs, au-delà l'exaltation, et le danger, des falaises.

Il l'embrassa à nouveau dans le cou, les lèvres fermées, repentant.

— C'est bon.

Elle l'attira contre lui, accueillant tout son poids. Une main s'accrocha à ses épaules et, de l'autre, elle caressa ses épais cheveux qui sentaient l'océan. Son corps était animé de pulsations, étranges vibrations qui lui remontaient dans le ventre et lui descendaient le long des jambes.

— Embrasse-moi, Maggie, souffla-t-il d'une voix rauque et intense.

Sa bouche était avide, sa langue empressée.

Mais il ne fallait pas, la honte et la confusion montaient en elle.

— On ne peut pas, il faut qu'on arrête. Ça fait trop longtemps… Alice…

Elle s'écarta.

— Alice va très bien.

— Non, Will. On doit arrêter maintenant, protesta-t-elle.

C'était si mal de tromper ainsi Alice. Elle s'enfuit de la grotte en courant.

La plage était déserte. Les flaques dans les rochers à l'abandon : personne ne scrutait leur fond sablonneux à travers les algues. Maggie comprit que quelque chose n'allait pas quand la marée vint lui lécher les orteils : l'eau était montée à hauteur de genou, au pied de la falaise où se trouvait la seconde grotte, celle que l'on ne pouvait atteindre qu'en escaladant la paroi. Celle dont elle n'aurait jamais dû parler à Alice.

Elle s'efforça de conserver son calme en courant vers les flaques, dans l'espoir que la sœur de Will se cachait derrière un rocher, qu'elle ne l'avait pas vue. L'inquiétude la gagna rapidement.

— Alice ? Alice !

Elle ne contrôlait plus sa voix, qui virait de l'interrogation au cri d'inquiétude, tandis qu'elle courait vers l'eau. Au-dessus d'elle, la lumière pâle désertait le ciel. Il était huit heures trente, estima-t-elle, d'ici à une heure et demie le crépuscule se métamorphoserait en obscurité. Ils devaient retrouver Alice avant la tombée de la nuit.

Elle avançait dans l'eau à présent, appelant sans arrêt, de plus en plus désespérée.

— Qu'est-ce qu'il y a ? Où est-elle passée ?

Will, rouge et désorienté, venait d'émerger à son tour de la grotte.

— Elle n'est pas sur les rochers, elle a disparu ! À moins qu'elle ne se cache ?

Elle eut l'intuition subite qu'Alice pouvait être en train de l'observer, de se délecter même, de son alarme. Elle se rappela ses yeux, ses grands yeux ronds qui la jaugeaient, et se demanda si Alice n'était pas moins naïve qu'il n'y semblait, si elle avait, peut-être, deviné ce qui se passait entre Maggie et son frère. Cherchait-elle à leur faire une blague ou à les punir ? Et si elle était allongée derrière une touffe d'herbes, suivant de là tous leurs mouvements ? Calme-toi, tu ne dois surtout pas avoir l'air paniquée. Maggie ne pouvait pourtant pas s'empêcher de scruter les falaises à la recherche d'une jupe à chevrons ou d'un pull irlandais, d'un visage bronzé ou d'une masse de cheveux châtain clair.

— Alice ! S'il te plaît ! Si tu te caches, montre-toi ! Ce n'est pas drôle, mais on ne se fâchera pas !

Rien.

Un guillemot poussa son cri strident au-dessus de leurs têtes.

Ainsi déserte, la plage paraissait inquiétante, aucun pilote ne survolait les chalutiers au large. Un pâle croissant de lune, aussi fin qu'une rognure d'ongle, se dessinait dans le bleu. Un avertissement : le crépuscule approchait.

Elle n'avait pas le choix. Elle s'enfonça dans l'eau jusqu'aux genoux et dut coincer sa jupe dans sa culotte. Elle se concentrait sur les rochers au pied de la seconde grotte.

— Tu crois vraiment qu'elle est là-bas ?

Will l'avait rejointe à grandes enjambées. Son visage, si aimant et épanoui quelques instants plus tôt, était tendu.

— Je ne sais pas, je ne sais pas !

Si Alice s'était perdue, ou pire, c'était sa faute. Ses parents ne le lui pardonneraient jamais. Elle trébucha en voulant courir dans l'eau agitée et le froid lui éclaircit les idées.

— C'est là que je serais allée, moi.

Elle avait de l'eau jusqu'à la taille le temps d'arriver à la base de la seconde grotte. Une vague la souleva et la projeta contre les rochers, si bien qu'elle s'écorcha le tibia, où fleurit du sang rouge vif. Elle se hissa sur les pierres, ignorant la plaie qui la brûlait et les bernacles qui lui piquaient les pieds, tout en essayant d'éviter les algues mousseuses et glissantes qui auraient pu la faire tomber. Baisse-toi et évite les rochers mouillés, se dit-elle en se pliant en deux. Elle devait néanmoins jeter des coups d'œil vers le haut.

— Alice… Alice ?

Sa voix frémissante se brisa presque : elle se rendit compte qu'elle n'attendait plus de réponse. Soudain, elle l'entendit, un gémissement qui exprimait détresse et désespoir.

— Elle est là !

Will bondit devant Maggie pour atteindre la corniche devant l'entrée de la grotte.

— Elle est blessée ?

Maggie sentait son cœur cogner contre ses côtes, alors qu'elle escaladait la falaise, sans plus se soucier des coquillages coupants, désireuse de tout arranger.

— Elle a juste eu peur, je crois.

Will s'accroupit et le gémissement se transforma en un cri de soulagement venu du fond du cœur et entrecoupé de sanglots.

— J'ai cru que vous ne me trouveriez pas, essayait-elle d'articuler.

Atteignant l'entrée de la grotte, Maggie constata qu'Alice était montée sur une grosse pierre et s'accrochait à son frère. Son visage ovale était pâle, sale.

— Je n'arrivais pas à descendre, geignit-elle. Je ne savais pas où prendre appui… et ensuite l'eau est montée.

Elle ravala un sanglot avant de poursuivre :

— J'ai pensé que je serais à l'abri en restant ici, mais la mer a commencé à s'agiter… et j'ai cru que vous m'aviez oubliée.

— On ne t'a pas laissée si longtemps.

Maintenant qu'elle savait Alice saine et sauve, Maggie éprouvait le besoin de se défendre.

— Si, une éternité ! Beaucoup plus que ce que tu avais dit, protesta-t-elle en vrillant des yeux accusateurs sur elle.

— Tu exagères, Alice, dit Will en la regardant. Cinq minutes tout au plus. Puis on est partis à ta recherche. C'est toi qui as décidé de venir ici…

Ses reniflements s'espacèrent et elle s'apaisa sous les caresses de son grand frère, qui reproduisait les gestes que sa mère avait dû avoir pour lui. Il était tendre, tout aussi doux que quand il sauvait des poussins abandonnés et les plaçait près de la cuisinière pour les réchauffer, ou nourrissait au biberon les agneaux rejetés par leur mère. Aussi affectueux que lorsqu'il caressait la joue de Maggie. La révélation la frappa, l'envahit tout entière, car il n'y avait jamais eu le moindre doute à ce sujet : Je t'aime, Will, voulut-elle lui dire. Il croisa son regard, mais le sourire qu'il lui adressa était dépourvu de toute complicité ou de sous-entendu intime, tout empli de l'apaisement d'avoir retrouvé sa petite sœur. Il se tourna alors vers l'eau, qui se brisait contre les rochers en contrebas.

Les vagues devaient leur monter à la taille maintenant, ou plus haut. Ils devaient redescendre, ou prendre le risque d'escalader la falaise jusqu'au sentier côtier, en faisant confiance à Alice pour ne pas paniquer quand ils lui diraient de tendre un peu plus la jambe pour atteindre un point d'appui et de s'y fier même s'il lui semblait fragile.

Elle tremblait encore, la sueur perlait sur son visage rougi et sa respiration était irrégulière. Maggie en conclut que l'ascension était trop risquée. Will parut lire dans ses pensées.

— Si on redescend tout de suite, tu te mettras sur mon dos quand je nagerai et, ensuite, je te porterai.

— Mais tu as vu les vagues ?

— C'est soit elles, soit les falaises…

Les traits d'Alice s'assombrirent lorsqu'elle avisa les strates de roche formées par les éboulis.

— La mer ? dit-elle d'une petite voix en scrutant les eaux d'un gris-vert sombre, avant de hocher la tête sans bruit.

Son frère la prit par la main et ils descendirent centimètre par centimètre. Les yeux d'Alice circulaient frénétiquement entre l'eau et les rochers, comme si elle craignait que ceux-ci ne se désagrègent sous ses pieds.

Maggie fermait la marche, la gorge nouée : s'ils avaient retrouvé Alice à temps pour rentrer sains et saufs, elle pressentait que leur répit serait de courte durée. La rancœur aperçue sur les traits d'Alice – ses yeux sévères qui ne cillaient pas – ainsi que les explications qu'ils devraient donner à sa mère présageaient d'ennuis futurs.

21

28 août 1943, Cornouailles

Maggie promena son regard autour de la table de la cuisine croulant sous les victuailles. Toutes les personnes qui comptaient le plus pour elle étaient réunies autour. Un sentiment de bonheur se diffusa en elle.

Elle retournait à Bodmin pour sa dernière année de formation le lendemain, et elle voulait graver ce souvenir dans sa mémoire, pour pouvoir le convoquer quand elle s'ennuierait chez tante Edith, quand ses devoirs lui donneraient du fil à retordre ou quand elle aurait le mal du pays.

Elle observa ses parents. Sa mère, satisfaite pour une fois, fière d'avoir concocté un tel festin pour toute sa maisonnée ; son père, plus jovial que jamais, soulagé que la moisson ait été aussi bonne, ce qui se devinait dans chacun de ses gestes – de la tape décochée dans le dos d'Arthur aux portions généreuses de nourriture qu'il servait.

Ils n'avaient reçu que peu de réprimandes, Will et elle, au retour de leur expédition avec une Alice mutique, dix jours plus tôt. Evelyn était accaparée par une voisine, qui venait d'apprendre la mort de son fils en Sicile. Mme Tippett sanglotait dans la cuisine et son désespoir avait permis à leur petite aventure de passer presque inaperçue.

— Comment avez-vous fait pour revenir aussi mouillés ? leur avait demandé Evelyn, d'un ton distrait, le lendemain matin.

— J'ai glissé sur les rochers, avait dit Alice, et Will m'a rattrapée.

Maggie avait poussé un immense soupir de soulagement.

Alice lui souriait justement en lui tendant les pommes de terre. Elle s'était montrée distante pendant les jours suivant leur mésaventure, avant de se radoucir au cours de la semaine écoulée. Le fait que Will et Maggie se fussent à peine adressé la parole depuis cette soirée n'y était sans doute pas étranger. Il ne s'était pas approché et elle n'avait pas cherché à le voir. Elle savait qu'au moindre contact sa joie serait si flagrante qu'elle trahirait leur secret. Un peu comme s'ils avaient conclu un pacte tacite : ils s'en étaient sortis indemnes une fois, mais ils ne pouvaient plus courir de risque.

Et pourtant, qu'il était difficile de ne pas regarder Will quand elle sentait ses yeux sur elle – il était assis de l'autre côté de la table, en diagonale. Elle sourit à Arthur et, lorsqu'il lui fit un clin d'œil, décida de se focaliser sur ce repas de fête plutôt. Si la crème et le beurre étaient rationnés, tout le reste évoquait l'abondance : les deux poulets rôtis, tués le matin même, les soupières de haricots d'Espagne et de carottes, les monceaux de pommes de terre nouvelles, saupoudrées de persil et d'une noix de beurre pour les rendre luisantes. Il y avait de la tourte au lapin (la gelée luisait sous la croûte), du pain de mie et, pour arroser le tout, de l'hydromel de Cornouailles et de la bière d'épinette maison aromatisée au gingembre. À côté d'elle, Alice se délectait de cette boisson sucrée.

Au dessert, il y aurait un crumble aux pommes et aux mûres, un pudding aux figues, une tarte aux pommes et un gâteau au gingembre. Alice et elle avaient travaillé dur aux côtés d'Evelyn et de Joanna, qui venait maintenant trois fois par semaine. Elles allaient préparer un festin, avait annoncé sa mère, et Maggie était touchée à l'idée qu'ils célébreraient non seulement la bonne moisson mais aussi son dernier repas. « On veut que tu partes sur un bon souvenir », lui avait dit Evelyn avant de déposer un baiser inattendu sur sa joue. Elle avait considéré sa fille avec fierté, et Maggie s'était sentie écrasée par le poids des attentes placées en elle pour l'année à venir.

Elle releva la tête pour dire quelque chose à son père, croisa le regard de Will et se détourna aussitôt. Elle n'en pouvait plus… La perspective de partir sans l'avoir touché une dernière fois. Ses yeux la brûlaient lorsqu'elle passait le sel, servait les légumes, discutait avec Alice, alors que ses pensées n'étaient occupées que par une chose : les lèvres de Will, sa langue, sa bouche, le goût de sel sur son cou après une journée de travail au soleil.

— Maggie ?

Elle ne put l'ignorer quand il s'adressa directement à elle.

— Je voudrais de l'eau, s'il te plaît.

Elle rougit en lui tendant le pichet, se demanda s'il pouvait lire dans ses pensées. Elle se risqua à lui envoyer un sourire hésitant, auquel il répondit par un autre, plus franc. La lueur dans ses yeux apprit à Maggie qu'il ne faisait sans doute que suivre son exemple à elle, qu'il rêvait de l'approcher lui aussi. Elle aspirait à ce qu'il devinât le maelström complexe d'émotions qui se déchaînait en elle : culpabilité, tristesse, espoir et désir.

À cette heure-là, le lendemain, elle serait chez tante Edith : à l'abri de toute caresse, de tout regard. Leur magnifique été touchait à sa fin : d'ici à un mois, l'air serait parfumé au feu de bois, les matins mouillés de brume. Cependant, telle une abeille absorbant le nectar d'une fleur, elle voulait retirer un dernier moment d'amour de cette saison. Elle s'inclinerait ensuite devant l'inévitable et s'interdirait de penser à lui.

Elle ne sut comment elle parvint à tenir jusqu'à la fin du repas. Après avoir servi, avec sa mère, des tasses de thé, et une autre part de gâteau à la femme de James, Ada, elle dut se charger de la vaisselle et du rangement. Son père avait sorti son violon et sa mère, qui s'autorisait un moment de détente pour une fois – car il n'y avait plus aucun sujet d'inquiétude dans l'immédiat : la récolte était faite, sa famille était bien nourrie, et elle n'aurait bientôt plus à se soucier de sa fille, prête pour la rentrée –, se laissa convaincre et l'accompagna au piano.

— J'ai tout oublié, je n'ai pas joué depuis des mois, protesta-t-elle en ouvrant le couvercle et en exécutant les premières mesures d'un morceau dont elle cherchait à se souvenir, avec des doigts maladroits, qui caressaient presque les touches.

Au bout de quelques minutes, elle retrouva sa dextérité et, à la grande surprise de Maggie, son père et elle entamèrent la chanson d'amour « A Nightingale Sang in Berkeley Square ». Le violon s'envolait et le piano ondulait.

Arthur et Will allèrent voir les bêtes et, peu après, Maggie s'interrogea à voix haute : n'avait-elle pas oublié son gilet dans la grange ? Sa mère, distraite par une question d'Ada et un compliment de son mari, ne fit aucune objection.

— Tu vérifieras que les poules sont bien enfermées ? lui lança-t-elle.

Maggie hocha la tête et délaissa la musique, la chaleur, la bonne entente de ses parents – autant de choses qu'elle connaissait depuis toujours – pour une aventure bien plus excitante et troublante.

La grange était remplie de gerbes entassées en piles impressionnantes, et silencieuse à l'exception des grattements dans les recoins. La lune était brillante : d'ici à une semaine, elle serait aussi grosse et dorée qu'une citrouille. Une vraie lune des moissons.

S'appuyant contre la paille, elle se demanda si elle était présomptueuse. Peut-être Will ne se doutait-il pas qu'elle trouverait un moyen de le suivre, peut-être sa peur d'être chassé de la ferme surpassait-elle tout le reste ?

Et brusquement, il apparut, le clair de lune plongeant la moitié inférieure de son visage dans l'ombre, cachant son sourire alors qu'il se dirigeait vers elle.

— Tout va bien ? lui demanda-t-il.

Elle lui répondit d'un baiser. Il avait les lèvres aussi douces que dans son souvenir, la bouche aussi délicieuse. Elle se pressa contre lui, désireuse d'entrer en contact avec la moindre parcelle de son corps. Il l'enserra dans ses bras musclés, l'attira à lui.

— Viens par ici…

Sa voix était rauque, son regard s'était assombri. Il l'entraîna vers le fond de la grange, dans le coin le plus reculé. La paille bruissa sous leurs pas si précipités qu'ils manquèrent de trébucher. Elle ravala un gloussement.

— On ne doit pas faire de bruit…

— Je sais, Maggie.

— Oh… tu m'as tellement manqué !

Elle semblait incapable de dire autre chose. Il posa sur elle des yeux emplis d'une tendresse soudaine, qui adoucissait la passion.

— Moi aussi.

Puis sa bouche se faufila le long de son cou, déclenchant de petites décharges électriques dans tout le corps de Maggie, il lui caressa la poitrine. Elle s'abandonna contre lui, percevant la chaleur qui se dégageait de ses bras et de ses jambes musclés, tandis que des vagues de frissons la traversaient, discrètes au début, mais bien présentes, et exquises.

Elle laissa courir une main dans le dos de Will, en direction de ses fesses, le plaquant contre elle.

— Je t'aime, chuchota-t-elle, alors qu'il se frayait un chemin à coups de baisers le long de son cou, libérant ses épaules du corsage qui les emprisonnait.

Elle l'aida à défaire un bouton récalcitrant pour qu'il puisse prendre son sein dans sa bouche et le taquiner du bout des dents.

Leurs mains étaient partout maintenant : celles de Will s'insinuaient sous la jupe de Maggie pour l'attirer à lui, ses doigts se refermant sur ses fesses, celles de Maggie sortant la chemise de Will de son pantalon, explorant son ventre plat aux muscles bien dessinés, l'étrécissement de sa taille.

Elle lui effleura le torse : le triangle de peau bronzée et, tout autour, la blancheur de lis préservée par la chemise qu'il avait gardée l'essentiel de l'été. Elle sentit que ses hanches allaient à la rencontre de ses doigts qui se glissaient dans sa culotte pour caresser la partie la plus intime de son anatomie. Elle n'éprouvait pas le moindre sentiment de honte, aspirant à ce qu'ils s'imbriquent comme deux pièces d'un puzzle, même si elle savait que c'était ce que faisaient les filles perdues.

Ça n'avait plus aucune importance. Après avoir effleuré la peau veloutée des cuisses de Maggie, il introduisit ses doigts entre ses jambes. La guerre met tout sens dessus dessous, se dit-elle alors que les doigts de Will s'enfonçaient en elle et qu'elle se mettait à bouger contre lui. Elle laissa échapper un soupir de jouissance alors que les ondes de plaisir s'amplifiaient, chassant toute autre pensée.

Elle enfouit sa tête dans son cou, aspirant son odeur, voulant se fondre tout entière en lui. Les ondes, rythmées et régulières, s'intensifiaient. Il embrassa à nouveau son sein, le soulevant légèrement avec ses dents et elle fut emportée par une vague de volupté qui ne cessait d'enfler. La sensation était presque trop forte, à l'excitation se mêlait la peur.

Dangereux. Voilà comment il l'avait qualifiée. Un danger. Paupières closes, elle laissa ses doigts glisser vers le renflement de son pantalon qui exerçait une pression contre elle. Il retint son souffle.

— Regarde-moi.

Les yeux de Will, brillants, étaient interrogateurs.

— Est-ce que tu es prête ?

Il pressait son bassin contre le sien à présent, sans la moindre retenue, et elle comprit, dans un choc, qu'il voulait venir en elle.

Elle hocha la tête et l'attira contre lui pour essayer de lui faire comprendre que, oui, bien sûr qu'elle était prête. Comment aurait-elle pu ne pas l'être ?

Il se figea, l'air inquiet. Il semblait si nerveux…

— Je ne veux pas te faire mal.

— Embrasse-moi, lui répondit-elle.

Il dessina une ligne de baisers remontant de ses seins à ses lèvres, sa bouche tendre et aimante, puis brûlante et plus insistante. Alors que les baisers gagnaient en passion, elle s'ouvrit à lui.

Elle ne l'entendit qu'à la toute fin, après avoir ressenti en elle les spasmes de Will et alors qu'elle le serrait dans ses bras. Son corps était doux et lourd, la fougue des minutes précédentes avait disparu. Il lui prit le visage à deux mains et recommença à l'embrasser, langoureusement et tendrement, n'entendant rien et semblant s'en moquer. Elle s'écarta, aussi effrayée qu'un lapin pris au piège – et tremblant tout autant.

— Quoi ?

Elle lui fit signe de rester silencieux.

Le bruit s'était tu, le léger bruissement de quelqu'un appuyé contre une meule de foin et s'en éloignant discrètement.

— Qu'est-ce que c'était ? Un chien ?

Alors qu'il prononçait ces mots, elle comprit qu'il n'y croyait pas lui-même.

— Arthur est retourné à la maison, ça ne peut pas être lui.

Tandis que tout se liquéfiait en elle, elle sut, avec une lucidité glaçante, qui s'était trouvée là quelques instants plus tôt.

— Alice.

22

3 août 2014, Cornouailles

Six heures et Lucy regrette de ne pas s'être levée un peu plus tôt, pour avoir le temps d'avaler un café lyophilisé avant de conduire le premier groupe de vaches vers leurs logettes.

Dehors, la ferme dort. Lucy est debout depuis l'aube, à l'heure où les alouettes entament leur joyeux concert. Et pourtant, elle n'était pas bien réveillée quand elle a été accueillie par la fraîcheur du petit matin, par un monde si frais que l'herbe était trempée de rosée.

Enfant, elle adorait être levée aux aurores, pour regarder son père traire les vaches en été. Souvent plein d'entrain, il était attentif avec ses bêtes, leur parlait gentiment, caressant plutôt que tapotant leurs énormes flancs.

Ils avaient des Guernesey à l'époque, des bêtes à poil long, soyeux, qui produisent le lait le plus riche, à partir duquel on fabrique la plus épaisse des crèmes. Chacune avait son nom, bien sûr, et sa personnalité. Fred les appelait ses « Vieilles Dames ».

« Je passe plus de temps avec elles qu'avec ma famille », disait-il en jetant un coup d'œil légèrement attristé à Judith et en soulevant Lucy dans ses bras.

Ça expliquait peut-être pourquoi leurs morts avaient été si dures pour lui. Lorsque le ministère de l'Agriculture avait détecté un cas de fièvre aphteuse à l'exploitation, il était si furieux qu'il avait disparu pendant six heures. Il était parti courir sur les falaises, comme souvent pour libérer la pression, mais son absence s'était prolongée au point que Judith avait paniqué. « J'avais besoin de remettre de l'ordre dans mes idées, l'avait-elle entendu dire à sa femme, plus tard. Je suis désolé. »

Lors de l'incinération des vaches, il avait pleuré. Oui, ils avaient touché une compensation, néanmoins le spectacle de générations de bétail réduites en fumée, sans parler de l'odeur âcre de chair brûlée, avait eu raison de sa rationalité.

Lucy était à cette époque une ado caricaturale : elle ne rêvait que de quitter la Cornouailles coûte que coûte ; à ses yeux, ses morts et ce désastre ne servaient qu'à lui donner raison : elle était née sur une terre cauchemardesque et apocalyptique. La vue de son père secoué de sanglots avait transpercé sa carapace de mauvaise humeur, l'avait troublée plus qu'elle ne voulait l'admettre. Fred ne pleurait pas. Ça ne se faisait pas pour un homme de sa trempe. Cela perturbait l'ordre naturel des choses. Alors que se passait-il ?

Elle se demanda ce qu'il penserait de la ferme aujourd'hui, quels conseils il leur donnerait : se concentrer sur le bétail ? se diversifier en creusant cette idée des glaces ? du tourisme ? Il n'avait jamais été un homme d'affaires avisé – pas assez insensible pour condamner une vache stérile à l'abattoir, toujours sombre quand il y envoyait les veaux mâles. C'était Judith qui décrochait le téléphone lorsqu'une vache ne parvenait pas à devenir grosse ou qu'une autre ne produisait pas assez de lait.

« C'est un tendre, disait oncle Richard à sa sœur – et ce n'était pas un compliment dans sa bouche.
— Ça s'appelle la compassion », lui avait un jour rétorqué Judith, sortant de sa réserve habituelle.

Lucy voit son père partout, dans la ferme. Les souvenirs l'assaillent pendant qu'elle vérifie que les gobelets trayeurs sont bien fixés et qu'elle nettoie les trayons, quand elle blanchit à la chaux les gîtes – car c'est lui qui a donné la dernière couche de peinture –, quand elle se charge de faire des ballots de paille ou, aussi, quand elle court sur les falaises. Et si sa mort l'a hantée avant de revenir ici – les circonstances de l'accident, telles que sa mère les lui a relatées, après qu'elle eut refusé d'assister à la réunion chez le médecin légiste –, à présent ce sont les détails de son quotidien qui obsèdent Lucy sans relâche. Les images joyeuses – de lui riant aux éclats alors qu'il s'effondre dans son fauteuil élimé près de la cheminée du salon, hissant sa fille au sommet des ballots de foin – remontent par vagues, lui chuchotant : Tu te rappelles forcément, non ? Ne réduis pas tout ça à sa mort. Fred était un père, un mari, un fermier. Un homme travailleur et charitable, doté d'une énergie débordante, ponctuée de quelques passages à vide.

Un homme qui ressentait les choses intensément et qui s'efforçait de faire de son mieux.

Une silhouette se découpe en ombre chinoise sur le rectangle éblouissant de la porte. Un instant, Lucy s'imagine qu'il s'agit de son père. Puis Tom entre.

— Désolé pour le retard. J'ai à peine dormi, du coup j'ai eu un mal fou à me lever.

Son sourire reste sur ses lèvres, ne gagne pas le reste de son visage.

— Tu pensais à la récolte ?

Il hoche la tête. Il a vieilli durant les quelques jours qui ont suivi l'orage : son visage a pris une teinte grisâtre, ses yeux bleus se sont ternis comme ceux d'un adolescent bourru. Il porte une barbe de trois jours.

Inutile de parler, surtout avec le vacarme subit. Dans un fracas retentissant, les granulés se déversent dans les trémies devant chaque vache. Ne subsiste ensuite que le bourdonnement discret de la pompe. Le bétail redevient silencieux, mastique bruyamment son repas tête baissée.

Lucy fait le tour de toutes les bêtes, vérifie le moniteur derrière chacune – qui sert à peser le lait gouttant dans le tube : trois litres, quatre, cinq, six. Les chiffres digitaux s'élèvent jusqu'à vingt, voire vingt-deux, pour les plus prolifiques d'entre elles. Puis elle leur lance :

— Maison, maison, maison…

Tom ouvre les portes et elles défilent dans la cour, pendant que le groupe suivant pénètre dans la salle de traite.

Les dix-huit vaches laitières baissent la tête dès qu'elles entendent le bruit de la nourriture. C'est rassurant d'exécuter des gestes aussi familiers et répétitifs. Il arrive qu'une bête frappe le sol avec son sabot, mais la plupart s'accommodent de cette traite deux fois par jour, pendant une période qui peut représenter jusqu'à dix mois sur douze, du moment qu'elles sont bien nourries.

Tom se joint à sa sœur, patiente derrière une rangée de vaches, bondit pour éviter les jets d'urine qui surviennent régulièrement. Lucy s'arme d'un tuyau d'arrosage pour nettoyer les bouses.

— Luce…

Il s'apprête à dire quelque chose qui semble important et est interrompu par un bruit retentissant : une vache essaie de sortir de sa logette à l'autre bout de la salle, et il se précipite pour la calmer. Sa voisine s'agite, brièvement perturbée, néanmoins les autres continuent à manger.

Pendant une heure et demie, ils s'occupent de la traite, jusqu'à ce que les soixante-dix vaches de l'exploitation y soient passées. Pendant que Tom les reconduit dans les champs, Lucy remplit un seau de lait pour les veaux placés en enclos.

Ses préférés sont ceux de trois semaines. Encore élégants, avec leurs pattes longues et douces, leurs yeux humectés de biche, ils commencent cependant à s'individualiser, à révéler des traits de caractère distincts. Elle les regarde boire avec avidité, roulant des yeux de plaisir, laisse même le plus gourmand lui lécher les doigts. Sa langue râpeuse les nettoie avec insistance.

— Ça suffit, tu en as eu assez ! s'esclaffe-t-elle en retirant sa main, recouverte d'un filet de salive laiteuse.

Le veau tente de repousser les autres à coups de tête pour atteindre l'abreuvoir.

— Bon, très bien.

Elle replonge les doigts dans le lait et le veau se remet à les lécher, jusqu'à ce que, dans son enthousiasme, il lui donne un coup de dents.

— Ça va ? lui demande son frère, de retour avec un seau pour les veaux de quatre semaines, gardés juste à côté.

Il a l'air mal à l'aise et Lucy se souvient soudain qu'il semblait vouloir lui parler.

— Bien, et toi ?

— Pas trop.

Il soupire, une longue expiration qui donne l'impression qu'il a retenu quelque chose beaucoup trop longtemps.

— Je me demande juste ce qu'on fout, pourquoi on s'emmerde tous les deux avec tout ça…

— Oh, Tom !

Elle lui montre les veaux aux yeux si doux et interrogateurs. Comment peut-il douter de l'intérêt de tout ça ?

— Mais oui, ils sont mignons. Sauf qu'il faut lutter en permanence, et que c'est de plus en plus dur. Avec cette histoire de roseaux, j'en viens à me poser des questions… On devrait peut-être se rendre à l'inévitable et accepter la proposition d'oncle Richard.

On vivrait ici sans cultiver la terre. Il faut au moins y réfléchir.

— Tom !

Une grosse boule se forme dans la poitrine de Lucy.

— On ne peut pas baisser les bras, qu'est-ce que dirait papa ?

— Papa ?

Tom n'en croit pas ses oreilles.

— Qu'est-ce qu'il a à voir là-dedans, enfin ?

Elle dévisage son frère. Comment peut-il être aussi bête ?

— Tu as oublié l'histoire de la fièvre aphteuse ? Il n'a jamais abandonné, même quand c'était difficile. Il a rassemblé ses forces et a continué. Alors oui, je persiste, comment pourrait-on lui faire un truc pareil ?

Tom secoue la tête et pousse un long sifflement tout en frottant la pointe de sa chaussure contre la paille qui dépasse de l'enclos des veaux.

— Je n'en reviens pas que tu puisses encore penser ça.

Sa voix est grave, apparemment, il a des difficultés à se contrôler.

— C'est la dernière personne qui aurait pu se permettre de donner des leçons à quiconque sur ce sujet.

L'accusation est cruelle. Lucy est surprise par sa colère.

— Qu'est-ce que tu sous-entends, Tom ?

— Oh, mais réveille-toi ! s'écrie-t-il, sarcastique. Il nous a laissés dans une sacrée mouise.

— Il a eu un accident.

Elle débite ces paroles cassantes sur un rythme de staccato.

— Un accident tragique, ajoute-t-elle. Qui aurait pu arriver à n'importe qui. Juste un coup de malchance, pour lui surtout, et pour nous.

— Bien sûr, ouais… lâche-t-il avec un éclat de rire qui ne lui ressemble pas du tout. Un accident… Il a glissé comme par hasard alors qu'il courait.

— Les chemins étaient glissants à cause de l'orage de la veille. Et il est sorti au crépuscule. La plupart des accidents arrivent à ce moment de la journée. C'est ce qu'a dit le médecin légiste.

Elle martèle les faits, blessée par l'attitude de son frère, ne s'expliquant pas pourquoi il insiste maintenant – remuer de vieux détails ne changera rien.

— Donc notre père, qui courait sur ces falaises depuis une quarantaine d'années, a perdu l'équilibre brusquement après avoir décidé de sortir au crépuscule, c'est bien ça ?

Quelque chose ne va pas. La voix de son frère résonne dans la grange, dégoulinante de sarcasmes. Ce n'est pas le Tom qu'elle connaît. Ses joues sont rouges et il a cette expression dure et concentrée – signe qu'il se retient de pleurer –, qu'elle lui a vue lors de l'enterrement de Fred. Et d'innombrables fois quand il était petit garçon.

— Qu'est-ce qui te prend, enfin ?

— Aucune importance.

— Bien sûr que si, c'est important. Qu'est-ce que tu essaies de me dire ?

Une certitude glaciale s'immisce dans le ventre de Lucy et remonte vers sa poitrine. Elle sait ce qu'il s'apprête à répondre, et elle sait qu'elle pourrait éviter de l'entendre en allant chercher un autre seau, signe que la discussion est close. Mais elle en a assez de fuir.

— Tom, s'il te plaît. Dis-le-moi.

Il prend une inspiration et, lorsqu'il parle, sa voix est douce, affligée.

— Il s'est suicidé, Lucy.

— Noooooon !

Le cri provient des profondeurs du corps de la jeune femme, il tient plus du bêlement que de la plainte. Elle le dévisage, paniquée.

— C'est impossible, l'enquête a conclu à une mort accidentelle. Le médecin n'a pas évoqué un suicide, si ?

— Papa n'a pas laissé de mot, il ne pouvait donc rien affirmer. Et personne ne le pourra jamais. Il a livré cette conclusion pour que maman puisse toucher l'argent de l'assurance, et pour l'épargner, même si elle sait très bien… C'est juste qu'elle n'aime pas en parler. Apparemment, ce médecin a la réputation de faire passer pour accidentelles des morts de fermiers suspectes.

Il lui passe un bras autour des épaules et l'attire contre lui.

— Papa a vécu ici toute sa vie, il connaissait ces falaises comme sa poche et courait dessus au moins deux fois par semaine, par presque tous les temps… Il n'a pas pu glisser, Lucy. Il n'a pas pu décider par hasard de sortir au crépuscule après un énorme orage, alors qu'il savait que les chemins seraient boueux et impraticables par endroits. Tu sais à quel point ils peuvent devenir glissants… Autre chose : ils n'ont retrouvé aucune trace de chute dans la boue ou l'herbe. Aucun éboulement d'ardoise.

— Peut-être qu'ils n'en ont pas cherché…

Elle rechigne à admettre que son père a sauté. Tom soupire.

— Crois ce que tu veux, Lucy.

— Exactement !

Elle le repousse et le provoque du regard, comme lors de leurs disputes d'enfants. La possibilité qu'il dise la vérité bouillonne en elle et elle se surprend à tenter de se raccrocher à des arguments vains, pour tenter d'éteindre ce feu.

— Il n'avait aucune raison de penser au suicide, si ? Je sais qu'il avait des coups de blues, mais la ferme allait bien, non ? Rien à voir avec l'époque de la fièvre aphteuse… S'il était suicidaire, pourquoi il n'est pas passé à l'acte à cette époque ?

Un instant, elle est transportée vers ces mois emplis de terreur au printemps 2001 où une atmosphère inquiétante baignait les champs déserts. Le bétail, tué ou placé en quarantaine pour éviter la contamination – le virus était apporté par le vent. Dans chaque ferme, des bols de désinfectant rose étaient placés au pied du moindre échalier, du moindre portail. Des policiers étaient postés devant les exploitations contaminées, leurs membres étant assignés à résidence : isolés, ostracisés, incapables de recevoir des visiteurs. Il suffisait qu'une génisse soit malade pour que tout le troupeau soit abattu. Et les Petherick étaient dans ce cas : des balles de paille imbibées de désinfectant bloquaient l'entrée du chemin, un voisin amical déposait de la nourriture dans une poubelle – le flic se chargeait de sortir les ordures –, Tom et Lucy ne pouvaient pas aller en cours… Et toute la famille devait affronter la certitude que son bétail et son troupeau de moutons étaient condamnés à une mort certaine.

Lucy pensait que l'abattage serait le pire : elle avait grandi avec ces bêtes, en avait nourri certaines depuis qu'elles avaient deux jours, d'autres étaient grosses – et mettraient au monde des veaux en pleine forme qui seraient tués sur-le-champ. Même s'il ne faisait aucun doute qu'une poignée d'animaux avait succombé à la maladie – museaux écumants, cous dévissés, boiterie pour un ou deux –, il semblait barbare de tuer la totalité du bétail. Judith et les enfants étaient restés dans la maison, confinés au dernier étage, lorsque l'envoyé du ministère de l'Agriculture était venu, armé de son fusil à un coup, anéantir les troupeaux et leur histoire.

Mais c'est ce qui est arrivé ensuite qui a été le pire. Des hommes en combinaisons blanches hermétiques, gants et bottes de caoutchouc, ont creusé une tranchée dans laquelle entasser les vaches et les moutons, où ils les ont laissés près d'une semaine, ayant reçu l'ordre d'aller tuer des bêtes infectées ailleurs. De temps en temps, l'un d'eux passait et se hissait sur la pile de chair en décomposition pour l'asperger de désinfectant. Des gaz s'échappaient des corps avec un bruit retentissant. Le matin, la cour était semée de membres disloqués, sur lesquels des blaireaux et des renards s'étaient acharnés durant la nuit. Un jour, une pie s'est envolée en emportant dans son bec l'œil d'un mouton.

Ça a été un véritable soulagement lorsque les bûchers ont été allumés, les pattes des animaux dépassant comme des allumettes, dans tous les sens. Les effluves irritants de pétrole ont commencé à supplanter la puanteur de la pourriture. Un instant, ça a senti le bœuf rôti, puis la viande carbonisée, âcre. Le bûcher fumait encore, quand la nouvelle est arrivée : un voisin s'était pendu dans son étable. Il était monté sur un seau avant de le dégager d'un coup de pied. Un autre fermier, plus près de Truro, s'était tiré une balle dans la tête, dans son tracteur. Fred s'est ressaisi, lui, il a renoncé à avoir des moutons et, grâce aux indemnités de l'État, a reconstitué son troupeau de laitières, lentement mais sûrement.

— Pourquoi il ne s'est pas suicidé à l'époque alors ?

Elle s'arrache à ces souvenirs d'une précision étonnante.

— Il avait huit ans de moins. Il était plus en forme, plus résistant. Peut-être plus optimiste. Peut-être ne souffrait-il pas de dépression, en tout cas pas comme plus tard. Deux jours auparavant, ajoute Tom, la ferme avait été testée pour la tuberculose et le résultat n'a pas été concluant pour une bête. Un second examen devait avoir lieu, et s'il aboutissait au même résultat, eh bien… il faudrait abattre l'animal. Peut-être s'inquiétait-il d'une épidémie, de revivre la même chose ? Je crois qu'il n'était plus capable d'affronter d'autres morts à la ferme… Ce qui est ironique, franchement, quand on pense que la sienne a été la plus tragique de toutes.

Il s'écarte de Lucy, blême.

— Tu n'étais vraiment pas au courant ?

— Non, enfin… peut-être.

Des fragments de conversations, des bribes d'informations composent une mosaïque qui dessine une nouvelle vérité, dont les contours se précisent chaque fois que son frère ajoute un détail. Lucy se rappelle la fureur de Fred lorsque, l'année de ses dix-sept ans, en pleine phase gothique, elle a voulu peindre les murs de sa chambre en noir. « Tu ne trouves pas qu'il y a assez de noirceur dans le monde comme ça ? » a-t-il rugi. Elle se souvient d'avoir été secouée par son expression et sa colère inhabituelle. Est-il capable de leur avoir fait un coup pareil ? De la bile lui remonte dans la bouche, elle la ravale.

— Si, dit-elle. Peut-être que je savais.

Ils nourrissent les derniers veaux ensemble : ceux de quatre semaines et de cinq semaines, puis le bouvillon de six mois qu'ils élèvent pour qu'il puisse saillir des vaches qui ne proviennent pas de la même lignée. Il cherche à donner un coup de tête à Tom, le regard menaçant, et ce dernier le repousse d'une tape.

L'odeur est agréable dans la grange : la paille fraîche avec une pointe, discrète, de purin, l'air matinal, vivifiant et salé. Tout est en ordre et pourtant la vie a irrémédiablement changé. Leur père s'est tué. Il trouvait l'existence si morne qu'il a choisi de quitter tout ça, de les quitter, eux.

Une boule de rage froide succède à l'engourdissement, en Lucy. Ni sa mère, ni son frère ni elle n'ont suffi à détourner son père de la mort. Cet homme qui, croyait-elle, la protégerait éternellement, s'est donc révélé plus faillible que la plupart. Il n'a pas su se protéger lui-même, et encore moins les autres, au bout du compte.

Comment a-t-il pu leur faire ça ? Quelle que soit la honte que lui inspire son erreur, et l'infidélité de Matt, sa vie ne lui a jamais paru intolérable, et elle n'a jamais vu dans la mort – surtout une mort pareille, aussi horrible, aussi sale – une échappatoire. Elle se rappelle ce moment d'hésitation sur le cap, à regarder l'écume tourbillonner autour des rochers en bas. Elle a eu un choc ce jour-là, et dans ce quart de seconde où le vent était prêt à l'emporter, elle a reculé sur des jambes vacillantes, choisissant la vie.

Or cette ferme, un refuge pour elle, un lieu où elle se figure pouvoir trouver, un jour, le bonheur, a fini par représenter l'inverse pour Fred. L'inéluctabilité de la traite, la pression financière, la peur que tout s'écroule… il devait détester tout ça.

— Le con, lâche-t-elle, plus triste qu'en colère.

— Je sais.

Tom lui prend le seau des mains et l'enlace par les épaules tandis qu'ils quittent la grange pour gagner la ferme.

— Je sais… mais en fait pas tant que ça.

— Non, bien sûr. Pas tant que ça.

23

3 septembre 1943, Cornouailles

Maggie sut qu'ils avaient été démasqués dès son retour à la ferme, le vendredi soir. Evelyn et Alice préparaient le dîner dans la cuisine. Dès qu'elle entra, elles s'interrompirent et relevèrent la tête.

Les yeux d'Alice étaient aussi rougis que si elle avait pleuré des jours. Evelyn avait un air plus sévère que de coutume. Même Joanna, qui arriva avec une pile de linge quelques secondes après Maggie, se pétrifia sur le seuil de la cuisine.

— Qu'est-ce qui se passe ? Pourquoi vous me regardez tous comme ça ?

La voix de Maggie passa de la tentative d'ironie amusée à la quasi-panique.

— Il ne se passe rien, répondit Evelyn en venant lui prendre sa petite valise des mains. Mais suis-moi par ici une minute.

Elle lui agrippa le coude et l'entraîna dans le couloir vers le salon.

— Tu me rends nerveuse… Quelqu'un est mort ?

Les mots lui avaient échappé : le fusil de son père, qui servait à tuer des blaireaux et des renards, surgit sans raison dans son esprit.

— Personne n'est mort.

Sa mère conservait son calme et son contrôle habituels.

— Qu'est-ce qu'il y a alors ?

— Assieds-toi un instant, Margaret.

Sa mère lui indiqua une chaise en acajou avant de prendre place sur une seconde, raide comme un piquet. *Margaret*. Elle devait savoir, bien sûr qu'elle savait. Alice les avait donc bien vus. La plus grande peur de Maggie se réalisait. Toute la semaine, elle avait oscillé entre l'espoir d'avoir imaginé ce bruissement et la certitude, glaçante, implacable, qu'ils avaient été découverts et seraient trahis. Elle avait mal dormi, s'inquiétant de ce qui pourrait être dit, de ce qui pourrait survenir, à son retour à la ferme, essayant de contenir ses angoisses dans sa chambre austère chez tante Edith.

Pourtant, sa mère paraissait plus nerveuse que fâchée, jouant sans relâche avec son alliance comme pour repousser le moment de parler à sa fille. Maggie se surprit à trembler. Son cœur tambourinait si fort dans sa poitrine qu'elle craignait que sa mère ne l'entendît.

Le temps s'étirait. L'horloge de parquet dans l'angle de la pièce égrenait les secondes entre les deux femmes, autant de balises dans le silence, et Maggie constata, non sans étonnement, qu'elle voulait que sa mère le rompît. Celle-ci finit par s'éclaircir la voix.

— Will est parti travailler dans une ferme de l'autre côté de Bodmin. Ça lui permettra d'acquérir de l'expérience dans une exploitation laitière nettement plus grosse. Alice est évidemment bouleversée, mais c'est un excellent poste d'apprenti, une merveilleuse opportunité pour un jeune homme.

Les mots tourbillonnaient autour de Maggie : Will… poste d'apprenti… Bodmin…

— Quelle ferme ? Et pourquoi est-il parti aussi vite ?

Sa voix, faible et incrédule, se transforma presque en gémissement quand le tragique de la situation la frappa.

— Je ne lui ai même pas dit au revoir !

— Eh bien…

Evelyn ne parvenait pas à cacher son embarras.

— Il est parti aussi précipitamment parce qu'ils avaient besoin de quelqu'un au plus tôt. Ton père l'a accompagné là-bas mercredi. Quant à la ferme, nous pensons qu'il vaut mieux que tu ne saches pas de laquelle il s'agit.

Evelyn darda sur elle son regard gris, grave et stoïque. Maggie le soutint, haïssant sa mère à cet instant.

— Je ne vois pas pour quelle raison vous pensez cela, dit-elle d'une voix étrangement compassée et étranglée.

— Oh, je crois que tu vois très bien, au contraire.

Maggie s'attendait qu'Evelyn lui demandât depuis combien de temps ça durait – ou quelle était la nature de leur relation. Ce qui lui aurait permis d'évaluer ce qu'Alice avait aperçu. Sa mère ne desserrait pas les dents, cependant. Maggie baissa les yeux vers ses mains : ses ongles, d'habitude courts et bien nets, étaient rongés jusqu'au sang.

Sa mère n'en avait pas tout à fait terminé, néanmoins.

— J'ai été jeune moi aussi, tu sais, dit-elle d'une voix radoucie soudain et empreinte de tristesse. Et je suis tombée amoureuse, moi aussi.

— De papa ?

— Non, pas de ton père.

Elle repoussa cette idée d'un geste, comme elle l'aurait fait d'une mouche, avant de poursuivre :

— De son frère cadet, Isaac. Nous étions très jeunes, mais nous devions nous marier. Puis il a été tué. Le 3 août 1918. Lors de la seconde bataille de la Marne… Ton père est un homme bon. Le fils aîné, qui avait échappé à la circonscription à cause de la ferme. Il a veillé sur moi. M'a épousée pour que je ne reste pas vieille fille. Et je lui en serai toujours reconnaissante.

Elle s'interrompit et Maggie attendit, désarçonnée par la découverte de cet amour mort, par le fait que sa mère puisse avoir aimé quelqu'un d'autre que son père, s'interrogeant sur le doute qu'elle percevait dans ses intonations. Sur ce « mais » implicite.

— Tu penses encore à lui ? se hasarda-t-elle à demander au bout d'un moment.

Evelyn refusait de se laisser attirer sur ce terrain et secoua la tête.

— Disons simplement qu'un premier amour occupe toujours une place à part. Sera toujours entouré d'une aura romantique. Et peut-être d'autant plus qu'il a été fauché en plein vol, à l'instar du mien.

— Pourquoi ?

Maggie ne savait pas par où commencer pour exprimer son sentiment d'injustice. Pour quelle raison sa mère lui infligeait-elle cela, l'empêchait-elle de faire l'expérience de l'intensité d'un premier amour véritable, si elle comprenait ce que Maggie ressentait ?

— Parce qu'un premier amour ne dure pas. Il n'est pas réel, assena Evelyn avec emphase. Il change, décline… exactement comme l'été. Il est éphémère. Fragile. Et je ne te laisserai pas gâcher les chances qui s'offrent à toi et que je n'ai jamais eues à cause de lui. Par-dessus tout, il y a Edward.

Son ton se durcit en devenant plus pragmatique.

— Tu es censée avoir un accord avec lui, Maggie. Et c'est un bon garçon. Intelligent, avec des perspectives de carrière. Que se passerait-il s'il apprenait que tu as eu de l'affection pour quelqu'un d'autre en son absence ?

— Il me semble peu probable qu'il l'apprenne. Il est quelque part en Afrique du Nord.

Maggie avait du mal à contenir sa mauvaise humeur. Elle observa sa mère : allait-elle écrire à Edward pour l'en informer, ou en parler à son père, son cousin ? Ce serait mesquin et l'attitude de sa fille, si elle était connue, rejaillirait peu favorablement sur elle. Cette pensée avait dû traverser l'esprit d'Evelyn.

— En tout cas, je doute que cela l'aide à garder le moral, cingla-t-elle. Nous n'en parlerons plus. Et tu as l'interdiction formelle d'essayer de contacter Will par quelque moyen que ce soit.

Elle posa les mains sur les bras de sa fille et la regarda droit dans les yeux, l'immobilisant pour s'assurer d'avoir son attention. Ce moment d'intimité partagée était terminé. Elle avait retrouvé son expression autoritaire, sévère même.

— Nous avons tué ces… sottises romantiques dans l'œuf et il n'y sera plus fait mention.

Elle renifla avec emphase.

— Tu as eu beaucoup de chance, ma fille, ajouta-t-elle en la congédiant d'un signe de tête. Beaucoup, beaucoup de chance.

Maggie sentit son ventre se nouer brusquement. De la chance ? De quoi parlait-elle ? Elle la dévisagea, se demandant comment elle pouvait penser, et encore plus dire, une telle chose. Will était son univers, l'un des êtres qu'elle chérissait le plus. Il appartenait autant à Skylark que James ou Joanna. Du moins elle l'avait cru. Et même si elle avait craint qu'ils ne soient découverts, elle s'était raccrochée à la certitude qu'elle le verrait ce week-end. Qu'elle pourrait le sentir, le toucher. À cette perspective, l'émoi avait affronté la peur et en était sorti victorieux : une fièvre brillante, optimiste et limpide.

Son souffle se précipita en petits râles saccadés, au goût de panique, le salon l'étouffait : l'odeur du feu de cheminée, les meubles sombres, le plafond bas avec ses épaisses poutres en chêne. Elle courut se réfugier dans le couloir obscur, les larmes montant à chacun de ses pas sur les dalles glacées. Elle grimpa en hâte l'escalier étroit aux marches usées.

La colère arriva pour de bon le lendemain matin. Bien après avoir été secouée de sanglots frémissants et s'être écroulée sur son lit, éreintée. Bien après un sommeil agité et entrecoupé.

Au début, elle se sentit vidée. Ses yeux étaient irrités par toutes les larmes qu'elle avait versées, sa peau sèche. Je ne peux plus pleurer, songea-t-elle en avisant son nez gonflé, ses traits rougis et bouffis. Elle n'avait plus l'énergie nécessaire.

Elle se recroquevilla sur la banquette devant la fenêtre et regarda Arthur passer la herse de prairie dans le champ le plus proche, ses jambes sillonnant le chaume, de haut en bas, d'avant en arrière… Elle imagina Will à sa place, comme l'an dernier. Le soleil de septembre aurait souligné le cuivré de ses cheveux et la courbe de ses pommettes, son corps se serait déplacé d'un seul bloc sur le rythme de la herse. Si l'homme ne devait faire qu'un avec la nature, ainsi que les poètes romantiques le martelaient sans relâche, alors Will avait atteint cet objectif.

Elle ouvrit les yeux et le mirage s'évanouit. Il n'était pas là et ne le serait plus jamais. Pourtant, la ferme continuerait à tourner comme si de rien n'était. Qu'il vente, qu'il pleuve, qu'il neige ou que le soleil soit au zénith, l'année agricole suivrait son cours – seuls varieraient les plantations, et les champs et les époques où elles seraient cultivées. La traite continuerait à avoir lieu deux fois par jour. Des bêtes verraient le jour et les récoltes pousseraient dans un cycle interminable de vie et de renouvellement. Et cependant, plus rien ne serait jamais pareil pour elle.

« Il est parti ! aurait-elle voulu hurler à Arthur, à son père et à sa mère. Il est parti et plus rien d'autre n'a d'importance. Comment pouvez-vous continuer comme avant ? Comment ? »

Bien sûr, elle n'en fit rien. Elle se contenta de ronger une cuticule, qu'elle finit par arracher, sentant le goût salé du sang sur sa langue. Une semaine auparavant, elle avait connu un tel bonheur, un tel émoi… À présent, elle savait qu'elle ne serait plus jamais heureuse. Cette pensée déboucha sur une rage terrible. Sa mère se trompait. Leur amour n'était ni fragile ni éphémère, il était solide et durable : un amour pur et profond auquel Evelyn ne pouvait rien comprendre.

Le coup à la porte était hésitant. Alice passa la tête dans sa chambre.

— Va-t'en.

Maggie se retourna vers la fenêtre, aspirant à rester seule.

— Je t'apporte du thé. Tu n'es pas descendue prendre ton petit déjeuner…

Alice était chargée d'un plateau avec une tasse et une soucoupe, ainsi qu'un vase contenant trois brins de lavande.

— Je n'ai pas soif.

Alice s'attarda sur le seuil de la pièce.

— Je vais le laisser sur ta commode, dit-elle.

Maggie la regarda traverser la chambre. D'une main tremblante, Alice déplaça la tasse et renversa un peu de thé.

— Je vais essuyer, dit-elle, tête baissée, avant d'éponger le liquide avec son mouchoir.

Maggie fut agacée par sa docilité. Pourquoi Alice ne la laissait-elle pas tranquille ? Elle s'affairait, tête baissée... Toutes les pensées que Maggie s'était efforcée de contenir, les jugeant cruelles et déraisonnables, la débordèrent soudain en un immense torrent haineux.

— Pourquoi as-tu fait ça, Alice ?

La fillette sursauta presque.

— Fait quoi ?

— Parler à ma mère de Will et moi.

— Ce... ça n'est pas... ce qui s'est passé, bafouilla-t-elle. Je t'assure. Je n'en avais pas l'intention, tu dois me croire !

— Alors c'est bien toi qui lui as parlé !

Maggie triomphait : elle lui avait arraché un aveu.

— C'est tellement minable et méchant !

Alice avait provoqué le départ de son frère, elle pouvait bien encaisser la colère de Maggie.

— Pourquoi tu n'es pas venue nous parler plutôt ? Nous demander ce qui se passait ? Nous t'aurions expliqué. Nous nous aimons, tu comprends ?

Sa voix se brisa légèrement sur ces mots, car Will ne s'était jamais déclaré, lui, si ?

— C'était de l'amour, reprit-elle. Nous n'avions aucune raison d'avoir honte. Et tu as tout gâché !

— Je n'ai rien dit...

Alice pleurait à présent : de gros sanglots secouaient son corps.

— Je ne voulais pas... et je n'ai pas raconté ce que j'ai vu dans la grange... ce que vous avez fait.

— Tu nous as vus ?

— Un peu seulement, confessa-t-elle en rougissant. Je ne voulais pas vous espionner, je te cherchais. Je n'aurais parlé à personne de ça. Je ne saurais même pas quoi dire !

— Tu as forcément dit quelque chose.

— Tata Evelyn m'a demandé ce qui me contrariait et j'ai dit… j'ai dit…

Les sanglots d'Alice étaient si violents qu'elle était difficile à comprendre.

— Elle m'a piégée… je ne comptais pas lui parler… mais elle m'a demandé… et j'ai avoué que je vous avais vus vous embrasser…

— Juste nous embrasser ?

Alice confirma d'un hochement de tête. Maggie la considéra avec froideur, pas tout à fait sûre de pouvoir lui faire confiance.

— Tu as quand même causé de sacrés dégâts.

Les mots eurent l'effet de gouttes d'acide sur Alice.

— Je ne voulais pas…

— Je m'en fiche de ce que tu voulais ! Sors ! hurla-t-elle. Je ne veux plus te voir et je ne veux plus entendre tes excuses. Will est parti à cause de toi ! Tu m'entends ?

La fillette restait plantée là, elle essuyait les larmes avec sa manche et reniflait bruyamment. Elle avait quelque chose à ajouter.

— Qu'est-ce qu'il y a ?

La question de Maggie était glaçante.

— Tu n'es pas la seule ! s'exclama Alice, la provoquant soudain. C'est mon frère, il me manque aussi !

24

28 octobre 1943, Cornouailles

Fin octobre, la ferme baignait dans la belle lumière d'un été indien. Les mûres flétrissaient dans les fourrés, mais la terre conservait sa chaleur.

Le bélier couvrait les brebis pour qu'elles puissent agneler au printemps. Lors de la saillie, il laissait sur leur laine une trace du jaune moutarde qu'on lui avait badigeonné sur le ventre. Au fil de la semaine, de plus en plus de toisons changèrent de couleur, assorties aux ajoncs qui bordaient le sentier côtier : une mer blanc cassé avec des taches moutarde. Après l'agnelage, ces tatouages seraient remplacés par un chiffre correspondant au nombre d'agneaux. Les brebis étaient marquées en permanence, ce qui permettait au père de Maggie de savoir quand elles étaient fertiles et quand elles avaient été saillies. Il n'y avait aucune part d'intimité dans la vie d'une brebis.

Maggie, tout en les observant, se demanda si ses propres secrets seraient bientôt ainsi exposés. Car son corps subissait une transformation, elle en était presque certaine. Un bébé poussait dans son ventre, sous ses côtes. Il n'y avait aucun signe extérieur encore – son ventre ne s'arrondissait pas, sa poitrine n'avait pas grossi –, mais elle n'avait pas eu ses menstruations deux mois de suite et elle avait la nausée en permanence – exactement comme la fois où elle était sortie pêcher en mer. Une nouvelle vie se développait, preuve future, et importune, de la fécondité de la ferme.

Sa certitude n'était pas inébranlable, bien sûr que non. Il n'y avait personne à interroger et aucun moyen de le vérifier. Peut-être qu'en surveillant son alimentation, elle pourrait préserver son secret un moment. À l'école, elle garderait son blazer en permanence et, à la ferme, porterait une salopette sur un pull en laine épaisse. Sa mère, toutefois, n'était pas une imbécile. À l'arrivée du printemps, et de l'agnelage, Maggie aurait le ventre rond comme un ballon et ne pourrait plus le cacher.

Rien que d'y penser, elle en était malade. Si elle portait un bébé, qu'en ferait-elle ? Qu'arrivait-il aux enfants sans pères, et aux filles sans maris ? Des filles perdues, *scandaleuses*. On les envoyait dans la famille éloignée, pendant deux ou trois mois. Ou au foyer Rosemundy House, à St Agnes, où elles restaient cachées jusqu'à ce qu'elles puissent abandonner leurs bébés qui seraient ensuite adoptés. Elle tenait ce savoir de Joanna. Eileen Brooke allait être envoyée là-bas à cause de ce qu'elle avait fait avec un pilote polonais à Davidstow. Maggie l'avait mal jugée, mais au fond elle n'était pas si différente d'elle.

Elle ne serait pas comme Eileen cependant : elle n'irait pas dans ce foyer – même si les dames de l'Association pour le bien-être social et moral de

Cornouailles étaient bien intentionnées. Même si Evelyn insistait. Maggie donnerait le jour à son enfant ici, et elle le présenterait à ses grands-parents. Devant une offrande aussi merveilleuse – car ce bébé serait magnifique, décida-t-elle, une version améliorée d'elle-même, et elle était adorable à la naissance –, ils ne pourraient pas la forcer à l'abandon, si ?

Elle songea à ce qui arrivait aux animaux non désirés. Les chatons de la dernière portée noyés dans un sac : aucune pitié quand on avait déjà trop. Les agneaux difformes ou les vaches, comme Clover, qui souffraient d'une fracture. Puis il y avait les animaux nuisibles : les lapins, les blaireaux, les pies. Fusil, baril d'eau ou collet : tout permettait de régler la situation des malades, des vulnérables, des nuisibles ou des bêtes surnuméraires. La sensiblerie n'avait pas droit de cité à Skylark.

Elle retrouverait peut-être Will dans sa ferme de l'autre côté de Bodmin. Mais à supposer qu'elle réussisse à se procurer l'adresse, comment pourrait-il l'aider ? Il était, elle le comprenait seulement, aussi démuni qu'elle. Un garçon de ferme de dix-sept ans. Dix-huit en juin. Dont on attendait le travail d'un homme sans le salaire correspondant. Son si beau garçon au corps d'homme. Qui avait vécu une passion d'homme mais n'en avait pas le pouvoir.

Elle le voyait très clairement : ses yeux qui se voilaient lorsqu'il l'attirait contre lui, puis s'adoucissaient lorsqu'il lui caressait la joue du bout du doigt. La façon dont il s'était agrippé à elle lorsqu'il allait et venait en elle, ses baisers brûlants sur ses lèvres, son cou, ses seins.

Il ne lui avait jamais dit qu'il l'aimait. Cette idée la blessait, même si elle savait qu'il ressentait quelque chose – il lui suffisait de repenser à sa manière de l'étreindre dans la grotte ou la grange. Mais que ressentait-il aujourd'hui ? Sans contact quotidien, privés des ferments de la vue et du toucher, ses sentiments s'étaient-ils éteints ? Peut-être son amour à lui était-il fragile et éphémère, ainsi qu'Evelyn l'avait décrit. Il devait savoir que Maggie ne serait pas informée de l'endroit où il était, qu'elle ne pourrait pas le contacter même si elle le voulait, alors pourquoi n'avait-il pas écrit ? Car s'il avait voulu lui adresser un message, pour la rassurer, il aurait pu trouver un moyen, non ?

Elle l'avait perdu, c'était aussi simple que cela. Peut-être que cet autre fermier avait une fille, ou alors il y avait une « Land Girl », une de ces jeunes femmes envoyées pour renforcer les rangs des agriculteurs, joviales et enthousiastes, bien plus expérimentée que Maggie et avec une poitrine de rêve.

Seuls une trentaine de kilomètres les séparaient, néanmoins elle l'avait perdu aussi définitivement que s'il était en Afrique du Nord, dans le même régiment qu'Edward.

Elle ne se résolvait pas, pour autant, à l'idée de perdre son enfant.

25

3 août 2014, Cornouailles

Judith s'est attaquée aux pâtisseries : les mains couvertes de farine, les joues roses, elle étale la pâte puis presse délicatement les emporte-pièces.

Lucy l'observe un instant, essaie de se figurer sa souffrance – la mort de son mari puis l'absence de sa fille, avec ses rares sauts de puce à la ferme. L'a-t-elle vécu comme un double rejet ? Dieu merci, Tom, bien plus clairvoyant qu'elle, a été là pour leur mère.

Celle-ci redresse enfin la tête.

— Ça va, ma chérie ? lui demande-t-elle en essuyant ses doigts sur son tablier.

Lucy hoche la tête et prend une main restée farineuse dans la sienne. Judith plisse le front face au désarroi évident de sa fille.

— Tout finira par s'arranger, lui dit-elle. Quoi qu'il arrive avec Matt ou ton travail, d'ici à deux ans, quand tu repenseras à cette période, tu n'éprouveras plus la même douleur, tu ne garderas en mémoire qu'une infime partie de celle-ci. Je te promets que ça ne fera plus aussi mal.

Lucy lui sourit. Sa gorge se noue et elle sent les larmes affluer, non pas à la pensée que son mariage et sa carrière se soldent par un échec, mais à celle qu'elle n'a pas été une bonne fille. Judith parle en connaissance de cause. Des larmes brûlantes embuent les yeux de Lucy.

— Je suis désolée, maman. De n'avoir rien compris… et de ne pas avoir été là pour toi.

— De quoi est-ce que tu parles ?

La perplexité de Judith se dissipe et le sang lui monte d'un coup au visage.

— Pour papa, poursuit Lucy. De ne pas avoir compris qu'il s'était suicidé.

Sa mère flanche.

— Tom m'a parlé ce matin. J'aurais dû deviner la vérité. Et ça aurait sans doute été le cas si j'avais pris la peine d'assister au rendez-vous chez le médecin légiste. Si je n'avais pas cherché à faire l'autruche et si j'avais été moins égocentrique.

Les mots se bousculent à présent qu'elle essaie d'expliquer son attitude.

— J'ai cru aux conclusions du légiste parce que je le voulais… pourtant, j'aurais dû comprendre. Surtout que ça m'a toujours paru un peu étrange. Je me sens si puérile… J'ai continué à penser ce qui m'arrangeait alors que Tom et toi connaissiez la vérité. Et que vous n'osiez pas la partager. J'ai été si préservée quand vous aviez un poids écrasant à porter… Je ne parle pas seulement de son suicide, mais aussi de la responsabilité pratique de la ferme et des dettes.

— Oh, Lucy !

Judith la serre dans ses bras.

— C'est ce que font toutes les mères, non ? Elles protègent leurs enfants. Je suis désolée de t'avoir laissée croire les conclusions du légiste, ça me paraissait mieux de t'épargner. Autant maintenir l'illusion qu'il avait eu un accident plutôt que savoir qu'il avait choisi de mettre fin à ses jours… Peut-être que j'avais aussi envie de croire à cette version.

Elle contrôle le trémolo dans sa voix et reprend :

— Aucune épouse n'a envie de se dire qu'elle n'a pas su aider son mari. Que l'existence lui est devenue insupportable au point que rien ne pouvait le retenir.

Elle se met à jouer avec une chute de pâte, qu'elle roule en boudin entre ses doigts, comme pour ne pas regarder sa fille.

— C'est douloureux de l'admettre. J'étais convaincue que nous étions heureux dans notre mariage, que ça suffirait à lui donner du courage. Que je parviendrais à l'accompagner dans cette période sombre.

— Vous étiez heureux ensemble, dit Lucy en l'enlaçant. Vous étiez heureux ensemble, répète-t-elle, désireuse de se raccrocher à cette certitude.

— Oui… je sais que nous l'étions. Cela dit, la réussite d'un mariage ou même l'amour ne suffisent pas toujours. Sa dépression… j'ai sous-estimé sa gravité. Je n'ai pas vu qu'elle submergeait tout le reste. Deux jours avant que ça se produise, juste après avoir reçu le test positif pour la tuberculose, il était sorti pour une de ses grandes balades, et j'ai cru qu'il avait réussi à relativiser la situation. Je ne voyais pas qu'il était incapable de se débarrasser de sa dépression, pas complètement, d'autant plus qu'il ne recevait aucune aide. Il n'avait pas été consulter son généraliste pour lui demander un traitement, alors que je le poussais constamment à le faire. Tu vois, ça m'arrangeait que tu croies à l'accident. Je voulais que tout le monde pense ça. Et j'aurais voulu le penser aussi, sauf que je le connaissais trop bien pour ça, j'étais trop consciente de ses moments d'abattement. Toutefois, je refusais que tu saches… ou que tu t'en doutes, même.

— Ce n'est en aucun cas ta faute, maman !

Judith a l'air diminuée soudain, silhouette frêle écrasée par un tel bagage émotionnel. Pourtant, elle se ressaisit suffisamment pour lancer, en la tenant à bout de bras, d'un ton indigné :

— Oh, j'en suis consciente ! Ton père était assez grand et assez vilain pour prendre ses décisions tout seul. Ce qui n'empêche pas de se poser des questions à l'infini : aurais-je pu changer les choses ? et si j'avais pris rendez-vous chez son généraliste et l'avais forcé à y aller ? et si je l'avais supplié de ne pas sortir courir ce soir-là, au lieu de me dire qu'il était d'humeur sombre et que ça pourrait le soulager ? et si nous avions fait l'amour la nuit précédente, même ? Et c'est douloureux. Très douloureux. Voilà pourquoi je n'ai pas très envie d'en parler. Une part de moi continue à vouloir croire que c'était une mort accidentelle.

Elle se remet à étaler la pâte.

— J'ai intérêt à m'activer un peu !

Le temps des confidences semble terminé et elle remballe ses émotions, manipulant la pâte avec des gestes délicats et précis. Tout à coup, elle s'interrompt, se rend peut-être compte qu'il est brutal de conclure la conversation ainsi.

— Ça ne veut pas dire qu'il ne nous aimait pas… nous tous, ajoute-t-elle en posant des yeux brillants de larmes sur sa fille. Ça ne veut pas du tout dire ça… et je t'interdis de le penser.

— Évidemment, maman, la rassure Lucy, même si une part d'elle, enfantine, voudrait hurler : « Alors pourquoi il t'a abandonnée, pourquoi il m'a abandonnée ? »

— Je l'ai longtemps cru, insiste Judith, comme lisant dans les pensées de sa fille. Comment a-t-il pu faire une chose pareille s'il nous aimait vraiment ? Ça me mettait tellement en colère. Comment a-t-il pu choisir cette solution, bon sang ? Je trouvais ça si lâche, je l'ai haï pendant un temps… Cependant, ça m'a aidée de me dire que la dépression était une maladie, que c'était plus fort que lui et que ça n'avait aucun rapport avec ses sentiments pour nous, que ça ne pouvait pas les ternir. Il nous aimait, et il aimait cet endroit, s'entête Judith en martelant ses paroles, aussi fermes et scintillantes que des prunelles, les doigts pressés sur la table comme pour véhiculer cette certitude. C'est pour ça que je refuse de partir, que je refuse d'abandonner… même si Richard ne le comprend pas. Il ne s'explique pas pourquoi je ne veux pas être débarrassée de ce poids, qui me rappelle quotidiennement ce drame.

— Je ne sais pas comment tu as fait pour ne pas devenir amère… Tu continues à parler de lui avec une telle tendresse…

— Ça reste douloureux. Horriblement douloureux parfois. Néanmoins, ton père ne se réduit pas à sa mort, à son…

Judith hésite, le mot reste difficile à prononcer.

— … *suicide*. Je me focalise sur autre chose. Je pense aux bons moments, aux merveilleux souvenirs que je garde de lui. Et ils l'emportent sur les mauvais.

Avec une petite grimace, elle nuance :

— Enfin, la plupart du temps, en tout cas. Quand je broie du noir, je l'imagine qui dévale le champ avec toi sur le dos ou qui court sur les falaises avec Tom. Je repense à sa joie à la fin des moissons. Et aussi, oui, au sentiment qu'il me procurait, presque jusqu'à la toute fin, de rester une jeune femme.

Lucy hoche la tête, se sentant incapable de parler.

— Tu te souviens de son rire ? finit-elle par articuler en se rappelant son rugissement unique.

Un rire qui montait du ventre et remplissait une pièce, si bien que tous les regards se tournaient vers ce géant hors du commun.

— J'essaierai d'y penser, ajoute-t-elle.

Le visage de sa mère s'illumine.

— Exactement ! Un homme capable de rire ainsi éprouvait forcément une joie aussi grande que son désespoir. Bien sûr, les deux allaient de pair pour lui. Il ressentait tout avec intensité. Trop d'intensité. Mais on pourrait dire qu'il les ressentait, au moins. Qu'il a connu des moments de grande joie de son vivant.

Pendant un temps, elles gardent le silence, puis Judith s'occupe à nouveau de sa pâte. Lucy la regarde, s'interrogeant sur les répercussions du suicide de son père. Qui d'autre était au courant ? Est-elle la seule à avoir été maintenue dans le secret alors que tout le monde avait compris, de façon tacite, ce qui se cachait derrière l'accident officiel ?

— Mamie sait ?

— Oui, lui répond sa mère, l'air de suggérer qu'elle partage tout avec sa mère. Elle a tout de suite su. « Il y a toujours beaucoup de morts dans les fermes. » Voilà ce qu'elle a dit à l'époque, ce qui m'a paru étrange pour qualifier une chute accidentelle. Puis elle a ajouté : « On y mène une existence qui peut paraître désespérante. » Pendant un temps, j'ai cru qu'elle faisait juste référence aux accidents dont elle a été témoin au fil des ans. Et puis j'ai fini par comprendre que ce n'était pas du tout ça.

Elle redresse la tête et esquisse un sourire triste.

— Elle en a vu tellement, ta grand-mère. Ça pourrait valoir le coup de lui parler. Pas forcément de ton père, mais de Matt ou de ce que tu comptes faire pour ton métier d'infirmière… Enfin, si tu as envie d'en discuter avec quelqu'un d'autre que Tom ou moi. Elle a été de si bon conseil à la mort de Fred que je ne peux pas m'empêcher de me dire qu'elle a dû connaître une grande perte elle aussi, ou avoir un immense chagrin.

— Elle a perdu papy.

— Oui… Je ne sais pas pourquoi, je demeure persuadée qu'il y a eu autre chose dans sa vie. Une chose dont elle ne nous a jamais parlé. Un vieux secret.

Elle se secoue légèrement.

— Je me fais peut-être des idées… Elle a toujours été si mystérieuse, j'ai toujours eu l'impression que l'existence l'avait plus malmenée qu'elle ne voulait bien l'avouer, même à moi.

— À mon avis, c'est le cas de tout le monde dans sa génération. En temps de guerre, la mort devait être monnaie courante.

— Oui, tu as sans doute raison, dit Judith d'un air songeur. Souvent je la surprends, assise sur son banc, plongée dans ses pensées, et elle dégage une telle tristesse… Je ne parle pas de mélancolie, non, quelque chose de plus intense. Elle chasse cette expression dès qu'elle m'aperçoit, se force à être gaie, mais ça ne m'empêche pas de voir réapparaître sa tristesse dès qu'elle se croit à l'abri des regards.

Le sourire de Judith trahit le poids de l'angoisse sur ses épaules, le fardeau de veiller sur une mère, une fille et une petite-fille. Trois générations pour une seule famille et beaucoup d'attention.

— Il lui reste sept ou huit ans à vivre, peut-être moins. Et ça me peinerait qu'elle emporte le moindre regret dans la tombe.

26

28 janvier 1944, Cornouailles

Il régnait un froid glacial dans la chambre chez tante Edith. Maggie avait l'extrémité des doigts si engourdie qu'elle sentit à peine l'aiguille la piquer – elle se débattait avec les plis raides du tissu qui lui avait échappé.

La soirée touchait à sa fin et elle était censée réviser dans la pénombre de sa chambre, or le froid rendait la tâche difficile. Pas de feu dans la cheminée, car sa tante n'avait que de faibles moyens de subsistance et vivait frugalement, en dépit du raffinement que suggérait l'imposante demeure edwardienne de granit. Il y avait un fourneau dans la cuisine, mais Maggie pouvait difficilement s'y installer pour procéder à des retouches.

Car elle modifiait son uniforme scolaire, desserrait sa jupe plissée et déplaçait les boutons sur son corsage. Elle gagnerait environ cinq centimètres à la taille. Peut-être la moitié pour sa poitrine enflée. Sous un gros pull de laine et son blazer, elle pourrait donner l'impression d'avoir pris un peu de poids. Laisser croire que tante Edith l'avait, pour une raison inexplicable, suralimentée, ou qu'elle avait fait des excès pendant les fêtes de Noël. Les familles de fermiers ne semblaient jamais manquer de rien en dépit de la sévérité du rationnement.

Elle caressa son ventre, sentant ses formes plutôt qu'elle ne les voyait, tant la lumière de la lampe-tempête était faible. Un léger renflement, sans doute pas visible, même si cela changerait bientôt avec l'arrivée du printemps. Elle avait réussi à convaincre ses parents qu'il valait mieux qu'elle passe la plupart des week-ends chez sa tante pour ce trimestre – au cœur de l'hiver, les routes dans la lande pouvaient être dangereuses. Et puis Edith se sentait seule, et Maggie en profiterait pour travailler dur en vue de ses examens. Ses parents avaient accepté, décontenancés par l'attitude de leur fille, qui se terrait dans sa chambre tous les soirs et se montrait taciturne, presque revêche avec Alice. « Elle a perdu sa joie de vivre », avait décrété son père. Sa mère se contentait de la regarder, paupières plissées, lèvres pincées.

Evelyn ne savait rien, Maggie en était certaine. Mais combien de temps encore pourrait-elle lui cacher la vérité ? Et que ferait-elle en avril ou en mai, à la naissance du bébé ? Il lui restait à espérer un printemps cruel après un hiver rude, ce qui lui permettrait de s'emmitoufler dans des tricots et des salopettes. Ainsi, son secret demeurerait caché pendant les vacances de Pâques, jusqu'à ce qu'elle trouvât le moyen de donner naissance ici, seule. Et ensuite ? Elle ravala un sanglot, restant toujours sur ses gardes – sa tante était une femme inquiète et attentionnée, myope par chance, mais qui risquait de l'entendre.

Que ferait-elle une fois qu'elle tiendrait un vrai bébé dans ses bras ?

Elle se balança d'avant en arrière, agrippant ses frêles épaules, recherchant chaleur et réconfort. Qu'adviendrait-il de son bébé ? C'était devenu une rengaine. Ou plutôt : comment le garderait-elle, car c'était un garçon, elle en avait la certitude. Que pourrait-elle dire pour convaincre ses parents que ce petit ne devait pas être abandonné ? Et comment réagirait-elle s'ils refusaient de l'aider ? Elle pensa à sa tante : en apparence douce et conformiste, en réalité possédant une force intérieure acquise à force de vivre seule. Il paraissait néanmoins peu probable que Maggie puisse la convaincre de l'accueillir et de l'aider à élever un enfant illégitime…

Une rafale de pluie s'abattit contre la vitre : cadencée et insistante malgré les lourds rideaux noirs imposés par le black-out. Dehors, la ville était plongée dans l'obscurité. La lande devait être encore plus sinistre. Will écoutait-il l'orage ? À moins qu'il ne soit blotti contre sa Land Girl… La colère enfla en Maggie, accompagnée de sentiments de désir et de nostalgie. L'espace d'un instant elle se retrouva dans le champ de maïs : elle le regardait boire dans la tasse émaillée qu'elle lui avait tendue, une goutte de thé sur la lèvre, la sueur noircissant ses épais cheveux. Puis elle fut transportée dans la grange et vit le regard de Will s'intensifier, alors qu'elle allait à sa rencontre.

Inutile de regretter ces instants. Il n'y avait qu'à voir ce que ça lui avait apporté ! Le sanglot, insistant, se fraya un chemin de force, et elle essuya les larmes brûlantes sur ses joues. Elle avait été si bête. Si bête ! Une fille brillante pourtant, et pas plus maligne à l'arrivée qu'Eileen, qui avait arrêté l'école à quatorze ans et qui fréquentait n'importe qui, du moment qu'on lui donnait des cigarettes et du chocolat, à en croire les rumeurs. Comment avait-elle pu se laisser surprendre ? Il n'y avait eu qu'une seule fois, et elle avait cru pouvoir prendre ce risque. Elle ne s'imaginait pas que ce genre de chose se produisait dès la première fois – ce n'était pas toujours le cas avec le bétail (mais ça arrivait, et elle avait enfoui cette pensée au fond de son esprit). Dans les bras de Will, elle se sentait incapable de lui résister. Et, pour être parfaitement honnête, son désir à elle était si grand, aussi, que l'idée de résister l'avait à peine effleurée.

Elle se piqua à nouveau le doigt avec l'aiguille, qui lui transperça la peau : une goutte de sang perla et menaça de tacher le coton usé de son corsage. Elle suça la plaie avec force, le sel du sang se mêlant à celui des larmes, et ses yeux la brûlèrent derechef. Elle était dans la grotte, les doigts de Will lui effleuraient les lèvres et elle ne pouvait se retenir de les embrasser. De ces sensations si ardentes à l'acte charnel il n'y avait que quelques tout petits pas.

N'y pense plus… Ces souvenirs intenses déroulaient leur fil dans sa mémoire, tard dans la nuit, alors qu'elle s'interdisait de penser à lui : des images qui la torturaient et la rassuraient simultanément, si bien qu'un instant elle était persuadée qu'il l'aimait et le suivant elle savait qu'elle n'occupait presque aucune place dans son esprit, car elle n'avait toujours reçu aucune nouvelle, aucune lettre. À sa honte, son corps continuait à le réclamer, devenant moins docile, plus lascif, même lorsqu'elle essayait de se concentrer sur sa nouvelle vie. Elle caressa à nouveau son ventre. La semaine précédente, elle avait cru percevoir un frémissement – preuve supplémentaire qu'il y avait quelque chose en elle qui finirait bien par sortir.

Elle remonta la lampe. C'était un travail trop délicat pour l'exécuter dans une telle pénombre. Elle se concentra sur l'aiguille, désireuse de terminer avant l'arrivée de tante Edith – s'annonçant pour la forme d'un petit coup à la porte. Elle lui apporterait sa tasse de boisson maltée pour lui souhaiter une bonne nuit. Maggie fit un nœud bien propre, trancha le fil avec ses dents. Voilà : ça devrait lui permettre de tenir jusqu'à Pâques, même si elle devrait sans doute surveiller son alimentation. C'était plus facile ici, loin du regard affûté de sa mère, confiée aux bons soins d'une tante austère qui picorait.

Ses travaux de couture achevés, elle baissa la flamme de la lampe et se recroquevilla dans la pénombre, resserrant les pans de son gilet autour d'elle. Ajusta son écharpe en laine. Si seulement elle pouvait sentir le soleil cogner dans sa nuque – ce même soleil qui décolorait l'orge et le chaume des roseaux, qui donnait à Will un hâle de fermier. Elle s'efforça d'imaginer un soleil de midi, modéré par une légère brise terrestre qui rafraîchissait la sueur qui lui coulait dans le dos. Ça ne servait à rien. La chaleur entêtante de l'été précédent appartenait à une autre époque : une époque pleine d'espoir et d'amour, de joies et d'attentes. À présent, elle était fatiguée, laminée par une peur constante, sourde.

Peut-être était-ce ce qu'on éprouvait lorsque celui à qui l'on portait un amour sincère était à la guerre ?

Ce qui la ramena, inévitablement, à Edward. Oh, Edward ! Elle imprimait toujours aux deux syllabes de son prénom un soupçon de culpabilité et de désespoir. Son portrait traînait sur sa commode, à côté de sa brosse et de son miroir en argent. Il était là pour sauvegarder les apparences de la bienséance, car qu'aurait pensé tante Edith si elle n'avait pas témoigné un minimum d'intérêt pour le jeune homme qu'elle était censée aimer ?

« Je n'ai jamais dit que je l'aimais », avait-elle protesté avec férocité quand sa mère avait avancé cet argument. Evelyn l'avait agrippée par le poignet, alors qu'elles préparaient la valise dans la chambre de Maggie.

« L'amour est secondaire. Mais j'attends de toi que tu te montres loyale envers ce pauvre garçon. »

La photographie, dans son cadre en argent, était cachée pour le moment. Maggie ne supportait pas de voir ces yeux bleus, ce petit sourire courageux malgré l'appréhension, ses lèvres fines étirées dans la volonté d'exprimer de l'assurance, démentie par la crispation de ses sourcils.

« Je crois que j'ai peur, Maggie », lui avait-il avoué. Elle voyait dans ce portrait le jeune homme de seize ans qui n'avait pas eu le dessus contre Will, de deux ans son cadet. Edward l'amateur de cricket, qui se destinait à un poste d'associé dans un cabinet d'avocats, pas à semer des choux-fleurs sur la côte du nord de la Cornouailles. Un jeune homme qui, en dépit de ses muscles récents, n'avait jamais pris de plaisir à se battre. Faisait-il aussi froid en Italie, où son régiment était censé se trouver ? Elle espérait que non.

Peut-être tomberait-il amoureux d'une Italienne et serait-il secrètement soulagé d'être libéré de son engagement – elle comptait le faire dès son retour. Mais ça n'atténuerait en rien la duplicité de Maggie, sa *lascivité*, sa trahison cruelle. Elle s'emmitoufla dans son cardigan et reprit ses balancements rythmés, enfiévrés.

27

6-7 août 2014, Cornouailles

La ferme est à son avantage à ce moment de la journée. Lucy guide les vaches de la salle de traite aux champs où elles pourront paître. Huit heures et la brume marine du petit matin s'est levée. Le ciel est clair après avoir rosi à l'aube : un bleu délavé strié d'or. Elle s'arrête un moment, songe combien son père appréciait cette quiétude.

La sonnerie de son portable, brutale, la déboussole un instant, la mélodie mugit, discordante. Le nom de Matt apparaît sur l'écran et Lucy envisage d'ignorer l'appel, car elle ne veut aucune intrusion dans ce moment de calme, pas plus qu'elle n'a envie de l'entendre quand le souvenir de son père occupe toutes ses pensées. Et pourtant, ils ne se sont pas parlé – de vive voix, par opposition à quelques textos abrupts et factuels – depuis qu'il l'a laissée en plan il y a cinq semaines. Voilà pourquoi elle décroche, évidemment.

— Bonjour, Lucy.

Sa voix est douce, caressante.

— Bonjour.

Elle est froide, tout sauf compréhensive.

— Je me demandais comment tu allais. Comment tu te sentais.

Elle n'est pas en état de lui répondre. Sa gorge se noue quand elle repense aux problèmes qui l'ont conduite ici – et pas à la révélation du suicide de Fred qui la préoccupe à présent. Mais Matt ne semble pas attendre qu'elle s'exprime, car il poursuit :

— Je me demandais aussi, tu comptes rentrer quand à Londres ? On devrait se voir pour discuter.

— De quoi ?

Les mots collent entre eux.

— De nous.

Pour la première fois, il a l'air mal à l'aise.

— Comment ça, de nous ?

Elle n'a pas l'intention de lui faciliter la tâche.

— Tu me manques, Lucy, j'ai envie de te voir. Écoute… j'ai fait une erreur. Une erreur stupide que je regrette. Je suis désolé, sincèrement désolé.

Il marque un silence.

— Ce serait idiot de renoncer à ces sept années, non ? De renoncer à notre mariage… On devrait parler de ce qu'on peut faire maintenant.

Elle est engourdie, submergée par l'excuse qu'elle rêvait d'entendre, la suggestion, certes ambiguë, d'une réconciliation. Ça lui paraît si incongru d'avoir cette conversation pénible dans un décor si tranquille, d'envisager la possibilité d'un nouveau départ alors qu'elle se focalise sur le passé, qu'elle ne sait ni quoi penser ni quoi dire. Une vérité se fait jour dans les brumes de son esprit. Elle ne peut pas partir d'ici, pas encore, retrouver le fracas de Londres – un décor qu'elle associe désormais à ses humiliations personnelles et professionnelles, où son assurance, déjà fragile, l'est encore plus, elle le sait. Surtout pas quand elle est obnubilée par Fred, par ce que Judith et Tom ont vécu sans elle. Pas quand elle cherche à aider son frère, à le persuader que la ferme a un avenir. Si cette discussion avec Matt a lieu, il lui semble que c'est à elle d'en définir les conditions, que celle-ci doit se tenir ici.

— Luce… Tu es là ? Dis quelque chose.

Sa voix, douce et convaincante, lui parvient.

— Oui, pardon. Oui, j'ai entendu. Alors… Les choses n'ont pas marché avec Suzi ?

— C'est terminé. Cette liaison était une erreur, elle s'est finie dès qu'elle a démarré.

— Tu veux dire qu'elle t'a largué ?

Un lourd soupir au bout du fil.

— On s'est séparés par accord mutuel. Je me suis rendu compte que j'avais été un imbécile.

Elle attend. Il pousse un petit rire qui trahit sa gêne, qui clame « tu ne peux pas me reprocher d'avoir essayé ».

— D'accord, tu as gagné. C'est elle qui a mis un terme à notre relation. Mais j'ai été soulagé. Je n'avais simplement pas le cran de le faire moi-même. C'était purement sexuel, Lucy. Non ! Ne raccroche pas ! Je voulais dire que ça ne représentait rien, rien du tout.

Il libère sa respiration dans un long souffle. Les trémolos dans sa voix n'échappent pas à Lucy. Donc, il est nerveux.

— Ça ne signifiait rien, reprend-il, d'un ton radouci. Rien à voir avec notre histoire, à tous les deux.

Lucy a la langue pâteuse, le cerveau embrouillé. Elle a envie de le croire, ça serait si facile de pardonner ensuite, de se glisser à nouveau dans son ancienne existence. Elle revit, brièvement, leur premier baiser : sur Waterloo Bridge, au crépuscule, début décembre, après avoir fait du patin à glace à la Somerset House. La tension dans l'air alors que, de simples amis, ils devenaient un couple, dans une évolution qui leur semblait parfaitement logique.

La logique n'a plus rien d'évident. « C'était purement sexuel. » Qui est-il, cet homme qui s'imagine qu'elle a envie d'entendre ces mots – même si elle se réjouit de l'absence de sentiments entre eux. Il parle quand même d'une relation sexuelle avec une autre femme, d'une passion sensuelle avec une bombe. Lucy baisse les yeux sur son jean, éclaboussé de boue, et ses chaussures poussiéreuses. Dans le téléphone, elle entend le fracas des bus, l'agitation d'une rue, le gémissement d'une sirène. Matt doit se diriger vers le métro. Lucy est déconcertée par la cacophonie londonienne, assourdissante et excessive, qui s'infiltre jusqu'à elle.

— Pour tout dire, je suis assez occupée en ce moment. Il y a beaucoup à faire ici, lâche-t-elle sans réfléchir.

— Je peux t'aider ?

Un instant, elle est tentée de lui parler du suicide de son père, car il exprimerait son empathie, elle le sait. Il appréciait Fred, l'adorait même, et il a toujours été à l'écoute. Il comprendrait. Mais non, il ne peut pas l'aider. Sa poitrine se serre à la pensée qu'elle a perdu son confident privilégié : elle ne peut pas s'ouvrir à quelqu'un qui l'a trahie de façon aussi spectaculaire, prendre le risque de se montrer si vulnérable.

— Non, pas vraiment.

Sa grand-mère est assise sur le banc sous le pommier sauvage.

— Tu m'as l'air bien songeuse, lui dit Maggie avec un regard perspicace.

— Je profite de cette belle journée.

Maggie approuve d'un hochement de tête.

— Je trouve toujours que c'est mieux de bonne heure, avant la grosse chaleur et l'activité débordante. Quand on a le monde pour soi.

Lucy sourit et les larmes lui montent aux yeux : elle n'a jamais été capable de tromper sa grand-mère. Elle s'assied à côté d'elle et elles restent là en silence. Lucy se concentre sur le tronc d'arbre couvert de lichen, noueux et tordu, sur les billes vert vif des fruits au-dessus de sa tête. Sa grand-mère attend.

— Ta mère m'a dit que tu étais au courant pour ton père. Pour son suicide, finit-elle par dire.

— Je me sens si bête… et si égoïste.

— N'importe quoi ! Tu n'as rien à te reprocher, pas plus que Judith.

Maggie renifle d'un air de suggérer que, si elle venait à croiser Fred Petherick dans une autre vie, elle lui en toucherait deux mots.

— Tu as envie d'en parler ?

— Pas vraiment, non. J'essaie juste de digérer la nouvelle.

Sa grand-mère lui tapote le genou.

— C'est très sage, approuve-t-elle. Parfois, on a simplement besoin de silence et d'espace.

Elles demeurent sur le banc quelques minutes et Lucy tente de faire le vide dans son esprit, de se concentrer sur le paysage : l'alouette dans le ciel, l'odeur de l'herbe mouillée de rosée, celle de la lavande bourdonnante d'abeilles.

Mais Matt s'insinue de force dans ses pensées. La nuit de leur rencontre, lors d'une soirée organisée par un ancien collègue avec lequel il était à la fac. Elle avait été charmée par sa repartie cinglante. La griserie de découvrir Londres avec quelqu'un qui y avait grandi, qui était fier de son « quartier », même si son Dulwich à lui était plus proche de la fac que du coin malfamé de Peckham, et son accent prolétaire affecté. Son enthousiasme et son énergie ont suffi, pendant un temps, à masquer sa tendance à l'entêtement. Elle regrette le début de leur histoire où, allongés au lit, tandis qu'elle jouait avec les boucles noires des poils de son torse, ils faisaient des plans pour le week-end. La période de vingt-cinq ans à la trentaine, où le temps semblait éternel. Avant la mort de son père, qui lui a appris que ce n'était pas le cas. Avant le voile de tristesse qui a recouvert l'existence.

— Je viens de recevoir un coup de fil de Matt, dit-elle au bout d'un moment.

— Ah…

— Je crois qu'il a envie qu'on se réconcilie.

— Et toi ?

— Je ne sais pas.

Elle soupire et se penche en avant, les mains glissées sous ses genoux.

— C'est mon mari. Je devrais avoir envie de le retrouver. J'attendais tellement qu'il s'excuse… Or je suis perdue, et pas seulement à cause de papa. Je me pose des questions sur mon existence. Je n'ai pas envie de rentrer à Londres. Je suis terrifiée à l'idée de reprendre le travail, terrifiée à l'idée de commettre à nouveau une erreur, et j'ai l'impression que tout est lié. Je ne crois pas être prête à partir d'ici, à vous quitter, tous. À renouer avec mon ancienne vie londonienne.

Sa grand-mère prend le temps pour répondre, et quand elle le fait, elle emploie des mots pesés, réfléchis.

— J'ai le sentiment que tu es en pleine confusion, si tu m'autorises à te parler ainsi. Il y a différents problèmes à régler. Si tu ne te sens pas prête à retourner à l'hôpital, c'est une chose… peut-être pourrais-tu prendre rendez-vous avec un généraliste dans la région et en discuter avec lui ? Histoire de voir s'il peut prolonger ton arrêt ?

— Oui… dit-elle en se mordillant la lèvre. Je suis censée reprendre dans quinze jours, il faudra que je contacte la médecine du travail de toute façon.

— Et si tu n'es pas sûre d'avoir envie d'être avec Matt, alors laisse-toi du temps pour réfléchir. Mais pense aussi à ce que tu perdrais, Lucy. Tu sais que j'ai des réserves à son sujet, néanmoins un mariage ne peut être jugé que par ceux qui le vivent de l'intérieur. Si tu l'aimes sincèrement, alors ça fait beaucoup à perdre. La perte de l'amour peut se révéler si douloureuse… Ça et s'interroger sur ce qui aurait pu advenir. Sans jamais avoir la chance de le découvrir… Voilà, je crois, ce qui fait le plus de mal.

Elle s'interrompt.

— Écoute-moi un peu me mêler de ce qui ne me regarde pas… Tu es bien placée pour connaître la douleur de la perte, tu n'as vraiment pas besoin que je te fasse la leçon.

— Pas du tout, mamie.

Lucy pense à son père, même si elle est distraite, se rappelant les soupçons de Judith : elle a bien conscience que sa grand-mère vient d'évoquer, de façon allusive, sa propre existence. Elle a perçu de la souffrance dans son ton. Elle songe à son grand-père, Edward, emporté par un cancer bien avant sa naissance.

— Tu as dû vivre la même chose à la mort de papy.

— Oh, pfff…

Maggie semble en faire si peu de cas que Lucy est choquée.

— Enfin, se reprend la vieille femme, évidemment que ça m'a ébranlée. En vérité, je pensais à d'autres disparitions. J'en ai connu un certain nombre, au cours de ma vie.

Son visage devient inexpressif. À qui pense-t-elle ? Lucy hésite à l'interroger : sa grand-mère est si secrète que toute question paraîtrait intrusive. Elle laisse passer l'occasion.

Maggie se secoue pour sortir de son état méditatif et se force à sourire.

— Je ne veux pas que tu perdes d'autres choses, lui dit-elle.

Quelque chose dans l'intensité de son intonation suggère que, oui, elle sait de quoi elle parle. Ses yeux deviennent deux billes d'acier.

— S'il n'est pas le bon pour toi, va-t'en, mais ne le quitte pas si tu penses que tu pourrais t'en repentir un jour. On n'a que peu de secondes chances dans une vie et quand elles se présentent il faut parfois savoir les saisir. Tu n'as pas envie de te dire, plus tard : « Ah, si seulement… » Tu n'as pas envie d'être rongée par le regret.

La journée s'étire en longueur, aussi lugubre qu'un dimanche d'hiver humide. Lucy réussit à prendre rendez-vous avec le médecin de la famille, qui prolonge son arrêt maladie jusqu'au 13 septembre. Elle le remercie, bien qu'elle ignore comment elle trouvera la force de remettre un jour le pied à l'hôpital. Elle se sent si fragilisée que la perspective d'avoir à nouveau la responsabilité d'un bébé gravement malade la terrifie. Comment supportera-t-elle l'exigence permanente de précision et de sérieux, malgré les soucis ou l'épuisement ? Son ventre se serre au souvenir de Jacob, le pauvre petit poussin décharné, et l'erreur de dosage. L'expression d'Emma, son effroi rapidement dissimulé, puis la pitié, pire que tout. Lucy ne voit pas dans quelles conditions elle pourrait retrouver confiance dans ses compétences d'infirmière.

Pour calmer ses nerfs, elle descend se baigner dans la soirée. Elle a terminé son travail de la journée et elle a besoin de s'éclaircir les idées. La marée est haute, elle pourra plonger des rochers pour s'immerger entièrement. Elle rêve d'avoir le souffle coupé par le froid de l'Atlantique, d'être soulevée par une vague, de sentir le courant puissant lui résister, pour que toute son attention soit accaparée, pour que ni Jacob, ni Matt, ni Fred ne puisse susciter de pensées obsessionnelles.

La crique est déserte quand elle la découvre depuis la falaise. La surface de l'eau bleu pétrole est obscurcie par des ombres. Et dessous sont tapis des rochers et des touffes d'algues. Lucy emprunte le chemin habituel, celui qui comporte le moins de passages délicats, celui où seules quelques bernacles et moules lui chatouillent les pieds. Elle rejoint l'endroit où les rochers plongent à pic dans l'eau – elle ne risque pas de s'égratigner ainsi.

Le froid lui coupe le souffle. Elle retient un cri tant la sensation est puissante. Elle avance dans l'eau si glaciale qu'elle brûle, s'habituant peu à peu. Ses jambes luisent d'un éclat pâle. Elle plonge sous une vague, avant de nager sans fermer les paupières. Elle remonte à la surface, les yeux irrités et boit la tasse : la mer est beaucoup plus salée que dans son souvenir. Elle recrache l'eau et roule sur le dos, le son argentin des profondeurs tinte à ses oreilles.

Le ciel oscille, plein d'immenses nuages menaçants et elle se laisse dériver, telle une bouée, portée par le courant, enveloppée. Voilà ce dont j'avais besoin, se dit-elle. Comme ça m'a manqué ! Et, une fois de plus : Pourquoi suis-je restée loin aussi longtemps ?

Papa, pense-t-elle. Et le trou grand comme lui dans son cœur. Des larmes lui échappent, se mêlent au sel de la mer. Le chagrin l'a infantilisée, l'a aveuglée et poussée à croire au conte qu'on lui racontait, alors qu'elle savait bien qu'on lui cachait quelque chose. Ça l'a rendue égoïste aussi, l'empêchant de rentrer chez elle par peur d'être confrontée à la vérité sur la mort de son père. Mais celle-ci a touché aussi profondément Judith et Tom. À présent qu'il n'y a plus de secret, elle pourrait endosser la responsabilité de l'avenir de la ferme au même titre que son frère. Arrêter de se cacher à Londres, de fermer les yeux sur les difficultés familiales.

Une vague la soulève puis retombe, en une douce rapsodie. Elle redevient une enfant, bercée par la masse immense de l'océan. Elle songe à sa grand-mère, à ce qu'elle lui a dit sur la perte et, plus encore, à son ton : cette douleur chevillée au corps. Elle vacille un peu, légèrement malmenée par les flots. La voix de Maggie résonne à ses oreilles. « La perte de l'amour peut se révéler si douloureuse… Ça et s'interroger sur ce qui aurait pu advenir. Sans jamais avoir la chance de le découvrir… Tu n'as pas envie d'être rongée par le regret. »

Regretterait-elle de ne pas reprendre sa vie avec Matt… de ne pas retrouver Londres ? Les deux ne sont pas nécessairement liés. L'un sans l'autre pourrait être possible, même si cette idée la surprend. Elle envisage les options alors que son corps est animé d'un mouvement de balancier. Que veut-elle ? Une relation tendre et passionnée, un métier qui lui donne le sentiment d'être à l'aise et ça, une vie enrichie par la terre et la mer.

Tout en mettant de l'ordre dans ses réflexions, elle comprend qu'elle ne pourra jamais avoir les trois avec Matt. Il ne s'installera pas ici. Et leur relation n'a rien de passionné, même si – et un nouveau sanglot monte – son mari semble avoir été capable de passion avec Suzi. Elle repense à ses meilleurs souvenirs avec lui : les matinées tranquilles dans un café sans prétention, à lire le journal en buvant un cappuccino et en mangeant des œufs sur le plat, les promenades d'automne le long de la Tamise, les verres de fin de soirée à Soho, les escapades à Istanbul, Barcelone, Reykjavik. Ce week-end grisant à Paris, à s'embrasser dans le jardin du Luxembourg – elle sent encore son souffle sur sa peau. La façon dont il l'a serrée dans ses bras à la mort de son père, le fait qu'il ait été là pour elle, tout simplement. « Tu me manques… j'ai fait une erreur, je suis désolé. » Pourra-t-elle un jour le croire à nouveau ?

Une vague la surprend, manque la renverser. Elle nage un peu vers le large avant de se remettre sur le dos, les yeux tournés vers le ciel immense, les nuages gris glissant dans sa direction. Il y a bien eu des dimanches après-midi paisibles, où chacun vaquait à ses occupations, où le silence n'exprimait pas la moindre tension, vibrait au contraire d'une douce satisfaction, des matins tendres où ils se levaient tard et faisaient l'amour. Mais ceux-ci ont surtout eu lieu au début de leur histoire. Les palpitations et les douleurs au ventre du grand amour ont disparu depuis longtemps, il ne restait que l'affection et une tolérance amicale, parfois entachée par l'irritation – en tout cas, elle aurait défini ainsi leur relation avant Suzi. Est-ce une base assez solide pour tenter de ressusciter un couple, surtout si Matt a éprouvé des sentiments plus forts pour une autre femme, même si ça n'a pas duré ?

Les nuages sont suspendus au-dessus d'elle maintenant, la glaçant jusqu'à la moelle et elle pense brièvement, froidement : C'est signe d'orage, de pluie. Cette perspective l'inquiète, elle n'aime pas nager dans de telles conditions. Elle bascule sur le ventre et tente de se propulser vers le rivage, mais c'est difficile : elle a dérivé plus loin qu'elle ne le croyait et elle progresse à peine. Ne panique pas, ne panique surtout pas. Ce n'est que la mer, tu t'y baignes depuis que tu as six ans. Une image de son père, qui joue avec des dauphins tout en la portant sur son dos, surgit, sans qu'elle l'ait convoquée. Il avait craché un jet d'eau salé, en arc, et elle s'était esclaffée : « Encore… encore… plus vite. » Puis il avait plongé et elle avait éprouvé un mélange d'exaltation et de terreur : elle nageait pour la première fois sous l'eau.

Il n'est plus avec elle, aujourd'hui. Elle sent la colère monter : Tu n'es pas là quand j'ai besoin de toi ! Puis toutes ces pensées disparaissent quand une vague l'assaille de plein fouet.

Recrachant de l'eau, elle résiste contre le courant, gagnée par la panique. Un grondement menaçant. Le tonnerre. L'eau est plus froide, le soleil dissimulé par une immense masse grise. Elle scrute les falaises dans l'espoir d'apercevoir, par miracle, un promeneur avec son chien, mais le sentier, bordé de haies sombres, demeure désert. Pas même un labrador noir qui aurait distancé son maître. Elle plonge sous une vague et imprime toute son énergie à sa brasse, priant pour voir quelqu'un en remontant à la surface. N'importe qui.

Et soudain… une tête brune apparaît, puis plonge derrière un fourré.

— À l'aide !

Elle n'avait pas l'intention de crier, mais le soulagement d'avoir repéré une présence humaine est trop grand, ça lui échappe.

— À l'aide !

Sa voix se réverbère dans la crique, et la personne ne semble pas l'entendre. Lucy se démène dans l'eau et hurle derechef. Rien. Frustration et apitoiement se mêlent, elle plonge à nouveau pour résister au courant et rejoindre la terre ferme. Ne panique pas, ne panique surtout pas. Une crampe lui cisaille le pied gauche et elle remonte à la surface pour reprendre son souffle.

— Ça va ? lui crie quelqu'un.

Le soulagement est si intense qu'elle ne parvient pas à répondre tout de suite.

— Non… Vous pouvez m'aider ?

Le sel lui pique les yeux, la peur lui laisse un goût métallique dans la bouche. L'homme récupère quelque chose dans un petit bateau, remonté sur la cale, puis court sur les rochers. Un grand brun bien bâti, dont elle ne peut distinguer les traits. Elle reconnaît néanmoins l'objet dans sa main : Dieu merci, c'est une corde.

— Si je te la lance, tu pourras l'attraper ?

— Oui, oui !

Elle éclate presque de rire sous l'effet du soulagement. La corde fouette la vague devant elle et Lucy plonge pour en attraper l'extrémité filandreuse avant qu'elle ne s'enfonce dans les profondeurs.

Prenant appui sur les rochers, il l'attire vers lui. À mesure qu'elle se rapproche, elle reconnaît son sauveteur. Ben Jose. Il lui agrippe l'avant-bras pour la sortir de l'eau, sa poigne est ferme sur la peau marbrée de Lucy.

— Tiens.

Il lui tend la serviette élimée qu'elle a apportée et l'observe pendant qu'elle s'emmitoufle dedans. Elle se sent vulnérable, frissonnant ainsi, alors qu'un serpent liquide lui dégouline dans le dos, ses jambes sont deux allumettes blanches couvertes de chair de poule.

— C'était vraiment débile de faire ça, tu le sais ?

La voix de Ben est tendue. Lucy resserre la serviette autour d'elle, se sentant agressée.

— Je ne cherchais pas à être secourue.

— Qu'est-ce que tu sous-entends ?

Il blêmit. Elle fait un pas dans sa direction, alarmée par sa réaction. Est-il au courant pour son père ?

— Je voulais dire que je ne pensais pas avoir besoin d'un sauveteur… J'étais juste descendue me baigner. On… on ferait mieux d'y aller.

Elle commence à rassembler ses affaires, gênée, sous les grondements du tonnerre. La première grosse goutte de pluie tombe.

Elle enfile son short en jean et son tee-shirt sur son maillot trempé et escalade les rochers, suivie par Ben. A-t-il vraiment cru qu'elle songeait à se tuer ? A-t-il imaginé qu'il existait une sorte de prédisposition génétique au suicide ? Elle se revoit sur le cap, chasse le souvenir.

Ses pieds nus et mouillés accrochent la terre du sentier. Ses orteils, qui s'enfoncent, ne tardent pas à se salir. Elle presse le pas, les nuages gris filent vers la ferme à près d'un kilomètre.

— Qu'est-ce que tu faisais là-bas ? lance-t-elle à Ben par-dessus son épaule.

— Je suis venu te chercher.

— Ah…

Elle continue sa route, rougissant sous l'effet de cet aveu.

— J'étais venu à la ferme pour discuter avec Tom et toi… Il ne t'a pas trouvée. Il s'inquiétait, il a dit que tu paraissais bouleversée.

L'idée qu'on ait pu partir à sa recherche comme on l'aurait fait avec une adolescente fugueuse est humiliante et elle se met presque à courir, un sanglot lui nouant la gorge, le corps tremblant.

— Hé ! Attends, Lucy !

Il la rattrape. Son visage s'est radouci.

— Il s'inquiétait pour toi. Moi aussi. Tu sais qu'il y a un sacré courant par ici ? Tu devrais le savoir, en tout cas. Ce n'est pas un endroit où nager, pas quand la marée tourne et qu'un orage s'annonce.

Il s'interrompt, l'air emprunté.

— J'ai peut-être eu une réaction excessive.

— Non. Tout va bien, je t'assure.

— Il y avait un garçon, dans ma classe, Mike Prouse. Un bon pote. Il s'est noyé l'été suivant la terminale. On faisait la fête sur la plage. Il avait un peu bu. Pas des masses mais assez. Il a annoncé qu'il allait se baigner. La mer était calme, puis le temps a brusquement changé, comme ça. Il n'avait aucune chance de s'en sortir. Ça me rend nerveux de savoir quelqu'un dans l'eau quand un orage se prépare.

— Je comprends.

Un autre mort dans l'océan, au pied de ces falaises. Un autre mort à proximité de Skylark. Elle réprime un frisson, ne sait quoi dire.

— Tu as l'air frigorifiée, tiens.

Il retire son sweat-shirt et le lui met. Elle se sent aussitôt protégée par le poids de la laine polaire, qui glisse sur ses épaules, ses bras et sa taille. Le pull a conservé la chaleur de Ben, et elle passe le col sur ses lèvres pour en sentir la caresse. Une odeur de lessive, de sel et de Ben.

— On va se prendre la saucée, viens !

Il se remet en route alors qu'un coup de tonnerre gronde plus près.

— Merci, réussit-elle à lui dire. Ça va beaucoup mieux.

Elle le rattrape, courant à demi le long du champ pour adopter son rythme.

— Tu semblais plongée dans tes pensées, là-bas…

— Oh… je devais réfléchir à certains trucs.

— Pas drôles, apparemment.

— Pas vraiment…

Elle est incapable de lui en parler.

— Tu veux entendre quelque chose qui va te remonter le moral ?

— Oh, oui !

Sa réponse lui échappe, la tension qui s'est accumulée en elle au cours de la dernière heure est en train de se dissiper.

— C'est au sujet de vos glaces. On aimerait beaucoup les vendre à Tredinnick. Quarante bacs d'un demi-litre par semaine, en saison. Je ne sais pas trop pour le reste de l'année…

Elle s'arrête, alors que la pluie tombe de plus en plus dru, tente de mettre de l'ordre dans ses émotions et d'oublier toute pensée morbide. Ben veut de leur glace. Cette idée lui paraît presque bizarre : si inattendue qu'elle ne sait pas quoi dire. Leur glace ? On veut de leur glace ?

— C'est génial ! parvient-elle enfin à dire. Merci.

Il sourit avant de se remettre à avancer d'un pas vif, au grand déplaisir de Lucy.

— J'ai aussi une copine dont le père possède une chaîne de boutiques, Kernow's, à Londres. Elle est acheteuse pour lui et en Cornouailles pour les vacances. Elle adorerait vous rencontrer pour discuter d'une éventuelle commande.

Lucy trébuche sur le sentier, la paille fouette ses mollets nus, les orties lui piquent les chevilles. Cette bonne nouvelle de plus la déroute, elle n'arrive pour ainsi dire pas à l'assimiler. Elle se force à enclencher ses neurones.

— Tu as une idée des quantités auxquelles elle pense ?

— Eh bien, je dirais qu'il faudrait qu'un de vous s'y mette à temps plein. C'est un peu tôt pour le dire, mais Alex parlait d'aller jusqu'à six cents bacs d'un demi-litre par semaine, si vos glaces rencontrent le succès escompté.

Lucy court pour se placer à la hauteur de Ben. Les rouages de son cerveau tournent à plein régime à présent. Ce chiffre pourrait changer la donne. C'est le genre de nouvelle qui pourrait contrecarrer les projets d'oncle Richard, le contraindre à revoir ses plans. Elle essaie d'estimer les profits générés par six cents bacs de glace à 3,95 livres chacun, cependant, elle n'est pas en état d'effectuer un tel calcul de tête, troublée de passer d'une émotion si extrême à une autre, perturbée d'imaginer Skylark renouant avec le succès.

— Bref, reprend-il en se mettant à trottiner lorsqu'il atteint le dernier champ, alors qu'il tombe des cordes à présent. Vous seriez prêts à venir lui parler, Tom et toi ? On pourrait prendre un verre demain soir ? Disons au Wreckers, à vingt heures trente ?

Ils ont atteint la cour et pataugent dans une boue fraîche jusqu'à la cuisine. La pluie crépite, l'air est chargé des parfums d'herbe mouillée, de camomille écrasée et de vesce.

Ils se réfugient sous le perron et elle finit par lui sourire, alors que le ciel déverse des seaux d'eau sur la terre, rideaux gris qui les coupent du reste du monde, les enferme dans cet espace frais et intime contenu entre la cour et la porte de la cuisine. Ben est si proche qu'elle peut voir les poils sur ses avant-bras, ainsi qu'une petite cicatrice sous son menton, qu'il s'est faite petit, un jour où il jouait avec Tom dans les flaques sur les rochers. Il sent le sel et la terre. Quand il lui sourit, elle s'autorise à croire que, peut-être, la chance de la ferme est en train de tourner.

— Vingt heures trente, c'est noté, dit-elle.

Ils se retrouvent le lendemain soir, comme convenu. Alex est menue, vêtue avec élégance et d'une beauté classique – le genre de femme dont Lucy a l'habitude de se méfier, sauf que celle-ci est chaleureuse et paraît s'intéresser sincèrement à leur projet.

À la table voisine, sur la terrasse du pub, une famille profite de cette belle soirée d'été : les parents dégustent un verre de vin blanc frais pendant que les enfants, deux garçons et une fille, se goinfrent de chips. Les cheveux poisseux de sel, les garçons décident de partir à la pêche aux crabes sur la paroi de la jetée. Ils accrochent des morceaux de bacon à leurs hameçons avant de les jeter dans la vase vert foncé, espérant attirer les crabes qui se cachent dans les algues.

— Ils auront de la chance s'ils attrapent quelque chose, fait remarquer Alex.

Et pourtant…

— Regarde, papa ! Regarde ! On en a un gros !

Quelques minutes plus tard, une ligne s'agite et l'aîné mouline pour la remonter.

— Bien joué, Oscar, le félicite son père.

— C'est pas juste… J'en veux aussi un, proteste la petite sœur lorsque le second frère remonte à son tour un crabe et le met dans son seau.

— Tiens, tu n'as qu'à m'aider.

L'aîné lui confie sa canne pendant qu'il admire sa prise. Sa sœur, qui ne doit pas avoir plus de quatre ans, s'assied patiemment au bord de la jetée, attendant que ça morde.

Leur enthousiasme est communicatif. Lucy voit bien que Tom meurt d'envie d'aller jeter un œil dans leur seau ou de participer, comme lorsqu'il était plus jeune. Et ça démange Ben, aussi.

— On peut voir ? demande-t-il en s'approchant du trio avant de lancer un regard à leurs parents pour obtenir leur approbation. Oh ! Il est énorme ! On pourrait presque le manger !

— Milo en a un pas mal lui aussi.

Oscar montre le seau de son petit frère – l'attention de Ben le rend généreux. Les deux garçons débordent de fierté.

— Tu as des enfants ?

Alex observe Lucy.

— Oh, non ! J'ai laissé Tom se charger de fournir les petits-enfants.

Elle débite sa réplique habituelle.

— Mais tu es mariée ?

— Oui. Enfin… Oui, je le suis. En quelque sorte.

Elle se détourne en prononçant ces mots et Ben croise son regard.

— J'ignorais que tu étais mariée. Tu ne portes pas d'alliance, dit-il.

Elle baisse les yeux vers ses longs doigts bronzés.

— Non, en effet.

Elle ne sait pas quoi dire d'autre. Elle se sent malhonnête de ne pas avoir précisé le fait, s'étonne que Tom n'en ait pas informé son ami d'enfance. Elle regarde Ben dans les yeux.

— C'est un peu compliqué…

Alex vole à son secours.

— Et si on parlait affaires ?

Les quantités qu'elle a en tête sont énormes. Les huit magasins de la chaîne Kernow's voudraient s'approvisionner toutes les semaines, à hauteur de cinquante litres chacun. Elle attend un produit avec une marque et un positionnement clairs, aux parfums raffinés.

Tom s'anime en évoquant différentes options : rhubarbe et crème anglaise, mûre et crème fraîche, framboise et meringue maison. Lucy se rend soudain compte qu'elle ne l'a pas vu aussi enthousiaste depuis des années : à l'époque où il entamait sa carrière de chef, où il faisait ce qu'il aimait et était amoureux de Flo. Pas depuis la mort de leur père.

— Il nous faudra du monde, si on veut assurer les commandes, dit-il à Ben. Je doute que Flo soit partante, elle a besoin de prendre un peu le large avec la ferme. Et Lucy ne va pas rester.

— Pourquoi ça ? s'étonne Ben.

— Elle est seulement là pour l'été. Elle retournera travailler à l'hôpital en septembre.

Tom sourit à sa sœur, répétant ce qu'elle dit à toutes les personnes qui l'interrogent.

— Et puis, elle ne sera pas là l'an prochain, évidemment.

Cette vérité vient s'échouer sur la table, au milieu des paquets de cacahuètes vides et des verres. Lucy aura quitté cet endroit d'ici à un mois, une fois que la chaleur de l'été se sera dissipée et que la moisson aura été rentrée. Une fois que les vacances auront touché à leur fin, que Milo et Oscar seront retournés à l'école. Une fois que les labours, le hersage, les semences et l'entretien auront repris, une fois que la Cornouailles redeviendra plus déserte et moins ensoleillée, Lucy retrouvera son ancienne vie, à quatre cent cinquante kilomètres de là.

— Je ne suis pas obligée de repartir.

Les mots lui ont échappé sans qu'elle réfléchisse. La surprise, puis la tristesse se succèdent sur les traits de son frère.

— C'est une conversation qu'on aura à un autre moment, lui dit-il avec un signe de tête, lui interdisant de développer (comme si elle en avait l'intention).

Il termine sa seconde pinte, et elle imagine les rouages de son cerveau qui se mettent en branle pour trouver le moyen de protéger sa grande sœur, l'empêcher d'en révéler plus qu'elle ne le voudrait sur l'interruption de sa carrière ou son mariage.

— Ça donne matière à réfléchir, déclare-t-il d'un air sérieux, s'adressant à Ben et Alex. Je suis complètement partant. Il faut juste qu'on réfléchisse à la logistique. Trouver un endroit dans la ferme, se procurer les machines… et convaincre la banque, ou mon oncle. Si vous pouviez nous donner un engagement écrit, ça nous aiderait à obtenir un prêt.

— Et recruter quelqu'un alors, ajoute Ben avec un sourire.

— Exactement… pour l'année prochaine, en tout cas.

Une profonde tristesse envahit Lucy. C'est une idée sur laquelle elle a planché, qu'elle a poussé son frère à développer, et elle n'a aucune envie de se retrouver sur le banc de touche à ce stade. Pourquoi devrait-elle retourner s'embourber dans la frénésie londonienne, loin de ceux qu'elle aime, se débattant pour sauver un mariage en plein naufrage, terrifiée à la perspective de perfuser un minuscule bébé… alors que cette aventure-là aurait lieu ici ? Sa gorge se serre et elle se sent au bord des larmes, comme une enfant.

— Il y a beaucoup de détails à régler, conclut Ben, mais c'est faisable.

Elle sent qu'il pose les yeux sur elle et sait que, si elle relève la tête, elle risque de trahir une partie des émotions qui s'affrontent en elle : frustration, confusion, humiliation et peut-être même, de façon perturbante, un soupçon de désir.

— Oui, réussit-elle à articuler en offrant à Alex un sourire qu'elle espère serein et plein d'assurance. Il va falloir réfléchir à beaucoup de choses.

28

18 mars 1944, Cornouailles

La bergerie était glaciale. À sept heures du matin, le jour se levait tout juste. Le givre faisait crisser l'herbe, la rosée imbibait l'air. À l'intérieur, ça sentait la paille et l'iode. Et autre chose : le parfum ferrugineux du sang, alors que trois brebis mettaient bas, se succédant rapidement. Six agneaux venant au monde dans un amas de cordon ombilical, de liquide amniotique et enfin de placenta rouge vif – une fois que les petits avaient commencé à téter.

— On en attend un et ils débarquent tous en même temps ! lâcha oncle Joe.

Alice et lui venaient d'assister à la naissance de triplés. L'unique femelle, plus faible que ses deux frères, frissonnait dans la paille piétinée.

— Viens là…

Le fermier souleva la petite et la plaça sous le museau de la brebis, puis observa la scène, le front barré d'un pli inquiet, pendant que la mère bousculait l'agnelle pour s'assurer qu'elle était bien à elle, avant de bêler doucement, comme pour lui murmurer un bonjour. La brebis entreprit de lui donner de petits coups de langue pour la nettoyer. Enfin, la petite essaya de se dresser sur ses pattes arquées et vacillantes. Sa mère lui donna à nouveau de petits coups de museau, plus affectueuse cette fois. Chancelante, l'agnelle réussit à trouver la mamelle et se mit à téter avec hésitation.

Oncle Joe, pendant ce temps, reporta son attention sur les deux autres agneaux et prit le plus gras, avant de se tourner vers une autre brebis, expérimentée, qui venait de donner le jour à un petit. De sa large main, il ramassa une partie du liquide sanguinolent qu'elle perdait. Il en badigeonna le plus gras des triplés, puis il poussa celui-ci vers la seconde brebis et attendit qu'elle le renifle.

— Vas-y.

Il l'encourageait d'une voix basse, mais persuasive.

— Je ne comprends pas...

Alice, qui s'était levée à quatre heures pour assister à son premier agnelage, ne s'expliquait pas ce qui se passait.

— On procède de la sorte avec les triplés. On retire le plus costaud pour le confier à une brebis qui n'a qu'un rejeton, si les deux mères ont mis bas dans la même période. C'est le meilleur moyen d'assurer la survie des plus faibles.

Il lui montra l'agnelle maigrelette qui grelottait toujours de froid en tétant. Les plis de sa peau étaient encore poisseux, sa toison fine et humide.

— La pauvre petite n'a pas beaucoup de chances de survivre si on ne lui donne pas un coup de main. C'est un acte de bonté, ajouta-t-il. Les agneaux les plus costauds supportent mieux l'adoption. C'est pareil pour les humains. Parfois, il est nécessaire de prendre un enfant à sa mère.

— Comme Will et moi…

Elle baissa les yeux. Le fermier, mal à l'aise, tirait sur le lobe de son oreille.

— On vit une drôle d'époque. On pourrait parler de circonstances exceptionnelles…

Ils continuèrent à observer l'agneau évincé, que la seconde brebis nettoyait, visiblement bernée par le tour de passe-passe d'oncle Joe. Le petit se blottit contre elle, recherchant la chaleur de sa mère adoptive, que son premier agneau tétait déjà.

Pendant un instant, le silence régna : la tension dramatique de l'agnelage s'était dissipée aussi vite qu'elle était arrivée. Trois familles s'étaient formées, chaque brebis ayant désormais deux petits. Alice ne pouvait pourtant pas se défaire des images de cette adoption précipitée. L'agneau acceptait peut-être la situation, mais qu'en était-il de sa véritable mère ? Avait-elle compris ce qui se passait ? Et quand elle pousserait son bêlement désespéré et nasal dans le pré, des mois plus tard, appellerait-elle son fils disparu ?

— Ton frère est en forme, tu sais.

Oncle Joe, habituellement laconique, semblait vouloir discuter, et elle lui prêta une oreille attentive. Will ne pouvait être mentionné en présence de tante Evelyn. Les quelques informations lui venaient du fermier et n'étaient distribuées qu'avec parcimonie, aussi rares qu'un œuf à double jaune.

Si elle connaissait le nom de la ferme où il travaillait dorénavant par exemple – la ferme d'Eddy à Polcarrow –, en revanche, elle ne savait pas s'il lui manquait, s'il pensait encore à elle. Sa gorge se noua à l'idée qu'il pouvait se sentir seul, puis encore plus à celle qu'il allait très bien.

— Je les ai vus, Eddy et lui, au marché mardi. Il avait une vraie allure de fermier. Il dit qu'il apprécie les grosses exploitations.

— Tant mieux…

Alice avait du mal à parler. Sa famille s'était réduite à peau de chagrin – William et Annie ne lui avaient rendu qu'une seule visite, juste avant le départ de son père pour la guerre, et elle voyait si peu souvent les jumelles à Wadebridge qu'elles auraient pu être à l'autre bout du pays. Il y avait plus de sept mois que Will avait quitté Skylark, mais la plaie restait à vif.

— Tu lui manques.

Oncle Joe s'était presque débarrassé de cet aveu.

— Il me manque aussi.

— Oui…

Il se racla la gorge, puis reprit :

— J'en suis désolé.

Alice le considéra avec surprise. Était-il en train de s'excuser ? Les adultes ne le faisaient pas. Un instant, elle se prit à souhaiter qu'il soit son père : elle pourrait se blottir contre lui et réclamer des câlins – mais la seule marque d'affection qu'il lui eût jamais donnée avait été de lui ébouriffer les cheveux, et encore, lorsqu'elle était plus jeune. Elle déglutit pour ravaler une boule au fond de sa gorge. Elle souffrait tellement de la solitude avec l'absence de Will. Maggie se montrait indifférente au mieux, tante Evelyn, distante, et Joanna était occupée. Alice cherchait donc du réconfort auprès des animaux : Cocoa, le chaton, Fly, le chien de berger, et un bébé lapin qu'elle avait adopté, trouvé près des buissons de genêts et qui s'était laissé caresser en tremblant.

Ils ne remplaçaient pas Will, néanmoins. Elle s'éloigna du fermier et le silence enfla alors qu'elle cherchait comment lui répondre. Les mots pesaient lourd sur sa langue, elle en sentait presque le goût. « Avez-vous chassé Will à cause de ce que j'ai dit à tata Evelyn ? Tout est vraiment ma faute, comme l'affirme Maggie ? »

Une agitation subite à l'autre bout de la bergerie attira leur attention.

— Il y a un problème.

Arthur, rouge et visiblement transpirant, était penché sur une brebis qui essayait de se relever.

— Bon sang !

Pour un homme de sa stature, le fermier était rapide : il traversa la bergerie en trois enjambées pour rejoindre la brebis confinée dans un coin entre des meules de foin. La tête difforme d'un agneau était apparue alors que sa mère cherchait à expulser le reste de son corps.

— Repousse-le à l'intérieur pour le moment, sois plus fort que les contractions, aboya-t-il à Arthur.

La brebis se mit à frapper le sol avec ses sabots, paniquant.

— Là, là…

Le fermier prit le relais, posant sa large main sur la tête du petit et s'opposant aux mouvements naturels de la mère, qui chancela en bêlant.

— Il faut le rentrer vite ou il va suffoquer, haleta-t-il en attendant la fin d'une contraction. Encore un effort, ma fille, tenta-t-il de la rassurer en exerçant une nouvelle pression.

Alice retint son souffle. Oncle Joe peinait. Son bras s'enfonça à l'intérieur de la brebis avec la tête de l'agneau et il grimaça.

— Maintenant il faut trouver ses pattes avant et les faire sortir en premier.

Les traits crispés par la concentration, il cherchait à changer la position du petit dans le ventre de sa mère.

— Je crois qu'il y en a trois.

— Trois ?

Arthur n'en revenait pas.

— Je n'arrive pas à trouver ses sabots.

Alice, qui ne pouvait se résoudre à regarder le derrière de la brebis, se concentra sur sa tête, que James tenait à deux mains. Dans la panique, la bête roulait des yeux.

— On avait noté qu'elle était grosse...

Le fermier essayait de comprendre comment cette portée multiple avait pu leur échapper.

— Mais pas à ce point, murmura Arthur.

— J'ai une patte de chaque !

Oncle Joe sembla avoir oublié la présence d'Alice.

— Merde ! cracha-t-il.

Les rides sur ce front se creusèrent tandis qu'il tirait sur son bras.

— Voilà !

Il tenait une patte à la main.

— L'autre est repliée, elle devrait réussir à l'expulser maintenant.

Ils attendirent. Dans une ultime poussée de la brebis, le gros agneau, à la tête enflée, atterrit sur la paille.

— Il nous reste plus qu'à récupérer les deux autres, reprit oncle Joe en essuyant les gouttes de sueur sur son front et en se plaçant à quatre pattes.

La bête, visiblement épuisée, s'était effondrée, comme incapable d'aller au bout de cet effort. Oncle Joe plongea à nouveau la main en elle pour trouver les pattes avant du petit suivant.

— La poisse, ils n'arrêtent pas de glisser au fond.

La brebis bêla, le regard blanc.

— J'appelle le vétérinaire ? demanda James.

Oncle Joe se contenta d'un grognement.

— Je crois qu'il y en a un qui a le cordon autour du cou.

Il se tourna vers James, livide.

— Tu devrais peut-être… commença-t-il. Alice, rentre à la maison, cria-t-il. Donne un coup de main pour le petit déjeuner ou je ne sais quoi. Pas la peine que tu assistes à ça.

— Mais je veux rester…

— Alice !

Elle entrevit, à cet instant, la carapace d'acier de cet homme intraitable, qui pouvait tuer une vache qu'il élevait depuis la naissance, abattre sans une seconde d'hésitation des renards ou des blaireaux, l'homme qui prenait au piège des pies et noyait des chatons.

— Oui, bien sûr.

Elle se releva aussitôt et courut vers la ferme, consciente qu'on lui épargnait un spectacle qu'elle n'avait sans doute aucune envie de voir.

29

18 avril 1944, Cornouailles

La sensation ne ressemblait à aucune de celles qu'elle avait pu connaître. Un étrange raidissement musculaire, puis une douleur violente, qui vous tordait les entrailles.

Maggie prit appui contre le cadre en fer forgé de son lit et ses articulations blanchirent tant elle le serrait fort. Elle se mordit la lèvre inférieure. Je ne dois pas faire de bruit. Personne ne doit savoir, mais… ah ! La douleur l'élançait à nouveau, plus aiguë cette fois. Plus vive. Un coup de couteau, pas une simple protestation de son corps. Elle vit son ventre se tendre, puis frémir, avant de sentir le bébé pousser à l'intérieur, refusant de demeurer enfermé.

Le moment était venu. Cet événement qu'elle redoutait depuis six mois se produisait enfin. Son bébé arrivait, avec un mois d'avance au moins, et le secret qu'elle avait réussi à garder – car elle s'était à peine arrondie, comme s'il avait su qu'il fallait se faire discret – s'apprêtait à éclater dans le chaos le plus total.

Elle se mit à arpenter sa chambre. Elle n'avait plus mal. Peut-être était-ce une fausse alerte, peut-être pourrait-elle sortir et le mettre au monde dans l'un des champs les plus éloignés de la maison, ou cachée sur le cap ? Elle s'empara d'un cardigan et d'une couverture, consciente de se conduire de façon irrationnelle, d'être prête à tout pour éviter d'avoir cet enfant dans un lieu où elle courait le risque d'être démasquée. La douleur l'assaillit alors de nouveau.

Cet assaut était plus pénible, plus insistant. Un spasme qui lui paralysa le corps entier puis fit trembler ses jambes. Elle agrippa le pied du lit, se concentrant sur la force dans ses doigts, demandant au bébé de rester dans son ventre. Le miroir de sa coiffeuse était incliné et elle y croisa son reflet : son visage verdâtre, son corps voûté comme celui d'une vieille femme. Qu'ai-je fait ? aurait-elle voulu souffler, même si elle semblait incapable de parler tant la douleur annihilait tout. Puis, incrédule, elle se demanda : Que m'arrive-t-il ?

Un bref répit suivit et elle retrouva sa liberté de mouvement ainsi qu'une part de sa lucidité. Au moins sa mère était-elle sortie, partie au marché de Wadebridge pour la journée. Seuls James et son père étaient à la ferme. Et dans la maison, Joanna et Alice. Peut-être réussirait-elle à s'échapper ? Elle comprenait pourquoi les brebis s'accroupissaient, cherchaient un lieu retiré pour donner naissance à leurs petits. Si elle pouvait au moins trouver un endroit secret, pour que l'épreuve de l'accouchement se déroulât loin de la ferme, et ne revenir qu'une fois qu'elle aurait mis au monde le bébé, alors peut-être ses parents seraient-ils plus enclins à l'accepter…

Elle se dirigea vers la porte, la couverture serrée dans sa main. Au même moment, quelqu'un frappa un coup hésitant et Alice passa la tête dans la pièce.

— Referme !

Elle avait presque craché son ordre. Alice en resta bouche bée, livide.

— Tout va bien ? lui demanda-t-elle en agitant les mains dans le vide.

— Je vais avoir un bébé, lâcha Maggie avant que la douleur ne survienne à nouveau, une vague qui la souleva et l'emporta. Je vais avoir un bébé, réussit-elle à peine à articuler, d'une voix plus douce et plus plaintive.

Elle ravala un sanglot. Alice, plongée dans la brume de l'affolement, restait plantée sur place.

— J'ai mal, lui dit Maggie, alors que la douleur refluait suffisamment pour lui permettre de parler. J'ai mal ! répéta-t-elle, furieuse soudain qu'Alice ne se rende compte de rien.

Puis, enfin, les contractions, qui s'intensifiaient, la poussèrent à dire quelque chose qui ne lui aurait jamais traversé l'esprit dans d'autres circonstances :

— Il faut que tu m'aides.

— Mais je ne connais rien aux bébés !

— Tu connais les agneaux.

— Ce n'est pas pareil !

— Tu as assisté à des vêlages aussi.

Elle retint un cri.

— Ça se ressemble beaucoup… Ah !

Un nouveau spasme la rendit muette, la souffrance intensifiant son silence. Alice baissa la voix et lui parla avec gentillesse, comme si elle s'adressait à un petit enfant ou à un simple d'esprit.

— C'est un bébé, Maggie, pas un animal. Je t'assure que ce n'est pas pareil.

— Non… tu te trompes.

La douleur s'était envolée, elle était en mesure de s'exprimer normalement, mais ça ne durerait pas.

— Tu dois m'aider, Alice. Il n'y a personne d'autre.

La dureté de son ton masquait une peur cinglante. Alice posa les yeux sur le ventre de Maggie avant de les relever vers son visage : ils luisaient d'épouvante. Un accès de colère transperça Maggie.

— Je ne peux pas le faire toute seule, tu vois bien ! Et puis, pantela-t-elle alors que la peau de son ventre se tendait et qu'elle agrippait le pied du lit, tu dois bien ça à Will.

— À Will ?

La vérité lui échappa d'un trait, limpide et dramatique.

— Ce bébé sera ton neveu ou ta nièce.

Elle dirigea sur Alice un regard franc et effrayé : elle voulait qu'elle comprenne. La fillette rougit, lisant enfin entre les lignes.

— Oh ! dit-elle en se cachant le visage.

Lorsqu'elle se redressa, elle avait encore les joues roses. Il lui coûta visiblement beaucoup d'efforts de regarder Maggie.

— Bien sûr que je vais t'aider, murmura-t-elle.

— Tu devras m'aider à couper le cordon, quand il sortira. Papa le fait avec les agneaux.

Entre deux halètements, Maggie retrouvait son pragmatisme.

— Je ne crois pas que j'arriverai à te couper…

— Pas moi, le cordon. Si, tu en es capable. Tu as vu papa le faire des tas de fois. Ah !

La douleur la plia en deux.

— C'est pire ?

Elle hocha la tête, réduite au silence.

— Il faut que tu nettoies mes ciseaux de couture, reprit-elle de sa voix normale. Avec de l'eau du chaudron. Tu peux faire ça ?

— Évidemment, mais je ne peux pas te laisser.

La réponse de Maggie fut entrecoupée de râles.

— Alice… je… j'irai… bien.

L'adolescente s'attarda malgré tout.

— Vas-y, lui intima-t-elle lorsqu'elle eut retrouvé l'usage de sa langue. J'irai bien, je te jure. Descends, s'il te plaît.

Maggie avait du mal à respirer quand Alice remonta en courant de la cuisine : son visage, elle le voyait dans le miroir, était couleur betterave et couvert de sueur. La douleur était devenue insoutenable, elle avait l'impression d'être écartelée ou empalée. La chambre tanguait, la température oscillait entre froid glacial et chaleur oppressante.

— Oh, mon Dieu !

Joanna bouscula Alice pour fondre sur Maggie. Elle l'enlaça et lui caressa le dos avec autant d'assurance que si elle avait déjà assisté à de nombreux accouchements.

— Tu lui as dit ! réussit à crier Maggie en foudroyant Alice du regard.

— Je ne voulais pas… Elle m'a vue !

— Et ça va sacrément arranger vos affaires !

Joanna avait déniché un vieux drap qu'elle plaça aux pieds de Maggie pour éponger le parquet, mouillé et glissant. La bonne jeta un coup d'œil entre les jambes de celle-ci.

— Oh, ma chérie, j'aperçois sa tête. Il commence à sortir.

Maggie gémit. Sa gêne fut rapidement balayée par une nouvelle contraction.

— Tout va bien, ma chérie, tu t'en sors comme une reine. Maintenant, il va falloir que tu pousses.

— Aaaaaah !

Elle se mit alors à pleurer pour de bon. De grosses larmes, tant elle se sentait soudain écrasée par toute cette peur et cette douleur.

— Voilà ! Dès que tu sens que ça vient, pousse. Exactement comme au petit endroit !

Alice décocha à Joanna un regard torve.

— Pas le moment de jouer les mijaurées, Alice, la réprimanda la bonne. C'est pas en étant mijaurée que Maggie s'est retrouvée dans cet état.

Les larmes coulaient à flots maintenant : la honte venant accentuer la douleur.

— Oh, ma chérie, je te reproche rien !

Après un silence, elle ajouta :

— Dieu sait s'il était charmant.

— Aaaah... Je veux...

— Pousse ! Voilà, pousse ! Alice, caresse-lui le dos.

— Aaaaah !

— C'est ça ! Il arrive, il arrive !

Joanna s'accroupit à ses pieds pendant qu'Alice l'enlaçait – et ce geste qui aurait pu être irritant était étrangement réconfortant au contraire.

— Il arrive ! Il arrive ! Je le vois ! C'est ton bébé !

Quelque chose glissa entre ses jambes, chaud et mouillé, plus animal qu'humain. Une tête brune, luisante d'un liquide crémeux et grisâtre, un petit fagot aux membres minuscules et fripés.

Ouuuuin ! Une autre sorte de cri envahit la pièce, hésitant au début, puis furieux. Le nouveau-né était rouge, et sa bouche, au-dessus d'un corps gesticulant tenu fermement par Joanna, un trou noir qui semblait lui engloutir le reste du visage.

— Il faut le faire taire…

Maggie tremblait, toujours sous le choc.

— Tiens, Alice, les ciseaux… C'est toi qui vas t'en occuper.

Joanna sourit à la fillette au bord du malaise.

— Allez, l'encouragea-t-elle, tu dois le faire.

Et Alice sectionna le cordon translucide, parcouru d'un filament rouge, séparant Maggie de son enfant.

— C'est un beau garçon, observa Joanna en l'enveloppant dans une serviette et en le nettoyant grossièrement. Un peu petit, il me semble. Il doit être pas mal en avance. Tiens… prends-le.

La bonne tendit son fils à Maggie. Ce premier contact ne fut pas comme elle l'avait imaginé. Il était rouge, gesticulant, furieux, et pourtant elle était déjà folle de lui. Elle lui caressa la joue, lui embrassa le front, humant son odeur puissante et entêtante. Elle sentit ses cheveux sombres et humides, effleura son crâne aussi délicat et fragile qu'un œuf d'oiseau. Elle se délecta de lui : son petit bout de bébé, d'une laideur sublime, scrutant ses traits à la recherche d'une trace de son père, d'un indice qu'elle n'était pas sa seule génitrice.

Il était si petit. C'était cette idée qui l'obsédait : ces menottes si minuscules, ses ongles à peine plus gros que des grains de sable. Son nez froncé par les reniflements et ses yeux bleus – ni ceux de Will ni les siens – qui la fixaient, sans sourire.

— Bonjour, mon bébé, lui murmura-t-elle.

Il ouvrit la bouche comme pour miauler et elle le fit taire en le serrant contre elle.

— Ta mère n'est vraiment pas au courant ?

Joanna venait de poser la question que Maggie se refusait à considérer.

— Je ne crois pas, dit-elle en frissonnant. Il est très prématuré... Je ne l'attendais pas avant un mois encore, au moins. Je pensais l'avoir à l'école, ou chez tante Edith.

— Dieu tout-puissant ! Ça aurait été pire !

— Oui...

Toute force paraissait avoir déserté Maggie, elle sentit son corps se courber en avant, pour protéger son fils. Elle avait l'impression d'être si vulnérable, soudain.

— Tiens, dit-elle en tendant le petit à Alice, songeant brusquement que les autres pourraient avoir envie de le prendre aussi.

La bouche du bébé s'ouvrit et ses toutes petites lèvres tremblèrent : une explosion de rage lui échappa. Alice s'écarta.

— C'est toi qu'il veut, répondit-elle d'un air craintif.

Maggie le pressa à nouveau contre elle et il se mit à remuer contre sa poitrine.

— Il a faim, observa Joanna, alors que la bouche du petit cherchait à s'ancrer sur le corps de sa mère. Tiens… comme ça.

Frémissante, Maggie regarda Joanna aider son fils à trouver le sein. Il commença à téter, ayant le même instinct qu'un porcelet ou un agneau. Le silence s'abattit sur la pièce : Maggie était épuisée, Joanna et Alice semblaient intimidées tout à coup. On n'entendait aucun bruit sinon un reniflement ponctuel du bébé, puis un discret gémissement de contentement.

30

Au bout du compte, elle eut six heures idylliques avec son bébé. Joanna prépara le dîner et dit à Joe que Maggie avait des « soucis féminins ». Ce qui était à peine un mensonge. Alice était complice, mais elle se montrait si taciturne que c'était un miracle qu'elle ne les ait pas trahies. D'un autre côté, Joe Retallick était à mille lieues d'imaginer que son petit-fils se cachait à l'étage de la maison.

Pendant que son père s'inquiétait pour une vache atteinte de fièvre de lait et que sa mère était à Wadebridge, Maggie admira ce bébé parfait, si vulnérable et démuni qu'il ne parvenait même pas à tenir sa tête tout seul.

Si elle glissait un doigt dans sa petite main, il l'agrippait, comme pour se raccrocher à elle. Et dès qu'elle l'approchait de sa poitrine, il se mettait à téter. Une traînée d'une matière goudronneuse coula sur son ventre plissé et elle s'émerveilla de voir ce corps minuscule qui fonctionnait déjà aussi bien. Il était capable de s'alimenter et de faire caca. De dormir, d'obtenir de l'affection. Tant qu'il l'aurait à ses côtés, il survivrait.

Pendant sa seconde tétée, il lâcha le sein de sa mère, presque à contrecœur et sombra dans un sommeil profond. Son souffle évoquait une succession de petits reniflements, comme s'il absorbait l'odeur maternelle. Elle suivit la courbe délicate de sa joue, l'effleurant à peine de peur de le réveiller. Le sommet de son crâne était doux et presque mou, les cheveux bruns et fins collés, comme enduits de lanoline. Elle l'embrassa sur la tête et respira son odeur, reconnaissant la sienne, saumâtre, ainsi qu'une autre, presque sucrée et laiteuse – le parfum délicieux et unique de son fils.

Lorsqu'il se réveilla, il ouvrit de grands yeux brillants interrogateurs. Les bébés voyaient trouble à la naissance, Maggie l'avait entendu quelque part, pourtant le sien était alerte et perplexe, fouillant le visage de sa mère à la recherche d'une explication à la raison de sa présence.

Il ne souriait pas – ça viendrait peut-être plus tard –, cependant quand sa peau se défripa un peu, elle put reconnaître quelques traits de Will. Il n'avait pas les yeux de son père mais sa bouche. Elle l'effleura et imagina le jour où il embrasserait une fille. Ses oreilles étaient deux boucles ciselées, ses veines luisaient à travers sa peau translucide, au point qu'elle voyait presque le sang qui y coulait, transportant tout ce qu'il y avait de bon dans le lait qu'elle venait de lui donner.

— Mon petit lapin, murmura-t-elle, car sa fragilité lui évoquait celle d'un tout jeune lapereau, recroquevillé dans son cocon.

Son ventre était douloureux et ça la tirait entre les jambes – Joanna lui avait expliqué que le bébé avait étiré cette partie de son corps en passant. Ça l'avait brûlée quand elle avait été aux toilettes, et la bonne, dont la mère venait tout juste d'arrêter d'enfanter, lui avait montré comment se laver, après qu'elle avait expulsé cette dernière bouillie rouge.

L'eau rosie avait disparu en tourbillons dans le lavabo, Joanna avait emporté les serviettes et les draps pour les mettre dans le chaudron qui bouillait toujours dans la cuisine. Puis elle avait récuré le sol, l'odeur du désinfectant l'emportant sur celle du sang, avant d'ouvrir en grand les fenêtres pour dissiper ces effluves irritants d'antiseptiques. Mais aucune quantité d'eau bouillante ou de produit d'entretien ne pourrait masquer la présence d'un bébé dans son lit. Un bébé qui n'avait pas pu arriver là par trente-six chemins.

Au début, l'adrénaline de l'accouchement lui avait permis d'ignorer cette réalité. Pourtant, une fois que Joanna et Alice furent descendues, l'épuisement des six dernières heures, ajouté à la tension des sept mois précédents, déferla sur elle en immenses vagues. Comment pourrait-elle expliquer la situation ? Ou cacher l'enfant ? Son plan, loin d'être abouti, consistait à accoucher à Bodmin puis, par un moyen ou un autre, rejoindre, avec leur fils, Will dans la ferme d'Eddy – car Alice lui avait appris, dans un moment de confession inhabituelle, où il était. À moins que tante Edith – la sœur de son père, non de sa mère – fût attendrie par un bébé et se laissât convaincre de plaider sa cause. Maggie s'était toujours rendu compte que les deux scénarios étaient optimistes, mais elle n'avait pu croire qu'elle ne parviendrait pas à le garder. Elle devait se raccrocher à cet espoir pour survivre.

Dès lors, avoir cet enfant avec plus d'un mois d'avance, chez elle, changeait tout. Aux yeux d'Evelyn, il n'y avait de plus grand péché qu'être une fille mère. Elle se jetterait du cap pour s'écraser sur les rochers si Maggie couvrait leur famille d'un tel opprobre, voilà ce qu'elle avait dit. Les filles qui emmenaient leurs bébés à l'orphelinat des Sœurs de la Miséricorde de Bodmin, ou au foyer Rosemundy House, à St Agnes, plus bas sur la côte, n'appartenaient pas à la même espèce que sa fille. Certaines finissaient même à l'asile de fous. Ces filles n'étaient pas seulement perverties – elles étaient dérangées pour se conduire ainsi.

Pourtant, en observant son bébé, Maggie n'arrivait pas à se convaincre qu'elle était pervertie, car plus elle scrutait ses traits, plus elle reconnaissait Will – des boucles de ses cheveux à la perfection de sa peau. Elle l'avait aimé, et seule l'intensité de ses sentiments avait compté. C'était aussi simple que cela. Ainsi ce qu'ils avaient fait l'été précédent ne pouvait pas être à ce point condamnable, si ?

« Tu n'es pas une bête, tout de même ? » Elle entendait sa mère prononcer ces mots d'une voix stridente, abandonnant toute retenue. « Toi aussi tu as connu cela, voulait-elle rétorquer. Papa et toi vous avez fait la même chose que Will et moi : comment serais-je née autrement ? Et il y a eu d'autres bébés, un fils ou deux, censés reprendre la ferme, morts avant leur naissance, bien trop tôt. Et qu'en est-il du frère de papa ? Ton premier amour, Isaac ? Tu as ressenti la même chose que moi, bien que tu aies du mal à le reconnaître... » Néanmoins Maggie se sentait incapable de dire tout cela à Evelyn.

Elle ne pourrait pas l'éviter. Elle avait demandé à Joanna de lui procurer un cheval sellé pour rejoindre, avec le bébé, la ferme d'Eddy à Bodmin, et elle s'était entendu répondre qu'elle était insensée. Elle perdait encore du sang, comment espérait-elle monter à cheval avec un bébé ? Joanna ne pouvait pas la conduire là-bas, même si elle avait connu le chemin ou qu'elle avait eu assez d'essence. Quant à Alice, elle était pétrifiée et ne servait à rien.

Maggie regarda son réveil. Il était trois heures de l'après-midi. Elle avait environ une heure avant le retour de sa mère. Une petite heure dans le cocon de son lit avec son bébé, pour se délecter de ses traits, mémoriser la forme de son nez retroussé, la fossette dans sa joue.

Tout en aspirant son parfum, elle demandait au temps de s'étirer, ou de se suspendre. Une toute petite heure avant que sa vie ne basculât.

Ce fut le pas de sa mère qu'elle entendit d'abord : léger mais insistant. La démarche d'une femme avec une idée derrière la tête.

Quatre heures dix. La porte s'ouvrit à la volée. Bonté divine, elle devait s'en douter ! L'expression d'Evelyn, néanmoins, passant de l'irritation à l'incrédulité, suggérait qu'il n'en était rien.

Son regard se posa sur sa fille, appuyée contre des oreillers dans son lit, puis sur ce qu'elle serrait dans ses bras.

— Qu'est-ce que c'est ?

Sa mâchoire se décrocha et elle écarquilla les yeux – comme dans l'espoir de se convaincre qu'elle avait été victime d'un tour de son imagination et qu'il s'agissait seulement de la bosse d'un oreiller ou d'un pli du drap.

Evelyn s'approcha du lit sur des jambes vacillantes.

— Ce n'est pas un bébé ?

Au moment où elle prononçait les mots, la réalité la frappa de plein fouet.

— Tu as eu un bébé ? Tu… toi…

Le langage semblait lui faire défaut.

— Espèce de fille perdue ! lâcha-t-elle soudain, sa voix grimpant dans les aigus.

Le visage déformé par la rage, elle se jeta sur le petit, sans laisser le temps à sa fille de réagir. Elle écarta les pans de la serviette dans lequel Maggie l'avait emmailloté, l'exposant à l'air froid.

— Attention… fais attention à lui !

Maggie sentit que le cœur de son fils s'emballait. Réveillé en sursaut, il ouvrit la bouche et se mit à hurler son indignation. Comme surprise par le cri, Evelyn fit un bond en arrière.

— Espèce de dévergondée !

Le venin de sa mère fit l'effet d'une gifle à Maggie.

— Petite dévergondée !

L'insulte parut déconcerter jusqu'au bébé, qui cessa brusquement de pleurer. Evelyn reprit en partie ses esprits.

— Comment as-tu pu me faire une chose pareille ? Et ton père, tu as pensé à lui ? Comment as-tu pu t'abaisser à ce point ? Avec tout ce que la vie te promettait !

Elle s'interrompit, le regard brûlant de mépris et de ce qui ressemblait à un sentiment de trahison.

— Imbécile, petite imbécile, petite… traînée !

Le silence qui suivit fut troublé par le cri étouffé de Joanna, qui s'était précipitée à l'étage avec Alice. Evelyn se tourna vers la bonne.

— Tu étais au courant ? Bien sûr que oui ! Et toi ?

Dans sa rage, elle avisa Alice, le visage rougi par le choc, les yeux embués de larmes.

— Mais bien sûr ! Tu étais son chaperon, son alibi.

— Non, tenta d'objecter Maggie, pas du tout.

— Bien sûr que si : c'est grâce à elle que tu as pu vivre ton *idylle*.

La voix d'Evelyn était un murmure cruel.

— Toutes ces fois où tu prétendais jouer avec elle… elle te permettait juste de le retrouver !

Le bébé s'était tu, la bouche figée par la terreur. Maggie sentait son pouls, léger et frénétique. Ses yeux, brillants et attentifs, ne quittaient pas le visage de sa mère, comme pour essayer d'y lire son intention. La chambre résonnait des sanglots à peine contenus d'Alice. Elle tenta de reprendre son souffle en hoquetant, puis se mit à gémir.

— Oh, tais-toi !

Evelyn était impitoyable.

— Prends tes responsabilités… pour ton frère au moins. J'aurais dû me douter que ça arriverait, poursuivit-elle, s'adressant davantage à elle-même qu'à quiconque d'autre. J'avais prévenu ton père que ça ne s'était peut-être pas arrêté à un simple baiser, mais il était incapable de penser du mal de toi… ou de lui.

Elle retourna vers le lit, et Maggie referma aussitôt son bras sur le bébé.

— Il ne peut pas rester ici, tu sais, cingla Evelyn, la bouche aussi pincée que si elle avait mangé quelque chose d'aigre. On pourrait l'emmener chez les Sœurs de la Miséricorde. Joanna ?

— Oui, madame Retallick.

La bonne s'était ressaisie.

— Le vétérinaire est déjà parti ?

— Non… il est en train de donner à Daisy une injection de calcium.

— Très bien.

Elle parut réfléchir un instant avant de conclure :

— Il pourra l'emmener.

— Je dois rassembler mes affaires.

Maggie tenta de sortir les jambes de son lit, son fils pressé contre elle.

— Oh, mais tu n'iras nulle part, jeune fille.

Evelyn avait presque craché les mots.

— Il faut s'inscrire trois mois avant la naissance. Enfin, je suppose que les sœurs prendront le bébé. Alice peut se charger de se débarrasser de lui.

— Moi ?

— On prétendra que c'est le tien. Une évacuée de treize ans avec un enfant illégitime, c'est tout à fait le genre de situation dont elles ont l'habitude, n'est-ce pas, Joanna ?

Sans attendre de réponse, elle ajouta :

— Oui, j'en suis sûre.

— Tu ne me l'enlèveras pas !

Maggie était hors d'elle, elle sentait un froid terrible la gagner. Sa mère avait une étrange expression, folle.

— Oh, j'ai bien peur que si !

Elle lui arracha son fils au moment où Maggie tentait de rajuster sa chemise de nuit sur sa poitrine.

— Non ! Rends-le-moi !

Elle voulut se jeter sur Evelyn, mais ses genoux cédèrent et elle s'effondra sur le parquet.

— Maggie !

Joanna se précipita pour l'aider.

— Le bébé…

Maggie voulut l'atteindre, cependant sa mère le plaça hors de sa portée et s'éloigna. La jeune femme se tourna vers Alice, implorante.

— Prends-le, s'il te plaît.

Des larmes débordèrent des yeux d'Alice. Tenir tête à une adulte enragée, tout particulièrement une adulte qui s'était montrée bonne avec elle, lui semblait impossible. Un accès de rage monta en Maggie.

— Aide-moi à me relever !

Elle voulut se mettre debout. Joanna la soutenait, mais elle se sentait faible, elle avait la tête qui tournait.

— Lâche-moi ! s'emporta-t-elle.

Quelque chose n'allait pas : des éclairs, puis des points noirs dansaient dans son champ de vision, l'empêchant de voir.

— Mon bébé, rendez-moi mon bébé…

Elle n'était plus tout à fait consciente, glissant entre deux états tel un bateau qui apparaîtrait et disparaîtrait à l'horizon. Sa voix devait faiblir, car personne ne réagissait. Personne ne l'écoutait.

— Alice… Alice… essaya-t-elle encore.

— Elle perd connaissance, la pauvre chérie, observa quelqu'un.

Joanna ?

Les cris du bébé, paniqués mais de plus en plus faibles, transperçaient la brume veloutée dans son crâne. Si seulement elle avait pu le récupérer.

L'obscurité s'abattit.

31

16 août 2014, Cornouailles

Samedi, jour de changement : deux nouveaux clients arrivaient pour séjourner dans les gîtes. La mi-août est, traditionnellement, la période de l'année la plus chargée.

Maggie jette un œil sur les réservations que sa petite-fille lui a imprimées. Il y a deux mois, elle a commencé à se désintéresser de la question, mais la crise cardiaque de cet homme, quelques semaines plus tôt, l'a poussée à se ressaisir, l'a amenée à comprendre qu'elle avait le choix : glisser lentement vers la mort après avoir eu, il fallait le reconnaître, une belle existence, ou s'accrocher à la vie un peu plus longtemps.

Elle a choisi la vie. Elle ne baissera pas encore les bras, pas cet été. Ses membres sont peut-être un peu raides, son corps l'ombre rabougrie de celui, si débordant d'énergie, qu'il a été autrefois, cependant son cœur reste fort et son esprit, sa mémoire, fiables. La vie, qui s'est montrée cruelle par moments, pourrait encore la surprendre. Elle l'espère. Car tant qu'il y a de la vie, il y a de l'espoir.

Ils accueilleront un homme cette semaine, voyez-vous. Un homme qui pourrait changer sa vie. Une femme aussi. Une certaine Mme Coates. Toutefois, Maggie ne s'intéresse pas aux femmes, pas du tout.

Tout dépend de l'âge de cet homme. Impossible à déduire d'une feuille imprimée : mieux vaut lui parler au téléphone pour se faire une idée de son âge et de son parcours. Bien sûr, de moins en moins de gens utilisent le téléphone de nos jours. La communication se réduit aux textos et aux mails – même Richard, qui semble la considérer comme un projet professionnel et envoie sans arrêt à Judith des mails avec listes à puces et, oui, il a poussé le vice jusque-là, des tableurs en pièces jointes. Quant aux lettres, les vraies lettres manuscrites, les missives porteuses de nouvelles et d'amour, elles sont devenues de vraies raretés. Maggie ne se souvient pas de la dernière qu'elle a reçue : elle ne parle pas de carte d'anniversaire ou de carte postale, plates et futiles, mais d'une lettre. Dans une enveloppe scellée, qui renferme un véritable contenu.

Cet homme, ce client… ça pourrait être lui. Son fils. Son aîné. Elle se demande si elle le reconnaîtra au premier regard. Elle a tendance à écarter la plupart de ceux qui ont l'âge de prendre leur retraite, avant même d'avoir pu glisser une question sur le lieu de leur naissance ou évaluer leur lien avec la Cornouailles. C'est peut-être chimérique, il n'empêche qu'elle est convaincue qu'elle reconnaîtra son fils, leur fils, même si elle n'a pas revu son père depuis soixante-dix ans.

Car elle n'a jamais cessé de penser à son premier bébé, la prunelle de ses yeux. Bien sûr, à certaines périodes de sa vie elle s'est contentée de lui adresser une petite prière sommaire chaque soir, n'ayant pas le temps de s'attarder sur la question. Néanmoins, il a toujours été là.

Elle a tenté de l'effacer de sa mémoire. Au début, avec Edward, elle s'est dit qu'elle ne devait plus y penser, qu'il s'agissait d'une erreur de jeunesse imputable à la guerre et à la chaleur accablante de cet été. Et si elle l'avait abandonné, c'était à cause de sa jeunesse, de l'étroitesse d'esprit de sa mère, qui redoutait tant le jugement des autres.

C'était plus facile avant son retour à la ferme. Quand elle enseignait à St Austell et n'avait pas, quotidiennement, sous les yeux les lieux où tout s'était produit. Puis sa mère est morte. Voilà comment, en 1956, Edward et elle, qu'elle avait fini par épouser lorsqu'elle avait compris que leur histoire n'était pas anodine, ont accepté de rentrer pour aider Joe à la ferme.

Elle n'avait pas regretté cette décision. Cela lui avait permis de se réconcilier avec son cher père qui, libéré par la disparition d'Evelyn, avait enfin pu lui présenter ses excuses. « Ta mère était plus forte que moi, et je n'aurais pas dû la laisser faire. » Aucun d'eux n'avait mentionné le bébé, mais là, dans la salle de traite, dans ce cocon réchauffé par les bêtes et leur odeur, tandis que les seaux se remplissaient de lait dans un sifflement, Maggie en avait éprouvé de la reconnaissance. Il l'avait brièvement étreinte, émotif soudain. Il n'avait plus évoqué la question, jusqu'à son tout dernier souffle.

Pourtant, si ce retour à la ferme était la bonne décision, les souvenirs – jamais aussi bien enfouis qu'on ne le croit – l'ont presque dévorée au début. La moindre étincelle les ravivait. Entreposer des meules dans la grange où ils avaient fait l'amour, s'adosser au tamaris, marcher sur la plage à marée basse et passer devant leur grotte, ou la seconde, celle où Alice s'était cachée. Même les naissances fréquentes au sein du bétail provoquaient parfois un violent accès de culpabilité, car comment ne pas penser à son bébé quand on vit dans un lieu qui appelle ce renouvellement constant de la vie – des veaux, des agneaux et des poussins ? Sans parler de ses nouvelles grossesses…

Parfois, lorsque Judith était petite, que les ressemblances entre elle et ce premier fils lui paraissaient plus frappantes, Maggie pensait que le chagrin pourrait avoir raison d'elle. À une occasion, étourdie par le manque de sommeil, elle s'est rendue sur le cap, au-delà de la corniche où Will et elle s'étaient cachés ensemble, et elle s'est vue dégringoler sur le granit : emportée par le vent, puis fracassée.

Elle s'est tenue tout au bord de la falaise, regardant l'écume s'échouer contre les rochers, écoutant le grondement de la marée qui se retirait, et elle s'est demandé si ce serait très douloureux. Et puis elle a reculé. Ses seins, prêts à allaiter sa petite de six semaines, la démangeaient et commençaient à couler. Lorsque le lait a imbibé son soutien-gorge, elle a compris qu'elle avait d'autres devoirs. Un autre enfant qui réclamait son attention. Elle est rentrée à la ferme, les bras croisés sur sa poitrine endolorie, les joues mouillées de larmes, sans aucun autre témoin que les vaches. Le temps d'atteindre la maison, seuls ses yeux injectés de sang pouvaient trahir son chagrin.

Elle a appris à la dompter, cette tristesse brute. À l'arrivée de Richard, deux ans plus tard, elle l'a contenue. Les exigences d'une ferme et de deux enfants en bas âge ne lui laissaient pas assez d'énergie pour en pleurer un autre de toute façon. Ce qui ne signifiait pas pour autant qu'elle l'avait oublié. Au fil des ans, son chagrin lui est apparu comme une flaque d'eau dans le sable : de taille raisonnable la plupart du temps, elle finissait absorbée par la plage. Mais, parfois, elle débordait, et alors Maggie devait réussir à la contenir.

L'intensité a diminué avec les années. Depuis plusieurs décennies, depuis la naissance de Judith et Richard, elle n'a pas ressenti cette morsure insoutenable que provoque la vision d'un tout petit bébé. Cette douleur, aussi fulgurante qu'une coupure de papier, l'a, Dieu merci, désertée depuis longtemps. Néanmoins, elle a continué à prier pour lui toutes les nuits. Veillez sur lui, implorait-elle un Dieu auquel elle n'était pas certaine de croire, dans le faible espoir d'être réconfortée. Veillez sur mon tendre William. Dans son esprit, il restait ce petit ballot rouge avec des cheveux sombres et poisseux. Un nouveau-né. L'image de l'adulte qu'il était devenu se dérobait constamment, mélange indéterminé de Will et d'elle. Réalité inatteignable.

Longtemps elle a cru qu'il viendrait la chercher. Qu'elle devait juste faire preuve de patience. Et elle a persisté dans cette idée, même lorsqu'elle a découvert que l'orphelinat n'avait aucune trace de lui.

C'était après le départ de Judith et Richard. À la fin des années 1970. Elle se souvient très bien de ce moment de désespoir, dans les services administratifs de la région, quand elle a demandé les documents manquants et qu'on lui a répondu qu'il n'existait, officiellement, aucun lien entre elle et lui.

« La guerre… lui a expliqué l'archiviste. Les choses étaient plus chaotiques à l'époque. La rotation des mères et des bébés était plus importante qu'aujourd'hui. Et puis on s'est débarrassé d'une grosse partie des archives il y a dix ans, au moment où l'orphelinat a déménagé. » Comment avaient-ils pu perdre quelque chose d'aussi crucial que ce morceau de papier ? L'archiviste, un jeune homme maigrichon qui avait l'air d'avoir passé trop de temps le nez dans ses bouquins, a haussé les épaules. Erreur administrative. Quelque chose dans ce goût-là. Il était désolé, mais ce n'était pas son problème. Maggie avait réussi à retenir ses larmes jusqu'à la sortie. Un bout de papier pouvait si facilement se perdre…

Elle a continué d'espérer qu'il avait obtenu l'information avant le déménagement de l'orphelinat, qu'il connaissait son nom, même si elle ignorait le sien. À présent que sa vie touche à sa fin, cet espoir, cette certitude à laquelle elle s'est raccrochée – alors que ce n'est qu'une possibilité parmi d'autres en réalité – s'effrite peu à peu.

Car même s'il connaît son nom, pourquoi diable voudrait-il la retrouver, cette mère qui l'a abandonné soixante-dix ans plus tôt, qui n'a rien mis en œuvre pour le retrouver ? Il croit peut-être qu'elle a un cœur de pierre. Qu'elle s'est débarrassée de lui ainsi qu'elle l'aurait fait d'un chiot sans jamais repenser à lui ?

Elle baisse les yeux et constate qu'elle a tordu sa jupe entre ses doigts. Elle les desserre, se force à lisser le tissu. Sa crainte la plus profonde, que son fils lui voue une haine qu'elle ose à peine imaginer, monte en elle. Elle la ravale. Judith ne doit pas la voir dans cet état. Lucy non plus. Il faut qu'elle se ressaisisse. Un dériveur danse sur l'eau, pris en chasse par des moutons blancs. Maggie se concentre sur sa vitesse, la compare à celle du chalutier qui se balance lentement, suivi par des mouettes. Voilà. C'est mieux. Respire et concentre-toi là-dessus, sur ton univers, ton héritage, la vie que tes parents et tes grands-parents ont construite pour toi et tes enfants. Tes autres enfants. Pas celui que tu as laissé tomber. Ton unique erreur, terrible.

Il doit bien savoir, ce fils inconnu, que les jeunes filles de dix-huit ans qui n'étaient pas mariées agissaient ainsi, non ? Quand elles devaient affronter la colère de leur mère, quand le père du bébé, à peine un homme lui-même, avait été chassé ?

Quelle autre solution avait-elle eue ? Il lui avait été arraché et elle n'avait pas pu le récupérer. Le toucher. L'association fatale du choc, de la douleur et de l'épuisement avait signifié qu'elle avait baissé la garde. Par la suite, elle ne s'est jamais autorisée à être aussi vulnérable. Elle continue à se le reprocher pourtant. Comment a-t-elle pu laisser une chose pareille arriver ? Sa gorge se serre : c'est presque devenu un réflexe chaque fois qu'elle pense à lui.

Elle s'est rejoué la scène un si grand nombre de fois, ainsi que le souvenir du lendemain matin, quand elle s'est traînée dans la chambre d'Alice.

Alice, les yeux rougis, le visage gris, s'est réfugiée sur son lit et a agrippé son édredon jaune, comme si elle craignait que Maggie ne soit furieuse. Maggie était bien trop épuisée pour ça – et elle avait vaguement conscience de devoir éviter de se mettre Alice à dos.

— Les sœurs t'ont paru gentilles ?

Maggie avait du mal à articuler les mots, à parler sans que sa voix se brise.

— On s'occupera très bien de lui. J'en suis sûre, l'a rassurée Alice.

Elle aurait dû en éprouver du soulagement, car c'était ce que toute mère rêvait d'entendre, qu'on s'occupait bien de son enfant. Pourtant, elle n'était pas convaincue. Ça ne suffisait pas. Son bébé méritait d'être aimé – il en avait besoin.

Elle s'est assise sur le lit, a suivi la couture de l'édredon du bout du doigt, se concentrant pour que son sentiment d'impuissance et de colère reflue. Et pourtant, ils l'ont débordée par leur violence. Maggie a alors compris, en posant les yeux sur une Alice terrifiée et pleurnicharde, qu'elle ne pourrait pas pardonner. C'était parfaitement insensé, elle le sait aujourd'hui, pourtant elle avait espéré qu'Alice tiendrait tête à Evelyn, qu'elle amènerait le bébé à son frère. Elle aurait aimé que, pour une fois, elle montre une ingéniosité inattendue pour ses treize ans.

Leur relation, si instable depuis le départ de Will, ne s'est jamais remise de cet incident. Peut-être Evelyn ne supportait-elle pas non plus de la voir, cette fille qui avait favorisé, selon elle, l'idylle entre Maggie et Will, cette fille qui lui rappelait au quotidien son grand frère. Il a suffi d'une légère pression sur l'employé de l'administration – et d'un gros morceau de lard –, pour le convaincre que la ferme était plus adaptée à des évacués plus jeunes. Moins d'un mois plus tard, Alice était relogée chez un couple plus âgé au sud sur la côte.

Maggie se rappelle son départ. Le visage livide et fermé d'Alice, dépourvu des couleurs et de l'exaltation de l'été précédent. Ses grands yeux bleus se sont posés sur Maggie sans ciller. Celle-ci, soudain penaude, lui a tendu la main dans un geste formel ridicule.

— Eh bien, au revoir…

Alice a regardé cette main l'air de ne pas comprendre ce qu'on attendait d'elle, et des larmes ont envahi ses yeux. Maggie a détourné le regard la première, elle s'est baissée, faisant mine d'ajuster une boucle de la vieille valise d'Alice. Sa gêne n'a pas échappé à Joe, qui a soulevé le bagage avec autant de facilité que s'il s'agissait d'une plume et l'a placé dans le coffre de l'Austin 16. Evelyn voulait qu'Alice soit conduite à la gare en carriole, mais Joe avait insisté pour qu'on lui réserve un meilleur traitement. « Elle est arrivée ici en voiture, elle repartira par le même moyen. C'est la moindre des politesses. » Il avait posé un regard intense sur sa femme, comme pour lui faire passer un message, et s'était appuyé des deux mains sur la table de la cuisine. « Evelyn, cette petite n'a fait aucun mal. »

Evelyn a refusé d'assister au départ, il n'y avait donc que Maggie, Joanna et James pour agiter la main alors que le véhicule s'engageait sur la route de Padstow, ses roues maculées de boue projetant des cailloux.

— Ça va faire drôlement calme sans elle, a lâché Joanna, ce qui a surpris Maggie, tant Alice avait compris que, pour se faire apprécier, elle devait rester discrète. À moins qu'elle n'ait seulement agi ainsi avec Maggie…

James a hoché la tête, son visage buriné impénétrable, et a détourné le regard. Chacun est retourné vaquer à ses occupations. Maggie s'attendait à éprouver du soulagement, voire de l'euphorie. Elle était enfin débarrassée de celle qui, dans son esprit, avait dévoilé son histoire d'amour. Mieux, Alice était punie. Or Maggie n'a ressenti qu'un immense vide, qu'une profonde tristesse est venue petit à petit remplir. Les évacués avaient quitté la ferme aussi discrètement qu'ils y étaient arrivés.

32

Alice Coates gare la voiture qu'elle a louée à la gare de Bodmin et s'appuie contre la barrière du champ dans lequel les cochons se nourrissaient autrefois. La porcherie est envahie d'orties, la boue recouverte d'herbes folles.

Rien à voir avec son premier aperçu de la ferme : il faisait nuit alors, la maison était plongée dans le noir, les champs invisibles ne pouvaient qu'être devinés, menaçants. Seule la mer, entrevue au clair de lune, se faisait entendre, lapant le rivage.

Et pourtant, c'est cette vue dont elle se souvient, le décor qu'elle voyait en rentrant à bicyclette de l'école – quand quelqu'un ne passait pas la prendre en carriole. Une ferme du XVIIe siècle avec un toit d'ardoises et des murs de granit, des fenêtres blanchies à la chaux, un perron soutenu par des piliers. Une maison qui tourne le dos à l'océan et fait face aux champs, aux ombres mouvantes de la lande. Les haies, qui se déroulent jusqu'à elle, ploient sous les prunelliers, le chèvrefeuille, le laurier de saint-antoine. Un enchevêtrement de fourrés de genêts, une poignée de dépendances. Et dévalant vers la mer changeante, tantôt bleu-vert, tantôt bleu pétrole, les champs parsemés de meules de foin.

Son cœur bat si fort qu'elle craint d'avoir des palpitations. Elle enfonce la pointe arrondie de la clé de la voiture dans sa paume, presse le métal contre l'os. Calme-toi, pense-t-elle en tâtant son sac à main qui contient la lettre de Will, vérifiant une énième fois qu'elle est bien à l'abri : son passeport pour une réconciliation si son plan audacieux ne fonctionne pas – car elle n'a aucune garantie de sa réussite. Tu n'as aucune raison d'être nerveuse, se dit-elle. Ça ne sert à rien d'avoir peur maintenant.

Car elle a fait le plus dur. Elle n'a pas seulement affronté les nationales engorgées et les routes tortueuses depuis l'agence de location, le cœur au bord des lèvres chaque fois que l'embrayage dégageait une odeur de brûlé, redoutant de caler sur des chaussées beaucoup plus pentues que celles auxquelles elle est accoutumée. Elle n'a pas seulement surmonté le trajet depuis la gare de Paddington. Non, elle a surtout pris la décision de revenir, une dernière fois. Elle s'est engagée, par ce premier mail indécis, puis l'a confirmé par l'envoi d'un chèque, à retourner dans cet endroit où se sont déroulées les années les plus formatrices de son enfance, où elle a connu le plus grand des bonheurs et la plus dévastatrice des douleurs : ce lieu au bout du monde. Skylark.

Elle emplit ses poumons d'air cornique, si vif comparé à celui confiné de Paddington, avec ses odeurs de café et d'appréhension. Elle pense à ses fils, Ian et Rob, auxquels elle n'a pas encore annoncé son cancer, ni encore moins son intention de descendre en Cornouailles… Il faut dire qu'ils ont des vies bien remplies. Son ventre se serre. Un rapace plane dans le ciel à la recherche d'une proie avant de plonger, et elle a l'impression d'être dans la même situation : sur le point d'accomplir un acte téméraire. Elle est si sceptique qu'elle doute pourtant, à présent qu'elle est arrivée, d'atteindre son but.

Sauf qu'elle n'a pas le choix. Son cancer se développe insidieusement en elle, elle l'imagine qui se propage à son foie. Ces deux semaines seront cruciales : peut-être bien les dernières pendant lesquelles elle pourra encore voyager et réfléchir clairement sans les nausées, la fatigue extrême qui, elle le sait, finiront par survenir. Maggie ne doit pas la voir le temps qu'elle fasse ce qu'elle a à faire, qu'elle prépare sa surprise. Ce n'est que lorsqu'elle saura si c'est faisable ou non, si la lettre, découverte dans les affaires de Pam, est tout ce qu'elle peut offrir à Maggie, ou si elle réussit à accomplir autre chose, une chose incroyable… Alors, seulement, elle prendra le risque d'aller la trouver.

Elle manque de renoncer quand elle rencontre Lucy. La ressemblance est frappante : elle aurait pu reconnaître la petite-fille de Maggie si elle l'avait croisée dans une rue de Londres. Les mêmes yeux noisette en amande, et la fossette, celle qui creusait la joue gauche de Maggie. Ses cheveux sont plus clairs – un blond foncé, qu'elle obtient sans doute en trichant – et son accent est moins prononcé que celui de Maggie – Evelyn n'a jamais réussi à le faire disparaître, en dépit de ses efforts acharnés et de sa bonne éducation. Comme si Maggie était décidée à affirmer ses origines corniques, au moins un peu. Comme si adopter la prononciation standard aurait élargi le gouffre entre elle et James, Joanna, son père, sa mère même. Entre elle et Will – car sa voix aussi s'était épaissie, remontant à la fin des phrases, à force de travailler à la ferme…

— Madame Coates ? Vous avez tout ce qu'il vous faut ?

Cette jolie jeune femme souriante précipite les battements de son cœur : Alice voit Maggie telle qu'elle devait être une dizaine d'années après leurs adieux. Un peu plus robuste peut-être – car Maggie était exsangue quand Alice l'a quittée, consumée par le chagrin d'avoir perdu son bébé… En tout cas, la ressemblance ne fait aucun doute.

— Je vous ai laissé un panier de bienvenue, du lait, des œufs, du pain, de la confiture et des scones, mais il y a des tas de boutiques et de restaurants à Padstow. Vous savez y aller ?

— Oh oui, dit-elle. Il suffit de longer la côte, ou de franchir la colline.

Lucy lui sourit et hausse légèrement un sourcil.

— Vous avez l'air de bien connaître le coin. Vous êtes déjà venue ici ?

— Oh, non !

Elle se met à jouer avec la veste qu'elle a retirée, incapable de mentir aussi ouvertement.

— Je suis venue dans la région il y a des années, mais je ne la connais pas bien. Pas bien du tout.

— Bon, je vais vous laisser l'explorer alors. Il y a un classeur avec des prospectus touristiques sur la commode. Enfin, vous préférez peut-être rester tranquillement ici.

— Tout va bien, merci.

Son ton est plus brusque qu'elle ne le voudrait. Elle n'a pas l'intention de traîner à la ferme et elle n'est pas ici en vacances.

— Je vous laisse vous installer. Surtout, n'hésitez pas si vous avez besoin de quoi que ce soit.

— Merci.

Elle s'en veut de clore la conversation ainsi, de couper l'herbe sous le pied de la jeune femme si affable.

— Je voulais dire que je n'hésiterai pas et que je vous remercie.

Elle lui adresse un pauvre sourire, essayant un peu tard de faire amende honorable pour sa rudesse.

Elle est en train de ranger ses vêtements dans une vieille commode en pin victorien – elle soupçonne que c'est celle qui était dans son ancienne chambre – quand le doute l'assaille, car son arrivée a quelque chose de mélodramatique, comme celle d'un personnage dans un roman de son si cher Thomas Hardy. Un Alec d'Urberville, peut-être. Ou un sergent Troy.

Elle craint d'être cruelle. De tendre un piège à Maggie. Car que fait-elle d'autre en débarquant après soixante-dix ans de silence ? Pourquoi ne s'est-elle pas contentée d'un coup de fil ou d'un mail ? Ou – plus adapté à des femmes de leur génération et à la nature de sa confession – une lettre, bon sang de bonsoir ?

La panique s'empare d'elle tandis qu'elle tergiverse devant la commode : doit-elle ranger ses sous-vêtements dans le tiroir tapissé de papier parfumé à la lavande et prendre le risque de s'installer vraiment ? Elle aurait dû réserver une chambre dans un hôtel à Bodmin – car si elle est démasquée avant d'être prête, avant d'avoir quelque chose de tangible à montrer à Maggie, elle pourrait non seulement provoquer la colère de celle-ci mais aussi détruire le bonheur, ou du moins la vie satisfaisante, que son amie d'autrefois a réussi à se construire. Alice doit faire profil bas, s'absenter le plus souvent possible, jusqu'à ce qu'elle établisse au moins un élément : a-t-elle autre chose à offrir que cette lettre ? Un prix de consolation si elle ne réussit pas l'impossible en lui ramenant son fils.

Demain matin à la première heure, elle devra quitter les lieux. Entamer son enquête dans la lande. L'appréhension l'envahit : la tâche intimiderait quelqu'un qui aurait vingt ans de moins, alors que penser d'une femme qui, attaquée par un cancer, est sans le moindre doute ralentie ? Un frisson d'excitation la parcourt, un enthousiasme qui grandit à la pensée qu'elle va enfin agir après tout ce temps. Demain, elle tentera de réparer une injustice, le seul véritable regret de son existence…

Elle dort mal, bien sûr, et lorsque l'aube s'infiltre dans sa chambre vide, avec sa lumière et ses bruits, elle renonce à faire semblant de pouvoir encore trouver le sommeil. Elle se prépare une tasse de thé et regarde le ciel virer au pêche pâle à travers sa minuscule fenêtre, percée très bas dans le mur d'une trentaine de centimètres.

Des souvenirs refoulés depuis longtemps déferlent sur elle. Couronnée du titre de Reine de la Moisson, à califourchon sur Noble, elle se balance au-dessus de l'orge. Les moissons : Will qui chasse les lapins pendant que les hommes fauchent les céréales, le bruissement du maïs alors que les tiges se pressent les unes contre les autres puis s'effondrent. La nourriture. Les friands préparés à partir de monceaux de pommes de terre, d'oignons et de rutabagas ; les énormes lapins ; le maquereau et ses pommes de terre nouvelles, ses carottes et ses haricots d'Espagne ; l'acidité des groseilles et le cassis ; sans oublier, pour les fêtes, les petits pains au lait typiques de la région, les brioches aux raisins secs et l'incroyable crème russe, sorte de crème anglaise plus gélatineuse surmontée de framboises ou de mûres.

Mais bien vite d'autres souvenirs affluent. Si elle pense à un renardeau gambadant au crépuscule, elle voit aussitôt sa mère et les ravages qu'elle peut causer – la grange envahie de poules décapitées et d'une quantité suffisante de plumes pour remplir un oreiller. Si elle se rappelle Cocoa, elle imagine ses frères et sœurs noyés : plongés dans le tonneau, après avoir été enfermés dans un sac. Et si elle se revoit sautant des meules de foin, elle se découvre aussitôt sous les traits d'une espionne, fascinée et effrayée par Maggie et Will.

À sept heures, elle s'est suffisamment punie et décide de se lever. Après une douche tiède, elle prend son petit déjeuner : des tranches du pain fourni par

Lucy, tartiné de beurre et de confiture maison. Elle se force à manger car une longue journée l'attend, mais son estomac est déjà rempli d'appréhension. Mieux vaut y aller. Dans un petit sac à dos, elle glisse une gourde, des sandwiches, un anorak, une carte et son exemplaire écorné de *Loin de la foule déchaînée* – oui, bien sûr qu'elle a conscience de se montrer ridicule en emportant cette histoire d'amour entre un berger obstiné et une fermière plus éduquée que lui. Puis elle se met en route, comme n'importe quel touriste, vers la lande.

Celle-ci a changé. Le soleil tape sur les touffes épaisses d'herbe et les rochers de granit arrondis qui affleurent. Sous ses rayons, les fougères vert pâle deviennent lumineuses, les branches noircies des genêts virent au gris. Le chant des alouettes emplit l'air, et le ciel est si limpide que lorsque Alice se gare au sommet de la lande, elle aperçoit la mer, qui scintille le long de la côte nord, au loin. Elle est au cœur de la péninsule, à son sommet – le point culminant de la Cornouailles, sinon tout à fait le bout du monde.

La nature sauvage de la lande se déroule à ses pieds et elle repère le cromlech de Rough Tor, un ruban de rochers granitiques dressés comme des pierres tombales dans les marécages et les broussailles. Joanna appelait ça les puits des fées, ces étendues trompeuses d'un vert luxuriant entre les plaques d'herbe rase, qui aspiraient vos chaussures et vous engloutissaient tout entier. En tout cas, c'est ce qu'on racontait à Alice quand elle était enfant. Des fantômes rôdaient aussi : Charlotte Dymond, une servante victorienne, égorgée par son soupirant handicapé parce qu'elle avait osé se moquer de lui, et un juge cruel, qui devait vider une mare de la lande avec une coquille de bernicle trouée. Des chiens fantômes se jetaient sur lui s'il cessait d'écoper. À moins qu'elle ne confonde avec la Bête de Bodmin ? Un énorme chat qui laissait les carcasses de vaches et de moutons éparpillées sur toute la lande.

Des fables ridicules. D'autant qu'elle est bien assez tourmentée par ses propres spectres… Et a de quoi s'occuper dans l'immédiat, songe-t-elle en s'éloignant du cromlech pour rejoindre sa voiture. Elle avait espéré se repérer d'instinct, or la lande n'est pas conforme à son souvenir. Sauvage et immense. Les routes étroites sont seulement bordées d'ajoncs, le terrain est entièrement exposé aux éléments. Celles bordées de hautes haies, ces avenues d'arbres qui conduisent à une ferme, ne semblent plus exister. Alice déplie sa carte, comprend qu'elle doit être plus rigoureuse. Pour essayer de trouver un lien entre l'endroit qu'elle cherche et sa position présente.

Mais c'est tellement difficile. Elle se retrouve sur des routes encaissées, flanquées de fougères recourbées qui évoquent des houlettes, de boutons-d'or, de mouron des oiseaux, de compagnons rouges, des pistes pleines d'ornières où sa voiture passe de justesse, et qu'elle parcourt le cœur au bord des lèvres, redoutant de croiser un autre automobiliste. Au pied de la lande, elle tourne, disparaît au fond d'une vallée pour remonter de l'autre côté et se retrouver à un carrefour qui ne lui évoque rien. Des panneaux indiquent la direction de hameaux, mais soit elle rate un virage, soit elle interprète les kilomètres indiqués de façon trop littérale. Elle rebrousse chemin, disparaît sur une autre route encaissée, sous une voûte de chêne vert, de hêtre et d'érable, et atterrit dans un minuscule village niché dans les replis d'une colline, visiblement oublié par le temps. Deux maisonnettes en granit, une cour de ferme, une chapelle qui n'a pas vu de fidèles depuis un moment.

Elle manœuvre, un demi-tour compliqué en six étapes, et repart en sens inverse. Elle commence à se sentir claustrophobe au milieu de toute cette végétation, elle perd pied car elle s'est rendue au sud-est de la lande et ne reconnaît aucun des noms : Bathpool, Slipperhill, Rilla Mill, Upton Cross.

Soudain, la route jaillit d'un creux boisé pour traverser une étendue de lande plane, ponctuée de pierres néolithiques et des restes d'une ancienne mine de cuivre. Déboussolée, Alice se gare et fait quelques pas dans les touffes d'herbe, s'émerveille de la façon dont les cheminées à l'abandon rehaussent le paysage lugubre, imagine l'existence rude des mineurs.

La lande est verte à pois moutarde – les ajoncs – et blancs – les moutons. Alors qu'elle observe ce spectacle, les couleurs se délavent, transformées en dégradés de sépia par une bruine qui s'infiltre jusqu'à ses os et imbibe ses chaussures. L'air résonne d'un bêlement solitaire, du croassement d'un corbeau, du gémissement inquiétant du vent qui se lève et pleure comme un enfant perdu. Elle retourne à sa voiture, troublée tout à coup et, plus encore, terrifiée. Elle se remet en route une fois de plus.

L'après-midi touche à sa fin quand elle repère enfin une construction qui ressemble à celle qu'elle cherche. Une petite ferme mal entretenue, plus compacte que Skylark, faite elle aussi d'ardoise et de granit, blottie au pied de Garrow Tor. L'espace d'un moment douloureux, elle croit avoir atteint son but et comprend que, dans ce cas-là, sa quête a échoué, car l'endroit est désert : les tuiles mangées par le lichen tombent du toit, les fenêtres cassées évoquent des yeux aveugles qui fixent la lande sans la voir.

Brusquement, elle remarque qu'il n'y a ni étables, ni granges, aucun pavé sous les mauvaises herbes. Et d'ailleurs, elle n'a pas longé un chemin encaissé, bordé de chênes et de frênes – même s'il est possible que le flanc de la colline se soit effondré en soixante-dix ans. Si les ponts de pierre médiévaux ont été détruits, les voies de chemin de fer arrachées, pourquoi de tels détails subsisteraient-ils ?

D'un pas raide, elle rejoint le muret du jardin pour s'y adosser, sent le vent fraîchir tandis que le soleil disparaît derrière un nuage qui l'oblige à s'emmitoufler dans sa veste polaire, à croiser les bras sur sa taille, dans un geste qui ne lui ressemble pas.

Alors les larmes viennent. Pas seulement parce qu'elle lui semble insurmontable, cette quête ridicule, mais parce que les souvenirs de cette terrible nuit lui reviennent en force à présent. Un véritable torrent. L'eau d'un barrage qui l'engloutit, rapide, furieuse, impitoyable.

Elle se recroqueville dans un coin pour que le mur de pierre sèche qui a tenu bon face au vent pendant plus de deux siècles puisse l'abriter en partie, puis elle s'abandonne au passé, enfin.

33

18 avril 1944, Cornouailles

Alice tremblait. Elle n'avait pas cessé depuis que tante Evelyn lui avait mis le bébé dans les bras avec un biberon rempli de lait de brebis – celui qu'elle utilisait pour nourrir les agneaux orphelins. À ses pieds se trouvait un sac avec des bouts de serviettes qui serviraient de couches. Joanna en avait déjà fabriqué une pour le petit, avec une épingle de nourrice, avant de l'habiller avec une ancienne chemise de nuit de Maggie.

Alice étouffa un sanglot et serra le bébé contre elle, respirant l'odeur de son crâne si singulière : une odeur de propreté, comparée à celle, terreuse, de la cour pleine de fumier ou à celle, peu familière, de la voiture de M. Trescothick, où elle était assise à cet instant.

Elle s'enfonça dans le siège en cuir, pour les dissimuler, le bébé et elle, aux regards indiscrets, s'interdisant de poser les yeux sur le tonneau d'eau menaçant juste derrière sa vitre, ou de redouter l'obscurité qui s'abattait de tous côtés. Le tableau de bord était en noyer brillant et les voyants luisaient. Elle se concentra sur eux, tout en berçant le petit, cherchant à le protéger, à le préserver de tout danger.

Elle pouvait toujours espionner la mère de Maggie et Patrick Trescothick dans le rétroviseur extérieur de la voiture. Tante Evelyn était effrayante ; le vétérinaire en colère puis boudeur, comme Will aux rares occasions où il s'était fait houspiller.

Allait-il bientôt la rejoindre ? Ils devaient partir au plus vite. Avant le réveil de Maggie, avant que ce satané marmot ne se remette à hurler, avait-elle entendu tante Evelyn dire à Joanna. Avant, avait marmonné la bonne en mettant une couche propre au petit, que quiconque puisse regretter cette décision.

Alice redoutait le long trajet silencieux avec le vétérinaire. Il avait administré un calmant à Maggie, au moyen d'une seringue similaire à celles dont il se servait pour les chevaux. Après tout, elle était hystérique, avait argué sa mère, sur un ton détaché. Elle avait besoin de sortir de cet état.

— Je ne pense pas que ce soit la bonne chose à faire, avait tenté d'objecter le vétérinaire, alors que les sanglots de Maggie étaient incontrôlables.

Elle était trop faible pour ramper derrière son bébé, que Joanna lui avait retiré.

— Je vous demande de faire preuve de compassion.

Le ton léger de tante Evelyn était démenti par un regard dur et brillant – qui signifiait clairement qu'il n'avait pas intérêt à la contrarier.

Puis elle avait senti la présence d'Alice, derrière la porte.

— Que fais-tu là ? File, tout de suite ! Ouste ! Rejoins Joanna !

Et Alice avait dû abandonner Maggie alors que le vétérinaire s'approchait de son chevet. Elle avait peur de lui, comprit-elle tout à coup, tandis qu'il s'éloignait de tante Evelyn et gagnait la voiture, l'expression indéchiffrable. Quels étaient les termes qu'avait employés James ? « Je suis pas sûr de lui faire confiance. Y s'est conduit comme un minable… C'tait pas beau à voir. » Et maintenant ils comptaient sur lui, ce minuscule bébé et elle, pour veiller sur leur sécurité. Ses genoux s'entrechoquèrent comme toujours quand elle restait trop longtemps dans la mer parce que Maggie la mettait au défi. Pourvu qu'elle ne claque pas aussi des dents…

Il ne lui accorda pas un seul regard en mettant la clé dans le contact. Le moteur démarra. Un discret soupir, puis un rugissement lorsqu'il fit une rapide marche arrière avant de s'engager sur le chemin, tandis que la puanteur du caoutchouc brûlé envahissait l'atmosphère.

Alice avait les articulations blanches tant elle serrait le bébé. Il gémit dans son sommeil et elle relâcha un peu son étreinte. On peut étouffer les bébés, lui avait dit Joanna, exactement comme Doris qui avait écrasé ses porcelets en roulant sur eux – et une brebis pouvait projeter un agneau dont elle ne voulait pas contre un mur en pierre. Elle s'efforça de réguler sa respiration, se concentrant pour pousser de longues expirations avant de s'inquiéter d'être entendue par le vétérinaire. Au moins pouvait-elle prendre soin du bébé dans l'immédiat, pendant la durée du trajet. Mais après ? Après, elle ne lui serait d'aucune aide…

Plutôt que de s'apitoyer sur son propre sort, elle focalisa son attention sur le pare-brise. La route était déserte et le ciel d'un bleu noir : quelques rares étoiles et une lune pleine éclairaient les traînées de nuages. Le vétérinaire n'avait allumé que ses feux de croisement et les haies se dressaient, menaçantes, au détour des virages obscurs. Un lapin surgit devant eux, pris dans le faisceau lumineux au tout dernier instant. *Boum !* Elle cria alors que la voiture tressautait, le lapin catapulté loin des roues.

Ils quittèrent le chemin de terre pour s'engager sur une route principale qui s'enfonçait vers le cœur de la Cornouailles. Le vétérinaire conservait le silence et Alice n'osait pas ouvrir la bouche. Elle hasardait néanmoins des regards dans sa direction. Dire qu'elle l'avait trouvé beau à une époque ! Son visage était tout bouffi, il avait de la crasse sous les ongles, des cernes sombres sous les yeux. Il n'était pas rasé et ses mouvements trahissaient sa nervosité. Autrefois, il semblait à l'aise dans son corps que ses vêtements épousaient à la perfection. À présent, il avait les épaules voûtées et il gardait les yeux rivés droit devant lui. Sous celui de gauche, un nerf tressaillit.

— Quel cauchemar, hein ?

Son ton sec la prit au dépourvu. Elle se sentit rougir. Il lui jeta un bref coup d'œil.

— Pauvre petite… J'imagine que c'est la dernière chose à laquelle tu t'attendais, te retrouver impliquée dans une histoire pareille… À moins que tu n'aies su depuis le début ?

Elle gardait le visage résolument tourné vers la route. Savait-elle ? Bien sûr, elle avait ses soupçons.

La réaction de Maggie quand elle l'avait surprise en train de s'habiller au début du mois, son effroi alors qu'elle jetait un regard vers son ventre pourtant caché... Oui, Alice avait compris, évidemment. Et pourtant, jusqu'à cet après-midi où elle avait été la voir dans sa chambre, elle n'avait pas accepté ce qu'elle savait. Elle joua avec la couverture, emmitoufla le petit. Mieux valait feindre de n'être pas au courant : elle ne voulait pas avoir d'autres ennuis, ni en causer à Maggie. D'un autre côté, elle n'avait pas envie qu'il la juge puérile. Après tout, plus personne ou presque ne la traitait comme une enfant désormais. Tante Evelyn voulait qu'elle prétende être la mère de ce bébé. Parce qu'elle était assez grande pour avoir fait cette chose. L'injustice de la situation et la honte commençaient à la dévorer.

— Je m'en doutais un peu, confessa-t-elle.

Et cette quasi-vérité devint rapidement une vérité à part entière.

— Vraiment ?

Il parut la considérer d'un œil neuf.

— Eh bien, je ne peux pas en dire autant. Bien sûr, j'ai à peine vu Maggie ces derniers temps. Je ne la connaissais pas aussi bien que toi.

— Elle se confie à moi.

Alice ignorait d'où provenait cette déclaration, qui méritait à peine le nom de vérité, car Maggie lui adressait rarement la parole depuis l'été et semblait même avoir du mal à supporter sa présence.

— Elle me raconte presque tout.

— Alors tu connais l'identité du père ?

Le vétérinaire eut soudain tout du prédateur. Alice se demanda s'il cherchait à se moquer.

— Ne t'inquiète pas, je ne te demande pas de trahir un secret, même si j'ai ma petite idée…

Elle se mura dans le silence, se concentrant sur la route qui surgissait sous leurs roues tandis que la lande s'écartait de part et d'autre – étendue invisible et morne d'ajoncs et de granit. Décidée à ne trahir personne ni à être davantage ridiculisée. Car imagina-t-elle le rire sous-jacent quand il lui lança :

— Et comment va ton frère dernièrement ?

— Je te laisse ici. Il te suffit de descendre Higher Bore Street et de me retrouver devant le Mason's Arms, quand tu auras terminé.

Ils étaient à Bodmin, sur la route conduisant à l'orphelinat et le moteur de la voiture tournait encore – comme si le vétérinaire était impatient de se débarrasser d'elle et de prendre un verre.

— Vous ne m'accompagnez pas ?

La réalité de la situation, la réalité d'avoir à affronter les sœurs seule la frappa avec la violence d'une bourrasque de vent.

— Pourquoi ferais-je une chose pareille ? demanda-t-il, l'air sincèrement surpris. Autant porter une pancarte disant que j'engrosse les gamines de treize ans.

Son langage cru la stupéfia, ainsi que l'idée qu'un homme puisse faire cette chose avec une fille de son âge.

— Débarrasse-t'en vite. Et pars en courant si besoin. Tu pourras m'attendre dans la voiture si tu n'as pas envie d'entrer dans le pub.

Il s'éloigna dans un rugissement vers le Mason's Arms, où un attroupement de soldats s'était déjà formé. Ils envahissaient les rues, ces jours-ci : deux mille hommes environ, avait dit oncle Joe. Ils garaient leurs chars d'assaut au pied de l'obélisque et gonflaient considérablement les rangs de la population de cette ville de cinq mille âmes.

Il commença à bruiner. Alice s'enveloppa dans l'imperméable en gabardine de Maggie, avec le bébé, cherchant à passer inaperçue : une jeune fille abritant un paquet, gravissant la colline vers l'orphelinat, sur la route de la côte.

Deux GI la dépassèrent, plus apprêtés que ceux du régiment du duc de Cornouailles. Leurs rires veloutés emplissaient l'air nocturne.

— Bonsoir, petite dame, lui lança l'un d'eux.

— Un peu jeune, Bud. Même pour toi !

Elle pressa le pas pour s'éloigner de leurs odeurs : brillantine et savon, effluves de tabac. Les relents incomparables de virilité. Elle leva son visage vers la pluie, dans l'espoir de se purifier.

Soudain, elle se trouva devant l'orphelinat, perché au sommet d'une rue de maisonnettes ouvrières toutes simples. Il y avait des collines au-delà, elle en était certaine : un patchwork qui se fondait dans l'obscurité. La rue, elle, était bâtie et pleine de monde.

Le couvent – ou l'orphelinat, car la plaque suggérait que les deux ne faisaient qu'un – consistait en un petit château. Pas aussi vieux que la ferme, mais plus élégant, avec des tourelles, une croix, des remparts crénelés, le tout en blocs de granit. Les fenêtres à meneaux luisaient, et Alice tenta d'imaginer ce qu'elles pouvaient cacher. Entendait-elle un enfant pleurer ? Le cri s'intensifia… mais c'était le vent, qui poussait son sifflement crissant en montant de la lande.

Le crachin se transforma en véritable pluie, de grosses gouttes qui frappaient les vitres et dégoulinaient sur son imperméable, lui léchaient les mollets, lui mouillaient les chevilles. Elle plaqua le bébé contre elle. Il continuait à dormir, bercé par les battements du cœur d'Alice, bien au chaud et à l'abri.

Il fallait le leur confier maintenant, oui, il le fallait. Avant qu'il ne soit trempé et qu'ils ne prennent froid tous les deux. Avant que le vent ne devienne plus féroce. Avant que M. Trescothick ne se mette en colère. Elle sortit des ombres. La lourde porte de chêne s'ouvrit et une femme jeta un chat, qui poussa un miaulement en touchant terre.

Alors qu'Alice faisait un pas en avant, la porte de ce château de fée inquiétant lui claqua au nez. Le chat détala devant ses pieds, regard affolé dans le noir et fourrure ébouriffée. Alice eut alors la certitude absolue qu'elle ne pourrait pas laisser l'enfant là.

Le serrant dans ses bras, elle recula sans se détourner du château – prête à courir si la femme sortait pour s'emparer du petit qu'elle aurait repéré. Alice avait perdu tout le monde : Will, ses parents, le petit Robert, ses sœurs jumelles, Pam et Susan. Elle avait perdu l'amour de Maggie, l'affection ponctuelle de tante Evelyn et, sans doute, la sympathie d'oncle Joe. Elle avait même perdu les bébés chatons, Flopsy le lapin de garenne, et Bert, le porcelet qu'elle avait nourri au biberon. Tous ceux qu'elle avait jamais aimés étaient partis.

Sa gorge était douloureuse tant elle s'efforçait de retenir le chagrin qui enflait en elle. Elle n'abandonnerait pas cet enfant. Elle en était incapable. C'était trop lui demander. S'ils la pensaient assez grande pour avoir un bébé, eh bien elle était assez grande pour prendre cette décision toute seule, aussi ! Une joie étrange l'envahit alors qu'elle s'éloignait de l'orphelinat et que le vent la poussait dans la rue en pente, vers le centre-ville. Elle n'avait jamais été à l'encontre de la volonté des adultes auparavant. Cette fois, elle n'avait pas le choix. Il faudrait qu'on lui arrache ce bébé des bras.

Elle devait l'emmener quelque part, malgré tout. La gravité de son geste lui apparut tandis qu'elle dévalait Higher Bore Street en direction du pub où M. Trescothick buvait. Le visage de tante Evelyn – sa rage quand elle avait invectivé Maggie – se dressait devant ses yeux, menaçant. Alice comprit qu'elle ne pouvait pas prendre ce risque, prendre le risque de ramener le bébé à la ferme.

L'idée qui avait germé dans son esprit pendant le trajet en voiture se précisait. Et si elle trouvait le moyen d'amener le bébé à Will, de l'autre côté de Bodmin ? Dès qu'il le verrait, il déciderait d'assumer ses responsabilités, elle le savait. Il aimerait son fils, lui trouverait un toit.

Une bulle de joie éclata en elle et elle câlina le bébé. Pourquoi n'y avait-elle pas pensé avant ? Son frère viendrait chercher Maggie et ils formeraient une famille. Oncle Joe pourrait les aider financièrement et favoriser leur mariage. Et Alice ? Alice serait la bonne fée marraine. La prétendue enfant qui avait tout arrangé en permettant la conclusion heureuse de cette histoire.

Elle voyait très nettement le tableau à présent. Will, fou de joie, si fier qu'elle ait sauvé son fils. La reconnaissance de Maggie, une fois qu'elle aurait retrouvé tout le monde, ses remords d'avoir repoussé Alice. Son sourire s'élargit. Elle se rendit compte qu'elle pleurait, mais c'étaient des larmes de soulagement : elle avait trouvé une solution. Bébé Will resterait dans la famille, elle n'aurait pas à perdre un autre être cher. Elle embrassa le sommet de son crâne, ses larmes lui mouillant les joues alors qu'elle le changeait de position.

— Bébé Will, lui murmura-t-elle. Je vais t'emmener chez ton papa, et il va t'aimer si fort…

— Non mais qu'est-ce qui t'a pris, bon sang ?

Patrick Trescothick venait de sortir du Mason's Arms et fondait sur elle. Il était livide.

— Je… je… je ne donnerai pas ce bébé. Je ne peux pas. La femme de l'orphelinat est cruelle…

— Monte dans la voiture.

Il ouvrit sa portière violemment et démarra sans lui laisser le temps de s'installer correctement. La voiture fila dans la large rue vers la sortie de la ville, loin de l'orphelinat.

— Vous ne me ramenez pas là-bas ? demanda-t-elle d'une toute petite voix.

— À quoi bon ? rugit-il.

La voiture était envahie d'effluves de fumée et de bière.

— Je ne peux pas te forcer, et ce n'est pas moi qui irai le confier aux sœurs. On va devoir retourner à la ferme.

Il vira brusquement à gauche, puis fit un demi-tour avant de dépasser le pub en trombe et de rejoindre la route de la côte. Le nerf sous son œil gauche palpitait à nouveau.

— Satanée femme ! Qu'est-ce qui m'a pris, enfin ? s'écria-t-il en frappant le volant du plat de la main.

Le cœur d'Alice battait la chamade, mais elle garda le silence. Evelyn était-elle la « satanée femme » ? La voiture traversa un bois sur le ruban sombre de la route. Ils allaient dans la mauvaise direction. La mauvaise direction si elle voulait emmener ce bébé à Will, le mettre en sécurité.

— S'il vous plaît, bafouilla-t-elle. S'il vous plaît… On pourrait confier ce bébé à mon frère, à Will. Il travaille chez Eddy, à Polcarrow, de l'autre côté de Bodmin. Vous connaissez ?

Elle semblait intarissable, brusquement.

— Will saura quoi faire, il nous aidera. Il prendra le bébé, j'en suis sûre.

Ses mots, prononcés à voix haute dans l'obscurité glaciale de la voiture, étaient ridicules : la fantasmagorie puérile d'une fille qui voulait jouer à la famille heureuse et tout arranger.

— S'il vous plaît, implora-t-elle à nouveau, dans tous ses états maintenant. S'il vous plaît !

Des larmes glissaient sur ses joues, le vétérinaire continuait à rouler, imperturbable.

— Je suis désolée, gémit-elle avant de se mettre à hoqueter alors qu'elle tentait de ravaler ses sanglots.

Il écrasa l'accélérateur, la voiture zigzaguait entre les plaques sombres d'ajoncs vers le point culminant de la lande de Bodmin, les essuie-glaces crissaient sur le pare-brise éclaboussé de pluie.

La panique submergeait Alice. Elle avait tout gâché. Le bébé ne serait accueilli ni à l'orphelinat ni par son frère. Et maintenant elle le ramenait vers un danger certain. Elle se raccrochait à lui, ses larmes coulaient sur la peau du nouveau-né et mouillaient sa couverture en laine. Gigotant, il poussa un petit cri indigné. Puis il toussa avant d'émettre un vagissement tonitruant. *Ouinnnn... Ouuu... innnnnn... Ouuu... innnnnn !*

— Tu ne peux pas le faire taire ?

Le vétérinaire fit une embardée. Il était atterré.

— Chut... chut... là... chut... tais-toi, s'il te plaît...

Les pleurs diminuèrent un peu avant de repartir de plus belle. Alice tremblait de la tête aux pieds maintenant.

— Je ne sais pas quoi faire...

Les cris montaient furieusement crescendo.

— Tu ne peux pas le nourrir ?

Elle essaya d'attraper le biberon mais faillit cogner la tête du bébé contre le tableau de bord.

— Je n'arrive pas à l'atteindre... Vous pourriez vous arrêter une minute ? S'il vous plaît ?

— Oh, bon sang !

Il donna un grand coup de volant et la voiture quitta la route pour aller s'échouer dans un fourré d'ajoncs.

— Bon sang ! répéta-t-il. C'est pas vrai !

Alice ramassa le biberon et introduisit la tétine dans la bouche du bébé.

— Tiens, là… Prends, allez…

Le désespoir fit vaciller sa voix. *Ouinnn… ouinnn…* Puis après une première gorgée hésitante, le petit se mit à téter goulûment le liquide crémeux. Alice n'en croyait pas ses yeux : elle avait réussi à le faire taire. De nouvelles larmes jaillirent tandis qu'elle observait sa petite bouche qui remuait dans la pénombre. La terreur qui s'était emparée d'elle depuis son départ de la ferme commença à refluer et le soulagement l'envahit tel un rayon de soleil, la réchauffant de l'intérieur, chassant la peur. Poussée par l'audace, elle dit :

— Il est adorable, non ?

Elle éprouvait le besoin de souligner sa valeur, de profiter de cette occasion. Elle n'en aurait peut-être pas d'autre, elle ne le tiendrait peut-être plus jamais dans ses bras.

Le vétérinaire grogna, la tension irradiait de tout son corps. Il piocha une cigarette dans son paquet, de ses doigts crasseux et frénétiques, se calmant à mesure que les ronds de fumée envahissaient la voiture.

Le bébé continua à boire, ses yeux brillants rivés sur Alice, sa bouche tétant en rythme le biberon, qu'il vidait tel un agneau. Il finit par se rendormir et la tétine glissa sur son menton. Un léger tressaillement agitait parfois ses lèvres. Il avait l'air si paisible… Le traumatisme des dernières heures était atténué par le sommeil et un ventre plein de lait.

— On ne pourrait pas l'amener à Will ?

Les mots lui échappèrent malgré elle. Elle lui coula un regard en biais : la cigarette et le bébé endormi l'avaient détendu.

— Il ne le prendrait pas. Il a quoi ? Dix-sept ans ?

— Il en aura dix-huit en juin.

— C'est la dernière chose que peut vouloir un garçon de son âge.

Alice se mordilla la lèvre, décidée à ne pas le contrarier. Pourtant, comment pouvait-il en être aussi sûr ? Puis elle songea que Will ne lui avait pas écrit depuis son départ, qu'il n'avait jamais cherché à contacter Maggie. Ce fait déplaisant la tourmentait. Et s'il n'avait jamais aimé Maggie ? S'il n'avait jamais tenu à elle ?

Elle attendit que le vétérinaire redémarre, mais il demeurait immobile, plongé dans ses pensées, lui aussi.

— Je connais une autre famille qui pourrait le prendre. Des fermiers sur la lande.

Alice ne voulait pas confier ce bébé à quelqu'un d'autre, toutefois elle avait refusé de l'emmener à l'orphelinat, et Patrick Trescothick refusait de la conduire jusqu'à Will. Une autre ferme, familière et proche, représentait peut-être une solution moins dangereuse que Skylark.

— Pourquoi voudraient-ils le garder ?

— Ils ne peuvent pas avoir d'enfant. Ils ont essayé pendant des années. Ils veulent un bébé.

Elle ferma les yeux, tenta de se représenter le couple sans enfants. D'imaginer ce qu'on pouvait éprouver quand on désirait une chose si fort qu'on était prêt à l'accepter même si elle n'était pas vraiment à vous… Elle se rappela la brebis qui avait perdu un agneau, au printemps précédent, et qui passait ses journées à tenter d'attirer d'autres petits. Elle avait réussi à en prendre un dans ses filets, et l'agneau n'était jamais retourné auprès de sa mère.

Elle ouvrit les yeux : le vétérinaire la considérait d'une drôle de façon. L'atmosphère avait changé, on aurait dit que le silence, dans la voiture et dans la lande alentour, avait créé une intimité entre eux. Dehors, la pluie martelait les vitres ; à l'intérieur, tout était paisible.

— Bien sûr, il faudra que tu paies le prix.

— Comment ça ? Je n'ai pas d'argent, se récria-t-elle.

Il était penché vers elle à présent, son expression était déterminée, son sourire moqueur. Sa bouche la prit par surprise. Une immense bouche avide qui avait un goût de fumée et de bière. L'espace d'un bref instant, elle fut trop stupéfaite pour le repousser.

— Rien qu'un baiser, dit-il. Et un second.

Sa langue se faisait insistante maintenant, épaisse et violente, et ses doigts crasseux se frayaient de force un passage entre ses jambes.

— Non !

Elle reprit son souffle, scandalisée et furieuse, puis réussit à éloigner la main du vétérinaire.

— Tu m'aides… et je t'aiderai, dit-il en l'attrapant par la nuque pour l'attirer vers lui.

Il fourra son autre main sous sa culotte et se mit à frotter sous le tissu. Puis il agrippa le poignet droit d'Alice et le tira vers son entrejambe.

— Touche-moi, dit-il, déchaîné, lui écrasant les doigts tout en leur imprimant un mouvement de va-et-vient sur le renflement à l'avant de son pantalon.

— Je ne sais pas comment faire.

— Comme ça !

Il avait l'air enragé. Défaisant sa ceinture, il la força à reprendre le même mouvement.

Le sang monta à la tête d'Alice. Il est fou, songea-t-elle, complètement fou ! Et en même temps, si je veux sortir d'ici saine et sauve, avec le bébé, je dois lui obéir. Elle essaya de se souvenir de ce que Will et Maggie avaient fait, mais, à la pensée de ce que cet acte pouvait produire, des larmes lui embuèrent les yeux et lui mouillèrent les joues. Il écarta son visage du sien.

— Je t'interdis de pleurer ! hurla-t-il. Pourquoi est-ce que tu pleures ? Quelle raison as-tu de pleurer, bon sang ?

Puis son visage se chiffonna comme celui d'un petit garçon, l'angoisse et la tristesse se livraient bataille.

— Je suis désolée, dit-elle.

Elle s'efforça de suivre ses instructions, de toucher cette partie répugnante de son corps. Pourvu que ça se termine bientôt, pria-t-elle. Faites que les soubresauts arrivent vite, par pitié, pourvu que ça aille vite. Et faites que la situation ne s'envenime pas, qu'il ne nous fasse aucun mal, ni au bébé ni à moi.

Elle ne devait pas s'y prendre correctement, car ce qu'elle sentait sous ses doigts était de moins en moins dur. Elle craignait que le vétérinaire ne se mette en colère. Ses traits étaient rouges et déformés. Alice mit un moment à comprendre qu'il pleurait. Enfin, quand la chose ne fut pas plus grosse qu'une souris dans sa main, il se pencha sur le volant, secoué de gros sanglots.

— Je suis désolé, crut-elle l'entendre dire, vraiment, vraiment désolé.

Elle resta parfaitement immobile, écoutant le bébé qui dormait et la pluie qui tambourinait, cherchant à savoir si elle pourrait retirer sa main sans qu'il s'en rende compte. Elle avait le ventre tendu comme un ressort.

— Regardez un peu le fils chéri maintenant ! gémit-il, le visage mouillé de larmes. Le seul fils survivant… Un sale ivrogne, oui ! Quel fiasco ! Quel fiasco, bordel !

Il se jeta sur la clé de contact et passa brusquement en marche arrière. La voiture longea les ajoncs, qui éraflèrent sa carrosserie, avant de virer tout à coup.

Le cœur d'Alice battait à tout rompre contre le bébé. Elle posa sur lui un regard fervent, espérant qu'il ne pouvait pas l'entendre, qu'il ne se réveillerait pas et ne se remettrait pas à crier. Avec sa main droite, elle rajusta sa jupe, la tira sur ses genoux nus. La peau à l'intérieur de sa cuisse était irritée à l'endroit où il l'avait griffée, et elle sentait une douleur entre ses jambes – il avait essayé d'y introduire un doigt de force. Sa peur se démultiplia lorsque la voiture accéléra.

Puis soudain il freina si fort qu'elle dut se retenir pour ne pas heurter le tableau de bord. Le bébé se réveilla en bêlant.

Le vétérinaire allait-il s'en prendre à elle une fois de plus ? Elle chercha la poignée à tâtons. Mieux valait s'enfuir avec le bébé plutôt que subir une nouvelle agression. Il manœuvra pour prendre un virage serré à droite et une route qui s'enfonçait dans les terres. Elle regarda celle-ci défiler derrière la vitre. Alice avait laissé passer sa chance de sauter. Si elle le faisait maintenant, elle risquait de perdre le bébé. À l'idée qu'il puisse lui échapper et tomber dans les broussailles – de cette lande sombre et fantomatique, inquiétante avec ses blocs de roche, ses tourbières et son silence, sans oublier la brume qui nimbait tout d'un voile mystérieux –, elle en éprouva une terreur brute.

— Quelle explication allons-nous leur donner ?

Il s'adressait apparemment à elle.

— Le bébé, poursuivit-il. Si l'autre famille le prend.

— On n'aura rien à expliquer.

Elle déglutit, son cœur continuait à s'emballer. Elle devait jouer finement la partie.

— On pourrait dire à tante Evelyn que je l'ai confié aux sœurs. Comme elle me l'a demandé.

— Et…

Il s'éclaircit la voix.

— Tu ne parleras pas de ce qui est vraiment arrivé ?

— Bien sûr que non !

Elle faillit presque rire. À qui pourrait-elle le dire ? Et qui la croirait ? À supposer qu'elle trouve un moyen d'expliquer leur décision, elle n'avait aucune personne de confiance à qui le confesser.

— Tu as l'air tellement plus vieille… avec le bébé. Pendant un moment, j'ai cru que c'était le tien en réalité. Un moment de… folie.

Menteur, pensa-t-elle avec une lucidité froide, aussi limpide que la couche de glace qui se formait à la surface des flaques, les matinées d'hiver les plus rudes. Je suis encore une petite fille. Tu le sais. Ça n'aurait jamais dû se produire. Elle gardait les yeux rivés sur le bébé, qui lui rendait son regard, interrogateur.

La voiture ralentissait à présent, elle plongea sous une voûte de branches – des arbres noueux, nus, enchevêtrés, noircis par les genêts, torturés par l'homme et le vent. La route, irrégulière, était semée d'ornières, la voiture cahotait d'un côté à l'autre. Après avoir roulé sur des pavés, elle s'arrêta dans une cour.

À travers le pare-brise, Alice aperçut le granit attendri d'une ferme qui n'était pas sans rapport avec Skylark, bien que plus ramassée et moins bien entretenue. Les fenêtres étaient plus petites, leurs cadres avaient besoin d'être repeints. Les mauvaises herbes envahissaient le jardin, les buissons auraient mérité d'être taillés. Une chaise cassée et une machine agricole étaient abandonnées devant la maison, un tonneau avait été poussé contre le mur de la grange pour recueillir de l'eau qui gouttait.

— Vous êtes sûr qu'on est au bon endroit ?

Le doute envahissait Alice, soudain. Qui pouvait lui certifier que ces gens étaient bien ? « Tu m'aides et je t'aiderai… » Peut-être n'avait-elle pas conclu un marché avantageux. « Je suis pas sûr de lui faire

confiance. Y s'est conduit comme un minable... »
Voilà ce qu'avait dit James.

— Sûr et certain, répondit-il avant de couper le moteur et de lui prendre le bébé des bras. Reste ici, je vais le leur donner.

34

18 août 2014, Cornouailles

Le jour suivant, Alice reprend son enquête. Celui d'après aussi. Elle ne conduit plus dans le même état de frénésie, elle adopte une approche plus méthodique pour retrouver la ferme. Elle mesure ses efforts, se munit de véritables provisions cette fois : un thermos de café instantané sucré, des sandwiches, une banane, des sablés – bien qu'elle n'ait plus d'appétit. Une polaire chaude et son coupe-vent. *Loin de la foule déchaînée* ainsi que la lettre de Will, comme deux talismans, même si elle ne sait pas à qui elle pourrait bien les montrer.

Elle essuie plusieurs échecs : fermes à l'abandon battues par les éléments, prometteuses au premier abord mais qui se révèlent décevantes dès qu'elle s'approche. La lande regorge de preuves d'anciennes existences disparues. Le nom Altarnum réveille un vague souvenir et elle descend jusqu'à un village de granit isolé, avec un ruisseau qui gargouille et une église imposante, avant de se rendre compte qu'elle le connaît grâce à un roman de Daphné du Maurier. Deux colverts se pavanent dans un petit jardin ouvrier soigné et des rhododendrons fleurissent dans le jardin d'un presbytère. L'air frais et chargé d'humidité diffuse des parfums de chèvrefeuille et d'ail des ours. Mais c'est un lieu trop joli et trop bien abrité, niché au creux de la vallée. L'endroit qui l'intéresse est bien plus exposé et solitaire.

À compter du troisième jour, Alice se concentre sur les hauteurs de la lande, à l'est des villages de St Breward et de Blisland. Elle remonte une route couverte par la frondaison des arbres et débouche sur la lande – il n'y a plus que des ajoncs et des prunelliers, ainsi qu'une étendue d'herbe plus rase, peuplée de chevaux sauvages, de vaches Highland et d'un troupeau de moutons à tête noire. Elle sait qu'elle approche du but, alors elle poursuit son chemin. Alice ne croise jamais personne hormis une cavalière, de temps en temps, car elle est trop timide pour s'aventurer dans les rares pubs qui promettent de la bière locale et un délicieux rôti, et où elle sera inévitablement dévisagée par les habitués. Elle pioche dans son sandwich au fromage et aux cornichons, en compagnie des alouettes et des bêlements.

À la fin de la quatrième journée, une douleur sourde lui lamine le cœur, une certitude violente que sa quête est vaine. Et en même temps comment baisser les bras maintenant ? Une détermination qu'elle ne soupçonnait pas grandit en elle, plus forte que l'épuisement qui la contraint à se garer au bord de la route quand elle redoute de s'endormir au volant. Elle s'assoupit, puis se réveille, embrumée. Une heure s'est écoulée et le paysage a changé. Un nuage charbon fait un hématome dans le ciel d'un gris terne et de grosses gouttes de pluie s'écrasent sur le pare-brise : pas les gouttelettes vaporisées par la bruine marine, une vraie averse. Elle s'arrête aussi subitement.

Tandis qu'un soleil aqueux filtre à travers les nuages, elle reprend la route, sachant désormais qu'elle sortira tous les jours, si besoin. Elle ne pourra pas retourner à Londres si elle n'a pas épuisé toutes les possibilités, remonté toutes les pistes. Et donc elle persévère : elle rebrousse chemin, emprunte des routes inconnues, arpente la lande. Car elle sait qu'elle n'a pas imaginé cette ferme secrète, que celle-ci est forcément quelque part.

Soudain, elle apparaît : une enfilade d'arbres plantés au bord d'une route encaissée, qui paraît encore plus isolée que les autres. Les arbres, malmenés par le vent, sont tordus et ratatinés, leurs troncs sont envahis par les lierres, étreints par les racines de leurs voisins. Alice se concentre : la voiture tressaute sur la chaussée accidentée, elle ignore les mouchetures de lumière qui passent à travers les feuilles. Car elle a entrevu la ferme et quelque chose dans la disposition des bâtiments lui semble familier. Oui, quelque chose lui dit qu'elle a trouvé le lieu qui la hante depuis soixante-dix ans.

La voiture ralentit avant de s'immobiliser. À travers le pare-brise, Alice découvre une maison qui n'est pas sans évoquer Skylark, en plus petit et plus pimpant. Le cadre des fenêtres, fraîchement repeint, brille au soleil, la porte est d'un vert kaki élégant. Un petit panneau près du montant indique le nom, gravé dans le métal : Trebartha. Elle prend un moment, attendant que ces mots éveillent un souvenir. Elle n'a pas vu ce panneau à l'époque, ne l'aurait pas remarqué dans la nuit. Mais peut-être est-ce la pièce manquante de son puzzle, un indice supplémentaire qui la rapprochera de son but.

La porte s'ouvre avant qu'elle n'ait eu le temps de frapper : les visiteurs doivent être rares et elle a fait craquer la boîte de vitesses en se garant sur le chemin, n'osant pas entrer dans la cour.

— Je peux vous aider ?

La femme qui apparaît approche de la cinquantaine. Pas la moindre trace d'accent de la région. Mince, elle a les cheveux relevés – quelques mèches folles se sont échappées – et des yeux gris, sous des sourcils bien dessinés, méfiants.

— Je suis à la recherche d'une famille qui aurait vécu ici il y a très longtemps. Soixante-dix ans, plus précisément.

Alice s'étrangle quand elle remarque que la femme hausse très légèrement les sourcils.

— Ça va vous paraître ridicule… Je crois qu'ils occupaient cette ferme en 1944. Un fermier, sa femme et leur fils… Il devait encore être bébé. J'ai malheureusement oublié leur nom.

La femme, qui pourrait très bien être une de ses voisines londoniennes, lui adresse un sourire franc. Son regard se réchauffe.

— Voilà qui est intéressant… Vous venez de loin ?

Elle l'observe, remarque son âge, l'épuisement et le désespoir que trahissent ses traits, Alice s'en doute.

— Padstow. Mais j'ai pas mal roulé dans la région.

— Oh, ma pauvre. Venez… Entrez, entrez.

La femme lui fait signe de la suivre. Alice pénètre dans un vestibule froid aux dalles d'ardoise, se sent mal à l'aise avec son vieux coupe-vent. Une bougie parfumée dans un pot en verre diffuse un parfum de lavande et une impression de calme. Tout est de si bon goût. Une maison choyée par ses propriétaires emplis de fierté, presque trop raffinée pour être réelle. Elle pense à la ferme sombre et humide qu'elle s'est imaginée, avec ses huisseries mal entretenues et son jardin broussailleux, elle s'émerveille des transformations rendues possibles par un peu de peinture, d'argent et de temps.

— Quelle ravissante maison, dit-elle, se sentant obligée de faire cette remarque, alors qu'elle est plantée là avec ses mocassins orthopédiques qui doivent laisser des traces sur le sol.

— Je vous remercie.

Le sourire de la femme s'élargit et Alice constate qu'elle n'est pas aussi impressionnante qu'elle l'a d'abord cru. Il y a une trace de peinture blanche sur son front, des petites rides d'expression autour de sa bouche et de ses yeux.

— On vient tout juste d'emménager. La famille qui nous a vendu la ferme l'avait achetée il y a quinze ans, pour en faire une maison de vacances et n'est pas souvent venue. Mais nous l'adorons !

— Et avant cette famille ?

C'est le bon endroit, elle le sait, même si elle en a franchi le seuil pour la première fois aujourd'hui, même si à l'époque elle s'est contentée de regarder Patrick Trescothick entrer. Elle voit passer le fantôme d'un petit garçon, un enfant des années 1950 en culottes courtes, les genoux écorchés, un visage maculé de tourbe, et autant de taches de rousseur que son frère. Et elle sait qu'elle ne pourra pas partir sans la confirmation qu'il a vécu ici.

— Plusieurs propriétaires se sont succédé dans les années 1980 et 1990. Des gens qui voulaient une résidence secondaire puis se sont rendu compte qu'ils n'étaient pas fous de la vie dans la lande.

Après un silence, elle ajoute :

— Mais c'est une période bien antérieure qui vous intéresse, non ?

— Les années 1940, oui. La fin de la guerre.

Sa voix se brise. Elle ne peut pas expliquer à cette femme pourquoi elle doit retrouver cette famille. Elle n'est pas du genre à s'épancher – comme tous les gens de sa génération –, néanmoins elle doit la convaincre que cette recherche n'est pas qu'une lubie.

— Si vous avez la moindre information…

Elle s'interrompt pour se préparer à la confession qui va suivre :

— Je n'ai plus beaucoup de temps, voyez-vous.

— Vous feriez mieux d'entrer, vraiment.

La voix de la femme se radoucit. Alice et elle traversent une pièce dallée avec des canapés en cuir usé, pour rejoindre la cuisine.

— Les précédents propriétaires étaient des mordus d'histoire, ils ont laissé un classeur avec l'histoire de Trebartha quelque part…

Elle ouvre un tiroir d'un buffet et en extirpe un classeur recouvert de papier kraft, qu'elle pose sur une grande table en bois.

— Et voilà ! Je ne l'ai pas lu sérieusement, on vient juste d'emménager après le départ des ouvriers, mais je crois qu'il fait référence à toutes les familles qui ont vécu dans cette ferme auparavant. L'ancienne propriétaire était fascinée par les vieilles techniques agricoles.

Elle écarte une mèche de cheveux qui lui tombe dans les yeux et renifle.

— Je crois que c'était une universitaire. Elle a rédigé un article sur l'exploitation. Terriblement aride, je le crains, elle s'étend beaucoup sur l'élevage des moutons, mais il me semble qu'elle mentionne la famille qui vous intéresse.

Elle pousse le classeur vers Alice, qui se retient de le lui arracher des mains. Le document ne consiste pas en une simple liste des anciens propriétaires, c'est un texte élaboré dans lequel Meredith Cooper, licenciée en lettres et maître en philosophie, relate la mort de l'agriculture sur la lande, en Cornouailles, du milieu à la fin du XXe siècle. Et cependant, au milieu de statistiques et des déclarations ronflantes – car Alice n'est pas totalement ignorante en matière d'histoire sociale –, se cachent les pierres précieuses qu'elle recherchait : les noms du fermier et de son épouse ayant occupé Trebartha du début des années 1930 au début des années 1960, lorsqu'ils ont pris leur retraite.

Ils se consacraient essentiellement à l'élevage ovin, apparemment, avec un troupeau de cent brebis. Et un fils anonyme est aussi mentionné. Le cœur d'Alice s'emballe. Se peut-il qu'il s'agisse de lui ? Les dates manquent de précision : il a gardé le troupeau avec ses parents « au milieu des années 1950 ». À dix ou onze ans, il était en mesure d'effectuer ce genre de tâche. Elle lève les yeux vers la cour et la lande au-delà. Pourquoi une famille ayant trouvé sa place dans ces lieux déciderait-elle de partir ? Elle songe alors à la solitude, aux difficultés du métier d'éleveur dans cette nature. Les nuages de pluie traîtres qui peuvent vous tremper jusqu'à l'os et vous laisser frissonnant quand le soleil se cache, les marécages où l'on s'enfonce jusqu'au genou, voire à mi-cuisse, les carcasses des brebis âgées ou malades livrées aux charognards. L'isolement de cette ferme encerclée par les corbeaux, fouettée par le vent.

Elle a ce qu'il lui faut. Un nom. Un patronyme et cette adresse. Une preuve tangible. Les miettes qui la guideront dans les bois denses d'une enquête généalogique. Le lien qui lui permettra peut-être de trouver une adresse actuelle, en Cornouailles qui sait ? Qui les mènera enfin jusqu'à lui...

Toutes ces hypothèses l'étourdissent, une vague de fatigue la terrasse.

— Vous vous sentez bien ? lui demande la femme en lui touchant le bras. Tenez, je vous prie. Asseyez-vous. Je vais vous donner un verre d'eau.

Une chaise en bois vient se presser contre l'arrière de ses jambes. Le contact de cette autre femme est presque insupportable pour Alice. Depuis combien de temps ne l'a-t-on pas touchée ainsi ? L'étreinte rapide d'un de ses fils. L'infirmière qui la guide, tout en professionnalisme calme. Un instant, la tentation de s'abandonner à la bonté de cette caresse s'empare d'elle. Mais c'est inutile, Alice n'a plus aucune raison de pleurer.

Car elle le tient, noir sur blanc, le nom de famille. La pièce cruciale du puzzle sans laquelle elle n'a aucune chance de le retrouver.

— Merci, dit-elle alors qu'un verre d'eau apparaît devant elle, accompagné d'une tasse de thé.

Elle en avale une gorgée, le liquide chaud et sucré lui redonne des forces. La femme – Ali, une écrivaine, explique-t-elle plus tard – l'observe avec intensité. Son inquiétude est tempérée par la curiosité : elle aimerait savoir ce qu'Alice a trouvé et en quoi sa quête a une telle importance. Alice ne peut pas partager son secret. Elle sourit pourtant, enhardie par sa découverte.

— Je vais très bien, je vous assure.

Elle est galvanisée désormais et, le lendemain, elle se met en route dès neuf heures pour aller en apprendre davantage sur les habitants de Trebartha – ou, plus précisément, pour remonter la piste de ce fameux enfant unique. La bibliothèque municipale n'a pas encore ouvert ses portes et elle se trouve attirée, malgré elle, à Bodmin, dans la rue qu'elle a dévalée, affrontant le vent et la pluie, un bébé dans les bras.

Elle plaque contre elle son sac à main, celui qui contient le nom, l'adresse et la lettre de Will, toujours cette lettre, et se concentre sur la bibliothèque massive, érigée à la fin de l'époque victorienne, refusant de regarder dans la direction du pub d'où Patrick Trescothick a surgi en titubant. Quelques instants auparavant elle avait été si convaincue d'avoir pris la bonne décision – une certitude qui faisait déborder son cœur. Soufflant son haleine brûlante sur le visage du bébé, elle lui avait fait une promesse : « Bébé Will, je vais t'emmener chez ton papa, et il va t'aimer si fort… »

Il règne un silence studieux dans la salle de lecture. La bibliothécaire, une jeune femme serviable, lui apprend qu'il y a un délai pour obtenir les certificats de naissance, mais qu'elle peut consulter un index qui consigne toutes les naissances par périodes de trois mois. Alice hoche la tête, la déception s'infiltre en elle : elle espérait voir la preuve qu'elle a identifié la bonne personne dès aujourd'hui. Sa peur de ne pas voir aboutir sa quête à temps s'accroît pendant que la jeune femme entre les éléments dans un ordinateur. *Allez, concentre-toi, c'est important !* Le désespoir qu'elle a connu sur la lande avant de trouver la ferme commence à peser, une nouvelle fois, sur elle. Elle est si près du but… pourtant, à bien des égards, il se dérobe autant qu'avant.

— Et voilà !

La bibliothécaire, âgée de vingt-cinq ans tout au plus, regarde Alice, les yeux brillants.

— Il y a eu sept naissances avec ce nom de famille dans cette partie de la Cornouailles, pour la période qui vous intéresse.

Sept noms à considérer.

— Mais, reprend la jeune femme, si vous connaissez le sexe de l'enfant, vous pouvez réduire la liste de moitié.

— C'est un garçon. Enfin, rectifie-t-elle après s'être raclé la gorge, un homme aujourd'hui.

— Alors il reste ces quatre-là.

Alice regarde l'écran. Son souffle papillonne dans sa poitrine.

— Vous êtes sûre que vous voulez commander quatre certificats de naissance ? s'étonne la bibliothécaire quelques instants plus tard. Ça va vous coûter quarante livres.

Elle ne parvient pas à croire que l'on puisse être prêt à dépenser autant d'argent.

— Oui, oui, bien sûr, et le plus tôt possible. Aurais-je une chance d'accélérer le processus en payant plus ?

— Il faut compter cinq à dix jours ouvrés.

— Je ne peux pas attendre aussi longtemps…

Elle triture la bandoulière de son sac à main, sentant monter une peur épaisse. La bibliothécaire l'observe, intriguée.

— Eh bien, je ne peux vous faire aucune promesse, lui dit-elle, le front plissé, cependant je peux essayer de préciser que la demande est urgente.

— Oh, si ça ne vous dérange pas ! Merci beaucoup.

Hochant la tête avec gratitude, elle fouille dans son sac, lui jette quasiment sa carte de crédit, voulant à tout prix accélérer la démarche. Quatre noms à étudier. Et une fois qu'elle tiendra le bon, il faudra éplucher les annuaires. La vraie traque commencera alors, les recherches interminables et épuisantes repartiront de plus belle. L'obstacle lui paraît insurmontable, pourtant elle approche du but, elle s'en rapproche un peu plus chaque jour.

— Je vais voir ce que je peux faire, lui assure la jeune femme.

Les certificats de naissance arrivent deux jours plus tard. Un coup à la porte du gîte. Le facteur se dresse sur le seuil, un visage rond et bronzé, deux yeux bleus frappants.

Alice cligne des paupières sans comprendre. Elle craignait de découvrir Maggie et ne s'attendait pas à cet homme en bermuda gris et veste rouge vif de la poste.

— Madame Coates ? s'enquiert-il d'une voix à l'accent campagnard marqué.

Elle hoche la tête, avise la grande enveloppe entre ses mains, sur laquelle est précisé « Ne pas plier ».

— C'est rare qu'on envoie du courrier aux locataires des gîtes, je voulais vérifier que vous étiez bien la destinataire.

— Oui, c'est bien pour moi, dit-elle, osant à peine croire que la réponse est enfin arrivée.

Elle lui prend l'enveloppe avec avidité, oublie de le remercier tant elle est impatiente de s'isoler. Elle étale les quatre certificats de naissance sur la table – celle sur laquelle elle a pelé des patates, dans le cellier, il y a soixante-dix ans, elle en est certaine.

Lequel est le tien ? songe-t-elle en parcourant les quatre documents au nom de Jose. La réponse lui saute aux yeux. Trebartha. Père, Jeremiah, mère, Emmeline. Date de naissance : 18 avril 1944. Le nom lui paraît étrangement sérieux pour un bébé. Un nom biblique, presque victorien. Pas Will, comme elle s'y attendait presque, mais Jeremiah Samuel Jose.

Elle remplit son sac à dos avec la lettre, le roman, la carte et le certificat de naissance, des biscuits, un thermos de café léger et son coupe-vent, au cas où. La bibliothèque municipale possède un exemplaire de l'annuaire de la Cornouailles, lui a dit la bibliothécaire. Des J. Jose s'y cachent, à supposer qu'il n'ait pas quitté la région. Alice se refuse à envisager cette possibilité.

35

24 août 2014, Cornouailles

Alice n'a pas l'intention d'être découverte par Maggie avant d'avoir retrouvé son fils. Vraiment pas. Elle veut pouvoir lui présenter son enfant, ou du moins lui donner une adresse qu'elle aura pu vérifier.

Mais il y a cinq J. Jose dans l'annuaire rien que pour le nord de la Cornouailles et, après ses deux premières tentatives qui se sont soldées par un échec – des pavillons lugubres occupés par un John et un Jason –, elle se sent vidée. L'adrénaline qui l'a portée depuis son départ de Londres, qui l'a accompagnée dans la lande, dans les bibliothèques et chez des inconnus, semble entièrement épuisée à présent.

Elle observe la mer, flaque bleu marine à travers sa fenêtre. Pourrait-elle prendre le risque de s'aventurer dans le jardin ? Le banc baigné de soleil paraît si accueillant… Elle prend ses précautions avant de s'y installer et tente de profiter de ce moment de détente avant de se préparer à une autre longue journée, potentiellement infructueuse.

Elle a dû s'assoupir… À son réveil, il y a quelqu'un dans le jardin, occupé à étendre le linge. Une silhouette grisonnante, qui se baisse vers un panier avant de s'étirer pour atteindre la corde et y accrocher des vêtements. Ses mains sont déformées par l'arthrose, ses bras sont flétris, mais sa silhouette a conservé une minceur presque enfantine. Disparues les formes qu'elle exhibait avec, semblait-il, une totale inconscience, dans les tricots de sa mère. Il y a pourtant quelque chose dans sa façon d'incliner la tête tandis qu'elle regarde les champs d'orge, les vaches et la mer, qui l'identifie clairement comme la fille qu'elle était soixante-dix ans plus tôt. Qui révèle qu'elle est, indéniablement, elle.

Alice retient son souffle, comme si elle craignait, en le libérant, d'être entendue. Et pourtant, elle ne se lève pas pour aller se réfugier dans la sécurité fraîche de son gîte. Pétrifiée par la crainte que le moindre mouvement n'attire l'attention sur elle… et aussi, peut-être, par la force de la fatalité, voire par une envie secrète d'être aperçue. Elle a redouté cet instant, pourtant elle est si lasse de courir en tous sens et de se cacher que le moment de révéler sa présence est peut-être venu. Car plus elle tardera, moins elle aura de force.

Maggie jette alors un coup d'œil par-dessus le muret qui les sépare et leurs regards se croisent. Ses traits, après avoir accusé de la surprise, la trahissent : elle l'a reconnue. Vient ensuite une expression qui ressemble à de la peur. Cette succession d'émotions dure trois secondes environ. Un frisson parcourt Alice, puis un étrange soulagement.

— Maggie !

Elle l'appelle sans en avoir eu l'intention, mais les syllabes sont sûres d'elles : elles réclament de l'attention.

L'autre femme demeure interdite.

— Maggie ! répète Alice, enhardie par la réaction de celle-ci, immobile.

Elle se lève sur des jambes un peu vacillantes et se dirige vers le muret. Maggie, qui ne la quitte pas des yeux, commence à reculer.

— Ne t'approche pas, lui lance-t-elle d'une voix glaciale, le corps raide.

— Maggie, insiste-t-elle d'un ton qu'elle veut apaisant. J'ai de bonnes nouvelles à t'annoncer. J'ai quelque chose pour toi !

Mais ces mots sont emportés par le vent. Maggie a abandonné le linge et les pinces sur la table, elle a tourné les talons et s'éloigne, court presque dans le jardin.

Alice reste figée sur place, perdue. Elle regarde le linge onduler sur la corde, les vêtements d'une famille : pantalon robuste, chemises décolorées, chaussettes et pantalons d'un enfant… ainsi que le méli-mélo de boxer-shorts et de tee-shirts mouillés, oubliés par une femme qu'elle a blessée.

Dans la fraîcheur de la cuisine, Maggie n'arrive pas à réprimer ses tremblements. Elle a les dents qui claquent lorsqu'elle agrippe la table. Elle tente de se calmer. C'était elle. Elle ! Pas le fantôme d'une adolescente, non, une femme aussi réelle qu'elle, et elle se tenait là, sans la moindre once de vergogne. Elle a même osé l'appeler. « Maggie », a-t-elle dit. Ce cri a libéré un flot de souvenirs qu'elle avait fait tant d'efforts pour contenir et qui se déverse à présent en un torrent qui la fait trembler. Deux syllabes, qui si elles n'ont pas été énoncées par une voix d'enfant, émanaient sans le moindre doute de la bouche d'Alice. Son nom, sur les lèvres d'une femme avec le pouvoir de la détruire.

Elle réussit à s'asseoir, ses genoux s'entrechoquent contre le plateau de la table. Pourquoi est-elle revenue aujourd'hui ? Pourquoi pas plus tôt, quand Maggie avait encore le temps, et l'énergie, de retrouver son bébé ?

Elle songe à sa propre quête : son échange avec l'archiviste, et les innombrables heures depuis consacrées à se demander où il pouvait bien être, comment elle pourrait enfin le retrouver. Toutes ces heures pénibles et vaines. Elle frappe la table du plat de la main : au choc initial succède ce qui ressemble à de la rage. Comment ose-t-elle venir ainsi, sans avoir été invitée, sans s'annoncer ? Si elle a quelque chose à dire, elle aurait pu envoyer une lettre, ou au moins un message pour solliciter un rendez-vous. Une lettre aurait laissé le temps à Maggie de réfléchir, elle aurait pu la découvrir en privé, s'attarder sur chaque phrase, les lire et les relire, peut-être les chérir. Une lettre aurait aussi pu finir au feu.

Elle doit voir si elle peut se lever. Se servir un verre d'eau. Elle se dirige vers l'évier sous la fenêtre en se soutenant au plan de travail. Le jardin est vide. Peut-être s'est-elle terrée dans un gîte ? Maudite Alice ! Que veut-elle au juste ? L'espace d'une seconde, elle revoit son père brandissant son fusil et le braquant sur un groupe de lapins. *Pan ! pan ! pan !* Une salve de détonations dans le maïs, la fumée monte en volutes vers le ciel. Cours, petit lapin, cours ! Cours, cours, cours !

— Mamie ?

Lucy se tient sur le seuil de la pièce.

— Tout va bien ? Je t'ai entendue parler à quelqu'un…

Elle s'approche et lui touche le bras, délicatement.

— Tu vois cette femme…

Son doigt se met à trembler car elle l'a entrevue, juste derrière le tamaris.

— Je ne veux pas d'elle ici, conclut-elle.

— Mais c'est Mme Coates. Elle a loué l'un des gîtes. On ne peut pas la chasser.

Lucy a l'air troublée.

— Qu'est-ce qui se passe, mamie ? Elle t'a froissée d'une façon ou d'une autre ?

Maggie se traîne jusqu'à la chaise, le poids de son secret l'accablant comme il ne l'a pas fait depuis des années. Devrait-elle le lui confier ? À Judith et à elle ? Ça pourrait être un soulagement de se délester de ce fardeau, de confesser une chose qui explique celle qu'elle est aujourd'hui.

— Elle ne m'a pas froissée, non. Mais elle a fait quelque chose, il y a des années, qui m'a causé un grand chagrin.

L'euphémisme est délectable. Elle se saisit de la main de sa petite-fille et la serre, ce qu'elle ne fait jamais.

— Lucy… Il y a une chose dont j'aurais dû vous parler, à tous.

36

Judith se débat pour assimiler ce qu'elle entend. Elle a le front plissé, elle tire sur sa lèvre inférieure comme pour trouver les mots les plus appropriés à la situation.

Maggie a eu du mal à trouver les siens. C'était pour ainsi dire impossible. Car rien ne pouvait atténuer la brutalité de la vérité. « J'ai eu un autre bébé avant toi. Je l'ai abandonné. Et tous les jours j'attends, j'espère le revoir. Cet enfant que je n'ai pas connu. »

Bien sûr, elle ne se risquerait jamais à faire un aveu aussi sentimental. Elle a réussi à formuler la première partie, sur l'autre bébé, et a précisé qu'elle l'a abandonné. Cependant, le chagrin, le désir constant et coupable de rencontrer cet enfant qu'elle n'a pas connu, cet enfant perdu… Cette part-là, elle l'a gardée pour elle.

— Tu as eu un autre bébé ? Et tu ne nous en as jamais parlé ? Papa était au courant ?

— Non.

Elle ne l'a pas dit à Edward. À son retour de la guerre, il n'a pas fait le moindre doute que leur « accord » était une promesse puérile et qu'il valait mieux l'oublier. Une dizaine d'années s'est écoulée avant qu'ils ne se fréquentent à nouveau et se marient. Une seule fois, il a fait allusion à leur « passé intime ». Elle en a déduit qu'il s'était rendu dans une maison close italienne et s'est demandé si une rumeur lui était parvenue, au sujet du bébé. Elle n'a pas osé l'interroger. « Le passé est un autre pays », a-t-il dit, citant Lesley Poles Hartley, car il était le plus inattendu des fermiers, cet homme lettré. Il savait qu'elle avait perdu sa virginité avec un autre et elle a voulu voir dans la citation une référence à cette réalité. Elle s'est contentée de hocher la tête et de sourire.

Elle se racle la gorge, sèche malgré les gorgées d'eau qu'elle s'est forcée à avaler. Sa lassitude est immense.

— C'était une grande source de honte à l'époque, des réputations étaient ruinées à tout jamais. Celle de la famille, pas seulement de la fille mère.

Elle s'interrompt, se souvient de la rage maternelle.

— Ma mère, ta grand-mère, Evelyn, a insisté pour que je me sépare de l'enfant.

— Et ton père ? Papy Joe ?

— Il n'était pas au courant quand c'est arrivé. Je crois qu'elle lui a dit que j'avais des problèmes de fille. Et quand il a compris, quand il a voulu aller chercher mon bébé, ma mère est entrée dans une colère noire et a remporté la bataille. Bien sûr, je ne l'ai appris que plus tard.

Elle repense à cette période terrible, après l'abandon de son bébé : lorsqu'elle est retournée à l'école suivre la fin des cours. Dans l'incapacité de se confier à quiconque, contrainte d'exciser de son esprit toute pensée du bébé. Ses amies l'ont jugée distante, détachée, studieuse à l'excès, elle qui ne montrait aucun intérêt pour les GI qui envahissaient la ville et attendaient le Débarquement – il se produirait un peu moins d'un mois plus tard, même s'ils n'en savaient encore rien. Maggie avait gardé la tête baissée et travaillé d'arrache-pied dans sa chambre, chez tante Edith. C'était sa planche de salut. Elle devait se couper de tout ce qu'elle avait aimé autrefois, garder ses distances avec la ferme.

Elle renifle. Lucy, touchée un peu moins directement que Judith peut-être, et néanmoins sonnée, continue à se débattre avec l'idée de cet enfant.

— Cette femme, Alice… La cliente qui loue le refuge… Elle a aidé ta mère à se débarrasser du bébé ?

Maggie scrute ses doigts, joue avec son alliance, la tire vers son articulation saillante et la repousse.

— C'était une enfant. Une évacuée de treize ans. Terrifiée, je le comprends avec le recul, par la fureur de ma mère. Elle a été chargée de le déposer dans un orphelinat de Bodmin… or je n'ai jamais relevé la moindre trace du bébé dans leurs archives. Je sais que c'est irrationnel, je n'ai jamais réussi à cesser de lui en vouloir d'avoir obéi à ma mère. Je crois que j'étais convaincue qu'elle lui tiendrait tête, qu'elle prendrait mon parti et refuserait d'emmener l'enfant… peut-être même qu'elle en parlerait à mon père, qui aurait été capable, probablement, d'arrêter ma mère à ce stade.

Elle revoit le visage exsangue d'Alice, mouillé de larmes, alors qu'elle sortait de la chambre à reculons. Et, avant, son air coupable, lorsque Maggie a appris, à son retour à la ferme, que Will avait été chassé.

— Je lui reprochais de leur avoir parlé de Will, aussi.

— Will ?

Judith ne cache pas sa perplexité.

— Son frère. Le père du bébé.

Les mots se sont échappés, elle a révélé l'identité du père. Sauf qu'un simple nom, qui ne revêt aucune signification aux yeux de sa fille et de sa petite-fille, ne parvient pas à exprimer ce qu'il représentait pour elle.

— Je n'ai connu personne comme lui. Il n'y a jamais eu personne comme lui.

Elle veut lui rendre justice.

— Ma mère, poursuit-elle, considérait que c'était un premier amour, une idylle stupide et puérile. Aucun de mes sentiments pour Edward ne s'est jamais approché de ce que j'ai éprouvé à l'époque. Ni pour Edward ni pour aucune de mes fréquentations après la guerre… Il était beau, vous savez.

C'était vrai : elle n'en avait pas vu de plus beau, ni au cours de toutes ses années d'enseignement, ni parmi les travailleurs agricoles employés en renfort pour les moissons, aux torses musclés et bronzés. Will était bien plus que cela. Son exubérance irradiait cet été-là : il ne s'agissait pas de forfanterie, non, bien plutôt de la certitude tranquille qu'à la fin de la guerre le monde serait à lui. Un simple garçon de ferme, peut-être, mais chanceux puisqu'il n'avait pas été appelé, qu'il était en sécurité en Cornouailles. Un rescapé à sa façon. Et il savait qu'elle l'aimait. Ce qui aurait donné des ailes à n'importe quel garçon de dix-sept ans.

— Je n'arrive pas à réaliser, lâche Judith, toujours sous le choc. Richard est au courant ? Tu lui aurais parlé et pas à moi ?

— Non, bien sûr que non.

— Et tu dis que tu as essayé de le retrouver… le bébé ?

— Oui, tout à fait.

Son ton se radoucit, car la réaction de Judith est compréhensible.

— Après votre départ de la maison, Richard et toi. Je me suis rendue à l'orphelinat ; ils n'en avaient aucune trace. Mis à part diffuser une petite annonce, ce qui aurait ébranlé ton père et aurait créé de sérieuses tensions au sein de notre mariage, je n'avais pas la moindre piste.

— Ça a dû être terrible pour toi !

La main de Judith glisse sur la table vers celle de Maggie, son visage est empreint de compassion.

— Oui.

— De n'avoir aucune réponse…

— Oui… oui.

Elle a repris un ton sec, car elle ne supporte pas cet apitoiement. Tout a été dit.

— Je suis vraiment désolée, mamie, ajoute Lucy.

Judith approuve d'un signe de tête, pourtant leurs mots, si bien intentionnés soient-ils, sont inadaptés. Et comment pourrait-il en aller autrement ?

Pendant un instant, elles restent assises là. Il est sorti, songe Maggie. Mon secret. Elle se sent étrangement abattue. Une chose qu'elle redoutait plus que tout s'est produite et aucune conséquence dramatique n'en a découlé, après tout. L'horloge de la cuisine continue à émettre son tic-tac avec sa régularité habituelle, une fournée de scones refroidit sur la cuisinière. Et, dans les champs, les vaches sont très certainement en train de brouter. Les touristes, aspirant à se restaurer et à se reposer, ne tarderont pas à débarquer.

— Alors… Qu'est-ce que tu veux faire maintenant ? lui demande Lucy, tout en esprit pratique.

— J'imagine que je dois parler à Richard.

Un nœud se forme dans son ventre.

— Oui. Il n'est pas ton seul fils, observe Judith avec un petit sourire où la compassion se teinte d'une autre émotion, car peut-être appréhende-t-elle la réaction de son frère.

Maggie sait que la perception que ses enfants ont d'elle va changer, irrémédiablement. Qu'elle va être métamorphosée par ce simple aveu. Elle veut rassurer Judith, lui dire qu'elle l'aime toujours autant, toutefois elle ignore comment formuler une telle déclaration. Celle-ci s'éclaircit la voix.

— Et c'est pour cette raison, alors, que tu refuses mordicus de quitter la ferme ?

— Un peu, confesse-t-elle. Il y a d'autres raisons, mais oui. Je voulais rester ici au cas où il reviendrait par miracle.

— Je comprends.

Judith jette un regard à sa fille.

— Ça renforce ma détermination à m'opposer à Richard… et ma conviction qu'on doit rester ici.

— Que veux-tu faire au sujet de Mme Coates ?

Lucy formule une question que Maggie n'a pas envie d'entendre.

— Je ne sais pas.

Elle est harassée et perdue tout à coup.

— Je dois connaître la raison de sa présence ici. Pourquoi maintenant ? Veut-elle simplement remuer le passé ? J'ai peur que ce ne soit pire si je l'écoute.

— Elle sait que tu es ici, et elle sait que tu l'as vue, souligne Lucy. Qu'est-ce qui pourrait être pire que ce que tu as déjà traversé ?

— Découvrir qu'elle a été en contact avec lui, mon bébé, et qu'il est mort aujourd'hui ? Qu'il est trop tard, finalement ?

Elle a confessé ces peurs sans même en être consciente. Et à les entendre ainsi, tout haut, elle les trouve lamentables. Elle a eu un fils qu'elle n'a jamais connu et, selon toute vraisemblance, ne connaîtra jamais. Néanmoins, elle reste si accrochée à l'idée que leurs routes pourraient, par miracle, se croiser un jour, qu'elle préfère rester dans l'ignorance. Elle est idiote. Une vieille idiote qui s'apitoie sur elle-même.

— Pourquoi serait-il mort ? Il n'a aucune raison de l'être !

Lucy lui agrippe les mains comme pour lui transmettre sa certitude.

— Il aurait quel âge… soixante-dix ans ? lui demande-t-elle.

— Il les aurait fêtés le 18 avril de cette année.

— Et les hommes vivent très vieux dans ta famille.

— Oui, reconnaît Maggie en sentant monter un éclat de rire reconnaissant.

Joe a vécu jusqu'à quatre-vingt-onze ans, et son père, Matthew, jusqu'à quatre-vingt-neuf.

— Je crois que tu devrais lui parler… pas nécessairement aujourd'hui ni même demain. Et on peut t'accompagner… ou lui parler à ta place ?

— C'est une bonne idée, approuve Judith.

— Vous êtes adorables, mes chéries, dit-elle en leur souriant à toutes deux, car la proposition de Lucy est tentante. Mais c'est à moi de le faire.

Elle retire ses mains de celles de Lucy, consciente de repousser l'affection des siens comme souvent quand la situation menace d'être trop sentimentale. Edward lui reprochait parfois d'être ombrageuse. Elle ne lui a jamais expliqué que c'était ce qui arrivait quand la vie vous apprenait que vous ne pouviez vous fier entièrement à personne. Si celle qui aurait dû vous apporter un soutien inconditionnel, votre mère, vous arrachait votre bébé.

Lucy l'observe toujours.

— Merci, dit-elle, pour ta proposition.

Et, ajoute-t-elle en pensée, d'avoir compris. Sa fille la prend par les épaules.

— Tout ira bien, maman, murmure Judith avant de lui déposer un baiser léger sur le sommet du crâne.

Comme les temps ont changé, songe Maggie. Je l'embrassais ainsi autrefois, c'était ma façon de leur dire bonne nuit, à Richard et à elle. L'ai-je fait avec l'autre bébé ? Sans doute, car elle lui associe toujours cette odeur sucrée indescriptible. Elle a d'autres souvenirs également : ses cheveux sombres et humides – une surprise pour elle qui croyait les bébés chauves –, ses ongles fragiles. Et son minuscule cœur qui battait contre le sien. Une légère pulsation étonnamment rapide. Est-ce suffisant ? Non, bien sûr que non. Et pourtant, ce sont les souvenirs dont elle s'est nourrie, inlassablement, pendant soixante-dix ans.

37

25 août 2014, Cornouailles

Les yeux baissés sur ses chaussures, Maggie rassemble son courage pour frapper à la porte du gîte. Elle a revêtu une tenue de combat : chemisier repassé avec soin, touche de rouge à lèvres et cheveux brossés. Sa vieille colère continue à brûler. Des émotions qu'elle croyait balayées depuis longtemps la tourmentent, blessantes et insistantes. Qui aurait pensé que la haine pouvait être ravivée de la sorte ? Que, loin d'être éteinte, elle continuait à couver telle une braise oubliée pendant soixante-dix ans.

Sa résolution vacille lorsque Alice ouvre la porte : la vieillesse n'est pas tendre avec elle.

— Alice…

Le visage voilé d'appréhension, celle-ci invite Maggie à entrer. Puis un flot de paroles lui échappe soudain.

— Je suis heureuse que tu sois venue. J'ai tellement de choses à te dire. Sur les raisons de ma présence ici et sur ce qui a occupé mes journées. Et je crois que tu seras heureuse que je t'en parle.

Elle est nerveuse et étrangement enthousiaste. Elle sert une tasse de thé à Maggie, qui la refuse, car elle n'est pas venue échanger des politesses ou des souvenirs communs. Elles s'asseyent l'une en face de l'autre à la table de la cuisine. Maggie, raide comme un piquet, les doigts de sa main droite tambourinant légèrement sur le plateau – ils montent et descendent sur les touches imaginaires d'un piano.

Elle observe la femme devant elle et s'efforce de retrouver en elle l'adolescente terrorisée de sa mémoire. Les yeux sont identiques, même si leur bleu est terni, même s'ils ont perdu cet écarquillement émerveillé face à la vie à la ferme. Elle s'est arrondie : toujours mince, mais avec des hanches qui surprennent Maggie. Je ne l'ai pas connue jeune femme, s'avise-t-elle, ni même vraiment adolescente. Elle a été figée dans le temps : à tout jamais la petite fille maigrichonne qui courait dans les dunes, escaladait la falaise pour atteindre les grottes et se cachait dans la grange. Une ombre fuyante. Rien qu'à la pensée qu'elle les a espionnés, la colère enfle à nouveau.

— Alors ça fait soixante-dix ans.

Il faut bien qu'elle commence quelque part.

— Ça a fait soixante-dix ans en avril, ajoute-t-elle.

— Je suis partie juste après Pâques, l'agnelage était terminé.

Alice n'évoque pas le bébé.

— Je pense encore à lui, tu sais. Mon enfant.

Là. C'est sorti. Tout en dévisageant Alice, elle poursuit, dans un murmure :

— Pas un jour ne passe sans que je pense à lui.

Elle marque un silence. L'émotion qu'elle a contenue toutes ces années menace de la noyer comme la marée submergeant une flaque dans les rochers.

— Je sais que je devrais t'être reconnaissante de l'avoir mis à l'abri, mais… je n'ai jamais voulu qu'on me l'arrache.

Alice ouvre la bouche – pour protester ? Maggie a bien l'intention d'aller au bout de sa pensée.

— Je crois que ça a été pire parce que, quand j'ai essayé de le retrouver, je n'avais aucun moyen de le faire. Les sœurs n'avaient conservé aucune trace dans leurs archives, aucune preuve de son existence. Et donc j'ai vécu dans les limbes. J'ai eu beau m'efforcer d'espérer, j'ignore s'il connaît mon nom ou s'il sait quoi que ce soit de moi.

La douleur et la panique montent d'un cran dans sa voix, tandis qu'elle essaie d'exprimer la tragédie de son existence : son fils souffre peut-être autant qu'elle de cette séparation et en l'absence de documents rien ne leur permet d'entrer en contact. Rien ne les relie : le fil entre eux deux a été rompu.

Elle s'interrompt et regarde Alice, dont l'expression s'est assombrie. Le rouge lui monte aux joues. Elle semble encore plus nerveuse, et elle parle si bas que Maggie se demande si elle a bien entendu.

— Tout va s'arranger… Je ne l'ai pas emmené à l'orphelinat.

— Qu'est-ce que tu dis ?

Cette fois, Alice s'exprime plus clairement.

— Je ne l'ai pas emmené à l'orphelinat.

Les murs de la pièce se referment sur Maggie, le sol se met à tanguer.

— Qu'as-tu fait de lui, alors ? lance-t-elle d'un ton agressif.

— Je voulais le conduire à Will, mais le vétérinaire m'en a empêchée.

— Patrick Trescothick ?

Cet aveu la déroute.

— Oui… Je l'ai supplié, mais il m'a certifié que Will ne voudrait pas de lui. Il pensait à un autre endroit, un couple de fermiers qui ne pouvaient pas avoir d'enfant. Il m'a dit qu'ils le prendraient si je… si je l'aidais.

— Si tu l'aidais ?

Rien de tout ceci n'est cohérent. Alice baisse les yeux.

— Il… il a essayé de… me toucher. J'ai pensé que si je le laissais faire, le bébé serait en sécurité.

Alice est rouge pivoine à présent. Patrick Trescothick ? Maggie ne peut pas s'avouer surprise. Il avait tenté de la coincer dans la grange, en août, après son accouchement. « N'essaie pas de te faire passer pour une innocente », lui avait-il dit. La compassion qui se diffuse en elle est rapidement chassée par le choc de cette révélation : son bébé n'a jamais été à l'orphelinat, il a été emmené ailleurs. Elle n'arrive pas tout à fait à digérer cette information.

— Qui l'a élevé alors ? Ils se sont bien occupés de lui ? Et comment Patrick Trescothick les connaissait-il ?

— Je n'en sais rien.

— Tu n'en sais rien ?

— Je ne sais rien de cette famille… ou plutôt je n'en savais rien à l'époque.

— Tu l'as laissé là-bas sans rien savoir ? Sans t'assurer que c'étaient des gens bien ? Qu'il aurait une enfance heureuse ?

L'incrédulité précipite sa voix dans les aigus. Alice a abandonné ce bébé dans une ferme inconnue, sans aucun renseignement sur la famille et elle n'a jamais pensé à le dire à Maggie ? Ou à partir à sa recherche quelques années plus tard ? Ça lui paraît tellement inconcevable… Alice a désobéi à Evelyn, puis menti à Maggie. « Les sœurs s'occuperont très bien de lui », lui avait-elle dit. Enfin, a-t-elle employé ces mots-là ? Elle la revoit maintenant, assise sur le bord de son lit et suivant du bout du doigt les motifs de l'édredon. « On s'occupera très bien de lui, j'en suis sûre. » « On », pas « les sœurs ». Et Maggie l'avait crue, parce qu'elle n'était pas en mesure de douter.

Sa rage enfle à nouveau. Alice n'avait aucun moyen de savoir s'il serait bien traité.

— Tâche de te rappeler un minimum de détails !

— Un couple de fermiers, sur la lande, beaucoup plus pauvres que tes parents.

— Et la ferme ?

— À l'ouest de Rough Tor, près de St Breward. Il m'a certifié qu'ils prendraient soin de lui.

— Et tu l'as cru ? Patrick Trescothick ?

Elle se souvient subitement du traitement qu'il a réservé à Clover, de la façon dont il a braqué son fusil sur Will. De son air menaçant quand il a voulu l'empêcher de sortir de la grange. Son odeur de whisky et de vieux tweed, cet effluve musqué dont elle identifierait, plus tard, la nature sexuelle, et qu'elle prenait à l'époque pour un relent de sueur.

— Je n'avais pas vraiment le choix.

Alice hausse le ton et, pour la première fois, Maggie perçoit en elle une envie de se battre, une ténacité. Ses poings sont serrés et elle est assise bien droite.

— C'était une grave erreur, que je m'efforce de réparer de mon mieux. J'ai trouvé la ferme, le nom de la famille, Jose, et le prénom de ton fils… du fils de Will. Il s'appelait, il s'appelle Jeremiah.

L'émotion fait trembler sa voix.

— Et ce sera peut-être la toute dernière chose que je ferai, mais je le retrouverai.

Jeremiah. Le nom n'évoque rien pour Maggie, elle ne parvient pas à le faire concorder avec l'enfant de son imagination. L'irritation enfle : une sensation physique qui menace de la suffoquer. Elle ne peut pas être douce avec Alice, alors qu'elle sait pourtant que celle-ci n'était qu'une enfant à l'époque, une enfant agressée par un homme de surcroît. Maggie a l'intuition qu'elle attend des remerciements pour avoir retrouvé la trace de ce Jeremiah… mais au fond elle n'a obtenu qu'un nom, elle ne peut fournir ni adresse, ni certitude qu'il a survécu – et dans ce cas est-il resté en Cornouailles ou même en Grande-Bretagne ? De plus, si elle avait fait ce qu'on lui avait demandé, cette enquête serait inutile. Maggie aurait pu le retrouver il y a des années.

La fureur qui l'envahit à présent lui fait perdre toute mesure, elle doit se retenir de cracher des paroles haineuses. Il faut qu'elle parte avant qu'Alice ne lâche une autre bombe… ou qu'elle dise, elle, quelque chose qu'elle regrettera.

Elle se lève et dans la précipitation renverse sa chaise.

— Non, ne fais pas ça…

Un instant, Maggie s'imagine qu'Alice veut l'empêcher de ramasser la chaise, mais celle-ci la retient par les épaules.

— Ne t'en va pas, j'ai autre chose à te dire.

Maggie pose un regard sur les mains maigres et flétries qui l'agrippent. Alice les retire aussitôt.

— Je sais que Will est mort, déclare-t-elle en se retenant au rebord de la table et en se concentrant pour contrôler sa voix. Ma mère me l'a dit. Il y a des années, quand mon défunt mari a commencé à me faire la cour. J'espérais le retrouver. Eddy lui avait appris la nouvelle des années plus tôt. Elle a pris un malin plaisir à me le préciser.

— Sais-tu comment ?

— Non. Je n'ai eu aucun détail.

Elle pose les yeux sur Alice, la défie presque de parler. Ses yeux sont voilés de larmes et, un instant, Maggie entrevoit la petite fille perdue qui est arrivée à Skylark en 1939.

Elle relève la chaise et se rassied.

38

30 juin 1944, Londres

Londres était triste. Humide et poussiéreuse, avec cette chaleur poisseuse qui semblait réservée aux villes. Pas celle, bien sèche, d'un champ de maïs qui s'accompagnait de l'odeur entêtante de paille écrasée.

Partout du béton, de la brique ou de la pierre. Des masses imposantes de gris et de blanc... ou des tas de décombres. C'était pire de l'autre côté du fleuve et à l'est. Le pavillon de tante Olive, à Battersea, avait été détruit par une bombe volante. Will, envoyé par Annie pour l'aider, avait eu du mal à trouver la maison. Il n'en restait qu'un cratère rempli de bois, de tuiles, de briques, de meubles cassés – et, avant qu'ils ne fussent déplacés par un responsable de l'ARP, l'organisation de protection des civils contre les raids aériens, les restes de la famille voisine.

Will n'avait jamais rien vu de tel en Cornouailles. Une rare maison réduite en miettes, un bombardement à Bodmin, le portail de Tredinnick sorti de ses gonds, un poulet aux plumes brûlées, une vache en mille morceaux... Il ravala un rire. L'humour noir, c'était bien de ça qu'il s'agissait, non ? L'un des domaines dans lesquels les Anglais étaient censés exceller, qui devait les aider à traverser cette épreuve.

La guerre était arrivée en Cornouailles comme partout ailleurs : le ciel saturé du grondement des bombardiers américains, B17 et B24-Liberator, ou des chasseurs allemands, Messerschmidt, les rues grouillant de GI avec leurs chaussures de ville et leurs chars d'assaut, qui se préparaient, on le savait à présent, pour le Débarquement. L'invasion de la France. Et il y avait eu des victimes. Will pensait encore aux vingt et un morts de St Eval – une bombe avait atterri sur le bunker où ils s'étaient abrités. Cependant, la région n'avait pas connu de destructions comparables à celles de la capitale, ni même été rongée par des angoisses aussi persistantes.

Il gravit les marches menant à Waterloo Bridge et jeta un coup d'œil de part et d'autre : en aval vers St Paul, avec son dôme majestueux, contrastant avec les débris de l'East End, en amont vers le Parlement, immense et doré, la façade de Big Ben brillant au soleil.

Il était heureux de quitter la ville. Soulagé même d'avoir reçu sa mobilisation, jusqu'à ce qu'il reçoive la lettre d'Alice, ce matin. D'ici à deux jours, il partirait au camp d'entraînement de Wakefield, et ensuite qui savait ? En Italie, en Afrique du Nord, en France ? Les fritz étaient en déroute, apparemment, et il allait enfin jouer son rôle. Il ne serait plus un garçon de ferme mais un soldat : rompu au champ de bataille, terrifié, euphorique et peut-être même victorieux. Formé pour tuer, et plus seulement pour la culture et l'élevage.

Ça avait été une erreur de rentrer, sinon qu'il avait pu revoir sa mère, même si elle n'était plus la Annie de ses souvenirs. Et son foyer n'existait plus, la guerre avait dispersé les Cooke : William, alors qu'il approchait de la quarantaine, était en Italie, Robert, à présent âgé de six ans et demi, dans le Hampshire, et les trois filles en Cornouailles. Quant à Annie, méconnaissable sans sa portée d'enfants, elle travaillait désormais pour l'ARP.

Et même si sa famille n'avait pas éclaté à cause de la guerre, Will ne se serait pas senti chez lui à Londres. Son cœur n'était plus là. Les moments les plus heureux de son existence s'étaient déroulés l'été précédent – à l'époque où les champs de maïs brillaient, où Maggie Retallick et lui étaient amoureux. Rien ne pouvait se comparer à ce qu'il avait éprouvé à l'époque : ce mal de ventre qui se dissipait dès qu'elle lui souriait et cette incroyable sensation d'être vivant qui rendait tout plus éclatant – les couleurs, les goûts, les odeurs. C'était un peu comparable à ce qu'il éprouvait devant un film en Technicolor, mais multiplié par cent.

Rien que de penser à elle, un sourire lui étira les lèvres, alors que le souvenir de ses courbes lui procurait un léger émoi. L'espace d'un instant, il s'autorisa à se remémorer une scène : allongé sur une dune, serrant Maggie dans ses bras, la tête appuyée contre la sienne, respirant l'odeur de ses cheveux et écoutant les alouettes.

— À quoi tu penses ? lui avait-elle demandé avec un sourire.

Il avait inventé quelque chose, parce que la vérité lui semblait ridicule : il ne pensait à rien du tout, il ressentait simplement le moment présent. Un moment de joie pure. Il n'aurait jamais cru connaître un tel bonheur.

Le bourdonnement d'une bombe volante résonna au-dessus de sa tête. Un *vroum vroum vroum* régulier, comme une motocyclette qui roulerait à vitesse constante. Ces bombes le rendaient nerveux, même s'il savait qu'il lui suffisait de courir se mettre à l'abri s'il entendait le moteur se couper. Il fallait compter jusqu'à douze avant l'impact – c'était ce que lui avaient dit des personnes plus expérimentées, plus pragmatiques ou plus joueuses. Ça n'avait pas empêché les morts de la gare de Victoria, quinze jours auparavant, ni la vingtaine d'autres le jour suivant, qui récitaient leurs prières dans la chapelle de la caserne, sur Birdcage Walk.

Il jeta un coup d'œil vers le ciel. La bombe poursuivait sa route en direction de Holborn – sa cible devait se trouver vers Bloomsbury ou plus au nord encore. Il libéra sa respiration et n'éprouva qu'une petite morsure de culpabilité en songeant que le fait qu'il soit indemne signifiait que quelqu'un d'autre pourrait être blessé. Son cœur battait à toute allure, tel un oiseau s'étourdissant contre une vitre. Ces raids de V1, les bombes volantes, duraient depuis une quinzaine de jours et il ne s'y habituait toujours pas.

Il essuya des gouttes de sueur sur ses joues et força l'allure. Peut-être aurait-il tout intérêt à y aller immédiatement ? Descendre en Cornouailles, s'y précipiter ventre à terre avant de se présenter au camp d'entraînement dans le Yorkshire. Avait-il le temps de faire un aller-retour ? Serait-ce un comportement imprudent ou – quel était le terme que Maggie aurait utilisé ? – *spontané*. Cette pensée, qui germait dans son esprit depuis qu'il avait reçu la lettre, le tracassait, de plus en plus insistante. Comme s'il était capable d'une telle témérité, d'un tel courage... Du même courage qu'elle.

Le Will qui avait embrassé Maggie dans l'océan, qui lui avait fait l'amour sur la paille d'une grange – alors que sa mère se trouvait à moins de cinquante mètres –, ce Will-là aurait pu accomplir une telle folie. Mais celui qui s'était fait chapitrer par Evelyn Retallick ? Ce Will-là, pour retourner à Skylark, devait être certain que Maggie l'accueillerait à bras ouverts. Parce qu'elle changeait tout, cette lettre dans sa poche... Au fond de son cœur, il voulait sauter dans un train et filer là-bas. Sa tête, elle, lui disait que ce n'était pas seulement impossible, d'un point de vue logistique, c'était aussi idiot. Ce n'était pas elle qui avait écrit. Elle ne voulait peut-être plus de lui.

Car il y avait un bébé, voilà ce dont la lettre l'informait. Cette perspective le terrifiait, en toute honnêteté, même si elle provoquait, en même temps, un tout petit frisson d'excitation. Maggie et lui avaient fait un bébé. Et il avait été chassé de la ferme. Alice n'avait pas précisé où se trouvait l'enfant. Elle lui avait juste expliqué que Maggie avait donné le jour à un garçon en avril, qu'Evelyn était hors d'elle – façon polie de décrire sa réaction sans le moindre doute –, et que le petit devait être adopté. La lettre, brève, avait été envoyée d'une autre adresse, comme si elle redoutait que quelqu'un ne l'ouvre. Un courrier énigmatique à l'exception de la requête finale – juste avant les marques de tendresse et le chapelet de baisers. *Je t'en prie, Will, fais quelque chose.*

Il avait envie de s'y rendre sans tarder. Cette pensée le dévorait alors qu'il traversait le Strand et tournait vers l'est, en direction du quartier des avocats. Il fallait qu'il retrouve cet enfant, qui vivait peut-être déjà avec une autre famille, et qu'il persuade les Retallick que Maggie et lui non seulement l'aimeraient mais étaient capables de lui offrir un foyer.

Cette solution, à peine formulée, lui parut ridicule. Et si Maggie n'était pas dans les mêmes dispositions que lui ? Elle voulait enseigner. Et si elle avait désiré cet enfant, alors elle lui aurait écrit pour lui demander son aide, non ? Elle aurait pu se procurer l'adresse de la ferme d'Eddy et le contacter depuis l'adresse de sa tante, à Bodmin. Il n'avait quitté la Cornouailles qu'au début du mois de mai, ce qui laissait amplement le temps à Maggie de lui annoncer sa grossesse, ou de lui dire que, oui, elle l'aimait encore.

Or elle ne s'était pas manifestée une seule fois depuis son départ de Skylark. Il lui arrivait de se demander si Mme Eddy gardait son courrier – il en avait si peu… C'était une femme honnête pourtant, et il ne la voyait pas faire une chose pareille, même si Evelyn l'avait exigé.

Il avait écrit à Maggie, bien sûr, sans s'illusionner sur les chances que les lettres lui parviennent. Et alors que l'hiver cruel avançait, il avait fini par se dire qu'il s'était trompé. Qu'elle ne tenait plus à lui. Peut-être en aimait-elle un autre ?

Cette pensée l'avait tant rongé qu'il s'était montré brusque avec les vaches – leur production de lait avait diminué. Un jour, de rage, il avait décoché un coup de pied dans la porte de l'étable et l'intensité de sa colère l'avait surpris. Il avait compris qu'il devait quitter la Cornouailles sans tarder. Quand sa convocation était arrivée, il était déjà rentré à Londres et essayait de gagner sa vie en faisant le coursier à droite et à gauche, tout en rêvant de cet été glorieux à Skylark.

Un autobus à impériale le dépassa en brinquebalant. Il traversa la rue et suivit la courbe d'Aldwych. C'était une erreur d'être rentré ici, même brièvement. Sa place n'était plus à Londres. Il voulait retrouver la Cornouailles, et Maggie. Son cœur se serra à la pensée des épreuves qu'elle avait dû traverser seule. Il espéra qu'il en avait fait assez dans sa lettre. Il avait essayé d'être poétique. *Tu te souviens de notre baignade,* avait-il écrit, *avant notre premier baiser ? Tu te souviens de ce que nous avons ressenti ? Ou de ce soir d'orage, que nous avons affronté en nous penchant dehors, par la fenêtre ?* Le doute s'insinua en lui. Il devrait peut-être ajouter quelques mots pour insister sur l'intensité de ses sentiments pour elle ? L'enveloppe n'était pas encore scellée, mais il s'était tant appliqué pour écrire proprement, pour l'impressionner, qu'il ne voulait pas tout gâcher sur un coup de tête. Elle comprendrait, non ?

Il y avait du monde sur Aldwych. La pause déjeuner touchait à sa fin, et des employées du ministère de l'Air rentraient au bureau : la rue était bondée. À la poste de Bush House, la queue débordait sur le trottoir. La femme devant lui lui sourit, son rouge à lèvres carmin formant un contraste choquant avec son teint gris et ses pommettes saillantes.

— Vous avez du feu ?

Sa voix était dure, son regard franc. Elle semblait plus âgée que lui, même si cela tenait peut-être à son extrême maigreur, ou à sa façon de se tenir – comme si elle ne s'était pas réellement reposée depuis une éternité. Il secoua la tête.

— La barbe, lâcha-t-elle d'une voix traînante en lui tournant le dos.

Un nouveau bourdonnement, un nouveau V1 à l'approche. Le bruit enfla alors qu'il volait de plus en plus bas. Et cette fois, le pire se produisit : le moteur se coupa.

Après un bref silence, quelqu'un cria : « Courez ! » Will n'identifia pas l'auteur de ce cri, tant il y avait de monde dans la file d'attente. Il empoigna la femme et l'entraîna vers Bush House.

— Pas la peine de me bousculer…

Il ne l'écoutait pas, obnubilé par le sifflement aigu de la bombe en train de tomber. La force de la foule les poussa vers l'intérieur. Accroupi, la tête protégée par ses bras, il commença à compter : neuf, dix… Des images de Maggie défilaient dans son esprit : ses cheveux, son sourire, son rire. Onze, douze… Elle ne saura jamais combien je l'aimais, pensa-t-il en entendant le *boum* sourd et écœurant de l'explosion, faisant voler les vitres en éclats, criblant les murs de bouts de métal, propulsant les corps à travers les portes à tambour.

Une femme atterrit près d'une table, à proximité de Will : un tas de vêtements recouverts de verre. Elle fondit en larmes.

— Ça va ? lui demanda-t-il.

À côté de lui, la femme au rouge à lèvres lâcha un juron d'une voix tremblante, puis réussit à se relever. Will traversa le nuage de fumée pour rejoindre l'autre victime, qui remuait les jambes.

— Je n'ai que quelques contusions, je crois, gémit-elle en cherchant à retenir ses larmes. On a eu de la chance.

— Plus de chance qu'eux, confirma-t-il en montrant la rue, à travers les tourbillons de poussière qui s'engouffraient dans le bâtiment par une fenêtre brisée.

Dehors, on se serait cru en novembre : une brume s'était abattue sur le quartier, tandis qu'un gros nuage noir montait en spirale au-dessus de l'intersection avec Kingsway. Le trottoir et la chaussée étaient jonchés de corps : projetés contre les bâtiments, gisant inertes.

Personne ne bougeait. De sa gauche, toutefois, à travers la fumée, lui parvint un gémissement retentissant. C'était un bon signe, il l'avait appris depuis son retour à Londres. C'étaient les faibles plaintes que l'on devait redouter le plus.

Il se dirigea vers le bruit. La poussière épaisse lui tapissait la gorge, des billets de banque flottaient tout autour de lui et un autobus à impériale avait été éventré comme une boîte de sardines. Les arbres d'en face avaient été dépouillés de leurs feuilles… mais autre chose y était accroché. Will regarda, puis eut un haut-le-cœur et son estomac se vida sur le trottoir. C'était de la chair humaine, arrachée à des corps.

Il était en vie, lui, n'est-ce pas ? En vie. Cette pensée le consuma alors qu'il avançait, à tâtons, à travers le brouillard, en direction de la voix qui pleurait. La vie lui offrait une seconde chance. Une curieuse hystérie s'empara de lui. Il se rendrait immédiatement en Cornouailles pour voir Maggie. Et au diable les conséquences. Il lui dirait qu'il l'aimait, qu'il voulait vivre avec elle et leur enfant.

Les lamentations semblaient plus proches à présent, et il n'entendit pas immédiatement le sifflement cristallin de la vitre. Pas plus qu'il ne la vit se détacher du quatrième étage, d'un tranchant mortel, scintillant au soleil.

Elle tomba telle une pierre : une belle trajectoire rectiligne, comme pour réaliser une dissection… et le coupa net en deux.

39

25 août 2014, Cornouailles

Maggie monte se coucher dès son retour du gîte. Ce n'est pas dans ses habitudes et Lucy comprend aussitôt qu'il est arrivé quelque chose de grave.

Elle frappe à la porte avant de l'ouvrir. Sa grand-mère s'est allongée, les couvertures remontées jusqu'au menton. Elle a perdu toute couleur et sa peau est tirée sur ses pommettes. Lucy a presque l'impression d'être face à un cadavre.

— Mamie ?

Elle s'assied sur le bord du lit et recherche, à tâtons, des doigts aussi fragiles et secs que des os.

— J'ai appris comment il était mort, murmure-t-elle en se tournant vers Lucy. Will, pas le bébé, même s'il pourrait très bien être décédé aussi… Il a été tué par une vitre tombée d'un immeuble… C'est arrivé sur Aldwych, tu imagines ?

Un trémolo perturbe son ton délibérément factuel.

— Il était à l'abri quand la bombe a explosé… il a été tué après coup, quand il est ressorti.

— Je suis tellement désolée…

Lucy s'interrompt : sa grand-mère ne l'écoute pas. Les mots se bousculent sur ses lèvres.

— Il venait d'avoir dix-huit ans. Il allait être mobilisé. Deux jours plus tard il aurait rejoint son camp d'entraînement. Il n'avait quitté la Cornouailles que depuis six semaines. Son fils n'avait que dix semaines.

Pendant un bref instant, un tremblement déforme la bouche de Maggie. Il disparaît aussi vite qu'il est apparu, ce cri muet. Lucy découvre alors que les yeux de sa grand-mère sont devenus deux pépins noirs qui tranchent sur la blancheur de sa peau et de l'oreiller. La jeune femme y lit autant de colère que de chagrin.

Elle attend, hésite à s'enquérir du bébé. « Il pourrait très bien être décédé aussi… » Elle se surprend à prier pour qu'il n'en soit rien.

— Elle a pu te donner des informations sur l'enfant ?

— Oh, oui ! lance Maggie avec un étrange rire amer qui lui ressemble si peu. Elle en avait beaucoup à me donner, même. Au sujet d'un certain Jeremiah.

Elle est agitée de frissons, à présent, mélange détonant de rage et de tristesse. Un éclat féroce allume son regard.

— Elle ne l'a jamais emmené à l'orphelinat. Elle l'a remis à un autre couple, quelque part de l'autre côté de Rough Tor. Elle a laissé un nouveau-né qui avait quelques heures, sans savoir à qui elle le confiait, sans me fournir le moyen de le retrouver.

Après un silence, elle reprend :

— J'ai énormément de mal à lui pardonner cette chose-là. De l'avoir abandonné là-bas, de ne pas m'en avoir parlé plus tôt.

Elle se tourne vers sa petite-fille.

— Si elle me l'avait dit à l'époque, ou même quand j'avais vingt, trente ans, j'aurais passé la lande au peigne fin. J'aurais cherché un enfant de son âge, je n'aurais pas baissé les bras avant de l'avoir retrouvé. J'aurais pu le faire si elle m'avait parlé il y a cinquante ans.

— Elle a expliqué la raison de sa présence ? Hormis pour t'apprendre tout cela ?

— Écoute bien ça, elle est venue pour le retrouver !

— C'est merveilleux, mamie !

— Ah oui ? Quelles sont les chances que son enquête aboutisse ? ronchonne Maggie. Elle a un nom mais pas d'adresse. Et aucun moyen de découvrir s'il se trouve encore en Cornouailles ou n'importe où dans le monde. Elle n'a même pas de preuve qu'il est encore en vie. Sa mort n'a pas été enregistrée en Cornouailles, ce qui ne signifie pas que ce n'est pas le cas ailleurs.

— On pourrait participer, je peux l'aider à chercher, insiste Lucy, rayonnante d'optimisme. Tu m'as dit de ne jamais vivre avec des regrets, tu as oublié ? C'est ta chance de te débarrasser des tiens, mamie, de tout arranger.

— Ma Lucy chérie…

Sa grand-mère la considère avec tristesse.

— Ne vois-tu pas qu'il est trop tard ? Je suis une vieille femme. Et même si rien ne serait plus merveilleux que de le retrouver, je ne supporterais pas un échec… ni la déception s'il ne voulait pas faire ma connaissance.

Elle s'interrompt et caresse son édredon. Ses yeux s'embuent de larmes qu'elle essuie d'un geste rageur. Elle a raison, songe Lucy. C'est une femme âgée, et son temps est presque entièrement écoulé. Et pourtant, si elle croit que sa grand-mère acceptera la situation avec sérénité, elle se trompe.

— Je ne lui pardonnerai jamais de m'avoir révélé la vérité si tard, assène Maggie, des trémolos plein la voix. Et je ne lui pardonnerai jamais d'avoir tué mon espoir, celui qui m'a permis de tenir toutes ces années. Je l'imaginais qui marchait sur le cap, ou sur le sentier côtier. Maintenant je sais qu'il ne remontera jamais le chemin de Skylark, pour venir me rejoindre dans mon endroit préféré, sous le pommier. Il ne viendra jamais me chercher.

Lucy se penche pour embrasser sa grand-mère sur la tête. Elle sent ses cheveux gris et secs, le cuir chevelu dessous, aussi fragile que celui d'un bébé. Et même si elle voudrait la rassurer en lui disant qu'il y a des tas d'autres raisons de continuer à vivre – à commencer par sa famille et la ferme, qui l'a fait vivre en dépit de toutes ses difficultés –, elle sait que c'est Maggie qui détient la vérité. Si elle s'est accrochée si obstinément à la vie, c'est parce qu'elle croyait à cette possibilité de rencontrer son fils.

— Tu étais venue pour une raison particulière ? lui demande soudain sa grand-mère en s'efforçant d'adopter un ton plus léger.

Lucy grimace.

— J'ai bien peur que ce ne soit la dernière chose que tu aies envie d'entendre… Oncle Richard vient d'arriver.

— Je vois, soupire Maggie.

— Maman l'a appelé hier soir. Ne t'inquiète pas, elle ne lui a pas parlé du bébé. Elle était en pétard qu'il ait demandé un certificat d'urbanisme sans nous consulter.

Elle songe à l'avis plastifié que Tom a trouvé, cloué au portail, la veille. « C'est juste pour connaître la configuration du terrain », a rétorqué Richard quand Judith l'a appelé, hors d'elle.

— Elle est furax qu'il nous mette une telle pression, surtout si ce projet autour des glaces fonctionne. Et aussi parce qu'elle connaît tes raisons de vouloir rester ici. Je crois qu'elle veut avoir une explication avec lui, de vive voix.

— Ça me paraît raisonnable, observe Maggie.

— Ils sont en train de discuter dans le salon.

— Ah, je ferais peut-être bien de les rejoindre, alors.

— Tu es en état ?

— Pas vraiment, mais je suis chez moi et je ne laisserai pas mon fils me mettre sur la touche. Et puis je dois lui parler du bébé, non ?

Elle affiche un sourire.

— Donne-moi quelques minutes pour remettre mes idées en ordre et me ressaisir. Et je descends.

Il ne le prend pas bien.

— Un bébé ?

Les traits de Richard se déforment sous l'effet de l'incrédulité.

— Avant Judith ? Tu étais au courant ? ajoute-t-il à l'intention de sa sœur.

— Je l'ai appris hier. Ne fais pas cette tête, Richard. Pauvre maman, elle a dû garder ça pour elle pendant toutes ces années… Crois-moi, personne n'a cherché à te cacher quoi que ce soit.

— Elle, si !

Il redevient brusquement l'écolier colérique, l'enfant qui se plaignait, trouvait la vie injuste parce que sa mère lui préférait sa sœur. Son visage se recroqueville, comme consumé par la rage. Maggie ne se sent pas menacée mais triste : cette expression lui rappelle les inégalités passées, plus fantasmées que réelles, et toutes les fois où elle l'a accusé par réflexe, ce garçon turbulent et maladroit qui fonçait tête baissée dans les objets, contrairement à sa sœur aînée, plus posée. Elle a de la peine de le voir ainsi, les joues rouges, le regard circulant de Judith à elle, comme si cette dernière pouvait l'aider à comprendre.

Maggie tente de lui expliquer : elle était jeune, amoureuse, c'était un stigmate indélébile. Elle ne leur a rien dit parce qu'elle ne voulait surtout pas les perturber. C'était son seul secret.

— Pas étonnant que tu aies toujours été aussi dure avec moi.

Il s'est calmé, l'accusation est formulée d'un ton posé. Elle déconcerte Maggie.

— Ah bon ?

Elle connaît la réponse.

— Toujours. Je pensais que c'était parce que j'étais un garçon.

— Tu pouvais être très difficile, souligne Judith. Tu te souviens quand tu as ouvert la porte de la bergerie et que tu as chassé les moutons vers Padstow ?

Ou quand tu as passé la nuit dans la grotte sans nous prévenir et que maman a cru que tu t'étais noyé ?

— Non, il a raison, Judith, intervient Maggie. J'ai été trop dure avec toi, Richard.

Elle hausse les épaules, geste inhabituel pour signifier qu'elle reconnaît sa faute.

— Ça l'explique peut-être en partie, ajoute-t-elle. Et j'en suis sincèrement désolée si c'est le cas.

Elle se rappelle son exaspération fréquente, ne comprenant pas pourquoi il ne ressemblait pas davantage à Judith, et la conviction tenace que son autre fils aurait pu être à l'opposé de celui-ci, si faillible. Combien de fois s'est-elle imaginé des réactions différentes ? À l'époque où Richard était le plus pénible, à la fin de son adolescence, quand il ne cachait pas qu'il aspirait à une vie loin de la ferme ou de la Cornouailles, elle idéalisait son premier fils et, de façon irrationnelle, se demandait si c'était sa punition : elle avait rejeté un premier fils et le second la rejetait à son tour.

Elle s'approche de ce grand homme meurtri, à présent penché en avant, les coudes sur les genoux, la tête dans ses mains, comme pour se cacher d'elle. Elle n'est pas du genre à câliner, mais elle veut le toucher. Elle pose la main sur son épaule et la tapote d'un geste hésitant, sentant la chaleur que dégage son corps massif. Il la surprend alors, passe un bras autour de ses jambes et enfouit son visage contre elle, ainsi qu'il le faisait petit.

Elle est brève, cette étreinte, ne se prolonge pas plus de cinq secondes, mais elle est intense. Elle observe la tête de son fils, qui a hérité la tignasse épaisse de son père et qui commence à grisonner. D'instinct, elle se met à lui caresser les cheveux – elle en avait l'habitude quand il était enfant. Le cœur de Maggie se gonfle. Depuis combien de temps n'a-t-il pas exprimé une telle affection ? Elle ne parle pas de l'accolade prévenante qu'il lui donne au moment du départ, chaque fois, mais de cet élan sincère qui trahit combien il a besoin d'elle. Qui révèle combien, en dépit de sa raideur, de sa détermination à forcer la main de sa mère, il l'aime au fond.

Il s'écarte, se frotte le visage, se racle la gorge – car il s'est presque compromis en affichant ainsi ses émotions. Il sourit et reprend d'une voix un peu cassée, plus raisonnable :

— C'est pour ça que tu veux rester ici ?

— Pas uniquement, dit-elle en s'asseyant à côté de lui. Je suis ici chez moi, et je suis fatiguée. Je veux rester ici jusqu'à ma mort. Je sais que je ne peux pas contrôler ce qui arrivera ensuite, même si j'aimerais beaucoup que Skylark reste une exploitation.

Il a l'air abattu. Ses épaules s'affaissent et il joue avec son alliance, la fait tourner sur son annulaire, exactement comme Evelyn lorsqu'elle était nerveuse ou que les mots lui manquaient.

— Je n'ai aucune envie de te forcer la main, maman. Je cherchais juste à être pragmatique, à considérer d'autres options qui te permettraient de rester ici tout en allégeant la pression financière. Je me suis peut-être laissé emporter par mon enthousiasme. Difficile de résister quand on mesure combien on pourrait tirer d'un tel projet immobilier…

— Je n'ai aucune envie de vivre dans une ferme aseptisée, qui ne tourne plus.

Maggie sent sa poitrine se serrer, son ton est crispé, froid.

— Je le vois bien… et Judith m'a parlé de l'intérêt suscité par le projet de glaces. La commande de Kernow est impressionnante. Si on peut obtenir un engagement écrit, je suis prêt à investir : acheter le matériel de fabrication, payer la transformation de l'ancienne étable en laboratoire.

Il sourit et même si elle perçoit un soupçon de résignation, de tristesse à la pensée que son projet immobilier lucratif n'est pas d'actualité dans le futur immédiat, elle sait qu'il fait des efforts.

— Merci, Richard. Ta proposition nous touche beaucoup.

40

26 août 2014, Cornouailles

Le bébé disparu de Maggie hante Lucy de la traite matinale jusqu'au goûter des clients : un défilé constant de vacanciers qui ont gravi la falaise et réclament des glaces à cor et à cri. Il l'obsède, ce Jeremiah : il rampe dans une cuisine crasseuse, avant de devenir un écolier crotté, avec ses genoux écorchés, sa culotte courte grise et ses chaussettes en tire-bouchon. Une vraie image d'Épinal de l'époque.

Ce garçon imaginaire l'accompagne aussi à l'heure du bain d'Ava, alors qu'elle fait couler de l'eau dans le dos de sa nièce et la regarde observer, fascinée, une grenouille mécanique. Avait-il droit à un bain hebdomadaire, dans sa maison haut perchée sur la lande ?

— Ava nage ? lance la petite fille avant de plonger la tête sous l'eau.

— Non !

Elle a tout l'avant des cheveux mouillé et elle s'en fiche.

— Tu as raison, dit Lucy en se détendant, ce n'est pas grave.

Sa nièce recommence et souffle de grosses bulles qui la mettent en joie.

A-t-il fait la même chose, ce Jeremiah ? Et ça ? se demande-t-elle en voyant Ava jouer avec deux canards jaunes – elle les prend et les lâche pour qu'ils produisent un *plouf* retentissant en heurtant la surface de l'eau. Elle la frappe aussi du plat de la main, se délectant de l'écho dans la salle de bains, émettant ce gloussement propre aux tout-petits. Jeremiah riait-il ainsi au même âge ? Elle ne voit plus en permanence Jacob Wright – bien que la culpabilité demeure, douleur sourde désormais, qui ne la prend plus aux tripes –, il a été remplacé par ce petit garçon des années 1950, ce fantôme inconnu. « La perte de l'amour peut se révéler si douloureuse… Ça et s'interroger sur ce qui aurait pu advenir. Sans jamais avoir la chance de le découvrir… » Les mises en garde grand-maternelles tourbillonnent dans sa tête tandis qu'elle réfléchit aux regrets de Maggie. Celle-ci est convaincue d'avoir trop attendu pour courir le risque de ne pas le retrouver, à quatre-vingt-huit ans. Lucy, en revanche, a encore la vie devant elle, elle peut profiter pleinement de son existence, rechercher le bonheur autant que possible. Le suicide de son père ne lui a-t-il pas enseigné la même leçon ? L'importance de se saisir de l'instant présent, de ne repousser aucune joie car il y aura toujours des épreuves par ailleurs, et la menace du malheur.

Ava a entrepris de transvaser l'eau de son bain d'un gobelet en plastique à l'autre, fascinée par le ruban liquide et son clapotement.

— Ucy !

Ses yeux chocolat – les yeux de son grand-père – luisent de curiosité. C'est l'émerveillement d'un enfant qui n'a pas encore deux ans et porte sur le monde un regard vierge.

Lucy pourrait la manger… ou au moins partager cet enthousiasme pur et simple pour la vie, devenu impossible pour une trentenaire. Oh, comme elle aimerait pouvoir ne serait-ce qu'y goûter !

Elle est censée reprendre le travail d'ici à trois semaines, même si ce fait lui semble abstrait – concernant une autre Lucy. L'été touche à sa fin, l'automne se rapproche, pas à pas, sa présence se devine à la fraîcheur des soirées. Elle doit parler à Matt, avoir une discussion digne de ce nom, en face à face. S'assurer que leur couple ne détient plus aucune promesse de bonheur pour ne jamais connaître le regret tenace qui consume sa grand-mère.

Le temps est venu pour Lucy de prendre des décisions.

Presque dès son arrivée, elle comprend que c'est une erreur. Il débarque le vendredi soir, juste après minuit, et Lucy, malgré elle, s'est endormie.

Son portable ne capte pas dans sa chambre, et il lui faut un moment pour se rendre compte que quelqu'un sonne à la porte.

— Bordel !

Elle entend Tom jurer au moment où elle se faufile dans le couloir.

— C'est bon, je m'en occupe ! lui dit-elle à travers sa porte. Désolée…

Alors qu'elle court sur les dalles de pierre vers l'entrée, la sonnerie retentit à nouveau. Planté sur le seuil, Matt réussit l'exploit d'exprimer un mélange de contrition et d'indignation.

— Pardon pour la sonnette… mais ça fait quinze minutes que je poireaute. Tu n'as pas entendu ton portable ?

— Il ne capte pas dans la maison, je croyais que tu le savais…

Elle n'a du signal que dans le champ du haut : elle est à peu près certaine qu'il l'a déjà constaté… Visiblement, c'est une information qu'il n'a pas enregistrée. Elle sourit, s'efforce de se montrer conciliante, car ils se retrouvent pour la première fois depuis leur séparation, fin juin, et elle ne veut pas que sa visite commence sur une fausse note. Et malgré tout, elle ne peut s'empêcher d'être surprise qu'il se montre aussi cassant. Il devrait plutôt chercher à se faire pardonner, non ?

Il sait bien, évidemment, que la bataille n'est pas gagnée. Il sort alors de derrière son dos un bouquet de pivoines nouées par un ruban en gros-grain – la marque d'un fleuriste réputé de l'ouest de Londres. Les fleurs sont d'un rouge sublime. Le cœur de Lucy se serre légèrement, touchée par l'attention et heurtée qu'il la connaisse aussi mal. Ce matin, elle a rempli un pichet de bleuets, de centaurées et d'épilobes, accompagnés d'herbes touffues en guise de feuillage. En composant son bouquet, elle s'est dit qu'il ne pouvait y en avoir de plus beau.

Il s'approche d'elle et elle s'attend à une étreinte, peut-être un baiser chaste sur la joue, pourtant il lui effleure la bouche. Elle fait un petit bond en arrière, décontenancée.

— Désolée. C'est un peu tôt, murmure-t-elle.

— Je comprends, bien sûr…

Il baisse les yeux, mal à l'aise, mais elle a eu le temps d'y lire de la déception.

— Je veux bien que tu me prennes dans tes bras, par contre.

Elle doit faire un effort, et de toute façon elle a envie de le sentir contre elle, de voir si son corps se rappelle. Le sien est toujours aussi mince et tonique, son odeur n'a pas changé – menthe, lessive et peau tiède.

Les sensations sont si familières et, pourtant, Lucy n'a qu'une envie, se libérer. Une autre femme l'a étreint plus récemment, a senti ses bras autour de sa taille, respiré son parfum. C'est terminé avec Suzi, se rappelle-t-elle. Mais était-ce vraiment ce que lui souhaitait ? Il l'a trompée avec une autre. Les membres de Lucy, détendus par le sommeil il y a peu, deviennent rigides, et elle se surprend à le repousser.

Dans sa chambre, il essaie à nouveau de l'embrasser, sa bouche voletant sur la sienne comme un papillon de nuit se cognant contre un abat-jour. Mais c'est trop : Suzi, ses jambes, sa bouche, ses cris de plaisir envahissent les pensées de Lucy.

— Pas ce soir.

Elle s'éloigne de lui. Si le geste n'a rien de brusque, il ne laisse place à aucune ambiguïté. Elle comptait l'installer dans la chambre d'amis et, sans qu'elle sache vraiment comment, il s'est retrouvé au lit avec elle, ici. Elle se surprend à se justifier :

— Il y a tellement de sujets qu'on doit aborder, on ne peut pas se précipiter comme ça.

— Ah non ?

Il se redresse sur un coude, et des rides se creusent entre ses sourcils, formant un V profond.

— Non. Je suis toujours paumée. Je dois être convaincue que ça peut marcher, que tu ne recommenceras pas.

Il soupire.

— Pourquoi est-ce que je ferais une chose pareille ?

— Parce que tu l'as déjà fait.

— Mais j'ai appris de mon erreur. Et, ajoute-t-il en se risquant à lui caresser la joue, puis l'épaule et enfin la poitrine, ce serait différent cette fois. On aurait identifié nos erreurs, on saurait comment les éviter à l'avenir. On prendrait du temps l'un pour l'autre. On ne laisserait plus le travail envahir notre vie privée. On ferait l'amour…

Son regard change brusquement.

— Tu m'as manqué, Lucy, bien plus que ce à quoi je m'attendais pour être honnête. Et je ne prendrai plus le risque de te perdre.

Elle reste muette, ne sait que penser. Elle lui a manqué ? Alors pourquoi a-t-il attendu cinq semaines pour l'appeler ?

— Je te promets qu'on aura une vraie discussion, mais est-ce que ça peut attendre demain ?

Elle a recours à un argument pratique.

— Je dois me lever dans moins de cinq heures pour la traite.

— Ils ne peuvent pas te donner le week-end ?

Il se renfrogne, c'est le Matt qui n'aime pas la ferme, qui ne comprend pas le travail qu'on y fait. Elle lit en lui comme dans un livre ouvert.

— Les vaches ne prennent pas leur week-end. Tom s'en occupera dimanche.

Elle s'interrompt, la déception de Matt ne lui a pas échappé.

— Je suis désolée.

— Bon, mais tu ne travailleras pas le reste de la journée, si ?

— On peut faire un truc ensemble le matin, l'après-midi je devrai être là. Samedi dernier, j'ai servi plus de trente goûters.

Elle étouffe un bâillement, submergée par la fatigue soudain.

— Tu pourrais me donner un coup de main ? Ou en profiter pour te détendre. Il va faire un temps sublime, et il y a de belles balades dans le coin.

Il n'a pas l'air convaincu. Elle ne sait pas quoi lui proposer d'autre.

— Je sais qu'on doit parler pour essayer d'arranger les choses, Matt, mais j'ai vraiment besoin de dormir, je suis désolée.

Il s'allonge sur le dos et fixe le plafond. La contrariété irradie de tout son corps.

— Tu ne travailleras pas demain soir ?

— Non, bien sûr que non.

— Alors on peut sortir dîner ?

— Ça me ferait très plaisir.

Embarrassée, elle se tourne vers lui et lui offre un sourire, mais pas de baiser. Puis elle roule de l'autre côté, aspirant à l'oubli du sommeil même si elle se sent déraisonnable. Un bras vient se poser sur sa taille, étonnamment lourd, et la main au bout pourrait atteindre sa poitrine. Si Matt s'assoupit rapidement, elle reste éveillée, une vraie pile électrique. Elle voudrait repousser la main, elle lui en veut de la toucher. Une fois que la respiration de Matt s'approfondit, elle se libère et s'endort enfin comme une souche.

Elle est debout depuis trois heures et demie lorsqu'il se lève, le lendemain matin. Les vaches ont été traites et elle est en train de vérifier le gîte vacant avant l'arrivée de nouveaux clients, plus tard dans la journée.

Elle aperçoit Alice, qui jette des miettes aux oiseaux, dans le jardin. La vieille femme se réfugie dans sa cuisine dès qu'elle remarque le regard de Lucy. Celle-ci n'est pas surprise par sa réaction : Maggie peut être très impressionnante quand elle se met en colère. Si elle ne reproche pas à sa grand-mère de ne pas vouloir entendre le reste de ce qu'Alice a à lui apprendre, elle ne peut s'empêcher d'y voir un immense gâchis. Cette femme aurait pu lui donner des détails sur son enquête, Lucy en est convaincue. Si seulement Maggie était moins têtue…

— J'ai pensé qu'on pourrait descendre marcher sur la plage ?

Matt la tire de ses pensées. Il a l'air différent. Il porte des bottes en caoutchouc bleu marine flambant neuves, sans la moindre trace de boue. Lucy retient une envie de sourire – il fait un effort après tout.

— Tu t'en es acheté… Ça te va bien.

— Tu trouves ? Je ne suis pas sûr que ce soit vraiment mon style.

— Au contraire.

Avec ses bottes brillantes, son jean slim, son tee-shirt repassé et sa veste en tweed cintrée, il ne pourrait pas être davantage lui-même : un publicitaire qui joue au campagnard. Si l'on ajoute à ça une barbe de trois jours et une paire de lunettes à monture épaisse, on s'attendrait à le voir loger dans un hôtel de charme – il serait descendu de Londres pour assister à un festival. Un citadin pur jus, comme dirait Tom.

— Alors… la plage ?

— Excellente idée !

Une chaleur subite enveloppe Lucy : peut-être que tout va s'arranger finalement.

— Il faut que je sois rentrée à midi pour préparer des scones, mais je suis tout à toi jusque-là.

— Ça nous laisse deux heures et demie, observe-t-il d'un ton un peu agacé après avoir regardé sa montre.

— Ne traînons pas, dans ce cas.

Fais un effort, se rappelle-t-elle sur le sentier qui mène à la plage. Elle s'écoute parler de cette voix enjouée qu'elle n'emploie avec personne d'autre. Elle lui prend la main et leurs bras se balancent en rythme, mais ils n'ont jamais été le genre de couple à se tenir par la main et elle la lâche rapidement.

Il l'attire contre lui pour une brève étreinte et ça ne marche pas non plus : embarrassés, ils s'écartent l'un de l'autre. Bientôt, ils trouvent leurs marques néanmoins. Matt devant lorsque le chemin devient trop étroit, à l'approche des dunes, elle quelques pas en retrait. On a toujours été mieux ainsi, songe-t-elle, chacun à sa cadence.

Matt marche vite, ses jambes sont désynchronisées avec celles de Lucy. Elle compare soudain leur mariage à celui de ses parents. En dépit des rares sautes d'humeur de Fred, Judith et lui étaient heureux : ils se soutenaient mutuellement, s'efforçaient de se faciliter la tâche dans la ferme tout en élevant leurs jeunes enfants.

Ils se sentaient bien ensemble, aussi, et l'alchimie entre eux était évidente. Un souvenir de Fred jouant une sérénade à la trompette, un air de Miles Davis, lui revient. « Fred l'embouché », c'était le surnom dont il avait écopé à l'époque où il participait à la fanfare locale. Judith l'avait taquiné : « Tu te débrouilles encore pas mal, Fred l'embouché ! — Je vais t'en donner, moi, du Fred l'embouché », avait-il rugi avant de la poursuivre dans la pièce, les lèvres avancées en une moue outrée. Il lui avait fait un baiser bien sonore.

Lucy, adolescente, avait regardé Tom d'un air exaspéré. Il était évident que la flamme ne s'était jamais éteinte entre eux et, même si ça la rendait malade d'imaginer leur intimité, elle avait senti, en vieillissant, que c'était un exemple à suivre.

Mais peut-être leur couple est-il un modèle trop exigeant. Lucy ne peut pas construire de toutes pièces un amour inconditionnel, une confiance absolue. Elle ne peut plus. Suzi a fait voler en éclats les artifices de leur union, à Matt et elle. « Mais c'est peut-être pour le mieux », a-t-il dit en partant. Et elle ne cesse de repenser à ses remarques, qui remontent à la surface chaque fois qu'elle se persuade que ça peut marcher. Car l'infidélité de Matt a été le catalyseur qui l'a conduite à se demander ce qu'elle voulait vraiment dans la vie.

Ils ont atteint la plage à présent. La marée est à moitié redescendue, des rides argentées strient le sable, un véliplanchiste sillonne la fine bande de bleu entre une seconde crique et un banc de sable : son aisance est époustouflante. Sur la falaise d'en face, un tracteur avance très lentement : un voisin qui danse un quadrille très élaboré pour récolter son maïs. Au-delà, des vaches évoluent dans un champ de leur pas chaloupé, chassant les mouches à coups de queue, baissant la tête pour se ravitailler avant la traite de seize heures.

— C'est magnifique, non ?

— Pas mal, ouais. Si seulement ça pouvait être comme ça tous les jours.

— Oh, je ne suis pas d'accord. Je crois que je préfère encore le paysage en hiver quand il fait froid, que la plage est déserte et la mer agitée. Ou quand il y a du vent. Enfin bon… Tu viens goûter l'eau ?

Elle enfonce ses pieds dans le sable doux, se délecte de la chaleur qu'il a accumulée, puis, à mesure qu'ils s'enfoncent, de la fraîcheur et enfin de l'humidité. Il regarde ses bottes.

— Je vais les garder. Je déteste avoir du sable entre les orteils, et puis ça va être un enfer de les remettre.

Elle éclate de rire, sauf que, évidemment, il ne plaisante pas. Alors qu'ils reprennent leur promenade, elle est rongée par la tristesse : du sable entre les orteils, c'est justement ça la vraie vie, non ? Sa gorge se noue et elle se rend compte que, si elle essaie de parler, elle va pleurer. Elle comprend tout à coup, avec une certitude inébranlable, que si elle veut construire quelque chose avec Matt, elle devra renoncer à tout cela, à cet univers. Un univers dur, mais d'une beauté inégalable.

L'eau vient lui lécher les orteils et elle emplit ses narines de l'air doux et salin qui monte de l'Atlantique. Elle imagine l'océan en elle, qui gonfle ses poumons et lui donne sa force. Elle ne pourra jamais retrouver cette odeur à Londres, où elle est assaillie bien plutôt par les gaz d'échappement, les relents de friture, de café amer et d'autres corps. Elle aimerait le conserver dans une bouteille, ce cocktail puissant de parfums subtils qui résume si bien cet endroit – car elle perçoit les touches plus discrètes d'algues et d'ajoncs aussi, puis, plus loin sur la plage, un soupçon d'ensilage.

— Heureuse ? lui lance Matt.

Oui, elle l'est. Ici, à se repaître de tous les charmes de ce lieu. Mais ça n'a absolument rien à voir avec lui.

Plus tard, bien plus tard, ils réussissent enfin à prendre la route de Padstow. Matt a réservé une table dans le restaurant de poisson très chic où Flo travaille et où les prix angoissent Lucy. Elle propose qu'ils s'arrêtent boire un verre au Wreckers avant. Un petit verre pour se donner du courage, songe-t-elle, car elle sait qu'ils vont devoir aborder sérieusement la question de leur mariage et pas se contenter de l'évoquer vaguement comme ce matin pour passer aussitôt à un autre sujet – le suicide de son père et le secret de sa grand-mère, en l'occurrence. Et puis l'alcool l'a toujours aidée à se montrer plus tendre.

C'est une soirée magnifique. Le soleil dore les nuages, le ciel pervenche s'est depuis longtemps délavé. Les bateaux de pêche dansent dans le port : tout est bien à l'abri. Les détritus du jour – emballages de nourriture, glaces fondues et lignes de pêche cassées – ont été ramassés si bien que Lucy a l'impression de voir la ville que sa grand-mère a connue dans sa jeunesse. Même les vendeurs de babioles, qui s'installent sur les quais au grand dam du conseil municipal, se sont retirés sans un bruit.

Sur la terrasse du Wreckers, les tables ont été prises d'assaut par les vacanciers qui veulent profiter de cette douce soirée. Partout, on voit des golden retrievers, des familles souriantes, soulagées d'avoir réussi à braver les embouteillages pour venir profiter de ce week-end prolongé en Cornouailles. Matt les observe tout en dégustant sa bière, et Lucy sait qu'il se demande comment capturer ce bon esprit pour le restituer dans une publicité. Une expression de détachement amusé se dessine sur ses traits.

Il est séduisant, cet homme qu'elle a épousé. Elle lui a toujours trouvé un charme propre, citadin, presque féminin. Il est très différent, bien sûr, des hommes auprès desquels elle a grandi. Et c'est en partie ce qui l'a attirée. Un petit copain qui portait des lunettes branchées et des gilets moutarde, qui gardait un teint d'albâtre toute l'année parce qu'il préférait passer ses journées dans les bars et les galeries d'art, les boutiques et les cinémas. Il collait parfaitement à l'idée que Lucy se faisait d'un jules londonien.

Si elle avait voulu un garçon de ferme ou un surfeur, elle aurait mieux fait de rester en Cornouailles. Matt appartenait à une autre catégorie d'hommes, celle des relations publiques, de la publicité et de la presse. Et à son contact elle a appris beaucoup de choses : il refusait peut-être de quitter Londres, mais il lui a fait visiter les plus belles villes d'Europe. Elle prenait plus facilement l'avion que le train.

Et c'était merveilleux, oui, ça l'a été, jusqu'à la mort de Fred. Cette existence lui est alors apparue hors de propos. Mais Matt a été là pour elle pendant les six semaines qui ont suivi la disparition de son père. Et quand il l'a demandée en mariage, six mois plus tard, elle s'est jetée tête la première dans l'organisation du mariage avec un sentiment de stabilité qu'elle n'avait pas connu depuis ce terrible coup de fil de sa mère. Il y avait un avenir possible, de l'espoir, et c'était la source de distraction parfaite pour l'aider à oublier son chagrin.

Elle a accepté sur un coup de tête, elle le sait maintenant. Dans la panique provoquée par une tristesse inédite, par l'envie de penser à autre chose qu'au corps lacéré et bouffi de son père, rejeté par la mer cinq jours après la chute. Une semaine avant le mariage, Tom l'a appelée et lui a demandé si elle était sûre que c'était ce qu'elle voulait. Elle a eu si peur de perdre pied, d'avoir à s'interroger sur ses véritables aspirations, qu'elle a raccroché au nez de son frère.

Elle relève la tête et croise le regard de Matt, qui hausse un sourcil interrogateur.

— Alors…

Elle ne va pas plus loin. Elle vient d'apercevoir Ben Jose, qui sort du Wreckers une bière à la main et discute avec un jeune homme… Tom ! Elle l'a aperçu du coin de l'œil et refuse de le regarder plus franchement, mais elle est troublée. Le rouge menace de lui monter aux joues.

— Hé ! Lucy !

Zut ! Elle adresse un petit sourire contrit à Matt avant de se tourner vers Ben.

— Tu vas bien ?

Il vient se poster devant leur table, et son regard circule de Matt à elle. Ses longs doigts bronzés, qui semblent à peine serrer la bouteille de bière, sont à quelques centimètres des lèvres de Lucy.

— Ben, je te présente mon mari, Matt. Matt, je te présente Ben. Je t'ai parlé de lui, tu te souviens ? C'est lui qui va acheter nos glaces.

Les deux hommes se saluent d'un signe de tête tout en se jaugeant mutuellement. Elle se demande ce que Ben pense de son mari et constate, à sa grande honte, qu'elle préfère ne pas le savoir.

— Alors, Lucy, tu t'es baignée récemment ? lance Ben pour rompre le silence pesant.

— Non, dit-elle, gênée par le regard insistant de Matt sur elle. Je n'ai pas eu le temps. Et puis les horaires des marées ne permettent pas de se baigner dans la crique en ce moment.

Elle se sent obligée d'expliquer la situation à son mari :

— Je suis sortie nager un soir alors que je n'aurais pas dû, Ben m'a aidée à regagner le rivage.

— Oh, c'était rien. Je suis sûr que tu t'en serais sortie toute seule.

Matt est perplexe.

— C'était dangereux ?

— Pas tant que ça… En tout cas, ça ne méritait pas de t'alerter, ajoute-t-elle comme si elle se sentait coupable de lui avoir caché quelque chose.

— Bon, eh bien… prends soin de toi, Lucy.

Ben tend la main vers son épaule, mais la laisse retomber le long de son flanc plutôt. Il sourit à Matt pour compenser.

— Enchanté d'avoir fait ta connaissance. On te verra peut-être plus souvent dans le coin ?

Un nouveau silence, plus pénible que jamais. Matt pousse un grognement qui pourrait être interprété comme un oui ou un non, et hoche la tête d'un air évasif.

— C'était qui, ce type ? lâche Matt sans détour.

Ils se sont mis en route vers le Fish Shed, le restaurant qu'il a choisi. Le soleil s'est couché et la température a chuté. L'air est légèrement mordant.

Elle lui prend la main et après l'avoir serrée, il la lâche et crochète les poches de son jean avec ses pouces. La distance entre eux semble infranchissable, alors qu'il y a à peine plus de cinquante centimètres en réalité.

— Je te l'ai dit. Un vieux pote de lycée de Tom, qui bosse dans une ferme à Tredinnick. C'est lui qui nous a présenté Alex, ils veulent vendre nos glaces.

Sa voix, haut perchée, cherche à être convaincante.

— En tout cas, il s'intéresse à toi.

— Ne sois pas bête.
— Et je crois que tu le sais très bien.
Son ton amusé peine à cacher une légère agressivité.
— Matt…
Ils sont arrivés au restaurant, elle s'arrête.
— C'est un ami de Tom, une relation professionnelle. Il ne se passe rien entre lui et moi. Et puis tu es quand même mal placé pour juger.
La douleur la déborde, malgré tous ses efforts pour la contrôler.
— Ce n'est pas moi qui ai couché avec ma collègue !
— On n'arrivera jamais à dépasser cet incident, si ?
Il la regarde différemment – toute illusion de maintenir un échange civilisé a disparu.
— Je ne sais pas, dit-elle d'une voix chargée de larmes. Je ne sais plus. Je ne sais plus rien. Mais à l'heure qu'il est, j'en doute.
Le repas se déroule dans une atmosphère crispée et discordante : comme un morceau de musique pour lequel un instrument, un second violon peut-être, s'entêterait à jouer dans une autre tonalité.
— Tout a l'air bon, se force-t-elle à dire alors qu'elle cherche le plat le moins cher sur une carte qui propose du bar grillé sur une purée de céleri, du colin rôti avec des pommes de terre soufflées, des coquilles Saint-Jacques saisies avec de la pancetta, des langoustines avec une mousse au bloody mary et un sorbet au céleri.

Elle arrête son choix sur un risotto aux champignons aromatisé à l'huile de truffe.

— C'est un restaurant de poisson, tu ne vas pas manger un plat italien, se récrie Matt.

Ses yeux parcourent le menu et il se décide rapidement, comme toujours : il n'y a pas de place pour l'indécision en lui.

— Je vais prendre le turbot et, en entrée, la bouillabaisse.

— Bon, dans ce cas, dit-elle en parcourant à nouveau les prix des plats, pour moi ce sera le saumon.

— Et en entrée ?

— On ne peut pas passer au plat directement ?

Elle veut couper court à ce repas, préférerait être n'importe où plutôt qu'ici.

Sa déception est perceptible.

— J'avais très envie de la bouillabaisse.

— D'accord… une salade de tomates, dans ce cas, avec son *jus* de basilic.

Elle referme sa carte et cherche un serveur autour d'elle, impatiente de terminer ce repas ou au moins de changer de sujet de conversation.

Flo, son tablier soigneusement noué autour de sa taille fine, les cheveux relevés en queue-de-cheval, s'approche aussitôt. Le malaise de Lucy monte encore d'un cran. Les nappes blanches damassées, les verres à vin brillants, les couverts en argent, l'addition qui atteindra facilement les cent livres : tous ces éléments sont en désaccord avec les difficultés financières de la ferme, avec le monde dans lequel elle vit et où elle se sent chez elle.

Bien accompagnée, elle se sentirait mille fois plus heureuse sur une dune, face à l'océan, avec un sandwich, des chips et un thé. À vrai dire, et cette prise de conscience la force à baisser les yeux vers sa serviette pour que Matt n'aperçoive pas son expression, elle serait même beaucoup plus heureuse sur une dune seule.

— Bonjour, Matt, lui dit Flo, souriante et feignant l'innocence. Je me demandais quand tu viendrais. Ça fait plaisir de te voir.

— Merci.

Lucy voit bien qu'il s'interroge : est-il vraiment le bienvenu ?

Il consacre l'entrée et le plat de résistance à égrener des justifications pour son aventure. Il se sentait seul quand Lucy était de garde, délaissé en comparaison de l'attention qu'elle portait à ses patients. Bien sûr, il n'avait aucun droit d'éprouver une telle chose mais il regrettait l'ancienne Lucy, celle qui ne pensait jamais au travail quand elle était à la maison, qui le faisait passer en premier. Peut-être qu'ils avaient besoin de se montrer plus attentifs avec l'autre, tous les deux. De mesurer qu'ils avaient quelque chose de précieux, qui méritait d'être entretenu.

Elle hoche la tête, sourit, ravale les reparties cinglantes qui ne cessent de lui venir, spontanément – comment aurais-tu voulu que je ne sois pas inquiète quand des bébés étaient entre la vie et la mort ? Elle remarque qu'il ne parle jamais d'amour, ne fait aucune allusion à sa souffrance. Tout en mangeant son saumon sans en sentir le goût, elle songe que d'ici à deux semaines elle pourrait être de retour à la maternité, s'occuper de bébés qu'elle a une peur bleue de blesser. Que sa vie londonienne pourrait reprendre son cours, à l'endroit où elle l'a abandonnée, aux côtés de Matt, dans son lit.

Elle se hasarde à évoquer sa peur de retrouver l'hôpital.

— Ne sois pas ridicule, enfin, rétorque-t-il, semblant à peine l'écouter. Il n'est rien arrivé au bébé, non ? Tu n'aurais sans doute pas dû en parler, tu as fait preuve d'un excès de zèle, comme toujours.

La gorge nouée, elle repousse le souvenir de son erreur de dosage. Convient qu'à son retour à Londres ils devraient réinstaurer des sorties hebdomadaires.

Pourtant, tout en contemplant ces options, elle sait qu'elle se berce d'illusions. Elle s'imagine courant vers le métro, couvant des bébés, leur administrant des perfusions… et c'est comme si elle regardait un personnage dans un film. Jouant avec ses couverts, elle observe ses mains bronzées qui tranchent sur le tissu blanc : ce ne sont plus les mains d'une femme qui travaille dans un environnement stérilisé, qui insère des canules dans de minuscules veines, qui soulève des membres si fragiles qu'elle craint de les briser rien qu'en les effleurant. Elle a les ongles propres, mais un tout petit peu de terre est resté accroché à une cuticule.

Elle prolonge l'illusion jusqu'à la fin du repas, pendant qu'ils vident la bouteille de chablis et partagent un semifreddo à la framboise qui n'arrive pas à la cheville des glaces de Tom. Elle commande un double expresso – elle doit pouvoir être réactive, s'interdisant soudain d'invoquer la fatigue si elle veut tenter une dernière fois de se convaincre que leur mariage peut être sauvé.

Quand ils font l'amour, à l'initiative de Lucy, elle a à nouveau l'impression de regarder l'héroïne d'un film. Elle voit son double exécuter les bons mouvements, émettre les bons bruits, titiller et mordiller, embrasser et caresser. Lorsque sa bouche descend le long du ventre de Matt, elle s'émerveille de pouvoir le duper si facilement. Elle croise alors ses yeux, deux flaques de tendresse qui s'élargissent à mesure qu'elle poursuit sa descente. La tristesse et la culpabilité l'envahissent, et elle ferme les paupières pour ne plus le voir. En essayant d'arranger les choses, elle n'a fait que le trahir une fois de plus.

— Ça t'a plu ? lui demande-t-il après, alors qu'il se blottit contre elle.

Leurs corps se sont toujours mieux accommodés de la position allongée, même si en comparaison de sa minceur elle s'est toujours sentie trop encombrante, convaincue qu'une femme plus androgyne lui conviendrait mieux.

— C'était parfait, dit-elle avant de tourner la tête sur l'oreiller pour qu'il ne voie pas ses larmes silencieuses.

41

31 août 2014, Cornouailles

Elle dort par à-coups et, quand elle entend le pas lourd de Tom sur le palier, à cinq heures quarante-cinq, elle se lève sans un bruit.

La salle de traite est glaciale à cette heure de la journée, la lumière brutale après la douce lueur de l'aube dans la cour. Mais elle se sent presque électrisée lorsqu'elle rejoint son frère qui lui propose une tasse de thé fort.

— Insomnie ?

Il vide la fin de son mug d'un trait et lui fait signe de se dépêcher de boire, elle aussi. Dehors, les vaches au meilleur rendement, celles qui viennent de vêler, attendent de pouvoir entrer dans leurs logettes.

— En quelque sorte, répond-elle en sirotant son thé presque orange et adouci par une cuillerée de sucre. Pile ce qu'il me fallait.

— J'ai pensé que tu aurais besoin de reprendre des forces.

Elle se demande s'il les a entendus, malgré les murs épais. Son expression reste indéchiffrable. Elle acquiesce, soudain de mauvais poil.

— Bon, on y va ?

Les vaches défilent : deux rangées de neuf logettes tapissent la salle de traite en épi. Tom les fait avancer au cri de « maison, maison, maison », puis leur nettoie les pis à l'iode et y fixe les quatre manchons trayeurs. La nourriture dégringole dans les auges et les bêtes se mettent à ruminer. Le lait goutte dans les tuyaux des machines. Les dix-huit vaches suivantes entrent.

Ce processus a quelque chose de rassurant, songe Lucy : ce cycle infini de vie qui continuera indépendamment de la disparition de telle ou telle vache. Indépendamment, même, de la mort tragique de leur père. Ça l'apaise, cette continuité, le rythme qui l'enracine de la même façon que le battement régulier d'un cœur. À Londres, le battement est léger et rapide : un pouls précipité qui monte puis retombe, par saccades, incapable de la contenter. Elle hume l'odeur puissante de fumier et de vache chaude, de paille et d'ammoniac. Elle est Skylark. Sa place est ici.

— Ça va ?

Tom, qui vient d'accompagner les dernières bêtes dans leurs logettes, a l'air embarrassé.

— Je viens de trouver un texto de Flo, qui date d'hier… Elle ne cherchait pas à vous espionner… mais elle dit que vous n'aviez pas l'air de passer une très bonne soirée au restaurant…

Elle secoue la tête, furieuse et touchée en même temps qu'ils s'inquiètent pour elle. Des larmes lui piquent les yeux.

— Lucy…

Tom repose le tuyau d'arrosage dont il s'est muni pour nettoyer le sol et se tourne vers elle.

— Qu'est-ce que tu fais avec lui ?

— Je ne suis pas sûre que je vais rester avec lui très longtemps.

C'est la première fois qu'elle le formule aussi clairement.

— Ah bon ?

— Je crois que je n'y arrive plus. Mon mariage, Londres, ma carrière…

Il l'attire à lui et elle sanglote contre son torse rassurant. Elle reconnaît le parfum caractéristique des hommes Petherick, mêlé de paille et de fumier, qui lui rappelle tellement son père. Pendant un long instant, elle s'autorise à imaginer qu'elle est dans ses bras, à lui.

Elle finit par s'écarter, s'essuie le nez avec sa manche et tente de se ressaisir.

— Je n'arrête pas de me répéter le conseil de mamie. Elle m'a mise en garde contre les regrets, m'a dit qu'il ne fallait pas laisser passer les secondes chances. « La perte de l'amour peut se révéler si douloureuse… Ça et s'interroger sur ce qui aurait pu advenir. » Voilà ses mots… Elle parlait de son premier amour, du bébé qui lui a été arraché. Mais je n'arrive pas à transposer ses sentiments à ma situation avec Matt. Je ne peux pas l'aimer comme elle a aimé Will. Et il m'a trompée.

Sa voix se brise.

— Quoi qu'il dise maintenant, il a franchi une ligne, désiré une autre femme. Et je sais bien que c'est parce qu'on n'est pas faits l'un pour l'autre en réalité. Je ne crois pas que j'aurai de regrets si on se sépare.

Tom lui caresse la tête, la serre contre lui de toutes ses forces, puis la dévisage. Il est troublé.

— Ce n'est pas rien de renoncer à une relation aussi longue. Ça pourrait signifier que tu n'auras pas d'Ava à toi… Je veux dire… que tu ne rajeunis pas.

Il essaie, avec un petit rire, d'alléger l'atmosphère, le côté déplaisant de sa remarque.

— Je pourrais passer le reste de ma vie seule, oui.

Elle soutient son regard avec témérité.

— Je sais, Tom. Pas de mari, pas d'enfants. Pourtant, je préfère ça et être heureuse plutôt que me retrouver prisonnière d'un couple dont je ne veux pas. Quand je pense à ce que m'a dit mamie, ajoute-t-elle en contrôlant les trémolos dans sa voix, je me demande ce que je regretterais le plus : abandonner Matt ou cette nouvelle vie ici, où je pourrais vous aider à créer un futur plus lumineux, être fidèle à mes valeurs.

— Et ? lance Tom alors qu'il connaît déjà la réponse, forcément.

— La ferme l'emporte, dit-elle. Quand je me pose la question, Skylark gagne. À tous les coups.

Au bout du compte, Matt lui facilite la tâche. Il l'attend dans la chambre à son retour de la traite : le lit est fait, il est habillé.

— J'ai pris ma décision, annonce-t-elle.

— Tu rentres dans quinze jours ?

— Je viendrai récupérer mes affaires. Et je ne resterai pas.

C'est un soulagement de l'énoncer aussi simplement. Il hoche la tête, percevant l'irrévocabilité de sa décision.

— Tu ne m'as jamais vraiment désiré, si ? lâche-t-il au bout d'un moment.

Son ton est factuel, dénué de tout reproche, même si sa souffrance transparaît.

— Bien sûr que si, Matt !

Elle s'assied à côté de lui, espère que sa sincérité sera évidente, parce qu'elle sait qu'ils se sont aimés avec passion à une époque, même si ça n'a pas duré.

— Pourquoi dis-tu ça ?

— J'étais la solution la plus rassurante, répond-il en haussant les épaules. Ton ami. Celui vers qui tu t'es tournée après toutes tes histoires catastrophiques, celui que ton père appréciait. Je ne suis pas idiot.

Son sourire est triste.

— Je crois que j'ai toujours su que j'aurais de la chance de t'avoir le temps où tu resterais avec moi.

— Oh, Matt !

Elle l'enlace, appuie sa joue contre son épaule anguleuse. Il ne l'attire pas contre lui contrairement à ce qu'elle attendait et elle s'écarte, gênée.

— Je n'ai jamais pensé ça, si ça peut te consoler, lui dit-elle.

Le sourire qu'il lui adresse est tendu, bref. Il se penche en avant, les coudes en appui sur les genoux, et s'abîme dans la contemplation du parquet. Ils semblent avoir accepté, l'un comme l'autre, que c'est fini. Lucy en éprouve une grande tristesse, mais aussi un soulagement encore plus fort. Aucun d'eux ne se battra pour arranger leur relation, et ça clarifie la situation, ça simplifie les choses. Leurs sentiments ne sont pas assez solides, ils n'ont pas envie de lutter pour sauver leur mariage. Ils sont résignés, la passion est morte.

— Ça a toujours été un problème entre nous, cet endroit, non ? ajoute-t-il en relevant la tête vers elle.

Il est sur sa lancée, déterminé à énumérer toutes les difficultés au sein de leur couple.

— Ton cœur est ici, tu es plus heureuse. Je ne t'ai jamais vue aussi bien à Londres. Et je sais que je ne pourrais jamais vivre ici.

Il jette un coup d'œil en direction de la fenêtre, où s'encadre le champ de maïs ondulant.

— Je ne pourrais imaginer pire cauchemar que… toute cette nature.

Il décrit un large geste du bras.

— C'est joli maintenant sous le soleil, mais le reste de l'année je la trouve si sinistre et isolée, et, disons-le, si rasoir… Et puis on ne peut pas dire qu'on a été très heureux ensemble ces derniers mois, si ? Ni même ces deux dernières années. Ce n'est pas bon pour l'ego, tu sais. C'est difficile de se sentir bien quand on n'est pas désiré par sa femme.

Il s'interrompt.

— Bon, tu es libre maintenant. Tu peux sortir avec qui tu veux. Même avec ce type, là, Ben.

L'allusion la déconcerte et elle comprend, sans y croire, qu'il a besoin d'être rassuré.

— C'est un peu l'hôpital qui se fout de la charité, là, Matt. Je te l'ai dit, il ne s'est rien passé.

— Mais tu en as envie ?

— Non !

Tout en le disant, elle se demande si elle ment.

— Tu pourrais être honnête au moins.

— Non, répète-t-elle. Pour tout te dire, j'ai tellement de sujets de préoccupation en ce moment, papa, mamie, nous... que le sexe est vraiment la dernière chose à laquelle je pense.

Il exhale un long soupir. Peut-être repense-t-il à la nuit dernière, à l'enthousiasme feint de Lucy. Une fois debout, il baisse les yeux vers elle. Il faut un bon moment à Lucy pour réaliser qu'il attend, au cas où il y aurait une chance qu'elle change d'avis.

— Si j'y vais, c'est fini pour de bon, dit-il en regardant le parquet avant de la dévisager. Alors je te pose la question une dernière fois : tu es sûre que tu ne veux pas nous donner une autre chance ?

Il y a une lueur d'espoir dans ses yeux.

— Oui, je suis sûre. Et ce n'est pas parce qu'il y a quelqu'un d'autre. C'est plutôt que j'ai compris qui j'étais, de quoi j'avais besoin.

Il est important qu'elle soit claire sur ce point. Que leur mariage ne se termine pas seulement à cause de Suzi ou même de Ben, mais parce que leurs différences sont insurmontables.

— Je suis sincèrement désolée, Matt.

— Moi aussi.

42

Assise dans le jardin devant le gîte loué par Alice Coates, Lucy attend que celle-ci arrête de triturer la théière. La vieille femme verse du lait puis un jet de thé épais et noir.

— Je suis confuse, je n'ai pas de sucre.

— Tout va bien, je vous assure, madame Coates.

Lucy est décidée à l'amadouer, et pour ce faire à lui cacher sa frustration – comment a-t-elle pu attendre soixante-dix ans pour confesser son secret ?

— Oh ! s'exclame-t-elle en piquant un fard. Appelez-moi Alice, je vous prie.

Il y a six heures que Matt est reparti, et si Lucy est assise ici, c'est parce qu'elle a beaucoup réfléchi aux regrets. Le refus de Maggie de chercher Jeremiah – par peur de ne pas le retrouver –, son entêtement à ne pas adresser la parole à Alice lui semblent plus tragiques que ridicules à présent. La vieille femme les quittera dans deux jours – ayant déjà prolongé son séjour de trois nuits. Et elle emportera avec elle toutes les possibilités de retrouvailles ou de réconciliations. Si cette histoire peut connaître une fin heureuse, ou une conclusion tout simplement, c'est le moment d'agir. Lucy ne veut pas que Maggie continue à s'interroger sur ce que son existence aurait pu être.

— Je suppose que vous vous demandez pourquoi je suis venue aujourd'hui, après tout ce temps.

Alice regarde Lucy droit dans les yeux, visiblement plus calme à présent qu'elle est assise.

— Je crois que ma grand-mère ne le comprend pas très bien, en effet, et que ça la met en colère. Mais ma mère, mon frère et moi… nous vous sommes très reconnaissants. Nous aimerions vous aider à retrouver Jeremiah.

Alice sourit. Ses lèvres fines se mettent à frémir et elle se ressaisit bravement. Ses mains continuent à s'agiter, le pouce droit caresse sans relâche le gauche, c'est un tic nerveux.

— J'aurais dû venir il y a des années. Mais j'avais une bonne raison de ne pas pouvoir affronter le passé. Ça a été un tel traumatisme pour moi que je me suis convaincue, je crois, que mon attitude était, sinon excusable, du moins compréhensible… Et puis, juste après Noël, ma sœur est morte. Elle avait quatre-vingt-cinq ans, elle était plus jeune que votre grand-mère. La disparition de Pam m'a bouleversée, bien plus que celle de mes autres frères et sœurs… enfin pas celle de Will bien sûr. Elle m'a poussée à m'interroger sur mon comportement, à me demander si je ne m'étais pas laissé gagner par une certaine léthargie. J'ai toujours cru que j'avais le temps d'arranger les choses. La mort et la maladie vous font mesurer que ce n'est pas tout à fait vrai. J'ai reçu de mauvaises nouvelles à cette époque… Non, ce n'est rien, rassurez-vous, simplement ça m'a permis de prendre conscience que si je voulais retrouver la trace du fils de Maggie, eh bien il fallait que je m'y mette sans tarder.

Elle fixe ses cuisses soudain, sa déception est presque tangible. Son entrain retombe.

— Il me reste une dernière adresse à aller voir, je m'en chargerai demain. Si ce n'est pas la sienne, eh bien... je ne vois pas ce que je pourrai faire. Peut-être que vous, vous seriez assez gentille pour m'aider, pour poursuivre les recherches ?

Elle se lève et disparaît dans la maison. Lucy hésite un instant : la conversation est-elle terminée ? Son aveu final – elle n'a pas retrouvé Jeremiah – semblait si définitif. Elle attend, repense à la vieille femme frêle, au teint si terne. Elle a arpenté toute la lande, à en croire Maggie, et aujourd'hui elle frappe à des portes dans toute la région. Pas étonnant qu'à son âge elle ait l'air fatiguée.

Elle ressort cependant, serrant contre son cœur ce qui ressemble à une lettre : une enveloppe blanche bon marché, avec une adresse griffonnée d'une écriture en pattes de mouche, à l'encre bleue.

— J'ai aussi été poussée à agir par ceci, dit-elle en la posant sur la table.

L'enveloppe, poussiéreuse, est marquée d'un pli en son milieu. Elle est adressée à Maggie Retallick, Skylark, Trecothan, Cornouailles du Nord. Il n'y a ni timbre ni cachet de la poste dessus.

— C'est mon frère, Will, qui l'a écrite. Elle est destinée à votre grand-mère. Je l'ai trouvée dans les papiers de Pam, au grenier, au moment de trier ses affaires en début d'année.

Lucy réprime un frisson.

— Que dit-elle ?

— Oh, je ne l'ai pas ouverte ! rétorque Alice, outrée par une telle suggestion. Ce ne serait pas correct. Je voulais la remettre à Maggie si je ne retrouvais pas son fils. Et je l'aurais fait si elle n'avait été si perturbée, si fâchée... Je ne voulais pas qu'elle soit dans de mauvaises dispositions pour la lire.

Lucy effleure l'enveloppe, les lettres de l'adresse, s'interroge sur ce pli. Peut-être Will l'avait-il pliée en deux pour la ranger dans sa poche de poitrine, la garder bien au chaud près de son cœur ? Il doit y avoir une bonne explication au fait qu'il n'ait jamais trouvé de timbre, ou de boîte aux lettres, pour ce qui est sans doute une lettre d'amour ? Elle essaie de s'imaginer son contenu, brûle de déchirer l'enveloppe.

— Je ne comprends pas pourquoi il ne l'a pas postée. A-t-il changé d'avis ?

— Je n'en sais rien.

— Pourquoi était-elle dans les affaires de votre sœur ?

— Je l'ai trouvée dans une liasse de lettres qui appartenaient à ma mère. Elle a dû les laisser à Pam à sa mort.

— Et pourquoi votre mère l'avait-elle ?

— Je suppose que cette enveloppe était dans les affaires que mon frère a rapportées à Londres... à moins qu'il ne l'ait eue sur lui le jour de sa mort.

Lucy observe une nouvelle fois cette lettre, tâche de deviner son histoire.

— Savez-vous où votre frère a été tué ?

— Sur Aldwych, juste devant Bush House, répond-elle d'une voix posée. Il venait de ressortir du bâtiment, il avait été épargné par l'explosion, et une vitre l'a transpercé.

Elle s'interrompt, comme pour s'imaginer l'horreur de la scène, puis ajoute d'un ton plus léger :

— Vous connaissez cet endroit ?

Bien sûr. Lucy est sortie avec un étudiant en histoire du King's College à une époque, il suivait des cours sur le Strand. Un jour, ils ont remonté ensemble Aldwych, cette artère incurvée si particulière, et il lui a montré un éclat d'obus fiché dans un mur, sur le côté du bâtiment. Un détail remonte des tréfonds de sa mémoire, énoncé de la voix nasale et enthousiaste de Henry.

— Vous saviez qu'il y avait une poste, pendant la guerre, au rez-de-chaussée de Bush House ? Vous pensez...

Lucy goûte la saveur des mots tandis que son cerveau tente d'analyser cette hypothèse.

— Vous pensez qu'il aurait pu justement être à la poste pour envoyer cette lettre ?

Alice est parfaitement immobile.

— Eh bien... oui, je suppose que c'est une possibilité.

Ses joues ont perdu leurs couleurs, mais ses traits s'animent.

— Je lui ai écrit, voyez-vous. En mai, après mon déménagement à St Agnes. Pour lui parler du bébé.

— Vous lui avez annoncé qu'il était le père ?

— Pas aussi clairement, mais je lui ai dit que Maggie avait eu un enfant et je lui ai demandé son aide. Je pensais qu'il pourrait retrouver la ferme où j'avais laissé le bébé, et m'aider à le ramener à Maggie. Je voulais tellement… Je sais que ça va paraître puéril, mais je voulais essayer d'arranger les choses.

— Alors Will a peut-être écrit à Maggie pour s'excuser… ou lui promettre de venir l'aider ?

Lucy sent l'emballement monter.

— Je ne sais pas… dit-elle, ses yeux bleus se mouillant de larmes. Je lui avais écrit chez Eddy, et je n'ai jamais eu de réponse. Après sa mort, j'ai appris qu'il était rentré à Londres début mai, et j'en ai déduit qu'il n'avait pas eu ma lettre. Je n'ai pas pensé qu'elle avait pu le suivre à Londres. Et quand ça m'a traversé l'esprit, bien plus tard, une fois devenue adulte, ma mère n'avait plus toute sa tête et je ne pouvais plus interroger personne.

Lucy s'efforce d'assembler les différentes pièces du puzzle, qui semblent s'imbriquer, mais pas parfaitement.

— S'il a reçu votre lettre, ça pourrait expliquer pourquoi votre mère n'a jamais posté la sienne. Elle ne voulait sans doute pas qu'il reconnaisse sa paternité, elle voulait peut-être le protéger de la colère de mes arrière-grands-parents.

— Je ne crois pas qu'elle l'aurait postée de toute façon… Elle savait que Will aimait Skylark et elle ne pardonnait pas à votre arrière-grand-mère de l'en avoir chassé. Ça peut paraître grotesque, mais de son point de vue, ils étaient indirectement responsables de sa mort. Et puis elle l'aimait plus qu'on ne le croyait, tous, à l'époque. Je ne pense pas qu'elle aurait pu se défaire d'un souvenir de son fils, surtout pas s'il le portait sur lui le jour de sa mort. Enfin, peut-être qu'elle ne supportait pas non plus de poser les yeux dessus. Et donc elle l'a rangée, au milieu d'autres lettres, et l'a fait disparaître pendant des années…

Alice caresse l'enveloppe.

— Je vous avoue que je suis curieuse de savoir ce qu'elle dit. Ce serait si merveilleux qu'elle apporte un peu de bonheur à Maggie. Vous voulez bien la lui donner de ma part, s'il vous plaît ?

Maggie est assise sur son banc, sous le pommier, la lettre à la main. De l'index, elle suit les pattes de mouches et imagine les doigts fins qui les ont tracées.

Alors il lui avait écrit. Il ne l'avait pas oubliée, ainsi qu'elle l'avait toujours à demi redouté, il ne lui avait pas préféré une autre fille. La Land Girl plantureuse était le pur fruit de son imagination. Et il l'aimait. Elle retrouve la phrase cruciale. *Et je t'aime. Voilà, je l'ai dit.* Elle l'imagine couchant ses sentiments sur le papier, gêné. Elle regrette qu'il n'ait pas prononcé ces mots de vive voix.

Elle relit la phrase. C'est ridicule que ça ait autant d'importance après toutes ces années… pourtant combien ça en a, de l'importance ! Elle scrute l'encre bleue qui court sur la feuille de papier jaunie et son cœur explose de joie.

Et je t'aime. Voilà, je l'ai dit.

Et qu'y avait-il d'autre à dire ? Je t'aime, c'est tout ce que quiconque a besoin d'entendre. Et même si Edward, ses enfants et petits-enfants le lui ont dit au fil des ans, ce « je t'aime »-là, insaisissable, est le seul qui a toujours compté. Celui qu'elle n'a jamais entendu. Car Will ne l'a jamais prononcé, alors qu'elle le lui a susurré à l'oreille lorsqu'ils étaient enlacés dans la grange. *Je t'aime, je t'aime.* Ses intonations étaient sauvages, la prise de conscience choquante. *Je t'aime, Will.*

Un sourire naît sur ses lèvres, s'épanouit sur son visage. Will Cooke était peut-être trop timide pour le dire, mais il l'avait aimée depuis le début, comme elle l'espérait.

Et il voulait faire sa vie avec elle, aussi. Elle parcourt à nouveau les lignes pour vérifier, eh oui, c'est bien écrit là. Son intention de descendre en Cornouailles et… oh ! de l'aider à retrouver leur fils. Sa gorge se noue. Quel gâchis ! Quel maudit gâchis ! Il serait venu s'il avait pu envoyer cette lettre, car Maggie lui aurait répondu un immense oui, du fond du cœur. S'il n'avait pas été victime d'une bombe. S'il n'avait pas été là-bas, pour poster cette lettre, ils seraient ensemble. Un refrain familier recommence : il ne serait pas mort s'il était resté en Cornouailles, bien en sécurité. S'il n'avait pas été chassé de Skylark.

Elle essaie de s'imaginer cette vie. Pendant un instant, elle s'autorise ce fantasme et oublie Edward. Elle oublie Judith et Richard, Tom, Lucy et Ava, pour construire ce futur dont elle rêvait tant avec Will, et leur premier enfant, abandonné.

L'image qui se forme, aux contours flous, manque de précision. Elle scintille, hors d'atteinte. Un premier amour, fauché en plein vol, par la guerre et par sa mère, sera toujours idéalisé après tout. Mais non. Ils s'aimaient avec une intensité qui leur aurait permis de surmonter les passages les plus houleux de leur vie à deux, elle en a la certitude. Leur mariage aurait été une histoire d'amour qui aurait duré.

Elle pense à ce que lui a dit Lucy. Pourquoi n'était-il pas descendu directement en Cornouailles pour la voir ? Question d'organisation ? Mesure de précaution ? L'imbécillité de cette décision, et de ses conséquences, la frappe en plein plexus solaire.

Il craignait Evelyn, cette femme étroite d'esprit qui, parce qu'elle s'inquiétait que les chances de réussite de sa fille ne soient ruinées par un enfant illégitime, et l'opprobre social consécutif, l'avait éloigné. Et peut-être qu'elle avait ses torts, aussi. Elle avait écrit mais, ne recevant aucune réponse – Evelyn interceptait ses lettres, elle l'avait appris plus tard –, elle avait renoncé : paniquée par sa grossesse au début, et trop fière aussi, trop incertaine des sentiments de Will. Ce « je t'aime » est merveilleux, oui, mais… et s'il le lui avait dit en personne, soixante-dix ans plus tôt ?

Maggie se reporte à la lettre pour relire un passage… Ah, oui ! Et si elle était tombée sur ce signal qu'il avait essayé de lui envoyer ? Qu'il évoque ici et qu'elle doit aller trouver : *un petit cœur avec nos initiales, tout en bas de l'échalier.* Caché par la haie qui déborde, oublié, car la clôture entre le champ et le sentier a disparu depuis longtemps et qu'elle n'a eu aucune raison d'escalader les échaliers, ou d'inspecter leurs montants. Pourtant ce message l'a attendue toutes ces années.

Elle caresse à nouveau la lettre. Ça la réchauffe de savoir qu'il l'aimait. Son cœur bat plus fort qu'il ne l'a fait depuis des mois, diffuse en elle un soulagement qui la surprend. La chaleur s'étend, légèrement, jusqu'à Alice. Sa haine, si évidente ces derniers jours, ne brûle plus, pétard mouillé qui ne se rallumera jamais. Maggie lui est reconnaissante de ses efforts, même si son mensonge et son incapacité à rétablir la vérité pendant toutes ces années la déconcertent. Mais elle est injuste : un mois après la naissance, Alice avait essayé de le faire, elle avait écrit à Will, l'implorant de retrouver son fils.

Dans quelques minutes, Maggie se lèvera et ira remercier Alice. C'est grâce à elle que Maggie a pu découvrir cette lettre. Et l'amour de Will rayonne, un beau soleil éclatant et pur. Rien ne peut effacer le fait qu'elle ne rencontrera jamais son fils, mais au moins elle sait, dorénavant, avec certitude, que ça n'arrivera pas. Il n'y a aucune trace administrative, aucun moyen de le contacter. Aucune raison d'espérer.

Elle soupçonnait depuis longtemps que son fils avait peu de chances de la trouver et redoutait, avec une intensité douloureuse chaque fois qu'elle y pensait, qu'il ne se soucie pas d'elle. L'aveu d'Alice, quelque part, apaise cette souffrance. Il n'aurait pas pu la chercher car il n'avait pas le moindre indice. Il ignorait peut-être même qu'il avait été adopté, qu'il avait une autre mère. Et si cette idée la désolait autrefois, au moins maintenant elle a une forme de certitude, elle peut… quelle est l'expression employée par Lucy déjà ? Ah oui : tourner la page.

Elle se lève et, presque par réflexe, se dirige vers la barrière, pour admirer le paysage derrière la ferme, les falaises et le cap. Personne ne vient dans la direction de Skylark.

Il ne viendra pas. Et puisqu'il n'a aucun moyen de la retrouver, elle ne voit pas de raison de continuer. Elle ne sait pas combien de temps elle puisera en elle la force de résister. Elle doute de voir de nombreux hivers encore. Elle a bien vécu. Quatre-vingt-huit ans, quatre-vingt-neuf en janvier. À quatre-vingt-dix, le moment sera venu d'arrêter, car elle commencera à décliner, elle en est consciente. Elle l'a vu sur son père, Joe, qui s'est éteint à quatre-vingt-onze ans. En pleine forme jusqu'à quatre-vingt-dix ans, puis une avalanche de problèmes ont miné son corps et son esprit. Elle est usée.

Elle mourra sans savoir si elle l'a déjà croisé, même s'il est peu vraisemblable que ce soit le cas. Car elle est certaine qu'elle le reconnaîtrait.

Il pourrait être mort. Peut-être l'est-il… Cette pensée, si souvent formulée déjà, continue à la glacer. Et dire qu'elle ne saura jamais…

43

1er septembre 2014, Cornouailles

La maison est loin d'être avenante. Un ancien logement social des années 1960 à en juger par son aspect : béton triste sali, fenêtres en PVC, jardinet désolé envahi de broussailles avec quelques touffes de lavande et pierres tapissées de mousse. Elle se trouve au bord de la route principale qui conduit en ville, dans un petit groupement de quatre pavillons mitoyens, blottis ensemble pour se tenir chaud et se donner du courage face au vent qui monte de l'Atlantique. Ce sont les seules maisons sur ce bas-côté étroit. Les seuls bâtiments si hauts à des kilomètres à la ronde.

Alice songe qu'elle ne vivrait jamais ici si elle avait le choix, alors qu'elle remarque la rouille qui macule une conduite d'eau et les antennes paraboliques de guingois. Puis elle se retourne et découvre la vue. L'estuaire qui brille et, à l'est, la lande avec ses tons roux et or au soleil de la fin d'été. Alice revoit son jugement : si l'on entretient un lien fort avec cette région, si l'on a été élevé sur la lande ou même si l'on est un étranger qui ne s'est jamais senti à sa place nulle part, qui s'est peut-être débattu avec l'idée d'avoir été adopté… alors peut-être aspire-t-on à un tel isolement. Toutes ces hypothèses gonflent son cœur d'espoir.

Elle se gare, remarque le mouvement d'un rideau et se dirige vers le 4 Corporation Terrace. Le portail se referme avec un cliquetis derrière elle. Elle remonte l'allée, le ventre serré. C'est la cinquième adresse occupée par un J. Jose. Son dernier espoir avant d'admettre qu'il a quitté la Cornouailles – car elle sait qu'elle n'aura pas l'énergie de prolonger ses recherches ailleurs. Les nausées ont commencé, et elle est fatiguée, si fatiguée à présent. Prête à rentrer chez elle le lendemain. Lucy continuera l'enquête, mais Alice devra renoncer si ce JS Jose n'est pas le Jeremiah qu'elle a traqué ces derniers jours. Le fils de Will et Maggie.

Elle s'arrête devant la porte en PVC, à l'affût d'un bruit trahissant la présence d'un occupant de la maison. L'espace d'une seconde elle envisage de partir, car la perspective de croiser un regard interloqué, ou, pire, un jeune Jeremiah, un Jem, un Jez ou une Jezza, la terrifie. Mieux vaut garder un peu d'espoir. Ne jamais savoir… Elle remarque alors que la télévision est allumée dans le salon. Et soudain une silhouette, déformée par le verre dépoli de la porte, avance à sa rencontre.

La porte s'ouvre en grand, et elle est désorientée un instant.

— Oh, c'est vous ! s'exclame-t-elle face au visage familier.

Elle l'étudie, confuse. Quelque chose cloche…

— Je cherche un certain Jeremiah Jose, débute-t-elle, je dois avoir la mauvaise adresse.

— Personne ne m'a appelé comme ça depuis une paie, dit-il.

Elle voit soudain qu'il n'a pas les yeux de Will, les yeux qu'aurait eus son frère s'il avait atteint l'âge de soixante-dix ans, mais les siens et ceux de leur père, William. Les pommettes cependant lui rappellent celles de son frère, et le front celui d'Annie.

— C'est un peu un nom à coucher dehors, non ? Jeremiah ? Il n'y avait que ma défunte mère pour l'utiliser, quand j'avais des ennuis… Ou aujourd'hui l'État, pour me réclamer de l'argent. Je préfère utiliser mon second prénom. Et ça a commencé dès que j'ai été assez grand pour n'en faire qu'à ma tête.

Il est intarissable : une voix grave avec un délicieux accent de la région qui lui rappelle celui d'oncle Joe. Il a d'ailleurs quelque chose du père de Maggie, dans la carrure et la peau tannée. Et de Will, encore, dans la tignasse épaisse. Aucun trait flagrant de Maggie ni, Dieu merci, d'Evelyn.

Alice le dévisage, réunit les fragments de son héritage génétique, cherche une preuve de ses origines. Elle se repaît de ce spectacle.

— Je vous demande pardon, dit-elle soudain car il s'est interrompu et l'observe avec inquiétude.

Il sourit et elle mesure combien son attitude doit être déstabilisante. Il ne peut pas savoir qu'elle l'a tenu dans ses bras alors qu'il n'avait que quelques heures.

— Vous m'avez l'air un peu perturbée… C'est peut-être ma faute, je suis un incorrigible bavard ! Bon, qu'est-ce qu'il peut faire pour vous, Jeremiah Jose ?

44

2 septembre 2014, Cornouailles

Alice promène son regard sur la chambre désolée et blanchie à la chaux. Elle est aussi vide que le jour de son arrivée, le 1er septembre 1939, lors de leur évacuation. Soixante-quinze ans plus tôt.

Elle est prête : sa valise à roulettes et son sac à dos sont posés près de la porte en attendant le taxi, elle a prévu un thermos de café pour le voyage. Son exemplaire de *Loin de la foule déchaînée*, qu'elle compte offrir à Lucy, est posé sur la table. L'heure est venue de rentrer chez elle. Elle a pris la bonne décision en se rendant à Skylark, et même si ça n'a pas été facile, elle sait que lorsqu'elle s'éteindra elle aura la conscience tranquille. Elle ne sera plus rongée par des souvenirs pénibles. Elle ne pouvait faire davantage.

Bien sûr, elle ressentira toujours un pincement de culpabilité à l'idée qu'elle a confirmé les soupçons d'Evelyn. Un instant elle se revoit dans le cellier suffocant, avec son odeur écœurante de pomme – Joanna pelait et coupait les fruits pour préparer une tarte. C'était le jour où Maggie retournait à Bodmin, le lendemain du soir où Alice les avait aperçus, Will et elle, et la fillette avait questionné la bonne sur les choses de la vie. « Tu vois la vache et le taureau, ou le bélier et la brebis ? Eh bien, c'est pareil pour les humains ! » lui avait dit Joanna en écarquillant les yeux et en ouvrant la bouche en grand, comme une grotte rouge sombre.

Alice ne s'était pas attardée dans la grange, elle s'était enfuie dès qu'elle avait compris ce qui se passait, ses pieds frappant les pavés de la cour, le cœur tambourinant de peur. Mais elle en avait vu assez. Elle était en proie à la panique quand Evelyn l'avait surprise, quelques instants plus tard. Celle-ci lui avait demandé ce qui n'allait pas – cela avait-il un rapport avec Maggie ? Alice avait hoché la tête, soulagée.

— Et mon frère, avait-elle ajouté en bredouillant.

Le front d'Evelyn s'était plissé.

— Will ? Comment ça, Will ?

Alice s'était murée dans le silence alors, mais elle en avait déjà trop dit apparemment…

Inutile de ressasser ces souvenirs maintenant. Mieux vaut essayer de se détendre avant son voyage. Elle s'assied sur le banc et profite de la caresse du soleil sur son visage.

De là, si elle regarde alentour, elle verra ce qu'elle a toujours adoré ici : la plage, avec ses rochers et ses flaques, les champs où elle adoptait des lapins, les dunes où ils jouaient à cache-cache, au son du chant inlassable des alouettes. Elle les entend aujourd'hui, une rengaine, entonnée en canon par les différents oiseaux qui marquent leur territoire, à moins – elle s'autorise une pensée fantasque – qu'ils ne proclament leur joie face à une telle beauté.

Puis Alice fait ce qu'elle a toujours évité de faire quand elle est assise à cet endroit : elle se retourne pour regarder la lande. Le temps change vraiment tout. Elle irradie aujourd'hui, paraît presque lumineuse, aussi différente du paysage lugubre de ses souvenirs que l'estuaire étale l'est de l'Atlantique battu par une tempête. Le soleil éclatant adoucit les collines et leurs couleurs. Le tout est encadré par les haies qui se couvrent, à la fin de l'été, de mûres encore vertes, de cynorhodons et de prunelles d'un noir terne.

Elle sera à Fulham quand ces baies arriveront à maturité. Et c'est dans l'ordre des choses. L'air est mordant en fin de journée maintenant, l'automne approche, l'été tirera bientôt sa révérence. Alice doit rentrer à Londres, car elle a encore été malade ce matin et elle se sent si faible que le simple fait de s'habiller lui semble un effort – alors que dire de ses balades dans la campagne ? Heureusement que Lucy a proposé de s'occuper de sa voiture de location. Alice doit être à proximité d'un hôpital et de ses fils, Ian et Rob. Peut-être qu'il est temps pour elle d'être honnête. D'admettre qu'elle n'est pas aussi indépendante qu'elle le pense. Qu'elle a besoin d'eux après tout.

Maggie est sous le pommier. Alice part ce matin et elle lui a demandé de s'installer ici, à sa place habituelle. « Assieds-toi sur le banc et détends-toi, lui a-t-elle dit. Et surtout, s'il te plaît, ne te lève pas. »

Elle sent l'irritation monter. Elle a mieux à faire que patienter ici, parce que Alice l'a décidé sur un coup de tête. Espère-t-elle que Maggie agitera son mouchoir pour lui dire au revoir ? Bonté divine… Peut-être rêve-t-elle d'adieux plus affectueux que ceux auxquels elle a eu droit soixante-dix ans plus tôt. Maggie ne la prendra pas dans ses bras. Elle lui est profondément reconnaissante de lui avoir apporté la lettre de Will, et de ses tentatives pour réparer ses erreurs, d'ailleurs elle le lui a dit, mais vraiment quel besoin de se vautrer dans le sentimentalisme ?

Elle restera encore cinq minutes, puis elle partira. Elle a promis de s'occuper de la pâtisserie aujourd'hui, pour que Lucy puisse se charger d'accueillir la livraison des machines pour les glaces et aider Tom à l'installer. La ferme change, elle se diversifie, pour le mieux apparemment. Maggie lève la tête vers les pommes marbrées de rouge qui alourdissent les branches désormais. Plus jeune, elle adorait l'automne, la saison des brumes et de tant de fruits à maturité. Mais depuis longtemps le début du mois de septembre a été entaché par le souvenir du départ de Will. Elle l'a vu pour la dernière fois le 29 août 1943, il y a soixante et onze ans.

Impatiente, elle se relève en prenant appui sur le banc. Elle aperçoit alors une silhouette familière, dévalant sur sa bicyclette le chemin vers elle. Un éclair rouge – le coupe-vent de la poste – et des jambes maigres, bronzées, qui sortent d'un bermuda démodé.

Ses pneus dérapent sur les pavés lorsqu'il freine, soulèvent de la poussière. Il a l'air légèrement mal assuré sur ses jambes quand il descend de sa selle et redresse sa bicyclette, si chargée qu'elle menace de tomber. Il l'appuie contre le mur, ouvre le portail.

— Bonjour, Sam ! lui lance-t-elle, surprise d'entendre le loquet, car le postier passe généralement par la cuisine pour leur remettre leur courrier. C'est gentil de venir jusqu'ici, mais j'allais justement me mettre aux fourneaux. Pas la peine de t'embêter, je t'assure…

Il marche vers elle d'un pas délibéré, un sourire aux lèvres. Un sourire hésitant qui s'élargit, au point qu'on ne pourrait que le qualifier de débordant de joie.

— Bonjour, dit-il d'une voix plus timide que de coutume. Je te cherchais depuis très longtemps.

45

30 juin 1944, Londres

Will prit une seconde feuille. Il ne pouvait pas en gâcher davantage, car il les avait subtilisées à sa mère, mais sa première tentative, jetée sur le papier dès qu'il avait ouvert l'enveloppe d'Alice, ne convenait pas.

Il avait eu toute la nuit pour y penser : les rouages de son esprit ressassant les épreuves que Maggie avait traversées au cours des dix derniers mois… et le ruban infini des possibilités que leur offrait l'avenir. Son corps était endolori par la fatigue, même s'il avait les idées très claires. L'aube se leva, la lueur gris pâle s'insinuant sous le rideau noir du black-out, et il constata qu'il avait à peine fermé l'œil de la nuit.

Il était six heures à présent, il avait trente minutes devant lui pour écrire une lettre avant d'entamer sa dernière journée de travail. Ensuite il rejoindrait le camp d'entraînement militaire. Une demi-heure pour persuader Maggie qu'il l'aimait, qu'il voulait régulariser la situation. L'ennui étant qu'il n'avait jamais été à l'aise avec un stylo, son sens pratique ayant toujours été plus développé que sa verve. Il s'était essayé une fois à la poésie avant. « Un danger ? » avait-elle répété en plissant le nez. Après ça, il s'en était tenu aux actes. Et ceux-ci ne pouvaient laisser aucun doute sur ses sentiments, du moins il le croyait.

Il suçota l'extrémité de son stylo-plume, à peine utilisé. Il l'avait reçu en cadeau lors de son premier Noël chez les Retallick. Une idée d'Evelyn, qui avait décrété que tout le monde devait avoir des ambitions, même lorsqu'on comptait abandonner l'école à quatorze ans.

Ses ambitions se limitaient à aimer la fille d'Evelyn. Il chassa son visage : ces yeux perçants qui s'étaient vrillés à lui quand elle l'avait invectivé. Il n'avait pas agi ainsi par malveillance. Il n'avait pas pu éviter de tomber amoureux de Maggie : c'était aussi inéluctable que le givre en janvier ou un grand coup de vent qui arrache les feuilles des arbres.

Il fallait qu'il écrive tout cela, non ? Car c'était ce qu'il n'avait jamais été capable de lui dire, et son insuffisance dans ce domaine le frappait à présent. Il l'avait déjà ressenti au moment où il avait gravé ce cœur, en bas de l'échalier qui menait à la plage, où il avait ajouté leurs initiales pour tenter d'exprimer ses sentiments. Il l'avait fait le jour suivant leur premier baiser. Il regrettait de ne pas en avoir tracé un plus grand, un plus audacieux, un qui avait moins l'air de s'excuser.

Il ferma les yeux et, soudain, il fut là-bas, la serrant contre lui dans les dunes… Il écoutait le son de sa respiration, il respirait l'odeur sucrée de ses cheveux doux, pressés contre sa bouche. Il l'étreignait de toutes ses forces et il sentit sa poitrine contre son torse, chaude et ferme. Elle leva les yeux vers lui et lui sourit, avant de l'embrasser, les lèvres entrouvertes dans une invitation. Une alouette chanta très haut au-dessus d'eux – un cri puissant qui se déployait en un tourbillon continu et joyeux –, et il ravala un éclat de rire. Tout à coup, il sut quoi écrire.

Londres, 30 juin 1944

Chère Maggie,

Alice m'a écrit pour me parler du bébé. Je ne sais pas quoi dire sinon que je veux tout faire pour que la situation s'arrange, pour être avec toi, si tu veux encore de moi, et essayer de retrouver notre fils.

Je sais que nous sommes jeunes, mais j'ai dix-huit ans maintenant. Je suis assez vieux pour me battre. Et je t'aime. Voilà, je l'ai dit, moi qui en ai été incapable toutes les fois où nous nous sommes embrassés, ou ce dernier soir dans la grange. Je crois que ça a toujours été le cas : depuis le début, quand nous avons fait la course sur la plage, le lendemain de notre arrivée. Ou en tout cas, depuis l'été suivant, quand tu m'as appris à nager et que je me suis montré un élève bien récalcitrant.

J'ai honte maintenant. Je n'ai jamais écrit ce genre de lettre avant et j'espère bien que ce sera la dernière. Mais je tiens à ce que tu saches que je ne t'ai pas oubliée, que je ne t'ai pas préféré une autre fille. Je parie qu'aucune des lettres que je t'ai écrites ne t'est parvenue... Et j'ai gravé un petit cœur avec nos initiales, tout en bas de l'échalier entre les champs et la plage. Tu devrais le trouver facilement. Je ne l'ai pas fait trop gros, pour ne pas t'embarrasser – je me disais que ça te déplairait peut-être –, mais il doit être là.

Je ne sais pas si cette lettre te parviendra et je ne peux qu'espérer, si c'est ta mère qui l'ouvre, qu'elle trouvera la bonté, dans son cœur, de te la remettre. Les bombardements, ici, m'ont fait toucher du doigt la fragilité de la vie. Alors, lorsque les gens trouvent le bonheur, comme nous deux, ils doivent le saisir à deux mains.

Je n'ai jamais cessé de penser à toi. Tu te souviens de notre baignade, avant notre premier baiser ? Tu te souviens de ce que nous avons ressenti ? Ou de ce soir d'orage, que nous avons affronté en nous penchant dehors, par la fenêtre ? Un danger délicieux, voilà ce que ça nous inspirait… Et c'est bien ce que j'ai ressenti à l'époque.

Je débute mon entraînement après-demain, dans le Yorkshire, et je suis certain que le véritable danger ne me procurera pas les mêmes sensations. Ce n'est déjà pas le cas quand des bombes volantes passent dans le ciel au-dessus de ma tête, ou que je cours me réfugier dans le métropolitain. Tu sais à quoi je pense dans ces moments-là ? À nous, dans les champs de maïs, dans la grange, dans les dunes… avec les alouettes qui chantaient à tue-tête pour nous célébrer – c'est en tout cas l'impression que j'avais. Voilà à quoi je pense dans ces moments-là.

Je dois me dépêcher d'apporter cette lettre à la poste. Je ne sais pas si tu voudras de moi, après tout ce que tu as traversé, mais j'espère que tu croiras ce que je t'écris.

Tu peux me répondre au camp de Wakefield, je laisse l'adresse plus bas. Tu ne voudras peut-être plus jamais m'adresser la parole, je te demande juste de me dire que tu as bien reçu ces mots. Comme ça, je pourrai espérer que tu me croies un jour.

Je t'aime,

À toi, pour toujours

Will

Épilogue

30 juin 2015, Cornouailles

Assise dans un petit creux au milieu des dunes, Lucy regarde la marée monter vers elle. Bercée par le son des vagues qui s'échouent sur le rivage, puis se retirent.

Une soirée qui commence, au début de l'été. Le sable est encore chaud du soleil de la journée, la plage vide – les vacances scolaires n'ont pas encore commencé et les promeneurs de chiens sont déjà tous rentrés. Elle s'allonge sur le dos, prête une oreille au bourdonnement des sauterelles, au cri des mouettes. Deux points marron dérivent très haut dans le ciel, émettant une mélodie qui virevolte et scintille, flux ininterrompu qui s'élève dans un ciel de traîne et s'étire vers le bleu profond à l'horizon.

Un an s'est écoulé depuis l'incident. Depuis l'erreur qui l'a conduite à revenir ici. Il y a un an, jour pour jour, elle apprenait pour Matt et Suzi. Demain, il y aura un an qu'elle n'a plus exercé son métier d'infirmière.

Jacob se porte bien. Elle est retournée à l'hôpital en novembre pour dire au revoir à ses collègues, et elle a vu, sur le tableau en liège, la carte de remerciements de ses parents. Accompagnée d'une photo d'un petit garçon, encore chétif, mais qui ne ressemblait en rien à l'enchevêtrement d'os et de tubes qu'elle avait laissé à la maternité, flottant dans sa couche de prématuré. Il souriait sur la photo et Lucy a adressé à Emma un petit signe de tête crispé. Car sans celle-ci, le petit Jacob ne serait pas vivant.

Elle a quitté avec soulagement la chaleur étouffante du service de néonatalité et l'effervescence de Londres. Heureuse de descendre du train à Bodmin, de respirer l'odeur humide et capiteuse de la forêt, des haies gorgées de sel, de la lande couverte d'ajoncs. Même les jours de mauvais temps – les flaques gelées, la ferme arrosée par les tempêtes –, elle n'a jamais regretté son retour. Ils ont connu des revers – oncle Richard a changé de poste et a dû récupérer une partie de ses investissements ; Tredinnick a diminué ses commandes en hiver –, mais la glace Skylark commence à se vendre et leurs dettes fondent. Ils ont travaillé d'arrache-pied pour remplir les congélateurs des magasins Kernow's à partir de Pâques, Flo et elle ont installé un stand de vente dans les festivals et sur les plages les plus fréquentées pendant les ponts. Leur petite entreprise artisanale est en plein essor.

Le spectre de la banqueroute s'étant éloigné, ils ont pu recommencer à prendre soin de la maison. Avec Judith, elles ont arraché le papier peint du couloir en octobre et se sont engagées dans une lutte féroce contre de vilaines taches d'humidité. Sa mère a trouvé un second souffle : portée par le retour de sa fille, soulagée du poids de garder le secret sur le suicide de son mari, libérée de son masque. Mais celle qui a le plus changé, c'est Maggie.

En la regardant faire connaissance avec Sam, Lucy a eu l'impression de voir un couple tomber amoureux. Les débuts enivrants, Maggie éprise de son fils perdu. Ça aurait été difficile pour Richard, s'il avait été dans le coin, mais Judith, entourée de ses deux enfants et de sa petite-fille (de plus en plus bavarde), s'est montrée amusée par l'exclusivité flagrante des sentiments de sa mère, tout en sachant que ça ne durerait pas.

Avec le temps, Maggie est redescendue sur terre. Elle continue à le voir trois à quatre fois par semaine – ils ont tant d'années à rattraper –, mais elle porte sur lui un regard un peu plus objectif. « Je ne suis pas tout à fait convaincue par sa barbe, a-t-elle avoué quand il a commencé à porter le bouc. Tu crois que c'est un anticonformiste, au fond ? »

Lucy a observé Sam, avec son collier de surfeur qu'il porte depuis qu'il a pris sa retraite, les cigarettes roulées agrémentées d'herbe qu'il fume dans le jardin – leur odeur écœurante masque celle du tamaris. « Je ne suis pas certaine que ça ait beaucoup d'importance, a-t-elle rétorqué, plus encline à critiquer les a priori de sa grand-mère, redevenue la vieille femme aux idées très arrêtées. — Non, a-t-elle lâché après une minute de réflexion. Aucune importance, tu as raison. »

Lucy a pu apprendre à connaître Sam à l'occasion du long trajet en train jusqu'à Londres, qu'ils ont entrepris tous les deux par un mardi glacial début décembre, afin d'assister aux funérailles d'Alice. Il y avait bien plus de monde que ce à quoi elle s'attendait. Évidemment ses fils, Rob et Ian, accompagnés des six petits-enfants adultes, sincèrement accablés de chagrin. Sam et Lucy ne sont pas entrés dans les détails au moment de présenter leurs condoléances, ils se sont contentés de dire qu'ils avaient rencontré Alice en Cornouailles, l'été précédent. Si quelqu'un a remarqué la vague ressemblance entre la défunte et cet homme buriné aux longues jambes frêles, il n'en a rien dit. Sam a pris contact avec eux par la suite, tentant d'amorcer un échange par mail avec Rob, le fils aîné – auquel il a aussi envoyé une carte d'anniversaire, avec une photo en noir et blanc de Will.

À l'occasion de ce déplacement, Sam a raconté à Lucy son enfance dans la lande, puis son mariage avec Anne et l'adoption de leurs deux enfants – « C'est drôle, on pouvait pas en avoir, alors j'ai fait la même chose que mes parents, j'ai retourné la faveur… » C'était une occasion si rare qu'elle a renoncé à un vague projet de verre avec Matt. Et tant mieux. Suzi avait été remplacée par une certaine Cate, et même si la nouvelle lui était d'abord restée en travers de la gorge – « Il a attendu combien de temps pour lui proposer de s'installer avec lui ? » –, Lucy était passée à autre chose plus vite qu'elle ne le pensait possible. « Tu n'as pas envie de te dire, plus tard : "Ah, si seulement…" » Sa grand-mère lui a donné ce conseil et elle a bien l'intention de le suivre. Les regrets – les interrogations sur ce que son existence aurait pu être – auraient été beaucoup plus tenaces, de toute évidence, si elle avait renoué avec son ancienne vie londonienne et quitté la ferme.

Et maintenant ? Prendra-t-elle le risque de tomber amoureuse une nouvelle fois ? Elle reste sur ses gardes, car elle sait que l'amour seul ne suffit pas au bonheur. Le suicide de son père le lui a enseigné : il n'aurait pas pu être plus aimé, et pourtant il s'est tué. Néanmoins sa grand-mère lui a appris à saisir sa chance à deux mains, à croire en elle – cette chance dont la jeune Maggie a été privée. « S'interroger sur ce qui aurait pu advenir. Sans jamais avoir la chance de le découvrir… Voilà, je crois, ce qui fait le plus de mal. »

Elle y a réfléchi en ce jour anniversaire de la mort de Will. Elle est allée courir sur les falaises, s'est arrêtée sur le cap, les bras grands ouverts, s'abandonnant corps et âme à la puissance du vent violent. Le promontoire de Land's End se trouvait sur sa gauche, le Devon sur sa droite, l'Atlantique s'étendait devant elle : bleu-vert puis turquoise et enfin bleu marine au moment où il rencontrait l'horizon, se confondait avec le ciel. Le bord de la falaise. La limite de son univers. Osera-t-elle prendre ce risque ? Croire à l'euphorie qui pourrait lui faire perdre pied et dissiper toute tristesse ? En contrebas, l'écume tourbillonnait autour des rochers, mouillant un couple de phoques. Au-dessus, deux guillemots étaient portés par la brise.

Eh bien, il est là, maintenant. Il avance dans les dunes à sa rencontre, muni de sandwiches et de chips au vinaigre.

— J'ai eu peur que le thé ne se renverse, alors j'ai pris de la bière plutôt.

Il lui tend une bouteille. Une goutte de condensation glisse le long de son goulot.

Il s'assied à côté d'elle, avec cette aisance des gens qui se connaissent depuis des années, même s'il y a entre eux une tension, contenue dans les quelques centimètres qui séparent leurs cuisses, dans la minuscule distance entre eux.

Ben lève sa bouteille vers l'horizon.

— À mon arrière-grand-père…

— À Will, dit Lucy.

NOTE DE L'AUTEUR

L'idée pour *La Ferme du bout du monde* a puisé sa source dans mon amour pour une région particulière : les falaises du nord de la Cornouailles jusqu'à l'ouest de Padstow, où je passais mes vacances, enfant. Quand j'ai entamé ce récit d'une ferme cornique qui avait servi de refuge, physique, à des enfants londoniens pendant la guerre, et qui servait de refuge moral de nos jours, il était inévitable que je m'inspire de ma connaissance des lieux, particulièrement parce que la côte de la Cornouailles septentrionale était truffée de terrains d'aviation utilisés pendant la Seconde Guerre mondiale – ce qui rendait possible la présence de bombes. D'autre part, je voulais que l'action se déroule à proximité de Bodmin et de sa lande.

J'ai pris quelques libertés avec la géographie, néanmoins, en introduisant deux grottes qui n'existent pas et en donnant à ce paysage des caractéristiques d'une région plus à l'ouest – la Cornouailles de West Penrith, d'où sont originaires les ancêtres de ma mère, des fermiers. La Cornouailles qui donne cette impression de bout du monde. J'ai aussi ajouté des vaches laitières, même si je sais que l'estuaire de la Camel est bordé de champs d'orge et de choux-fleurs, que ce sont des moutons qui paissent le long de l'océan.

Si j'ai adapté la géographie et la topographie, j'avais une profonde conscience de la nécessité d'éviter toute inexactitude historique. Pendant l'écriture, j'en suis venue à raconter avec force détails chacun des bombardements ayant eu lieu en Cornouailles et ai même essayé d'adapter ma narration à l'un d'eux. Puis j'ai lu *Une vie après l'autre,* de Kate Atkinson[1], et j'ai été frappée par sa note, dans laquelle elle déclare qu'elle a du mal « à créer une atmosphère vraisemblable, à accéder à une crédibilité narrative lorsque je subis une contrainte permanente. La fiction est par nature fictive, après tout, poursuit-elle. Ce qui ne signifie pas que je ne vérifie pas les faits dans un second temps… mais parfois, pour atteindre la vérité au cœur d'un roman il faut mettre de côté une part de réalité ».

Elle explique qu'elle ignore si Argyll Road a été bombardée dans la vraie vie, et cet aveu a été extrêmement libérateur : tant que je respectais l'histoire, je pouvais m'autoriser un peu de flexibilité.

Un Heinkel a bien largué des bombes sur le bois du manoir de Prideaux Place, mais je ne sais pas si les fenêtres du bâtiment principal ont éclaté. Et un V1 s'est bien abattu sur Aldwych le 30 juin 1944, mais parmi les nombreuses victimes ne figurait évidemment aucun Will Cooke.

J'espère que cette approche est acceptable. En tant qu'ancienne journaliste, je me suis efforcée de respecter la vérité historique quand c'était important : le type d'avions qui décollaient du terrain d'aviation de Davidstow, la date à laquelle le bataillon d'infanterie légère du duc de

1. Grasset, 2015.

Cornouailles serait parti pour l'Afrique du Nord (23 mars 1943), le pesticide utilisé pour les roseaux, la quantité exacte de lait produite par une vache. Je dois beaucoup aux nombreux fermiers que j'ai pu interroger, notamment ceux qui ont relu mon roman pour éviter que des erreurs ne s'y glissent. S'il y en avait, néanmoins, il va de soi qu'elles seraient toutes de mon fait.

REMERCIEMENTS

J'ai une dette immense envers mon éditeur, Hodder & Stoughton, et plus particulièrement envers mes éditrices, Kate Parkin et Sara Kinsella, sans oublier leurs assistantes, Francine Toon et Sharan Matharu, qui m'ont aidée à peaufiner ce roman. Je remercie aussi tout spécialement, comme toujours, Lizzy Kremer, mon agent au soutien infaillible, et Harriet Moore, son assistante brillante, qui m'a encouragée à restituer la Cornouailles de mon cœur.

La Ferme du bout du monde a eu pour point de départ mon amour pour le nord de la Cornouailles où j'ai passé des vacances dès l'enfance et les récits que ma mère me faisait de ses étés, à courir dans la nature sauvage autour de Trewiddle, la ferme de son grand-père. Je suis infiniment reconnaissante à ma mère, Bobby Hall, et à son cousin, Graham Howard, qui ont aiguisé mon appétit avec leurs histoires d'un monde où les enfants construisaient des cabanes dans les meules après les moissons, réchauffaient les poussins en les plaçant près de la cuisinière et se cachaient dans les massifs de rhododendrons. Ma mère et mon père, Chris Hall, ont entretenu la flamme de la passion en m'emmenant constamment en vacances dans la région à l'ouest de Padstow, abondamment décrite dans ce roman.

Les éclairages de Graham sur les risques courus par la culture des roseaux ont nourri la partie contemporaine du récit, tandis que le frère de mon beau-père, Mark Evans, m'a expliqué le fonctionnement d'une exploitation laitière biologique. Graham a démontré une patience d'ange, le temps que j'arrive à comprendre les procédés de battage et de gerbage au milieu du XXe siècle. Je lui suis très reconnaissante. Ainsi qu'à Mark et Will Pratt, qui m'ont laissée assister à une traite de l'après-midi. Si j'ai réussi à rendre un tant soit peu les pressions subies par les exploitations agricoles contemporaines, c'est grâce à eux.

Un trio de fermiers octogénaires de la région, tous adolescents en 1943 et 1944, m'ont fourni des précisions inestimables sur la traite manuelle et le labourage d'un champ, ainsi que sur le sifflement des bombes dans les cheminées ou la destruction des barrières par une explosion. J'adresse ainsi un immense merci à Clifford Butter, Robin Moore et Humphrey Eddy, qui m'ont gentiment accueillie chez eux, et qui ont répondu de bonne grâce à mes questions des heures durant.

La major Hugo White du Cornwall's Regimental Museum à Bodmin s'est révélé un guide courtois, cultivé et très précis des mouvements du second bataillon du duc de Cornouailles. Il m'a aussi dressé un portrait circonstancié de l'écolier qu'il était à Winchester, et des combats aériens de la bataille d'Angleterre qu'il a suivie avec intérêt à l'époque. Steve Perry et Rod Knight, du Cornwall at War Museum, situé sur l'aérodrome de Davidstow, m'ont fourni une aide précieuse en m'aidant à me représenter les lieux à l'époque.

Je dois aussi remercier les trois anciens évacués que j'ai pu interroger : Pauline Cocking, qui a quitté Londres avec ses trois frères et sœurs en 1939 et dont les souvenirs ont beaucoup nourri mes premières esquisses,

Norma Thomas et John Beale. Je suis aussi très reconnaissante à Sarah McDonnell, Ian Johnson de l'Union nationale des fermiers (National Farmers Union) à Exeter, et à Alison Spence du bureau des archives de Cornouailles (Cornwall Record Office), pour les contacts qu'elle m'a conseillés, notamment ceux-ci.

En ce qui concerne l'aspect médical de mon récit contemporain, je dois beaucoup à Gillian Bowker et Harriet Sperling, ainsi qu'à Jean Slocomb du Centre de recherche britannique sur le cancer (Cancer Research UK).

L'écriture de mon second roman a été une route ardue et riche en enseignements. Je suis fière d'appartenir aux Prime Writers, un groupe d'auteurs ayant en commun d'avoir été publiés pour la première fois après quarante ans. Je les remercie pour leurs encouragements constants.

Je suis aussi reconnaissante au soutien infaillible de ma famille élargie, notamment en matière de baby-sitting. Je pense avant tout à ma mère, à mes belles-sœurs, Sue et Bryn Vaughan, ainsi qu'à mon adorable sœur, Laura Tennant.

Mais mes remerciements les plus sincères vont, comme toujours, à mon mari, Phil, et à nos enfants, Ella et Jack. Ils ont supporté mes nombreux voyages en Cornouailles sans eux, et ont appris, malgré tout, à aimer cette région presque autant que moi.

VOUS AVEZ AIMÉ CE LIVRE ?

Découvrez ou redécouvrez au Livre de Poche

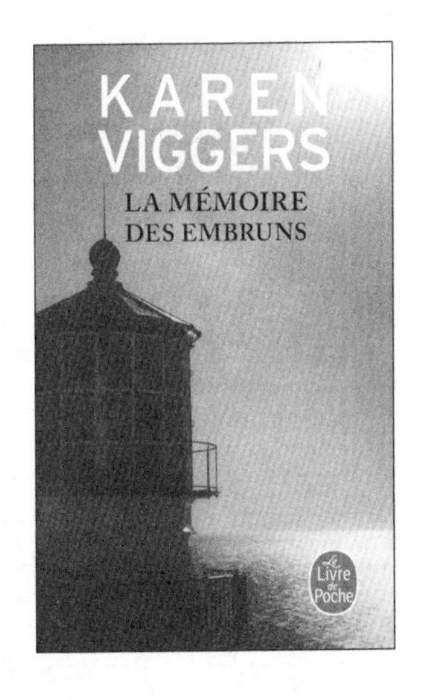

UNE FEMME, UN SECRET,
UNE ÎLE AU BOUT DU MONDE

LA MÉMOIRE
DES EMBRUNS
KAREN VIGGERS
N° 34096

Mary est âgée, sa santé se dégrade. Elle décide de passer ses derniers jours à Bruny, île de Tasmanie balayée par les vents où elle a vécu ses plus belles années auprès de son mari, le gardien du phare.
Entre souvenirs et regrets, Mary retrouve la terre aimée pour tenter de réparer ses erreurs. Entourée de Tom, le seul de ses enfants à comprendre sa démarche, un homme solitaire depuis son retour d'Antarctique, elle veut trouver la paix avant de mourir. Mais le secret qui l'a hantée durant des décennies menace d'être révélé et de mettre en péril son fragile équilibre.
Une femme au crépuscule de sa vie, un homme incapable de savourer pleinement la sienne, une bouleversante histoire d'amour, de perte et de non-dits sur fond de nature sauvage et mystérieuse. Un roman envoûtant, promesse d'évasion et d'émotion.

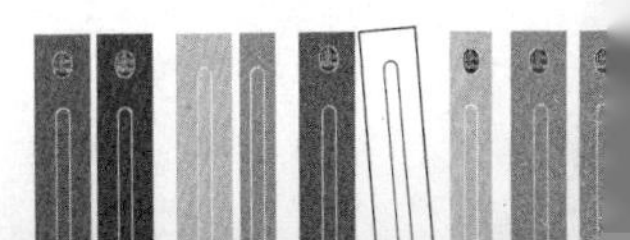

L'HISTOIRE ÉMOUVANTE D'UNE JEUNE PAYSANNE ANGLAISE

TESS D'URBERVILLE

THOMAS HARDY

N° 184

Jeune paysanne placée dans une famille, Tess est séduite puis abandonnée par Alec d'Urberville, un de ses jeunes maîtres. L'enfant qu'elle met au monde meurt en naissant. Dans la société anglaise puritaine de la fin du XIXe siècle, c'est là une faute irrémissible. Thomas Hardy (1840-1928) signe avec cette œuvre pessimiste, où la richesse des tableaux rustiques du Wessex ne fait que souligner la noirceur de l'univers social, un des chefs-d'œuvre du roman anglais, magnifiquement porté à l'écran par Roman Polanski.

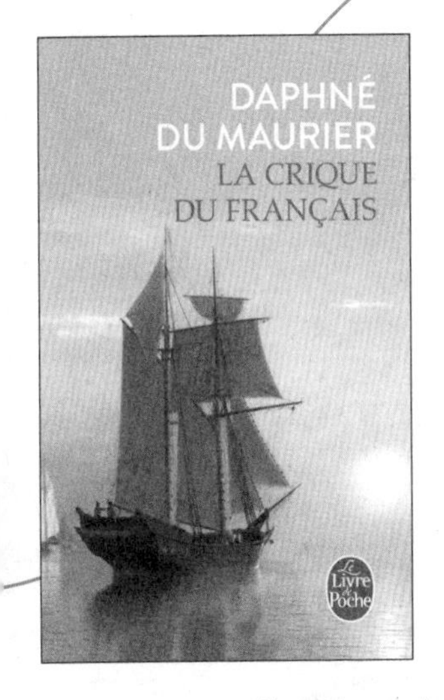

LES PAYSAGES INOUBLIABLES DE LA CORNOUAILLES

LA CRIQUE DU FRANÇAIS
DAPHNÉ DU MAURIER
N° 14817

Fuyant les mondanités londoniennes, Dona St. Columb, une jeune lady à la beauté fière et au caractère rebelle, s'est réfugiée au bord de la Manche dans sa résidence de Navron. Là, elle rencontre l'homme qui saura la séduire : un pirate français du nom de Jean-Benoît Aubéry. Mais l'impitoyable Lord Rockingham, qui la poursuit de ses assiduités, n'entend pas céder à un pareil rival. La chasse au Français commence, et avec elle un crescendo d'épisodes dramatiques...
Ici comme dans ses meilleures œuvres – L'Auberge de la Jamaïque, Rebecca *–, la grande romancière anglaise excelle à camper des personnages dont la destinée nous passionne ; elle nous entraîne jusqu'au dénouement dans un irrésistible tourbillon de romantisme et d'aventures.*

Le Livre de Poche s'engage pour l'environnement en réduisant l'empreinte carbone de ses livres. Celle de cet exemplaire est de :
400 g éq. CO_2
Rendez-vous sur www.livredepoche-durable.fr

Composition réalisée par PCA

Achevé d'imprimer en juin 2018, en France sur Presse Offset par
Maury Imprimeur – 45330 Malesherbes
N° d'imprimeur : 228300
Dépôt légal 1re publication : avril 2018
Édition 04 – juin 2018
LIBRAIRIE GÉNÉRALE FRANÇAISE – 21, rue du Montparnasse – 75298 Paris Cedex 06

74/0513/0